अमर साहित्यकार प्रेमचंद की सम्पूर्ण कहानियाँ - 3

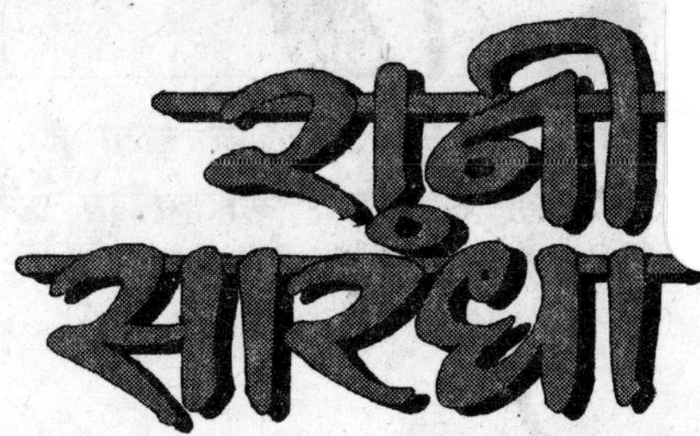

रानी सारंधा

तथा अन्य कहानियाँ

प्रेमचंद

साक्षी प्रकाशन
एस-16, नवीन शाहदरा, दिल्ली-110032
फोन : 011-22324833, 09810461412

> "साहित्य अपने काल का प्रतिबिम्ब होता है।
> जो भाव और विचार लोगों के हृदयों को स्पंदित करते है,
> वही साहित्य पर भी अपनी छाया डालते है।" —प्रेमचंद

ISBN : 81-86265-77-5

संस्करण : **2016**

प्रकाशक : साक्षी प्रकाशन
एस-16, नवीन शाहदरा, दिल्ली-110032
Ph. 011-22324833, 09810461412
e-mail : goelbooks@rediffmail.com

मुद्रक : शर्मा प्रिंटर्स, दिल्ली

टाईप सेटिंग : आकांक्षा प्रिंटर्स, दिल्ली-110094

RANI SHARNDHA TATHA ANYA KAHANIYAN (*Short stories*) by *Premchand*

प्रेमचंद की कलम से

मैं कहानी कैसे लिखता हूँ

मेरे किस्से प्रायः किसी-न-किसी प्रेरणा अथवा अनुभव पर आधारित होते हैं, जिसमें मैं नाटक का रंग भरने की कोशिश करता हूँ। मगर घटना-मात्र का वर्णन करने के लिए मैं कहानियाँ नहीं लिखता। मैं उसमें किसी दार्शनिक और भावनात्मक सत्य को प्रकट करना चाहता हूँ। जब तक इस प्रकार का कोई आधार नहीं मिलता, मेरी कलम ही नहीं उठती। आधार मिल जाने पर मैं पात्रों का निर्माण करता हूँ। कई बार इतिहास के अध्ययन से भी प्लाट मिल जाते हैं। लेकिन कोई घटना कहानी नहीं होती, जब तक कि वह किसी मनोवैज्ञानिक सत्य को व्यक्त न करे।

मैं जब तक कोई कहानी आदि से अन्त तक जेहन में न जमा लूँ, लिखने नहीं बैठता। पात्रों का निर्माण इस दृष्टि से करता हूँ कि वे उस कहानी के अनुकूल हों। मैं इसकी जरूरत नहीं समझता कि कहानी का आधार किसी रोचक घटना को बनाऊँ, मगर किसी कहानी में मनोवैज्ञानिक पराकाष्ठा (Climax) हो, और चाहे किसी भी घटना से सम्बन्धित हो, मैं इसकी परवाह नहीं करता। अभी मैंने हिन्दी में एक कहानी लिखी है, जिसका नाम है 'दिल की रानी'। मैंने मुस्लिम इतिहास में तैमूर के जीवन की एक घटना पढ़ी थी, जिसमें हामिदा बेगम से उसके विवाह का उल्लेख था। मुझे तुरन्त इस ऐतिहासिक घटना के नाटकीय पहलू का खयाल आया। इतिहास में क्लाइमेक्स कैसे उत्पन्न हो, इसकी चिन्ता हुई। हामिदा बेगम ने बचपन में अपने पिता से शस्त्रविद्या

सीखी थी और रणभूमि में कुछ अनुभव भी प्राप्त किए थे। तैमूर ने हजारों तुर्कों का वध किया था। ऐसे प्रतिपक्षी पर एक तुर्क स्त्री किस प्रकार अनुरक्त हुई, इस समस्या का हल होने से क्लाइमेक्स निकल आता था। तैमूर रूपवान न था, इसलिए जरूरत हुई कि उसमें ऐसे नैतिक और भावनात्मक गुण उत्पन्न किए जाएँ जो एक श्रेष्ठ स्त्री को उसकी ओर खींच सकें। इस प्रकार वह कहानी तैयार हो गई।

कभी-कभी सुनी-सुनाई घटनाएँ ऐसी होती हैं कि उन पर आसानी से कहानी की नींव रखी जा सकती है। कोई घटना, महज सुन्दर और चुस्त शब्दावली और शैली का चमत्कार दिखाकर ही कहानी नहीं बन जाती; मैं उसमें क्लाइमेक्स लाजिमी चीज समझता हूँ; और वह भी मनोवैज्ञानिक। यह भी जरूरी है कि कहानी इस क्रम से आगे चले कि क्लाइमेक्स निकटतम आता जाए। जब कोई ऐसा अवसर आ जाता है, जहाँ तबीयत पर जोर डालकर साहित्यिक और कवितामय रंग उत्पन्न किया जा सकता है, तो मैं उस अवसर से अवश्य लाभ उठाने का प्रयत्न करता हूँ। यही रंग कहानी की जान है।

मैं कम भी लिखता हूँ। महीने-भर में शायद मैंने कभी दो कहानियों से अधिक नहीं लिखीं। कई बार तो महीनों कोई कहानी नहीं लिखता। घटना और पात्र तो मिल जाते हैं; लेकिन मनोवैज्ञानिक आधार कठिनता से मिलता है। यह समस्या हल हो जाने के बाद कहानी लिखने में देर नहीं लगती। मगर इन थोड़ी-सी पंक्तियों में कहानी-कला के तत्त्व वर्णन नहीं कर सकता। यह एक मानसिक वस्तु है। सीखने से भी लोग कहानीकार बन जाते हैं, लेकिन कविता की तरह इसके लिए भी, और साहित्य के प्रत्येक विषय के लिए, कुछ प्राकृतिक लगाव आवश्यक है। प्रकृति अपने-आप प्लाट बनाती है, नाटकीय रंग पैदा करती है, ओज लाती है, साहित्यिक गुण जुटाती है, अनजाने आप ही आप सब-कुछ होता रहता है। हाँ, कहानी समाप्त हो जाने के बाद मैं खुद उसे पढ़ता हूँ। अगर उसमें मुझे नयापन, बुद्धि का कुछ चमत्कार, कुछ यथार्थ की ताजगी, कुछ गति उत्पन्न करने की शक्ति का एहसास होता है तो मैं उसे सफल कहानी समझता हूँ, वरना समझता हूँ, फेल हो गया। फेल और पास दोनों कहानियाँ छप जाती हैं और प्रायः ऐसा होता है कि जिस कहानी को मैंने फेल समझा था, उसे मित्रों ने बहुत सराहा। इसलिए मैं अपनी परख पर अधिक विश्वास नहीं करता।

अनुक्रम

ईश्वरीय न्याय

कानपुर जिले में पंडित भृगुदत्त नामक एक बड़े जमींदार थे। मुंशी सत्यनारायण उनके कारिंदा थे। वह बड़े स्वामिभक्त और सच्चरित्र मनुष्य थे। लाखों रुपये की तहसील और हजारों मन अनाज का लेन-देन उनके हाथ में था; पर कभी उनकी नीयत डाँवाँडोल न होती। उनके सुप्रबंध से रियासत दिनोंदिन उन्नति करती जाती थी। ऐसे कर्तव्यपरायण सेवक का जितना सम्मान होना चाहिए, उससे अधिक ही होता था। दुःख-सुख के प्रत्येक अवसर पर पंडित जी उनके साथ बड़ी उदारता से पेश आते। धीरे-धीरे मुंशी जी का विश्वास इतना बढ़ा कि पंडित जी ने हिसाब-किताब का समझना भी छोड़ दिया। सम्भव है, उनसे आजीवन इसी तरह निभ जाती, पर भावी प्रबल है। प्रयाग में कुम्भ लगा, तो पंडित जी भी स्नान करने गये। वहाँ से लौट कर फिर वे घर न आये। मालूम नहीं, किसी गढ़े में फिसल पड़े या कोई जल-जंतु उन्हें खींच ले गया, उनका फिर कुछ पता ही न चला। अब मुंशी सत्यनारायण के अधिकार और भी बढ़े। एक हतभागिनी विधवा और दो छोटे-छोटे बच्चों के सिवा पंडित जी के घर में और कोई न था। अंत्येष्टि-क्रिया से निवृत्त हो कर एक दिन शोकातुर पंडिताइन ने उन्हें बुलाया और रो कर कहा—लाला, पंडित जी हमें मँझधार में छोड़ कर सुरपुर को सिधार गये, अब यह नैया तुम्हीं पार लगाओगे तो लग सकती है। यह सब खेती तुम्हारी लगायी हुई है, इसे तुम्हारे ही ऊपर छोड़ती हूँ। ये तुम्हारे बच्चे हैं, इन्हें अपनाओ। जब तक मालिक जिये, तुम्हें अपना भाई समझते रहे। मुझे विश्वास है कि तुम इसी तरह इस भार को सँभाले रहोगे।

सत्यनारायण ने रोते हुए जवाब दिया—भाभी, भैया क्या उठ गये, मेरे तो भाग्य ही फूट गये, नहीं तो मुझे आदमी बना देते। मैं उन्हीं का नमक

खा कर जिया हूँ और उन्हीं की चाकरी में मरूँगा भी। आप धीरज रखें। किसी प्रकार की चिंता न करें। मैं जीते-जी आपकी सेवा से मुँह न मोड़ूँगा। आप केवल इतना कीजिएगा कि मैं जिस किसी की शिकायत करूँ, उसे डाँट दीजिएगा; नहीं तो ये लोग सिर चढ़ जाएँगे।

:: 2 ::

इस घटना के बाद कई वर्षों तक मुंशीजी ने रियासत को सँभाला। वह अपने काम में बड़े कुशल थे। कभी एक कौड़ी का भी बल नहीं पड़ा। सारे जिले में उनका सम्मान होने लगा। लोग पंडित जी को भूल-सा गये। दरबारों और कमेटियों में वे सम्मिलित होते, जिले के अधिकारी उन्हीं को जमींदार समझते। अन्य रईसों में भी उनका आदर था; पर मान-वृद्धि महँगी वस्तु है। और भानुकुँवरि, अन्य स्त्रियों के सदृश पैसे को खूब पकड़ती। वह मनुष्य की मनोवृत्तियों से परिचित न थी। पंडित जी हमेशा लाला जी को इनाम-इकराम देते रहते थे। वे जानते थे कि ज्ञान के बाद ईमान का दूसरा स्तम्भ अपनी सुदशा है। इसके सिवा वे खुद भी कभी कागजों की जाँच कर लिया करते थे। नाममात्र ही को सही, पर इस निगरानी का डर जरूर बना रहता था; क्योंकि ईमान का सबसे बड़ा शत्रु अवसर है। भानुकुँवरि इन बातों को जानती न थी। अतएव अवसर तथा धनाभाव-जैसे प्रबल शत्रुओं के पंजे में पड़ कर मुंशी जी का ईमान कैसे बेदाग बचता?

कानपुर शहर से मिला हुआ, ठीक गंगा के किनारे, एक बहुत आबाद और उपजाऊ गाँव था। पंडित जी इस गाँव को ले कर नदी-किनारे पक्का घाट, मंदिर, बाग, मकान आदि बनवाना चाहते थे; पर उनकी यह कामना सफल न हो सकी। संयोग से अब यह गाँव बिकने लगा। उनके जमींदार एक ठाकुर साहब थे। किसी फौजदारी के मामले में फँसे हुए थे। मुकदमा लड़ने के लिए रुपये की चाह थी। मुंशीजी ने कचहरी में यह समाचार सुना। चटपट मोल-तोल हुआ। दोनों तरफ गरज थी। सौदा पटने में देर न लगी, बैनामा लिखा गया। रजिस्ट्री हुई। रुपये मौजूद न थे, पर शहर में साख थी। एक महाजन के यहाँ से तीस हजार रुपये मँगवाये गये और ठाकुर साहब को नजर किये गये। हाँ, काम-काज की आसानी के खयाल से यह सब लिखा-पढ़ी मुंशी जी ने अपने ही नाम की; क्योंकि मालिक के लड़के अभी नाबालिग थे। उनके नाम से लेने में बहुत झंझट होती और विलम्ब होने से शिकार हाथ से निकल जाता। मुंशीजी बैनामा लिये असीम आनंद में मग्न भानुकुँवरि

के पास आये। पर्दा कराया और यह शुभ-समाचार सुनाया। भानुकुँवरि ने सजल नेत्रों से उनको धन्यवाद दिया। पंडित जी के नाम पर मन्दिर और घाट बनवाने का इरादा पक्का हो गया।

मुंशी जी दूसरे ही दिन उस गाँव में आये। असामी नजराने ले कर नये स्वामी के स्वागत को हाजिर हुए। शहर के रईसों की दावत हुई। लोगों ने नावों पर बैठ कर गंगा की खूब सैर की। मन्दिर आदि बनवाने के लिए आबादी से हट कर रमणीक स्थान चुना गया।

:: 3 ::

यद्यपि इस गाँव को अपने नाम लेते समय मुंशी जी के मन में कपट का भाव न था, तथापि दो-चार दिन में ही उसका अंकुर जम गया और धीरे-धीरे बढ़ने लगा। मुंशी जी इस गाँव के आय-व्यय का हिसाब अलग रखते और अपने स्वामिनी को उसका ब्योरा समझाने की जरूरत न समझते। भानुकुँवरि इन बातों में दखल देना उचित न समझती थी; पर दूसरे कारिंदों से बातें सुन-सुन कर उसे शंका होती थी कि कहीं मुंशी जी दगा तो न देंगे। अपने मन का भाव मुंशी जी से छिपाती थी, इस खयाल से कि कहीं कारिंदों ने उन्हें हानि पहुँचाने के लिए यह षड्यंत्र न रचा हो।

इस तरह कई साल गुजर गये। अब उस कपट के अंकुर ने वृक्ष का रूप धारण किया। भानुकुँवरि को मुंशी जी के उस मार्ग के लक्षण दिखायी देने लगे। उधर मुंशी जी के मन ने कानून से नीति पर विजय पायी, उन्होंने अपने मन में फैसला किया कि गाँव मेरा है, हाँ, मैं भानुकुँवरि का तीस हजार का ऋणी अवश्य हूँ। वे बहुत करेंगी तो अपने रुपये ले लेंगी और क्या कर सकती हैं? मगर दोनों तरफ यह आग अन्दर ही अन्दर सुलगती रही। मुंशी जी अस्त्र-सज्जित हो कर आक्रमण के इंतजार में थे और भानुकुँवरि इसके लिए अवसर ढूँढ़ रही थी। एक दिन उसने साहस करके मुंशी जी को अन्दर बुलाया और कहा—लाला जी, 'बरगदा' के मंदिर का काम कब से लगवाइएगा ? उसे लिये आठ साल हो गये, अब काम लग जाए तो अच्छा हो। जिंदगी का कौन ठिकाना है, जो काम करना है; उसे कर ही डालना चाहिए।

इस ढंग से इस विषय को उठा कर भानुकुँवरि ने अपनी चतुराई का अच्छा परिचय दिया। मुंशी जी भी दिल में इसके कायल हो गये। जरा सोच कर बोले—इरादा तो मेरा कई बार हुआ, पर मौके की जमीन नहीं मिलती। गंगातट की जमीन असामियों के जोत में है और वे किसी तरह छोड़ने पर राजी नहीं।

भानुकुँवरि—यह बात तो आज मुझे मालूम हुई। आठ साल हुए, इस गाँव के विषय में आपने कभी भूल कर भी तो चर्चा नहीं की। मालूम नहीं, कितनी तहसील है, क्या मुनाफा है, कैसा गाँव है, कुछ सीर होती है या नहीं। जो कुछ करते हैं, आप ही करते हैं और करेंगे। पर मुझे भी तो कुछ मालूम होना चाहिए ?

मुंशी जी सँभल उठे। उन्हें मालूम हो गया कि इस चतुर स्त्री से बाजी ले जाना मुश्किल है। गाँव लेना ही है तो अब क्या डर। खुल कर बोले—आपको इससे कोई सरोकार न था, इसलिए मैंने व्यर्थ कष्ट देना मुनासिब न समझा।

भानुकुँवरि के हृदय में कुठार-सा लगा। पर्दे से निकल आयी और मुंशी जी की तरफ तेज आँखों से देख कर बोली—आप क्या कहते हैं ! आपने गाँव मेरे लिए लिया था या अपने लिए ? रुपये मैंने दिये या आपने ? उस पर जो खर्च पड़ा, वह मेरा था या आपका ? मेरी समझ में नहीं आता कि आप कैसी बातें करते हैं।

मुंशी जी ने सावधानी से जवाब दिया—यह तो आप जानती हैं कि गाँव हमारे नाम से बय हुआ है। रुपया जरूर आपका लगा, पर मैं उसका देनदार हूँ। रहा तहसील-वसूल का खर्च, यह सब मैंने अपने पास से दिया है। उसका हिसाब-किताब, आय-व्यय सब रखता गया हूँ।

भानकुँवरि ने क्रोध से काँपते हुए कहा—इस कपट का फल आपको अवश्य मिलेगा। आप इस निर्दयता से मेरे बच्चों का गला नहीं काट सकते। मुझे नहीं मालूम था कि आपने हृदय में छुरी छिपा रखी है, नहीं तो यह नौबत ही क्यों आती। खैर, अब से मेरी रोकड़ और बही खाता आप कुछ न छुएँ। मेरा जो कुछ होगा, ले लूँगी। जाइए, एकांत में बैठ कर सोचिए। पाप से किसी का भला नहीं होता। तुम समझते होगे कि बालक अनाथ हैं, इनकी सम्पत्ति हजम कर लूँगा। इस भूल में न रहना, मैं तुम्हारे घर की ईंट तक बिकवा लूँगी !

यह कह कर भानुकुँवरि फिर पर्दे की आड़ में आ बैठी और रोने लगी। स्त्रियाँ क्रोध के बाद किसी न किसी बहाने रोया करती हैं। लाला साहब को कोई जवाब न सूझा। यहाँ से उठ आये और दफ्तर जा कर कागज उलट-पलट करने लगे, पर भानुकुँवरि भी उनके पीछे-पीछे दफ्तर में पहुँची और डाँट कर बोली—मेरा कोई कागज मत छूना, नहीं तो बुरा होगा। तुम विषैले साँप हो, मैं तुम्हारा मुँह नहीं देखना चाहती।

मुंशी जी कागजों में कुछ काट-छाँट करना चाहते थे, पर विवश हो गये। खजाने की कुंजी निकाल कर फेंक दी, बही-खाते पटक दिये, किवाड़ धड़ाके-से बंद किये

और हवा की तरह सन्न-से निकल गये। कपट में हाथ तो डाला, पर कपट मन्त्र न जाना।

दूसरे कारिंदों ने यह कैफियत सुनी, तो फूले न समाये। मुंशी जी के सामने उनकी दाल न गलने पाती थी। भानुकुँवरि के पास आ कर वे आग पर तेल छिड़कने लगे। सब लोग इस विषय में सहमत थे कि मुंशी सत्यनारायण ने विश्वासघात किया है। मालिक का नमक उनकी हड्डियों से फूट-फूटकर निकलेगा।

दोनों ओर से मुकदमेबाजी की तैयारियाँ होने लगीं ! एक तरफ न्याय का शरीर था, दूसरी ओर न्याय की आत्मा। प्रकृति का पुरुष से लड़ने का साहस हुआ।

भानुकुँवरि ने लाला छक्कनलाल से पूछा—हमारा वकील कौन है ? छक्कन लाल ने इधर-उधर झाँक कर कहा—वकील तो सेठ जी हैं, पर सत्यनारायण ने उन्हें पहले गाँठ रखा होगा। इस मुकदमे के लिए बड़े होशियार वकील की जरूरत है। मेहरा बाबू की आजकल खूब चल रही है। हाकिम की कलम पकड़ लेते हैं। बोलते हैं तो जैसे मोटरकार छूट जाती है। सरकार ! और क्या कहें, कई आदमियों को फाँसी से उतार लिया है, उनके सामने कोई वकील जबान तो खोल नहीं सकता। सरकार कहें तो वही कर लिये जाएँ।

छक्कनलाल की अत्युक्ति ने संदेह पैदा कर दिया। भानुकुँवरि ने कहा—नहीं, पहले सेठ जी से पूछ लिया जाय। उसके बाद देखा जायगा। आप जाइए, उन्हें बुला लाइए।

छक्कनलाल अपनी तकदीर को ठोंकते हुए सेठ जी के पास आये। सेठ जी पंडित भृगुदत्त के जीवन-काल से ही उनका कानून-सम्बन्धी सब काम किया करते थे। मुकदमे का हाल सुना तो सन्नाटे में आ गये। सत्यनारायण को यह बड़ा नेकनीयत आदमी समझते थे। उनके पतन से बड़ा खेद हुआ। उसी वक्त आये। भानुकुँवरि ने रो-रो कर उनसे अपनी विपत्ति की कथा कही और अपने दोनों लड़कों को उनके सामने खड़ा करके बोली—आप इन अनाथों की रक्षा कीजिए ! इन्हें मैं आपको सौंपती हूँ।

सेठ जी ने समझौते की बात छेड़ी। बोले—आपस की लड़ाई अच्छी नहीं।

भानुकुँवरि—अन्यायी के साथ लड़ना ही अच्छा है।

सेठ जी—पर हमारा पक्ष निर्बल है।

भानुकुँवरि फिर पर्दे से निकल आयी और विस्मित हो कर बोली—क्या हमारा पक्ष निर्बल है ? दुनिया जानती है कि गाँव हमारा है। उसे हमसे कौन ले सकता

है ? नहीं, मैं सुलह कभी न करूँगी, आप कागजों को देखें। मेरे बच्चों की खातिर यह कष्ट उठायें। आपका परिश्रम निष्फल न जायगा। सत्यनारायण की नीयत पहले खराब न थी। देखिए जिस मिती में गाँव लिया गया है, उस मिती में 30 हजार का क्या खर्च दिखाया गया है। अगर उसने अपने नाम उधार लिखा हो, तो देखिए, वार्षिक सूद चुकाया गया या नहीं। ऐसे नरपिशाच से मैं कभी सुलह न करूँगी।

सेठ जी ने समझ लिया कि इस समय समझाने-बुझाने से कुछ काम न चलेगा। कागजात देखे, अभियोग चलाने की तैयारियाँ होने लगीं।

:: 4 ::

मुंशी सत्यनारायणलाल खिसियाये हुए मकान पहुँचे। लड़के ने मिठाई माँगी। उसे पीटा। स्त्री पर इसलिए बरस पड़े कि उसने क्यों लड़के को उनके पास जाने दिया। अपनी वृद्धा माता को डाँट कर कहा–तुमसे इतना भी नहीं हो सकता कि जरा लड़के को बहलाओ ? एक तो मैं दिन भर का थका-माँदा घर आऊँ और फिर लड़के को खेलाऊँ ? मुझे दुनिया में न और कोई काम है, न धंधा। इस तरह घर में बावेला मचा कर बाहर आये, सोचने लगे–मुझसे बड़ी भूल हुई। मैं कैसा मूर्ख हूँ। और इतने दिन तक सारे कागज-पत्र अपने हाथ में थे। चाहता, कर सकता था, पर हाथ पर हाथ धरे बैठा रहा। आज सिर पर आ पड़ी, तो सूझी। मैं चाहता तो बही-खाते सब नये बना सकता था, जिसमें इस गाँव का और रुपये का जिक्र ही न होता, पर मेरी मूर्खता के कारण घर में आयी हुई लक्ष्मी रूठी जाती हैं। मुझे क्या मालूम था कि वह चुड़ैल मुझसे इस तरह पेश आयेगी, कागजों में हाथ तक न लगाने देगी।

इसी उधेड़बुन में मुंशी जी एकाएक उछल पड़े। एक उपाय सूझ गया–क्यों न कार्यकर्ताओं को मिला लूँ ? यद्यपि मेरी सख्ती के कारण वे सब मुझसे नाराज थे और इस समय सीधे बात भी न करेंगे, तथापि उनमें ऐसा कोई भी नहीं, जो प्रलोभन से मुट्ठी में न आ जाय। हाँ, इसमें रुपये पानी की तरह बहाना पड़ेगा, पर इतना रुपया आयेगा कहाँ से ? हाय दुर्भाग्य ! दो-चार दिन पहले चेत गया होता, तो कोई कठिनाई न पड़ती। क्या जानता था कि वह डाइन इस तरह वज्र-प्रहार करेगी। बस, अब एक ही उपाय है। किसी तरह कागजात गुम कर दूँ। बड़ी जोखिम का काम है, पर करना ही पड़ेगा।

दुष्कामनाओं के सामने एक बार सिर झुकाने पर फिर सँभलना कठिन हो जाता है। पाप के अथाह दलदल में जहाँ एक बार पड़े कि फिर प्रतिक्षण नीचे ही

चले जाते हैं। मुंशी सत्यनारायण-सा विचारशील मनुष्य इस समय इस फिक्र में था कि कैसे सेंध लगा पाऊँ !

मुंशी जी ने सोचा–क्या सेंध लगाना आसान है ? इसके वास्ते कितनी चतुरता, कितना साहस, कितनी बुद्धि, कितनी वीरता चाहिए ! कौन कहता है कि चोरी करना आसान काम है ? मैं जो कहीं पकड़ा गया, तो मरने के सिवा और कोई मार्ग न रहेगा।

बहुत सोचने-विचारने पर भी मुंशी जी को अपने ऊपर ऐसा दुस्साहस कर सकने का विश्वास न हो सका। हाँ, इससे सुगम एक दूसरी तदबीर नजर आयी–क्यों न दफ्तर में आग लगा दूँ ? एक बोतल मिट्टी का तेल और दियासलाई की जरूरत है। किसी बदमाश को मिला लूँ, मगर यह क्या मालूम कि बही उसी कमरे में रखी है या नहीं। चुड़ैल ने उसे जरूर अपने पास रख लिया होगा। नहीं, आग लगाना गुनाह बेलज्जत होगा।

बहुत देर मुंशी जी करवटें बदलते रहे। नये-नये मनसूबे सोचते; पर फिर अपने ही तर्कों से काट देते। वर्षाकाल में बादलों की नयी-नयी सूरतें बनतीं और फिर हवा के वेग से बिगड़ जाती हैं; वही दशा इस समय उनके मनसूबों की हो रही थी।

पर इस मानसिक अशांति में भी एक विचार पूर्णरूप से स्थिर था–किसी तरह इन कागजात को अपने हाथ में लाना चाहिए। काम कठिन है–माना ! पर हिम्मत न थी, तो रार क्यों मोल ली ? क्या 30 हजार की जायदाद दाल-भात का कौर है !–चाहे जिस तरह हो, चोर बने बिना काम नहीं चल सकता। आखिर जो लोग चोरियाँ करते हैं, वे भी तो मनुष्य ही होते हैं। बस, एक छलाँग का काम है। अगर पार हो गये, तो राज करेंगे, गिर पड़े, तो जान से हाथ धोयेंगे।

रात के दस बज गये। मुंशी सत्यनारायण कुंजियों का एक गुच्छा कमर में दबाये घर से बाहर निकले। द्वार पर थोड़ा-सा पुआल रखा हुआ था। उसे देखते ही वे चौंक पड़े। मारे डर के छाती धड़कने लगी। जान पड़ा कि कोई छिपा बैठा है। कदम रुक गये। पुआल की तरफ ध्यान से देखा। उसमें बिलकुल हरकत न हुई ! तब हिम्मत बाँधी, आगे बढ़े और मन को समझाने लगे–मैं कैसा बौखल हूँ।

अपने द्वार पर किसका डर और सड़क पर भी मुझे किसका डर है ? मैं अपनी राह जाता हूँ। कोई मेरी तरफ तिरछी आँख से नहीं देख सकता। हाँ, जब मुझे सेंध लगाते देख ले–नहीं, पकड़ ले तब अलबत्ता डरने की बात है। तिस पर भी बचाव की युक्ति निकल सकती है।

अकस्मात् उन्होंने भानुकुँवरि के एक चपरासी को आते हुए देखा। कलेजा धड़क उठा। लपक कर एक अंधेरी गली में घुस गये। बड़ी देर तक वहाँ खड़े रहे। जब वह सिपाही आँखों से ओझल हो गया, तब फिर सड़क पर आये। वह सिपाही आज सुबह तक इनका गुलाम था, उसे उन्होंने कितनी ही बार गालियाँ दी थीं, लातें मारी थीं, पर आज उसे देख कर उनके प्राण सूख गये।

उन्होंने फिर तर्क की शरण ली। मैं मानो भंग खाकर आया हूँ। इस चपरासी से इतना डरा मानो कि वह मुझे देख लेता, पर मेरा कर क्या सकता था ? हजारों आदमी रास्ता चल रहे हैं। उन्हीं में मैं भी एक हूँ। क्या वह अंतर्यामी है ? सबके हृदय का हाल जानता है ? मुझे देख कर वह अदब से सलाम करता और वहाँ का कुछ हाल भी कहता; पर मैं उससे ऐसा डरा कि सूरत तक न दिखायी। इस तरह मन को समझा कर वे आगे बढ़े। सच है, पाप के पंजों में फँसा हुआ मन पतझड़ का पत्ता है, जो हवा के जरा-से झोंके से गिर पड़ता है।

मुंशी जी बाजार पहुँचे। अधिकतर दूकानें बंद हो चुकी थीं। उनमें साँड़ और गायें बैठी हुई जुगाली कर रही थीं। केवल हलवाइयों की दुकानें खुली थीं। और कहीं-कहीं गजरेवाले हार की हाँक लगाते फिरते थे। सब हलवाई मुंशी जी को पहचानते थे, अतएव मुंशी जी ने सिर झुका लिया। कुछ चाल बदली और लपकते हुए चले। एकाएक उन्हें एक बग्घी आती दिखायी दी। यह सेठ बल्लभदास वकील की बग्घी थी। उसमें बैठ कर हजारों बार सेठ जी के साथ कचहरी गये थे, पर आज वह बग्घी कालदेव के समान भयंकर मालूम हुई। फौरन एक खाली दुकान पर चढ़ गये। वहाँ विश्राम करने वाले साँड़ ने समझा, वे मुझे पदच्युत करने आये हैं ! माथा झुकाये फुंकारता हुआ उठ बैठा; पर इसी बीच में बग्घी निकल गयी और मुंशी जी की जान में जान आयी। अबकी उन्होंने तर्क का आश्रय न लिया। समझ गये कि इस समय इससे कोई लाभ नहीं, खैरियत यह हुई कि वकील ने देखा नहीं। यह एक घाघ है। मेरे चेहरे से ताड़ जाता।

कुछ विद्वानों का कथन है कि मनुष्य की स्वाभाविक प्रवृत्ति पाप की ओर होती है, पर यह कोरा अनुमान ही अनुमान है, अनुभव-सिद्ध बात नहीं। सच बात तो यह है कि मनुष्य स्वभावतः पाप-भीरु होता है और हम प्रत्यक्ष देख रहे हैं कि पाप से उसे कैसी घृणा होती है।

एक फर्लांग आगे चल कर मुंशी जी को एक गली मिली। यह भानुकुँवरि के घर का एक रास्ता था। धुँधली-सी लालटेन जल रही थी। जैसा मुंशी जी ने अनुमान

किया था, पहरेदार का पता न था। अस्तबल में चमारों के यहाँ नाच हो रहा था। कई चमारिनें बनाव-सिंगार करके नाच रही थीं। चमार मृदंग बजा-बजा कर गाते थे–

'नाहीं घरे श्याम, घेरि आये बदरा।
सोवत रहेऊँ, सपन एक देखेउँ, रामा।
खुलि गयी नींद, ढरक गये कजरा।
नहीं घरे श्याम, घेरि आये बदरा।'

दोनों पहरेदार वहीं तमाशा देख रहे थे। मुंशी जी दबे-पाँव लालटेन के पास गये और जिस तरह बिल्ली चूहे पर झपटती है, उसी तरह उन्होंने झपट कर लालटेन को बुझा दिया। एक पड़ाव पूरा हो गया, पर वे उस कार्य को जितना दुष्कर समझते थे, उतना न जान पड़ा। हृदय कुछ मजबूत हुआ। दफ्तर के बरामदे में पहुँचे और खूब कान लगा कर आहट ली। चारों ओर सन्नाटा छाया हुआ था। केवल चमारों का कोलाहल सुनायी देता था। इस समय मुंशी जी के दिल में धड़कन थी, पर सिर धमधम कर रहा था; हाथ-पाँव काँप रहे थे, साँस बड़े वेग से चल रही थी। शरीर का एक-एक रोम आँख और कान बना हुआ था। वे सजीवता की मूर्ति हो रहे थे। उनमें जितना पौरुष, जितनी चपलता, जितना साहस, जितनी चेतना, जितनी बुद्धि, जितना औसान था, वे सब इस वक्त सजग और सचेत हो कर इच्छा-शक्ति की सहायता कर रहे थे।

दफ्तर के दरवाजे पर वही पुराना ताला लगा हुआ था। उसकी कुंजी आज बहुत तलाश करके वे बाजार से लाये थे। ताला खुल गया, किवाड़ों ने बहुत दबी जबान से प्रतिरोध किया। इस पर किसी ने ध्यान न दिया। मुंशी जी दफ्तर में दाखिल हुए। भीतर चिराग जल रहा था। मुंशी जी को देख कर उसने एक दफे सिर हिलाया, मानो उन्हें भीतर आने से रोका।

मुंशी जी के पैर थर-थर काँप रहे थे। एड़ियाँ जमीन से उछली पड़ती थीं। पाप का बोझ उन्हें असह्य था।

पल भर में मुंशी जी ने बहियों को उलटा-पलटा। लिखावट उनकी आँखों में तैर रही थी। इतना अवकाश कहाँ था कि जरूरी कागजात छाँट लेते। उन्होंने सारी बहियों को समेट कर एक गट्ठर बनाया और सिर पर रख कर तीर के समान कमरे के बाहर निकल आये। उस पाप की गठरी को लादे हुए वह अँधेरी गली से गायब हो गये।

तंग, अँधेरी, दुर्गंधपूर्ण कीचड़ से भरी हुई गलियों में वे नंगे पाँव, स्वार्थ, लोभ और कपट का बोझ लिये चले जाते थे। मानो पापमय आत्मा नरक की नालियों में बही चली जाती थी।

बहुत दूर तक भटकने के बाद वे गंगा के किनारे पहुँचे। जिस तरह कलुषित हृदयों में कहीं-कहीं धर्म का धुँधला प्रकाश रहता है, उसी तरह नदी की काली सतह पर तारे झिलमिला रहे थे। तट पर कई साधु धूनी जमाये पड़े थे। ज्ञान की ज्वाला मन की जगह बाहर दहक रही थी। मुंशी जी ने अपना गट्ठर उतारा और चादर से खूब मजबूत बाँध कर बलपूर्वक नदी में फेंक दिया। सोती हुई लहरों में कुछ हलचल हुई और फिर सन्नाटा हो गया।

:: 5 ::

मुंशी सत्यनारायणलाल के घर में दो स्त्रियाँ थीं—माता और पत्नी। वे दोनों अशिक्षिता थीं। तिस पर भी मुंशी जी को गंगा में डूब मरने या कहीं भाग जाने की जरूरत न होती थी ! न वे बॉडी पहनती थीं, न मोजे-जूते, न हारमोनियम पर गा सकती थीं। यहाँ तक कि उन्हें साबुन लगाना भी न आता था। हेयरपिन, ब्रूचेज, जाकेट आदि परमावश्यक चीजों का तो नाम ही नहीं सुना था। बहू में आत्म-सम्मान जरा भी नहीं था; न सास में आत्म-गौरव का जोश। बहू अब तक सास की घुड़कियाँ भीगी बिल्ली की तरह सह लेती थी—हा मूर्खे ! सास को बच्चे के नहलाने-धुलाने, यहाँ तक कि घर में झाड़ू देने से भी घृणा न थी, हा ज्ञानांधे ! बहू स्त्री क्या थी, मिट्टी का लोंदा थी। एक पैसे की जरूरत होती तो सास से माँगती। सारांश यह कि दोनों स्त्रियाँ अपने अधिकारों से बेखबर, अंधकार में पड़ी हुई पशुवत् जीवन व्यतीत करती थीं। ऐसी फूहड़ थीं कि रोटियाँ भी अपने हाथों से बना लेती थीं। कंजूसी के मारे दालमोट, समोसे कभी बाजार से न मँगातीं। आगरे वाले की दूकान की चीजें खायी होतीं तो उनका मजा जानतीं। बुढ़िया खूसट दवा-दरपन भी जानती थी। बैठी-बैठी घास-पात कूटा करती।

मुंशी जी ने माँ के पास जा कर कहा—अम्मा ! अब क्या होगा ? भानुकुँवरि ने मुझे जवाब दे दिया।

माता ने घबरा कर पूछा—जवाब दे दिया ?

मुंशी—हाँ, बिलकुल बेकसूर !

माता—क्या बात हुई ? भानुकुँवरि का मिजाज तो ऐसा न था।

मुंशी—बात कुछ न थी। मैंने अपने नाम से जो गाँव लिया था, उसे मैंने अपने अधिकार में कर लिया। कल मुझसे और उनसे साफ-साफ बातें हुईं। मैंने कह दिया कि गाँव मेरा है। मैंने अपने नाम से लिया है, उसमें तुम्हारा कोई इजारा नहीं। बस, बिगड़ गयीं, जो मुँह में आया, बकती रहीं। उसी वक्त मुझे निकाल दिया और धमका कर कहा—मैं तुमसे लड़ कर अपना गाँव ले लूँगी। अब आज ही उनकी तरफ से मेरे ऊपर मुकदमा दायर होगा; मगर इससे होता क्या है ? गाँव मेरा है। उस पर मेरा कब्जा है। एक नहीं, हजार मुकदमे चलायें, डिगरी मेरी होगी।

माता ने बहू की तरफ मर्मांतक दृष्टि से देखा और बोली—क्यों भैया ? वह गाँव लिया तो था तुमने उन्हीं के रुपये से और उन्हीं के वास्ते ?

मुंशी—लिया था, तब लिया था। अब मुझसे ऐसा आबाद और मालदार गाँव नहीं छोड़ा जाता। वह मेरा कुछ नहीं कर सकती। मुझसे अपना रुपया भी नहीं ले सकती। डेढ़ सौ गाँव तो हैं। तब भी हवस नहीं मानती।

माता—बेटा, किसी के धन ज्यादा होता है, तो वह उसे फेंक थोड़े ही देता है ? तुमने अपनी नीयत बिगाड़ी, यह अच्छा काम नहीं किया। दुनिया तुम्हें क्या कहेगी ? और दुनिया चाहे कहे या न कहे, तुमको भला ऐसा चाहिए कि जिसकी गोद में इतने दिन पले, जिसका इतने दिनों तक नमक खाया, अब उसी से दगा करो ? नारायण ने तुम्हें क्या नहीं दिया ? मजे से खाते हो, पहनते हो, घर में नारायण का दिया चार पैसा है, बाल-बच्चे हैं, और क्या चाहिए ? मेरा कहना मानो, इस कलंक का टीका अपने माथे न लगाओ। यह अपजस मत लो। बरक्कत अपनी कमाई में होती है; हराम की कौड़ी कभी नहीं फलती।

मुंशी—ऊँह ! ऐसी बातें बहुत सुन चुका हूँ। दुनिया उन पर चलने लगे, तो सारे काम बंद हो जाएँ। मैंने इतने दिनों इनकी सेवा की, मेरी ही बदौलत ऐसे-ऐसे चार-पाँच गाँव बढ़ गये। जब तक पंडित जी थे, मेरी नीयत का मान था। मुझे आँख में धूल डालने की जरूरत न थी, वे आप ही मेरी खातिर कर दिया करते थे। उन्हें मरे आठ साल हो गये; मगर मुसम्मात के एक बीड़े पान की कसम खाता हूँ; मेरी जात से उनको हजारों रुपये मासिक की बचत होती थी। क्या उनको इतनी भी समझ न थी कि यह बेचारा, जो इतनी ईमानदारी से मेरा काम करता है, इस नफे में कुछ उसे भी मिलना चाहिए ? यह कह कर न दो, इनाम कह कर दो, किसी तरह दो तो, मगर वह तो समझती थी कि मैंने इसे बीस रुपये महीने पर मोल ले लिया है। मैंने आठ साल तक सब किया, अब क्या इसी बीस रुपये में गुलामी करता

रहूँ और अपने बच्चों को दूसरों का मुँह ताकने के लिए छोड़ जाऊँ ? अब मुझे यह अवसर मिला है, इसे क्यों छोड़ू ? जमींदारी की लालसा लिये हुए क्यों मरूँ ? जब तक जीऊँगा, खुद खाऊँगा। मेरे पीछे मेरे बच्चे चैन उड़ायेंगे।

माता की आँखों में आँसू भर आये। बोली–बेटा, मैंने तुम्हारे मुँह से ऐसी बातें कभी नहीं सुनी थीं, तुम्हें क्या हो गया है ? तुम्हारे आगे बाल-बच्चे हैं। आग में हाथ न डालो।

बहू ने सास की ओर देख कर कहा–हमको ऐसा धन न चाहिए, हम अपनी दाल-रोटी में मगन हैं।

मुंशी–अच्छी बात है, तुम लोग रोटी-दाल खाना, गाढ़ा पहनना, मुझे अब हलवे-पूरी की इच्छा है।

माता–यह अधर्म मुझसे न देखा जायगा। मैं गंगा में डूब मरूँगी।

पत्नी–तुम्हें यह सब काँटा बोना है, तो मुझे मायके पहुँचा दो, मैं अपने बच्चों को ले कर इस घर में न रहूँगी !

मुंशी ने झुँझला कर कहा–तुम लोगों की बुद्धि तो भाँग खा गयी है। लाखों सरकारी नौकर रात-दिन दूसरों का गला दबा-दबा कर रिश्वतें लेते हैं और चैन करते हैं। न उनके बाल-बच्चों ही को कुछ होता है, न उन्हीं को हैजा पकड़ता है। अधर्म उनको क्यों नहीं खा जाता, जो मुझी को खा जायगा। मैंने तो सत्यवादियों को सदा दुःख झेलते ही देखा है। मैंने जो कुछ किया है, सुख लूटूँगा। तुम्हारे मन में जो आये, करो।

प्रातःकाल दफ्तर खुला तो कागजात सब गायब थे। मुंशी छक्कनलाल बौखलाये से घर में गये और मालकिन से पूछा–कागजात आपने उठवा लिये हैं।

भानुकुँवरि ने कहा–मुझे क्या खबर, जहाँ आपने रखे होंगे, वहीं होंगे।

फिर सारे घर में खलबली पड़ गयी। पहरेदारों पर मार पड़ने लगी। भानुकुँवरि को तुरंत मुंशी सत्यनारायण पर संदेह हुआ, मगर उनकी समझ में छक्कनलाल की सहायता के बिना यह काम होना असम्भव था। पुलिस में रपट हुई। एक ओझा नाम निकालने के लिए बुलाया गया। मौलवी साहब ने कुर्रा फेंका। ओझा ने बताया, यह किसी पुराने बैरी का काम है। मौलवी साहब ने फर्माया, किसी घर के भेदिये ने यह हरकत की है। शाम तक यह दौड़-धूप रही। फिर यह सलाह होने लगी कि इन कागजातों के बगैर मुकदमा कैसे चले। पक्ष तो पहले ही से निर्बल था। जो कुछ बल था, वह इसी बही-खाते का था। अब तो सबूत भी हाथ से गये। दावे

में कुछ जान ही न रही, मगर भानुकुँवरि ने कहा—बला से हार जाएँगे। हमारी चीज कोई छीन ले, तो हमारा धर्म है कि उससे यथाशक्ति लड़ें, हार कर बैठना कायरों का काम है। सेठ जी (वकील) को इस दुर्घटना का समाचार मिला तो उन्होंने भी यही कहा कि अब दावे में जरा भी जान नहीं है। केवल अनुमान और तर्क का भरोसा है। अदालत ने माना तो माना, नहीं तो हार माननी पड़ेगी। पर भानुकुँवरि ने एक न मानी। लखनऊ और इलाहाबाद से दो होशियार बैरिस्टर बुलाये। मुकदमा शुरू हो गया।

सारे शहर में इस मुकदमे की धूम थी। कितने ही रईसों को भानुकुँवरि ने साथी बनाया था। मुकदमा शुरू होने के समय हजारों आदमियों की भीड़ हो जाती थी। लोगों के इस खिंचाव का मुख्य कारण यह था कि भानुकुँवरि एक पर्दे की आड़ में बैठी हुई अदालत की कार्रवाई देखा करती थी, क्योंकि उसे अब अपने नौकरों पर जरा भी विश्वास न था।

वादी बैरिस्टर ने एक बड़ी मार्मिक वक्तृता दी। उसने सत्यनारायण की पूर्वावस्था का खूब अच्छा चित्र खींचा। उसने दिखलाया कि वे कैसे स्वामिभक्त, कैसे कार्य-कुशल, कैसे कर्म-शील थे; और स्वर्गवासी पंडित भृगुदत्त का उन पर पूर्ण विश्वास हो जाना किस तरह स्वाभाविक था। इसके बाद उसने सिद्ध किया कि मुंशी सत्यनारायण की आर्थिक व्यवस्था कभी ऐसी न थी कि वे इतना धन-संचय करते। अंत में उसने मुंशी जी की स्वार्थपरता, कूटनीति, निर्दयता और विश्वास-घातकता का ऐसा घृणोत्पादक चित्र खींचा कि लोग मुंशी जी को गालियाँ देने लगे। इसके साथ ही उसने पंडित जी के अनाथ बालकों की दशा का बड़ा ही करुणोत्पादक वर्णन किया—कैसे शोक और लज्जा की बात है कि ऐसा चरित्रवान्, ऐसा नीति-कुशल मनुष्य इतना गिर जाए कि अपने स्वामी के अनाथ बालकों की गर्दन पर छुरी चलाने में संकोच न करे। मानव-पतन का ऐसा करुण, ऐसा हृदय-विदारक उदाहरण मिलना कठिन है। इस कुटिल कार्य के परिणाम की दृष्टि से इस मनुष्य के पूर्वपरिचित सद्गुणों का गौरव लुप्त हो जाता है। क्योंकि वे असली मोती नहीं, नकली काँच के दाने थे, जो केवल विश्वास जमाने के निमित्त दर्शाये गये थे। वह केवल सुंदर जाल था, जो एक सरल हृदय और छल-छंद से दूर रहने वाले रईस को फँसाने के लिए फैलाया गया था। इस नर-पशु का अंतःकरण कितना अंधकारमय, कितना कपट-पूर्ण, कितना कठोर है; और इसकी दुष्टता कितनी घोर, कितनी अपावन है। अपने शत्रु के साथ दया करना एक बार तो क्षम्य है, मगर इस मलिन- हृदय मनुष्य

ने उन बेकसों के साथ दगा दिया है, जिन पर मानव-स्वभाव के अनुसार दया करना उचित है ! यदि आज हमारे पास बहीखाते मौजूद होते, अदालत पर सत्यनारायण की सत्यता स्पष्ट रूप से प्रकट हो जाती, पर मुंशी जी के बरखास्त होते ही दफ्तर से उनका लुप्त हो जाना भी अदालत के लिए एक बड़ा सबूत है।

शहर के कई रईसों ने गवाही दी, पर सुनी-सुनायी बातें जिरह में उखड़ गयीं। दूसरे दिन फिर मुकदमा पेश हुआ।

प्रतिवादी के वकील ने अपनी वक्तृता शुरू की। उसमें गंभीर विचारों की अपेक्षा हास्य का आधिक्य था–यह एक विलक्षण न्याय-सिद्धांत है कि किसी धनाढ्य मनुष्य का नौकर जो कुछ खरीदे, वह उसके स्वामी की चीज समझी जाय। इस सिद्धांत के अनुसार हमारी गवर्नमेंट को अपने कर्मचारियों की सारी सम्पत्ति पर कब्जा कर लेना चाहिए। यह स्वीकार करने में हमको कोई आपत्ति नहीं कि हम इतने रुपयों का प्रबंध न कर सकते थे और यह धन हमने स्वामी से ऋण लिया; पर हमसे ऋण चुकाने का कोई तकाजा न करके वह जायदाद ही माँगी जाती है। यदि हिसाब के कागजात दिखलाये जाएँ, तो वे साफ बता देंगे कि मैं सारा ऋण दे चुका। हमारे मित्र ने कहा है कि ऐसी अवस्था में बहियों का गुम हो जाना भी अदालत के लिए एक सबूत होना चाहिए। मैं भी उनकी युक्ति का समर्थन करता हूँ। यदि मैं आपसे ऋण ले कर अपना विवाह करूँ, तो क्या आप मुझसे मेरी नवविवाहिता वधू को छीन लेंगे ?

'हमारे सुयोग्य मित्र ने हमारे ऊपर अनाथों के साथ दगा करने का दोष लगाया है। अगर मुंशी सत्यनारायण की नीयत खराब होती, तो उनके लिए सबसे अच्छा अवसर वह था, जब पंडित भृगुदत्त का स्वर्गवास हुआ था। इतने विलंब की क्या जरूरत थी ? यदि आप शेर को फँसा कर उसके बच्चे को उसी वक्त नहीं पकड़ लेते, उसे बढ़ने और सबल होने का अवसर देते हैं, तो मैं आपको बुद्धिमान न कहूँगा। यथार्थ बात यह है कि मुंशी सत्यनारायण ने नमक का जो कुछ हक था, वह पूरा कर दिया। आठ वर्ष तक तन-मन से स्वामी के संतान की सेवा की। आज उन्हें अपनी साधुता का जो फल मिल रहा है, वह बहुत ही दुःखजनक और हृदय-विदारक है। इसमें भानुकुँवरि का दोष नहीं। वे एक गुण-सम्पन्न महिला हैं; मगर अपनी जाति के अवगुण उनमें भी विद्यमान हैं ! ईमानदार मनुष्य स्वभावतः स्पष्टभाषी होता है; उसे अपनी बातों में नमक-मिर्च लगाने की जरूरत नहीं होती। यही कारण है कि मुंशी जी के मृदुभाषी मातहतों को उन पर आक्षेप करने का मौका मिल गया।

इस दावे की जड़ केवल इतनी ही है, और कुछ नहीं। भानुकुँवरि यहाँ उपस्थित हैं। क्या वे कह सकती हैं कि इस आठ वर्ष की मुद्दत में कभी इस गाँव का जिक्र उनके सामने आया ? कभी उसके हानि-लाभ, आय-व्यय, लेन-देन की चर्चा उनसे की गयी ? मान लीजिए कि मैं गवर्नमेंट का मुलाजिम हूँ। यदि मैं आज दफ्तर में आ कर अपनी पत्नी के आय-व्यय और अपने टहलुओं के टैक्सों का पचड़ा गाने लगूँ, तो शायद मुझे शीघ्र ही अपने पद से पृथक् होना पड़े, और सम्भव है, कुछ दिनों तक बरेली की विशाल अतिथिशाला में भी रखा जाऊँ। जिस गाँव से भानुकुँवरि का सरोकार न था, उसकी चर्चा उनसे क्यों की जाती ?'

इसके बाद बहुत से गवाह पेश हुए; जिनमें अधिकांश आस-पास के देहातों के जमींदार थे। उन्होंने बयान किया कि हमने मुंशी सत्यनारायण के असामियों को अपनी दस्तखती रसीदें देते और अपने नाम से खाने में रुपया दाखिल करते देखा है।

इतने में संध्या हो गयी। अदालत ने एक सप्ताह में फैसला सुनाने का हुक्म दिया।

:: 6 ::

सत्यनारायण को अब अपनी जीत में कोई संदेह न था। वादी पक्ष के गवाह भी उखड़ गये थे और बहस भी सबूत से खाली थी। अब इनकी गिनती भी जमींदारों में होगी और सम्भव है, यह कुछ दिनों में रईस कहलाने लगेंगे। पर किसी ने किसी कारण से अब शहर के गण्यमान्य पुरुषों से आँखें मिलाते शर्माते थे। उन्हें देखते ही उनका सिर नीचा हो जाता था। वह मन में डरते थे कि वे लोग कहीं इस विषय पर कुछ पूछ-ताछ न कर बैठें। वह बाजार में निकलते तो दूकानदारों में कुछ कानाफूसी होने लगती और लोग उन्हें तिरछी दृष्टि से देखने लगते। अब तक लोग उन्हें विवेकशील और सच्चरित्र मनुष्य समझते थे, शहर के धनी-मानी उन्हें इज्जत की निगाह से देखते और उनका बड़ा आदर करते थे। यद्यपि मुंशी जी को अब तक इनसे टेढ़ी-तिरछी सुनने का संयोग न पड़ा था, तथापि उनका मन कहता था कि सच्ची बात किसी से छिपी नहीं है। चाहे अदालत से उनकी जीत हो जाय, पर उनकी साख अब जाती रही। अब उन्हें लोग स्वार्थी, कपटी और दगाबाज समझेंगे। दूसरों की बात तो अलग रही, स्वयं उनके घरवाले उनकी उपेक्षा करते थे। बूढ़ी माता ने तीन दिन से मुँह में पानी नहीं डाला। स्त्री बार-बार हाथ जोड़ कर कहती थी कि अपने प्यारे बालकों

पर दया करो। बुरे काम का फल कभी अच्छा नहीं होता। नहीं तो पहले मुझी को विष खिला दो।

जिस दिन फैसला सुनाया जानेवाला था, प्रातःकाल एक कुँजड़िन तरकारियाँ ले कर आयी और मुंशियाइन से बोली–

'बहू जी ! हमने बाजार में एक बात सुनी है। बुरा न मानो तो कहूँ ? जिसको देखो, उसके मुँह से यही बात निकलती है कि लाला बाबू ने जालसाजी से पंडिताइन का कोई हलका ले लिया। हमें तो इस पर यकीन नहीं आता लाला बाबू ने न सँभाला होता, तो अब तक पंडिताइन का कहीं पता न लगता ! एक अंगुल जमीन न बचती। ऐसा सरदार था कि सबको सँभाल लिया। तो क्या अब उन्हीं के साथ बदी करेंगे ? अरे बहू ! कोई कुछ साथ लाया है कि ले जायगा ? यही नेकी-बदी रह जाती है। बुरे का फल बुरा होता है। आदमी न देखे, पर अल्लाह सब कुछ देखता है।'

बहू जी पर घड़ों पानी पड़ गया। जी चाहता था कि धरती फट जाती, तो उसमें समा जाती। स्त्रियाँ स्वभावतः लज्जावती होती हैं। उनमें आत्माभिमान की मात्रा अधिक होती है। निंदा-अपमान उनसे सहन नहीं हो सकता है। सिर झुकाये हुए बोली–बुआ ! मैं इन बातों को क्या जानूँ ? मैंने तो आज ही तुम्हारे मुँह से सुनी है। कौन-सी तरकारियाँ हैं ?

मुंशी सत्यनारायण अपने कमरे में लेटे हुए कुँजड़िन की बातें सुन रहे थे, उसके चले जाने के बाद आ कर स्त्री से पूछने लगे–यह शैतान की खाला क्या कह रही थी।

स्त्री ने पति की ओर से मुँह फेर लिया और जमीन की ओर ताकते हुए बोली–क्या तुमने नहीं सुना ? तुम्हारा गुन-गान कर रही थी। तुम्हारे पीछे देखो, किस-किसके मुँह से ये बातें सुननी पड़ती हैं और किस-किससे मुँह छिपाना पड़ता है।

मुंशी जी अपने कमरे में लौट आये। स्त्री को कुछ उत्तर नहीं दिया। उनकी आत्मा लज्जा से परास्त हो गयी। जो मनुष्य सदैव सर्वसम्मानित रहा हो, जो सदा आत्माभिमान से सिर उठा कर चलता रहा हो, जिसकी सुकृति की सारी शहर में चर्चा होती रही हो, वह कभी सर्वथा लज्जाशून्य नहीं हो सकता; लज्जा कुपथ की सबसे बड़ी शत्रु है। कुवासनाओं के भ्रम में पड़ कर मुंशी जी ने समझा था, मैं इस काम को ऐसी गुप्त-रीति से पूरा कर ले जाऊँगा कि किसी को कानोंकान खबर

न होगी, पर उनका यह मनोरथ सिद्ध न हुआ। बाधाएँ आ खड़ी हुईं। उनको हटाने में उन्हें बड़े दुस्साहस से काम लेना पड़ा; पर यह भी उन्होंने लज्जा से बचने के निमित्त किया जिसमें यह कोई न कहे कि अपनी स्वामिनी को धोखा दिया। इतना यत्न करने पर भी वह निंदा से न बच सके। बाजार में सौदा बेचनेवालियाँ भी अब उनका अपमान करती हैं। कुवासनाओं से दबी हुई लज्जा-शक्ति इस कड़ी चोट को सहन न कर सकी। मुंशी जी सोचने लगे, अब मुझे धन-सम्पत्ति मिल जायगी, ऐश्वर्यवान् हो जाऊँगा, परंतु निंदा से मेरा पीछा न छूटेगा। अदालत का फैसला मुझे लोक-निंदा से न बचा सकेगा। ऐश्वर्य का फल क्या है ?–मान और मर्यादा। उससे हाथ धो बैठा, तो ऐश्वर्य को ले कर क्या करूँगा ? चित्त की शक्ति खो कर, लोक-लज्जा सह कर, जनसमुदाय में नीच बन कर और अपने घर में कलह का बीज बो कर यह सम्पत्ति मेरे किस काम आयेगी ? और यदि वास्तव में कोई न्याय-शक्ति हो और वह मुझे इस कुकृत्य का दंड दे, तो मेरे लिए सिवा मुख में कालिख लगा कर निकल जाने के और कोई मार्ग न रहेगा। सत्यवादी मनुष्य पर कोई विपत्ति पड़ती है, तो लोग उसके साथ सहानुभूति करते हैं; मगर दुष्टों की विपत्ति लोगों के लिए व्यंग्य की सामग्री बन जाती है। उस अवस्था में ईश्वर अन्यायी ठहराया जाता है; मगर दुष्टों की विपत्ति ईश्वर के न्याय को सिद्ध करती है। परमात्मन् ! इस दुर्दशा से किसी तरह मेरा उद्धार करो ! क्यों न जा कर मैं भानुकुँवरि के पैरों पर गिर पड़ूँ और विनय करूँ कि यह मुकदमा उठा लो ? शोक ! पहले यह बात मुझे क्यों न सूझी ? अगर कल तक मैं उनके पास चला गया होता, तो बात बन जाती; पर अब क्या हो सकता है। आज तो फैसला सुनाया जायगा।

मुंशी जी देर तक इसी विचार में पड़े रहे, पर कुछ निश्चय न कर सके कि क्या करें।

भानुकुँवरि को भी विश्वास हो गया कि अब गाँव हाथ से गया। बेचारी हाथ मल कर रह गयी। रात भर उसे नींद न आयी, रह-रह कर मुंशी सत्यनारायण पर क्रोध आता था। हाय पापी ! ढोल बजा कर मेरा पचास हजार का माल लिये जाता है और मैं कुछ नहीं कर सकती। आजकल के न्याय करने वाले बिलकुल आँख के अंधे हैं। जिस बात को सारी दुनिया जानती है, उसमें भी उनकी दृष्टि नहीं पहुँचती। बस, दूसरों की आँखों से देखते हैं। कोरे कागजों के गुलाम हैं। न्याय वह है जो दूध का दूध, पानी का पानी कर दे; यह नहीं कि खुद ही कागजों के धोखे में आ जाय, खुद ही पाखंडियों के जाल में फँस जाय। इसी से तो ऐसे छली, कपटी, दगाबाज

और दुरात्माओं का साहस बढ़ गया है। खैर, गाँव जाता है तो जाय; लेकिन सत्यनारायण, तुम शहर में कहीं मुँह दिखाने के लायक भी न रहे।

इस खयाल से भानुकुँवरि को कुछ शांति हुई। शत्रु की हानि मनुष्य को अपने लाभ से भी अधिक प्रिय होती है, मानव-स्वभाव ही कुछ ऐसा है। तुम हमारा एक गाँव ले गये, नारायण चाहेंगे तो तुम भी इससे सुख न पाओगे। तुम आप नरक की आग में जलोगे, तुम्हारे घर में कोई दिया जलाने वाला न रह जायगा।

फैसले का दिन आ गया। आज इजलास में बड़ी भीड़ थी। ऐसे-ऐसे महानुभाव उपस्थित थे, जो बगुलों की तरह अफसरों की बधाई और विदाई के अवसरों ही में नजर आया करते हैं। वकीलों और मुखतारों की पलटन भी जमा थी। नियत समय पर जज साहब ने इजलास सुशोभित किया। विस्तृत न्याय भवन में सन्नाटा छा गया। अहलमद ने संदूक से तजबीज निकाली। लोग उत्सुक हो कर एक-एक कदम और आगे खिसक गये।

जज ने फैसला सुनाया--मुद्दई का दावा खारिज। दोनों पक्ष अपना-अपना खर्च सह लें।

यद्यपि फैसला लोगों के अनुमान के अनुसार ही था, तथापि जज के मुँह से उसे सुन कर लोगों में हलचल-सी मच गयी। उदासीन भाव से फैसले पर आलोचनाएँ करते हुए लोग धीरे-धीरे कमरे से निकलने लगे।

एकाएक भानुकुँवरि घूँघट निकाले इजलास पर आ कर खड़ी हो गयी। जानेवाले लौट पड़े। जो बाहर निकल गये थे, दौड़ कर आ गये। और कौतूहलपूर्वक भानुकुँवरि की तरफ ताकने लगे।

भानुकुँवरि ने कंपित स्वर में जज से कहा—सरकार, यदि हुक्म दें, तो मैं मुंशी जी से कुछ पूछूँ !

यद्यपि यह बात नियम के विरुद्ध थी, तथापि जज ने दयापूर्वक आज्ञा दे दी।

तब भानुकुँवरि ने सत्यनारायण की तरफ देख कर कहा—लाला जी, सरकार ने तुम्हारी डिग्री तो कर ही दी। गाँव तुम्हें मुबारक रहे; मगर ईमान आदमी का सब कुछ है। ईमान से कह दो, गाँव किसका है ?

हजारों आदमी यह प्रश्न सुन कर कौतूहल से सत्यनारायण की तरफ देखने लगे। मुंशी जी विचार-सागर में डूब गये। हृदय में संकल्प और विकल्प में घोर संग्राम होने लगा। हजारों मनुष्यों की आँखें उनकी तरफ जमी हुई थीं। यथार्थ बात अब किसी से छिपी न थी। इतने आदमियों के सामने असत्य बात मुँह से निकल न

सकी। लज्जा से जबान बंद कर ली—'मेरा' कहने में काम बनता था। कोई बात न थी; किन्तु घोरतम पाप का दंड समाज दे सकता है। उसके मिलने का पूरा भय था। 'आपका' कहने से काम बिगड़ता था। जीती-जितायी बाजी हाथ से निकल जाती थी, सर्वोत्कृष्ट काम के लिए समाज से जो इनाम मिल सकता है, उसके मिलने की पूरी आशा थी। आशा ने भय को जीत लिया। उन्हें ऐसा प्रतीत हुआ, जैसे ईश्वर ने मुझे अपना मुख उज्ज्वल करने का यह अंतिम अवसर दिया है। मैं अब भी मानव-सम्मान का पात्र बन सकता हूँ। अब अपनी आत्मा की रक्षा कर सकता हूँ। उन्होंने आगे बढ़ कर भानुकुँवरि को प्रणाम किया और काँपते हुए स्वर में बोले—आपका !

हजारों मनुष्यों के मुँह से एक गगनस्पर्शी ध्वनि निकली—सत्य की जय !

जज ने खड़े हो कर कहा—यह कानून का न्याय नहीं, ईश्वरीय न्याय है।

:: 7 ::

इसे कथा न समझिएगा; यह सच्ची घटना है। भानुकुँवरि और सत्यनारायण अब भी जीवित हैं। मुंशी जी के इस नैतिक साहस पर लोग मुग्ध हो गये। मानवी न्याय पर ईश्वरीय न्याय ने जो विलक्षण विजय पायी, उसकी चर्चा शहर भर में महीनों रही। भानुकुँवरि मुंशी जी के घर गयीं, उन्हें मना कर लायीं। फिर अपना सारा कारोबार उन्हें सौंपा और कुछ दिनों उपरांत यह गाँव उन्हीं के नाम हिब्बा कर दिया। मुंशी जी ने भी उसे अपने अधिकार में रखना उचित न समझा, कृष्णार्पण कर दिया। अब इसकी आमदनी दीन-दुखियों और विद्यार्थियों की सहायता में खर्च होती है।

❑❑❑

ममता

बाबू रामरक्षादास दिल्ली के एक ऐश्वर्यशाली खत्री थे, बहुत ही ठाट-बाट से रहनेवाले। बड़े-बड़े अमीर उनके यहाँ नित्य आते-जाते थे। वे आये हुओं का आदर-सत्कार ऐसे अच्छे ढंग से करते थे कि इस बात की धूम सारे मुहल्ले में थी। नित्य उनके दरवाजे पर किसी न किसी बहाने से इष्ट-मित्र एकत्र हो जाते, टेनिस खेलते, ताश उड़ता, हारमोनियम के मधुर स्वरों से जी बहलाते, चाय-पानी से हृदय प्रफुल्लित करते, अधिक और क्या चाहिए ? जाति की ऐसी अमूल्य सेवा कोई छोटी बात नहीं है। नीची जातियों के सुधार के लिए दिल्ली में एक सोसायटी थी। बाबू साहब उसके सेक्रेटरी थे, और इस कार्य को असाधारण उत्साह से पूर्ण करते थे। जब उनका बूढ़ा कहार बीमार हुआ और क्रिश्चियन मिशन के डाक्टरों ने उसकी शुश्रूषा की, जब उसकी विधवा स्त्री ने निर्वाह की कोई आशा न देख कर क्रिश्चियन-समाज का आश्रय लिया, तब इन दोनों अवसरों पर बाबू साहब ने शोक के रेजल्यूशन्स पास किये। संसार जानता है कि सेक्रेटरी का काम सभाएँ करना और रेजल्यूशन बनाना है। इससे अधिक वह कुछ नहीं कर सकता।

मिस्टर रामरक्षा का जातीय उत्साह यहीं तक सीमाबद्ध न था। वे सामाजिक कुप्रथाओं तथा अंधविश्वास के प्रबल शत्रु थे। होली के दिनों में, जब कि मुहल्ले में चमार और कहार शराब से मतवाले होकर फाग गाते और डफ बजाते हुए निकलते, तो उन्हें बड़ा शोक होता। जाति की इस मूर्खता पर उनकी आँखों में आँसू भर आते और वे प्रायः इस कुरीति का निवारण अपने हंटर से किया करते। उनके हंटर में जाति-हितैषिता की उमंग उनकी वक्तृता से भी अधिक थी। यह उन्हीं के प्रशंसनीय प्रयत्न थे, जिन्होंने मुख्य होली के दिन दिल्ली में हलचल मचा दी, फाग गाने के अपराध में हजारों आदमी पुलिस के पंजे

में आ गये। सैकड़ों घरों में मुख्य होली के दिन मुहर्रम का-सा शोक फैल गया। इधर उनके दरवाजे पर हजारों पुरुष-स्त्रियाँ अपना दुखड़ा रो रही थीं। उधर बाबू साहब के हितैषी मित्रगण अपने उदारशील मित्र के सद्व्यवहार की प्रशंसा करते। बाबू साहब दिन-भर में इतने रंग बदलते थे कि उस पर 'पेरिस' की परियों को भी ईर्ष्या हो सकती थी। कई बैंकों में उनके हिस्से थे। कई दूकानें थीं; किंतु बाबू साहब को इतना अवकाश न था कि उनकी कुछ देखभाल करते। अतिथि-सत्कार एक पवित्र धर्म है। वे सच्ची देशहितैषिता की उमंग से कहा करते थे–अतिथि-सत्कार आदिकाल से भारतवर्ष के निवासियों का एक प्रधान और सराहनीय गुण है। अभ्यागतों का आदर-सम्मान करने में हम अद्वितीय हैं। हम इससे संसार में मनुष्य कहलाने योग्य हैं। हम सब कुछ खो बैठे हैं, किंतु जिस दिन हममें यह गुण शेष न रहेगा; वह दिन हिंदू-जाति के लिए लज्जा, अपमान और मृत्यु का दिन होगा।

मिस्टर रामरक्षा जातीय आवश्यकताओं से भी बेपरवाह न थे। वे सामाजिक और राजनीतिक कार्यों में पूर्णरूपेण योग देते थे। यहाँ तक कि प्रतिवर्ष दो, बल्कि कभी-कभी तीन वक्तृताएँ अवश्य तैयार कर लेते। भाषणों की भाषा अत्यंत उपयुक्त, ओजस्वी और सर्वांग-सुंदर होती थी। उपस्थित जन और इष्टमित्र उनके एक-एक शब्द पर प्रशंसासूचक शब्दों की ध्वनि प्रकट करते, तालियाँ बजाते, यहाँ तक कि बाबू साहब को व्याख्यान का क्रम स्थिर रखना कठिन हो जाता। व्याख्यान समाप्त होने पर उनके मित्र उन्हें गोद में उठा लेते और आश्चर्यचकित होकर कहते–तेरी भाषा में जादू है ! सारांश यह कि बाबू साहब का यह जातीय प्रेम और उद्योग केवल बनावटी, सहायता-शून्य तथा फैशनेबिल था। यदि उन्होंने किसी सदुद्योग में भाग लिया था, तो वह सम्मिलित कुटुम्ब का विरोध था। अपने पिता के पश्चात् वे अपनी विधवा माँ से अलग हो गये थे। इस जातीय सेवा में उनकी स्त्री विशेष सहायक थी। विधवा माँ अपने बेटे और बहू के साथ नहीं रह सकती थी। इससे बहू की स्वाधीनता में विघ्न पड़ने से मन दुर्बल और मस्तिष्क शक्तिहीन हो जाता है। बहू को जलाना और कुढ़ाना सास की आदत है। इसलिए बाबू रामरक्षा अपनी माँ से अलग हो गये थे। इसमें संदेह नहीं कि उन्होंने मातृ-ऋण का विचार करके दस हजार रुपये अपनी माँ के नाम जमा कर दिये थे, कि उसके ब्याज से उनका निर्वाह होता रहे; किंतु बेटे के इस उत्तम आचरण पर माँ का दिल ऐसा टूटा कि वह दिल्ली छोड़कर अयोध्या जा रहीं। तब से वहीं रहती हैं। बाबू साहब कभी-कभी मिसेज रामरक्षा से छिप कर उससे मिलने अयोध्या जाया करते थे, किंतु वह दिल्ली

आने का कभी नाम न लेतीं। हाँ, यदि कुशल-क्षेम की चिट्ठी पहुँचने में कुछ देर हो जाती, तो विवश हो कर समाचार पूछ लेती थीं।

:: 2 ::

उसी मुहल्ले में एक सेठ गिरधारी लाल रहते थे। उनका लाखों का लेन-देन था। वे हीरे और रत्नों का व्यापार करते थे। बाबू रामरक्षा के दूर के नाते में साढ़ू होते थे। पुराने ढंग के आदमी थे–प्रातःकाल यमुना-स्नान करनेवाले तथा गाय को अपने हाथों से झाड़ने-पोंछनेवाले ! उनसे मिस्टर रामरक्षा का स्वभाव न मिलता था; परंतु जब कभी रुपयों की आवश्यकता होती, तो वे सेठ गिरधारी लाल के यहाँ से बेखटके मँगा लिया करते थे। आपस का मामला था, केवल चार अंगुल के पत्र पर रुपया मिल जाता था, न कोई दस्तावेज, न स्टाम्प, न साक्षियों की आवश्यकता। मोटरकार के लिए दस हजार की आवश्यकता हुई, वह वहाँ से आया। घुड़दौड़ के लिए एक आस्ट्रेलियन घोड़ा डेढ़ हजार में लिया गया। उसके लिए भी रुपया सेठ जी के यहाँ से आया। धीरे-धीरे कोई बीस हजार का मामला हो गया। सेठ जी सरल हृदय के आदमी थे। समझते थे कि उसके पास दूकानें हैं, बैंकों में रुपया है। जब जी चाहेगा, रुपया वसूल कर लेंगे; किंतु जब दो-तीन वर्ष व्यतीत हो गये और सेठ जी के तकाजों की अपेक्षा मिस्टर रामरक्षा की माँग ही का आधिक्य रहा तो गिरधारी लाल को संदेह हुआ। वह एक दिन रामरक्षा के मकान पर आये और सभ्य-भाव से बोले–भाई साहब, मुझे एक हुण्डी का रुपया देना है, यदि आप मेरा हिसाब कर दें तो बहत अच्छा हो। यह कह कर हिसाब के कागजात और उनके पत्र दिखलाये। मिस्टर रामरक्षा किसी गार्डन-पार्टी में सम्मिलित होने के लिए तैयार थे। बोले–इस समय क्षमा कीजिए; फिर देख लूँगा, जल्दी क्या है ?

गिरधारी लाल को बाबू साहब की रुखाई पर क्रोध आ गया, वे रुष्ट होकर बोले–आपको जल्दी नहीं है, मुझे तो है ! दो सौ रुपये मासिक की मेरी हानि हो रही है ! मिस्टर रामरक्षा ने असंतोष प्रकट करते हुए घड़ी देखी। पार्टी का समय बहुत करीब था। वे बहुत विनीत भाव से बोले–भाई साहब, मैं बड़ी जल्दी में हूँ। इस समय मेरे ऊपर कृपा कीजिए। मैं कल स्वयं उपस्थित हूँगा।

सेठ जी एक माननीय और धन-सम्पन्न आदमी थे। वे रामरक्षा के इस कुरुचिपूर्ण व्यवहार पर जल गये। मैं इनका महाजन हूँ–इनसे धन में, मान में, ऐश्वर्य में, बढ़ा हुआ, चाहूँ तो ऐसों को नौकर रख लूँ, इनके दरवाजे पर आऊँ और आदर-सत्कार

की जगह उलटे ऐसा रूखा बर्ताव ? वह हाथ बाँधे मेरे सामने न खड़ा रहे, किन्तु क्या मैं पान, इलायची, इत्र आदि से भी सम्मान करने के योग्य नहीं ? वे तिनक कर बोले—अच्छा, तो कल हिसाब साफ हो जाय।

रामरक्षा ने अकड़ कर उत्तर दिया—हो जायगा।

रामरक्षा के गौरवशील हृदय पर सेठ जी के इस बर्ताव के प्रभाव का कुछ खेदजनक असर न हुआ। इस काठ के कुन्दे ने आज मेरी प्रतिष्ठा धूल में मिला दी। वह मेरा अपमान कर गया। अच्छा, तुम भी इसी दिल्ली में रहते हो और हम भी यहीं हैं। निदान दोनों में गाँठ पड़ गयी। बाबू साहब की तबीयत ऐसी गिरी और हृदय में ऐसी चिंता उत्पन्न हुई कि पार्टी में जाने का ध्यान जाता रहा, वे देर तक इसी उलझन में पड़े रहे। फिर सूट उतार दिया और सेवक से बोले—जा, मुनीम जी को बुला ला। मुनीम जी आये, उनका हिसाब देखा गया, फिर बैंकों का एकाउंट देखा; किंतु ज्यों-ज्यों इस घाटी में उतरते गये, त्यों-त्यों अँधेरा बढ़ता गया। बहुत कुछ टटोला, कुछ हाथ न आया। अंत में निराश होकर वे आरामकुर्सी पर पड़ गये और उन्होंने एक ठंडी साँस ले ली। दूकानों का माल बिका; किंतु रुपया बकाया में पड़ा हुआ था। कई ग्राहकों की दूकानें टूट गयीं। और उन पर जो नकद रुपया बकाया था, वह डूब गया। कलकत्ते के आढ़तियों से जो माल मँगाया था, रुपये चुकाने की तिथि सिर पर आ पहुँची और यहाँ रुपया वसूल न हुआ। दूकानों का यह हाल, बैंकों का इससे भी बुरा। रात भर वे इन्हीं चिंताओं में करवटें बदलते रहे। अब क्या करना चाहिए ? गिरधारीलाल सज्जन पुरुष है। यदि सारा कच्चा हाल उसे सुना दूँ, तो अवश्य मान जायगा, किंतु यह कष्टप्रद कार्य होगा कैसे ? ज्यों-ज्यों प्रातःकाल समीप आता था, त्यों-यों उनका दिल बैठा जाता था। कच्चे विद्यार्थी की जो दशा परीक्षा के सन्निकट आने पर होती है वही हाल इस समय रामरक्षा का था। वे पलंग से न उठे। मुँह-हाथ भी न धोया, खाने को कौन कहे। इतना जानते थे कि दुःख पड़ने पर कोई किसी का साथी नहीं होता। इसलिए एक आपत्ति से बचने के लिए कई आपत्तियों का बोझा न उठाना पड़े, इस खयाल से मित्रों को इन मामलों की खबर तक न दी। जब दोपहर हो गयी और उनकी दशा ज्यों की त्यों रही, तो उनका छोटा लड़का बुलाने आया। उसने बाप का हाथ पकड़ कर कहा—लाला जी, आज दाने क्यों नहीं तलते ?

रामरक्षा—भूख नहीं है।

'क्या काया है ?'

'मन की मिठाई।'

'और क्या काया है ?'

'मार।'

'किसने मारा है ?'

'गिरधारीलाल ने।'

लड़का रोता हुआ घर में गया और इस मार की चोट से देर तक रोता रहा। अंत में तश्तरी में रखी हुई दूध की मलाई ने उसकी चोट पर मरहम का काम दिया।

:: 3 ::

रोगी को जब जीने की आशा नहीं रहती, तो औषधि छोड़ देता है। मिस्टर रामरक्षा जब इस गुत्थी को न सुलझा सके, तो चादर तान ली और मुँह लपेट कर सो रहे। शाम को एकाएक उठ कर सेठ जी के यहाँ पहुँचे और कुछ असावधानी से बोले—महाशय, मैं आपका हिसाब नहीं कर सकता।

सेठ जी घबरा कर बोले—क्यों ?

रामरक्षा—इसलिए कि मैं इस समय दरिद्र-निहंग हूँ। मेरे पास एक कौड़ी भी नहीं है। आप अपना रुपया जैसे चाहें वसूल कर लें।

सेठ—यह आप कैसी बातें कहते हैं ?

रामरक्षा—बहुत सच्ची।

सेठ—दूकानें नहीं हैं ?

रामरक्षा—दूकानें आप मुफ्त ले जाइए।

सेठ—बैंक के हिस्से ?

रामरक्षा—वह कब के उड़ गये।

सेठ—जब यह हाल था, तो आपको उचित नहीं था कि मेरे गले पर छुरी फेरते ?

रामरक्षा—(अभिमान से) मैं आपके यहाँ उपदेश सुनने के लिए नहीं आया हूँ।

यह कह कर मिस्टर रामरक्षा वहाँ से चल दिये। सेठ जी ने तुरंत नालिश कर दी। बीस हजार मूल, पाँच हजार ब्याज। डिगरी हो गयी। मकान नीलाम पर चढ़ा। पंद्रह हजार की जायदाद पाँच हजार में निकल गयी। दस हजार की मोटर चार हजार में बिकी। सारी सम्पत्ति उड़ जाने पर कुल मिला कर सोलह हजार से अधिक रकम न खड़ी हो सकी। सारी गृहस्थी नष्ट हो गयी, तब भी दस हजार के ऋणी

रह गये। मान-बड़ाई, धन-दौलत सभी मिट्टी में मिल गये। बहुत तेज दौड़ने वाला मनुष्य प्रायः मुँह के बल गिर पड़ता है।

:: 4 ::

इस घटना के कुछ दिनों पश्चात् दिल्ली म्यूनिसिपैलिटी के मेम्बरों का चुनाव आरम्भ हुआ। इस पद के अभिलाषी वोटरों की पूजाएँ करने लगे। दलालों के भाग्य उदय हुए। सम्पत्तियाँ मोतियों की तोल बिकने लगीं। उम्मीदवार मेम्बरों के सहायक अपने-अपने मुवक्किल के गुणगान करने लगे। चारों ओर चहल-पहल मच गयी। एक वकील महाशय ने भरी सभा में मुवक्किल साहब के विषय में कहा–

'मैं जिस बुर्जुग का पैरोकार हूँ, वह कोई मामूली आदमी नहीं है। यह वह शख्स है, जिसने फरजंद अकबर की शादी में पचीस हजार रुपया सिर्फ रक्स व सरूर में सर्फ कर दिया था।'

उपस्थित जनों में प्रशंसा की उच्च ध्वनि हुई।

एक दूसरे महाशय ने अपने मुहल्ले के वोटरों के सम्मुख मुवक्किल की प्रशंसा यों की–

"मैं यह नहीं कह सकता कि आप सेठ गिरधारीलाल को अपना मेम्बर बनाइए। आप अपना भला-बुरा स्वयं समझते हैं, और यह भी नहीं कि सेठ जी मेरे द्वारा अपनी प्रशंसा के भूखे हों। मेरा निवेदन केवल यही है कि आप जिसे मेम्बर बनायें, पहले उसके गुण-दोषों का भली-भाँति परिचय ले लें। दिल्ली में केवल एक मनुष्य है, जो गत 10 वर्षों से आपकी सेवा कर रहा है। केवल एक आदमी है, जिसने पानी पहुँचाने और स्वच्छता-प्रबंधों में हार्दिक धर्म-भाव से सहायता दी है। केवल एक पुरुष है, जिसको श्रीमान् वायसराय के दरबार में कुर्सी पर बैठने का अधिकार प्राप्त है, और आप सब महाशय उसे जानते भी हैं।"

उपस्थित जनों ने तालियाँ बजायीं।

सेठ गिरधारीलाल के मुहल्ले में उनके एक प्रतिवादी थे। नाम था मुंशी फैजुलरहमान खाँ। बड़े जमींदार और प्रसिद्ध वकील थे। बाबू रामरक्षा ने अपनी दृढ़ता, साहस, बुद्धिमत्ता और मृदु भाषण से मुंशी जी साहब की सेवा करनी आरम्भ की। सेठ जी को परास्त करने का यह अपूर्व अवसर हाथ आया। वे रात और दिन इसी धुन में लगे रहते। उनकी मीठी और रोचक बातों का प्रभाव उपस्थित जनों पर बहुत अच्छा पड़ता। एक बार आपने असाधारण श्रद्धा-उमंग में आ कर

कहा—मैं डंके की चोट पर कहता हूँ कि मुंशी फैजुलरहमान से अधिक योग्य आदमी आपको दिल्ली में न मिल सकेगा। यह वह आदमी है, जिसकी गजलों पर कविजनों में 'वाह-वाह' मच जाती है। ऐसे श्रेष्ठ आदमी की सहायता करना मैं अपना जातीय और सामाजिक धर्म समझता हूँ। अत्यंत शोक का विषय है कि बहुत-से लोग इस जातीय और पवित्र काम को व्यक्तिगत लाभ का साधन बनाते हैं। धन और वस्तु है, श्रीमान् वायसराय के दरबार में प्रतिष्ठित होना और वस्तु, किंतु सामाजिक सेवा तथा जातीय चाकरी और ही चीज है। वह मनुष्य, जिसका जीवन ब्याज-प्राप्ति, बेईमानी, कठोरता तथा निर्दयता और सुख-विलास में व्यतीत होता हो, इस सेवा के योग्य कदापि नहीं है।

:: 5 ::

सेठ गिरधारीलाल इस अन्योक्तिपूर्ण भाषण का हाल सुन कर क्रोध से आग हो गये। मैं बेईमान हूँ ! ब्याज का धन खानेवाला हूँ ! विषयी हूँ! कुशल हुई, जो तुमने मेरा नाम नहीं लिया; किंतु अब भी तुम मेरे हाथ में हो। मैं अब भी तुम्हें जिस तरह चाहूँ, नचा सकता हूँ। खुशामदियों ने आग पर तेल डाला। इधर रामरक्षा अपने काम में तत्पर रहे। यहाँ तक कि 'वोटिंग-डे' आ पहुँचा। मिस्टर रामरक्षा को उद्योग में बहुत कुछ सफलता प्राप्त हुई थी। आज वे बहुत प्रसन्न थे। आज गिरधारीलाल को नीचा दिखाऊँगा, आज उसको पता पड़ेगा कि धन संसार के सभी पदार्थों को इकट्ठा नहीं कर सकता। जिस समय फैजुल रहमान के वोट अधिक निकलेंगे और मैं तालियाँ बजाऊँगा, उस समय गिरधारीलाल का चेहरा देखने योग्य होगा, मुँह का रंग बदल जायगा, हवाइयाँ उड़ने लगेंगी, आँखें न मिला सकेगा। शायद, फिर मुझे मुँह न दिखा सके। इन्हीं विचारों में मग्न रामरक्षा शाम को टाउनहाल में पहुँचे। उपस्थित जनों ने बड़ी उमंग के साथ उनका स्वागत किया। थोड़ी देर बाद 'वोटिंग' आरम्भ हुआ। मेम्बरी मिलने की आशा रखनेवाले महानुभाव अपने-अपने भाग्य का अंतिम फल सुनने के लिए आतुर हो रहे थे। छह बजे चेयरमैन ने फैसला सुनाया। सेठ जी की हार हो गयी। फैजुलरहमान ने मैदान मार लिया। रामरक्षा ने हर्ष के आवेग में टोपी हवा में उछाल दी और स्वयं भी कई बार उछल पड़े। मुहल्लेवालों को अचम्भा हुआ। चाँदनी चौक से सेठ जी को हटाना मेरु को स्थान से उखाड़ना था। सेठ जी के चेहरे से रामरक्षा को जितनी आशाएँ थीं, वे सब पूरी हो गयीं। उनका रंग फीका पड़ गया था। खेद और लज्जा की मूर्ति बने हुए थे। एक वकील

साहब ने उनसे सहानुभूति प्रकट करते हुए कहा–सेठ जी, मुझे आपकी हार का बहुत बड़ा शोक है। मैं जानता कि खुशी के बदले रंज होगा, तो कभी यहाँ न आता। मैं तो केवल आपके खयाल से यहाँ आया था। सेठ जी ने बहुत रोकना चाहा, परंतु आँखों में आँसू डबडबा ही गये। वे निःस्पृह बनने का व्यर्थ प्रयत्न करके बोले–वकील साहब, मुझे इसकी कुछ चिंता नहीं, कौन रियासत निकल गयी ? व्यर्थ उलझन, चिंता तथा झंझट रहती थी, चलो, अच्छा हुआ। गला छूटा। अपने काम में हरज होता था। सत्य कहता हूँ, मुझे तो हृदय से प्रसन्नता ही हुई। यह काम तो बेकाम वालों के लिए है, घर न बैठे रहे, यही बेगार की। मेरी मूर्खता थी कि मैं इतने दिनों तक आँखें बंद किये बैठा रहा। परंतु सेठ जी की मुखाकृति ने इन विचारों का प्रमाण न दिया। मुखमंडल हृदय का दर्पण है, इसका निश्चय अलबत्ता हो गया।

किंतु बाबू रामरक्षा बहुत देर तक इस आनन्द का मजा न लूटने पाये और न सेठ जी को बदला लेने के लिए बहुत देर तक प्रतीक्षा करनी पड़ी। सभा विसर्जित होते ही जब बाबू रामरक्षा सफलता की उमंग में ऐंठते, मूछों पर ताव देते और चारों ओर गर्व की दृष्टि डालते हुए बाहर आये, तो दीवानी के तीन सिपाहियों ने आगे बढ़कर उन्हें गिरफ्तारी का वारंट दिखा दिया। अबकी बाबू रामरक्षा के चेहरे का रंग उतर जाने की, और सेठ जी के इस मनोवांछित दृश्य से आनन्द उठाने की बारी थी। गिरधारीलाल ने आनन्द की उमंग में तालियाँ तो न बजायीं, परंतु मुस्करा कर मुँह फेर लिया। रंग में भंग पड़ गया।

आज इस विषय के उपलक्ष्य में मुंशी फैजुलरहमान ने पहले ही से एक बड़े समारोह के साथ गार्डन पार्टी की तैयारियाँ की थीं। मिस्टर रामरक्षा इसके प्रबंधकर्ता थे। आज की 'आफ्टर डिनर' स्पीच उन्होंने बड़े परिश्रम से तैयार की थी; किंतु इस वारंट ने सारी कामनाओं का सत्यानाश कर दिया। यों तो बाबू साहब के मित्रों में ऐसा कोई भी न था, जो दस हजार रुपये जमानत दे देता; अदा कर देने का तो जिक्र ही क्या; किंतु कदाचित् ऐसा होता भी तो सेठ जी अपने को भाग्यहीन समझते। दस हजार रुपये और म्युनिस्पैलिटी की प्रतिष्ठित मेम्बरी खो कर इन्हें इस समय यह हर्ष प्राप्त हुआ था।

मिस्टर रामरक्षा के घर पर ज्यों ही यह खबर पहुँची, कुहराम मच गया। उनकी स्त्री पछाड़ खा कर पृथ्वी पर गिर पड़ी। जब कुछ होश में आयी तो रोने लगी। और रोने से छुट्टी मिली तो उसने गिरधारीलाल को कोसना आरम्भ किया। देवी-देवता मनाने लगी। उन्हें रिश्वतें देने पर तैयार हुई कि ये गिरधारीलाल को किसी प्रकार

निगल जाएँ। इस बड़े भारी काम में वह गंगा और यमुना से सहायता माँग रही थी, प्लेग और विसूचिका की खुशामदें कर रही थी कि ये दोनों मिल कर उस गिरधारीलाल को हड़प ले जाएँ ! किंतु गिरधारी का कोई दोष नहीं। दोष तुम्हारा है। बहुत अच्छा हुआ ! तुम इसी पूजा के देवता थे। क्या अब दावतें न खिलाओगे ? मैंने तुम्हें कितना समझाया, रोयी, रूठी, बिगड़ी; किन्तु तुमने एक न सुनी। गिरधारीलाल ने बहुत अच्छा किया। तुम्हें शिक्षा तो मिल गयी; किंतु तुम्हारा भी दोष नहीं। यह सब आग मैंने ही लगायी है। मखमली स्लीपरों के बिना मेरे पाँव ही नहीं उठते थे। बिना जड़ाऊ कड़ों के मुझे नींद न आती थी। सेजगाड़ी मेरे ही लिए मँगवायी थी। अंगरेजी पढ़ने के लिए मेम साहब को मैंने ही रखा। ये सब काँटे मैंने ही बोये हैं।

मिसेज रामरक्षा बहुत देर तक इन्हीं विचारों में डूबी रही। जब रात भर करवटें बदलने के बाद वह सबेरे उठी, तो उसके विचार चारों ओर से ठोकर खा कर केवल एक केंद्र पर जम गये। गिरधारीलाल बड़ा बदमाश और घमंडी है। मेरा सब कुछ ले कर भी उसे संतोष नहीं हुआ। इतना भी इस निर्दयी कसाई से न देखा गया। भिन्न-भिन्न प्रकार के विचारों ने मिल कर एक रूप धारण किया और क्रोधाग्नि को दहला कर प्रबल कर दिया। ज्वालामुखी शीशे में जब सूर्य की किरणें एक होती हैं, तब अग्नि प्रकट हो जाती है। इस स्त्री के हृदय में रह-रह कर क्रोध की एक असाधारण लहर उत्पन्न होती थी। बच्चे ने मिठाई के लिए हठ किया; उस पर बरस पड़ी; महरी ने चौका-बरतन करके चूल्हे में आग जला दी, उसके पीछे पड़ गयी—मैं तो अपने दुःखों को रो रही हूँ, इस चुड़ैल को रोटियों की धुन सवार है। निदान 9 बजे उससे न रहा गया। उसने यह पत्र लिख कर अपने हृदय की ज्वाला ठंडी की—

'सेठ जी, तुम्हें अब अपने धन के घमंड ने अंधा कर दिया है, किन्तु किसी का घमंड इसी तरह सदा नहीं रह सकता। कभी न कभी सिर अवश्य नीचा होता है। अफसोस कि कल शाम को, जब तुमने मेरे प्यारे पति को पकड़वाया, मैं वहाँ मौजूद न थी; नहीं तो अपना और तुम्हारा रक्त एक कर देती। तुम धन के मद में भूले हुए हो। मैं उसी दम तुम्हारा नशा उतार देती। एक स्त्री के हाथों अपमानित हो कर तुम फिर किसी को मुँह दिखाने लायक न रहते। अच्छा, इसका बदला तुम्हें किसी न किसी तरह जरूर मिल जायगा। मेरा कलेजा उस दिन ठंडा होगा, जब तुम निर्वंश हो जाओगे और तुम्हारे कुल का नाम मिट जायगा।'

सेठ जी पर यह फटकार पड़ी तो वे क्रोध से आग हो गये। यद्यपि क्षुद्र हृदय

के मनुष्य न थे, परंतु क्रोध के आवेग में सौजन्य का चिह्न भी शेष नहीं रहता। यह ध्यान न रहा कि यह एक दुखिन की क्रंदन-ध्वनि है, एक सतायी हुई स्त्री की मानसिक दुर्बलता का विचार है। उसकी धनहीनता और विवशता पर उन्हें तनिक भी दया न आयी। मरे हुए को मारने का उपाय सोचने लगे।

:: 6 ::

इसके तीसरे दिन सेठ गिरधारीलाल पूजा के आसन पर बैठे हुए थे, महरा ने आ कर कहा–सरकार, कोई स्त्री आप से मिलने आयी है। सेठ जी ने पूछा–कौन स्त्री है ? महरा ने कहा–सरकार, मुझे क्या मालूम ? लेकिन है कोई भलेमानुष ! रेशमी साड़ी पहने हुए। हाथ में सोने के कड़े हैं। पैरों में टाट के स्लीपर हैं। बड़े घर की स्त्री जान पड़ती है।

यों साधारणतः सेठ जी पूजा के समय किसी से नहीं मिलते थे। चाहे कैसा ही आवश्यक काम क्यों न हो, ईश्वरोपासना में सामाजिक बाधाओं को घुसने नहीं देते थे। किन्तु ऐसी दशा में जब कि किसी बड़े घर की स्त्री मिलने के लिए आये, तो थोड़ी देर के लिए पूजा में विलम्ब करना निंदनीय नहीं कहा जा सकता, ऐसा विचार करके वे नौकर से बोले–उन्हें बुला लाओ।

जब वह स्त्री आयी तो सेठ जी स्वागत के लिए उठ कर खड़े हो गये। तत्पश्चात् अत्यंत कोमल वचनों से कारुणिक शब्दों में बोले–माता, कहाँ से आना हुआ और जब यह उत्तर मिला कि वह अयोध्या से आयी है, तो आपने उसे फिर से दंडवत् किया और चीनी तथा मिश्री से भी अधिक मधुर और नवनीत से भी अधिक चिकने शब्दों में कहा–अच्छा, आप श्री अयोध्या जी से आ रही हैं ? उस नगरी का क्या कहना ! देवताओं की पुरी है। बड़े भाग्य थे कि आपके दर्शन हुए। यहाँ आपका आगमन कैसे हुआ ? स्त्री ने उत्तर दिया–घर तो मेरा यहीं है। सेठ जी का मुख पुनः मधुरता का चित्र बना। वे बोले–अच्छा, तो मकान आपका इसी शहर में है ? तो आपने माया-जंजाल को त्याग दिया ? यह तो मैं पहले ही समझ गया था। ऐसी पवित्र आत्माएँ संसार में बहुत थोड़ी हैं। ऐसी देवियों के दर्शन दुर्लभ होते हैं। आपने मुझे दर्शन दिया, बड़ी कृपा की। मैं इस योग्य नहीं, जो आप-जैसी विदुषियों की कुछ सेवा कर सकूँ ? किंतु जो काम मेरे योग्य हो–जो कुछ मेरे किये हो सकता हो–उसे करने के लिए मैं सब भाँति से तैयार हूँ। यहाँ सेठ-साहूकारों ने मुझे बहुत बदनाम कर रखा है, मैं सबकी आँखों में खटकता हूँ। उसका कारण सिवा इसके

और कुछ नहीं कि जहाँ वे लोग लाभ का ध्यान रखते हैं, वहाँ मैं भलाई पर रखता हूँ। यदि कोई बड़ी अवस्था का वृद्ध मनुष्य मुझसे कुछ कहने-सुनने के लिए आता है, तो विश्वास मानो, मुझसे उसका वचन टाला नहीं जाता। कुछ बुढ़ापे का विचार, कुछ उसके दिल टूट जाने का डर, कुछ यह खयाल कि कहीं वह विश्वासघातियों के फंदे में न फँस जाय, मुझे उसकी इच्छाओं की पूर्ति के लिए विवश कर देता है। मेरा यह सिद्धान्त है कि अच्छी जायदाद और कम ब्याज। किंतु इस प्रकार बातें आपके सामने करना व्यर्थ है। आप से तो घर का मामला है। मेरे योग्य जो कुछ काम हो, उसके लिए मैं सिर-आँखों से तैयार हूँ।

वृद्ध स्त्री—मेरा काम आप ही से हो सकता है।

सेठ जी—(प्रसन्न हो कर) बहुत अच्छा, आज्ञा दो।

स्त्री—मैं आपके सामने भिखारिन बन कर आयी हूँ। आपको छोड़ कर कोई मेरा सवाल पूरा नहीं कर सकता।

सेठ जी—कहिए, कहिए।

स्त्री—आप रामरक्षा को छोड़ दीजिए।

सेठ जी के मुख का रंग उतर गया। सारे हवाई किले जो अभी-अभी तैयार हुए थे, गिर पड़े। वे बोले—उसने मेरी बहुत हानि की है। उसका घमंड तोड़ डालूँगा, तब छोड़ूँगा।

स्त्री—तो क्या कुछ मेरे बुढ़ापे का, मेरे हाथ फैलाने का, कुछ अपनी बड़ाई का विचार न करोगे ? बेटा, ममता बुरी होती है। संसार से नाता टूट जाय, धन जाय, धर्म जाय, किंतु लड़के का स्नेह हृदय से नहीं जाता। संतोष सब कुछ कर सकता है। किंतु बेटे का प्रेम माँ के हृदय से नहीं निकल सकता। इस पर हाकिम का, राजा का, यहाँ तक कि ईश्वर का भी बस नहीं है। तुम मुझ पर तरस खाओ। मेरे लड़के की जान छोड़ दो, तुम्हें बड़ा यश मिलेगा। मैं जब तक जीऊँगी, तुम्हें आशीर्वाद देती रहूँगी।

सेठ जी का हृदय कुछ पसीजा। पत्थर की तह में पानी रहता है; किंतु तत्काल ही इन्हें मिसेज रामरक्षा के पत्र का ध्यान आ गया। वे बोले—मुझे रामरक्षा से कोई उतनी शत्रुता नहीं थी, यदि उन्होंने मुझे न छेड़ा होता, तो मैं न बोलता। आपके कहने से मैं अब भी उनका अपराध क्षमा कर सकता हूँ ! परन्तु उसकी बीवी साहबा ने जो पत्र मेरे पास भेजा है, उसे देख कर शरीर में आग लग जाती है। दिखाऊँ आपको ! रामरक्षा की माँ ने पत्र ले कर पढ़ा तो उनकी आँखों में आँसू भर आये।

वे बोलीं—बेटा, इस स्त्री ने मुझे बहुत दुःख दिया है। उसने मुझे देश से निकाल दिया। उसका मिजाज और जबान उसके वश में नहीं; किंतु इस समय उसने जो गर्व दिखाया है, उसका तुम्हें खयाल नहीं करना चाहिए। तुम इसे भुला दो। तुम्हारा देश-देश में नाम है। यह नेकी तुम्हारे नाम को और भी फैला देगी। मैं तुमसे प्रण करती हूँ कि सारा समाचार रामरक्षा से लिखवा कर किसी अच्छे समाचार-पत्र में छपवा दूँगी। रामरक्षा मेरा कहना नहीं टालेगा। तुम्हारे इस उपकार को वह कभी न भूलेगा। जिस समय ये समाचार संवादपत्रों में छपेंगे, उस समय हजारों मनुष्यों को तुम्हारे दर्शन की अभिलाषा होगी। सरकार में तुम्हारी बड़ाई होगी और मैं सच्चे हृदय से कहती हूँ कि शीघ्र ही तुम्हें कोई न कोई पदवी मिल जायगी। रामरक्षा की अँगरेजों से बहुत मित्रता है, वे उसकी बात कभी न टालेंगे।

सेठ जी के हृदय में गुदगुदी पैदा हो गयी। यदि इस व्यवहार में वह पवित्र और माननीय स्थान प्राप्त हो जाय—जिसके लिए हजारों खर्च किये, हजारों डालियाँ दीं, हजारों अनुनय-विनय कीं, हजारों खुशामदें कीं, खानसामों की झिड़कियाँ सहीं, बंगलों के चक्कर लगाये—तो इस सफलता के लिए ऐसे कई हजार मैं खर्च कर सकता हूँ। निःसंदेह मुझे इस काम में रामरक्षा से बहुत कुछ सहायता मिल सकती है; किंतु इन विचारों को प्रकट करने से क्या लाभ ? उन्होंने कहा—माता, मुझे नाम-नमूद की बहुत चाह नहीं है। बड़ों ने कहा है—नेकी कर दरिया में डाल। मुझे तो आपकी बात का खयाल है। पदवी मिले तो लेने से इनकार नहीं, न मिले तो तृष्णा नहीं; परंतु यह तो बताइए कि मेरे रुपयों का क्या प्रबंध होगा ? आपको मालूम होगा कि मेरे दस हजार रुपये आते हैं।

रामरक्षा की माँ ने कहा—तुम्हारे रुपये की जमानत मैं करती हूँ। यह देखो, बंगाल-बैंक की पास-बुक है। इसमें मेरा दस हजार रुपया जमा है। उस रुपये से तुम रामरक्षा को कोई व्यवसाय करा दो। तुम उस दूकान के मालिक रहोगे, रामरक्षा को उसका मैनेजर बना देना। जब तक वह तुम्हारे कहे पर चले, निभाना; नहीं तो दूकान तुम्हारी है। मुझे उसमें से कुछ नहीं चाहिए। मेरी खोज-खबर लेनेवाला ईश्वर है। रामरक्षा अच्छी तरह रहे, इससे अधिक मुझे और न चाहिए। यह कह कर पास-बुक सेठ जी को दे दी। माँ के इस अथाह प्रेम ने सेठ जी को विह्वल कर दिया। पानी उबल पड़ा और पत्थर के नीचे ढँक गया। ऐसे पवित्र दृश्य देखने के लिए जीवन में कम अवसर मिलते हैं। सेठ जी के हृदय में परोपकार की एक लहर-सी उठी; उनकी आँखें डबडबा आयीं। जिस प्रकार पानी के बहाव से कभी-कभी बाँध टूट

जाता है; उसी प्रकार परोपकार की इस उमंग ने स्वार्थ और माया के बाँध को तोड़ दिया। वे पास-बुक वृद्ध स्त्री को वापस दे कर बोले—माता, यह अपनी किताब लो। मुझे अब अधिक लज्जित न करो। यह देखो, रामरक्षा का नाम बही से उड़ा देता हूँ। मुझे कुछ नहीं चाहिए, मैंने अपना सब कुछ पा लिया। आज तुम्हारा रामरक्षा तुमको मिल जायगा।

इस घटना के दो वर्ष उपरांत टाउनहाल में फिर एक बड़ा जलसा हुआ। बैंड बज रहा था, झंडियाँ और ध्वजाएँ वायुमंडल में लहरा रही थीं। नगर के सभी माननीय पुरुष उपस्थित थे। फिटन और मोटरों से सारा हाता भरा हुआ था। एकाएक मुश्की घोड़ों की एक फिटन ने हाते में प्रवेश किया। सेठ गिरधारीलाल बहुमूल्य वस्त्रों से सजे हुए उसमें से उतरे। उनके साथ एक फैशनेबुल नवयुवक अंग्रेजी सूट पहने मुस्कराता हुआ उतरा। ये मिस्टर रामरक्षा थे। वे अब सेठ जी की एक खास दूकान के मैनेजर हैं। केवल मैनेजर ही नहीं, किंतु उन्हें मैनेजिंग प्रोप्राइटर समझना चाहिए। दिल्ली-दरबार में सेठ जी को रायबहादुर का पद मिला है। आज डिस्ट्रिक्ट मैजिस्ट्रेट नियमानुसार इसकी घोषणा करेंगे और सूचित करेंगे कि नगर के माननीय पुरुषों की ओर से सेठ जी को धन्यवाद देने के लिए यह बैठक हुई है। सेठ जी की ओर से धन्यवाद का वक्तव्य मिस्टर रामरक्षा करेंगे। जिन लोगों ने उनकी वक्तृताएँ सुनी हैं, वे बहुत उत्सुकता से उस अवसर की प्रतीक्षा कर रहे हैं।

बैठक समाप्त होने पर सेठ जी रामरक्षा के साथ अपने भवन पर पहुँचे, तो मालूम हुआ कि आज वही वृद्धा स्त्री उनसे फिर मिलने आयी है। सेठ जी दौड़ कर रामरक्षा की माँ के चरणों से लिपट गये। उनका हृदय इस समय नदी की भाँति उमड़ा हुआ था।

'रामरक्षा ऐंड फ्रेंड्स' नामक चीनी बनाने का कारखाना बहुत उन्नति पर है। रामरक्षा अब भी उसी ठाट-बाट से जीवन व्यतीत कर रहे हैं; किंतु पार्टियाँ कम देते हैं और दिन भर में तीन से अधिक सूट नहीं बदलते। वे अब उस पत्र को, जो उनकी स्त्री ने सेठ जी को लिखा था, संसार की एक बहुत अमूल्य वस्तु समझते हैं और मिसेज रामरक्षा को भी अब सेठ जी के नाम को मिटाने की अधिक चाह नहीं है। क्योंकि अभी हाल में जब लड़का पैदा हुआ था, मिसेज रामरक्षा ने अपना सुवर्ण-कंकण धाय को उपहार दिया था और मनों मिठाई बाँटी थी।

यह सब हो गया; किंतु वह बात जो, अब होनी चाहिए थी, न हुई। रामरक्षा की माँ अब भी अयोध्या में रहती हैं और अपनी पुत्रवधू की सूरत नहीं देखना चाहतीं।

❑❑❑

मंत्र

संध्या का समय था। डाक्टर चड्ढा गोल्फ खेलने के लिए तैयार हो रहे थे। मोटर द्वार के सामने खड़ी थी कि दो कहार एक डोली लिये आते दिखायी दिये। डोली के पीछे एक बूढ़ा लाठी टेकता चला आता था। डोली औषधालय के सामने आ कर रुक गयी। बूढ़े ने धीरे-धीरे आ कर द्वार पर पड़ी हुई चिक से झाँका। ऐसी साफ-सुथरी जमीन पर पैर रखते हुए भय हो रहा था कि कोई घुड़क न बैठे। डाक्टर साहब को सामने देख कर भी उसे कुछ कहने का साहस न हुआ।

डाक्टर साहब ने चिक के अंदर से गरज कर कहा–कौन है ? क्या चाहता है ?

बूढ़े ने हाथ जोड़ कर कहा–हुजूर, बड़ा गरीब आदमी हूँ। मेरा लड़का कई दिन से...

डाक्टर साहब ने सिगार जला कर कहा–कल सबेरे आओ, कल सबेरे, हम इस वक्त मरीजों को नहीं देखते।

बूढ़े ने घुटने टेक कर जमीन पर सिर रख दिया और बोला–दुहाई है सरकार की, लड़का मर जायगा ! हुजूर, चार दिन से आँखें नहीं...

डाक्टर चड्ढा ने कलाई पर नजर डाली। केवल दस मिनट समय और बाकी था। गोल्फ-स्टिक खूँटी से उतारते हुए बोले–कल सबेरे आओ, कल सबेरे; यह हमारे खेलने का समय है।

बूढ़े ने पगड़ी उतार कर चौखट पर रख दी और रो कर बोला–हुजूर, एक निगाह देख लें। बस, एक निगाह ! लड़का हाथ से चला जायगा हुजूर, सात लड़कों में यही एक बच रहा है, हुजूर। हम दोनों आदमी रो-रो कर मर जायेंगे, सरकार ! आपकी बढ़ती होय, दीनबंधु !

ऐसे उजड्ड देहाती यहाँ प्रायः रोज आया करते थे। डाक्टर साहब उनके स्वभाव से खूब परिचित थे। कोई कितना ही कुछ कहे; पर वे अपनी ही रट लगाते जाएँगे। किसी की सुनेंगे नहीं। धीरे से चिक उठायी और बाहर निकल कर मोटर की तरफ चले। बूढ़ा यह कहता हुआ उनके पीछे दौड़ा—सरकार, बड़ा धरम होगा। हुजूर, दया कीजिए, बड़ा दीन-दुखी हूँ; संसार में कोई और नहीं है, बाबू जी !

मगर डाक्टर साहब ने उसकी ओर मुँह फेर कर देखा तक नहीं। मोटर पर बैठ कर बोले—कल सबेरे आना।

मोटर चली गयी। बूढ़ा कई मिनट तक मूर्ति की भाँति निश्चल खड़ा रहा। संसार में ऐसे मनुष्य भी होते हैं, जो अपने आमोद-प्रमोद के आगे किसी की जान की भी परवा नहीं करते, शायद इसका उसे अब भी विश्वास न आता था। सभ्य संसार इतना निर्मम, इतना कठोर है, इसका ऐसा मर्मभेदी अनुभव अब तक न हुआ था। वह उन पुराने जमाने के जीवों में था, जो लगी हुई आग को बुझाने, मुर्दे को कंधा देने, किसी के छप्पर को उठाने और किसी कलह को शांत करने के लिए सदैव तैयार रहते थे। जब तक बूढ़े को मोटर दिखायी दी, वह खड़ा टकटकी लगाये उस ओर ताकता रहा। शायद उसे अब भी डाक्टर साहब के लौट आने की आशा थी। फिर उसने कहारों से डोली उठाने को कहा। डोली जिधर से आयी थी, उधर ही चली गयी। चारों ओर से निराश होकर वह डाक्टर चड्ढा के पास आया था। इनकी बड़ी तारीफ सुनी थी। यहाँ से निराश हो कर फिर वह किसी दूसरे डाक्टर के पास न गया। किस्मत ठोक ली !

उसी रात को उसका हँसता-खेलता सात साल का बालक अपनी बाल-लीला समाप्त करके इस संसार से सिधार गया। बूढ़े माँ-बाप के जीवन का यही एक आधार था। इसी का मुँह देख कर जीते थे। इस दीपक के बुझते ही जीवन की अँधेरी रात भाँय-भाँय करने लगी। बुढ़ापे की विशाल ममता टूटे हुए हृदय से निकल कर अंधकार में आर्त-स्वर से रोने लगी।

:: 2 ::

कई साल गुजर गये। डॉक्टर चड्ढा ने खूब यश और धन कमाया; लेकिन इसके साथ ही अपने स्वास्थ्य की रक्षा भी की, जो एक असाधारण बात थी। यह उनके नियमित जीवन का आशीर्वाद था कि 50 वर्ष की अवस्था में उनकी चुस्ती और फुर्ती युवकों को भी लज्जित करती थी। उनके हर एक काम का समय नियत था,

इस नियम से वह जौ-भर भी न टलते थे। बहुधा लोग स्वास्थ्य के नियमों का पालन उस समय करते हैं, जब रोगी हो जाते हैं। डाक्टर चड्ढा उपचार और संयम का रहस्य खूब समझते थे। उनकी संतान-संख्या भी इसी नियम के अधीन थी। उनके केवल दो बच्चे हुए, एक लड़का और एक लड़की। तीसरी संतान न हुई, इसीलिए श्रीमती चड्ढा भी अभी जवान मालूम होती थीं। लड़की का तो विवाह हो चुका था। लड़का कालेज में पढ़ता था। वही माता-पिता के जीवन का आधार था। शील और विनय का पुतला, बड़ा ही रसिक, बड़ा ही उदार, विद्यालय का गौरव, युवक-समाज की शोभा। मुखमंडल से तेज की छटा-सी निकलती थी। आज उसकी बीसवीं सालगिरह थी।

संध्या का समय था। हरी-हरी घास पर कुर्सियाँ बिछी हुई थीं। शहर के रईस और हुक्काम एक तरफ, कालेज के छात्र दूसरी तरफ बैठे भोजन कर रहे थे। बिजली के प्रकाश से सारा मैदान जगमगा रहा था। आमोद-प्रमोद का सामान भी जमा था। छोटा-सा प्रहसन खेलने की तैयारी थी। प्रहसन स्वयं कैलाशनाथ ने लिखा था। वही मुख्य ऐक्टर भी था। इस समय वह एक रेशमी कमीज पहने, नंगे सिर, नंगे पाँव, इधर से उधर मित्रों की आव-भगत में लगा हुआ था। कोई पुकारता–कैलाश, जरा इधर आना; कोई उधर से बुलाता–कैलाश, क्या उधर ही रहोगे ? सभी उसे छेड़ते थे, चुहलें करते थे, बेचारे को जरा दम मारने का अवकाश न मिलता था। सहसा एक रमणी ने उसके पास आ कर कहा–क्यों कैलाश, तुम्हारे साँप कहाँ हैं ? जरा मुझे दिखा दो।

कैलाश ने उससे हाथ मिला कर कहा–मृणालिनी, इस वक्त क्षमा करो, कल दिखा दूँगा।

मृणालिनी ने आग्रह किया–जी नहीं, तुम्हें दिखाना पड़ेगा, मैं आज नहीं मानने की। तुम रोज 'कल-कल' करते हो।

मृणालिनी और कैलाश दोनों सहपाठी थे और एक दूसरे के प्रेम में पगे हुए। कैलाश को साँपों के पालने, खेलाने और नचाने का शौक था। तरह-तरह के साँप पाल रखे थे। उनके स्वभाव और चरित्र की परीक्षा करता रहता था। थोड़े दिन हुए, उसने विद्यालय में 'साँपों' पर एक मार्के का व्याख्यान दिया था। साँपों को नचा कर दिखाया भी था ! प्राणिशास्त्र के बड़े-बड़े पंडित भी यह व्याख्यान सुन कर दंग रह गये थे ! यह विद्या उसने एक बड़े सँपेरे से सीखी थी। साँपों की जड़ी-बूटियाँ जमा करने का उसे मरज था। इतना पता भर मिल जाए कि किसी व्यक्ति के पास

कोई अच्छी जड़ी है, फिर उसे चैन न आता था। उसे ले कर ही छोड़ता था। यही व्यसन था। इस पर हजारों रुपये फूँक चुका था। मृणालिनी कई बार आ चुकी थी; पर कभी साँपों को देखने के लिए इतनी उत्सुक न हुई थी। कह नहीं सकते, आज उसकी उत्सुकता सचमुच जाग गयी थी, या वह कैलाश पर अपने अधिकार का प्रदर्शन करना चाहती थी; पर उसका आग्रह बेमौका था। उस कोठरी में कितनी भीड़ लग जायगी, भीड़ को देख कर साँप कितने चौंकेंगे और रात के समय उन्हें छेड़ा जाना कितना बुरा लगेगा, इन बातों का उसे जरा भी ध्यान न आया।

कैलाश ने कहा–नहीं, कल जरूर दिखा दूँगा। इस वक्त अच्छी तरह दिखा भी तो न सकूँगा, कमरे में तिल रखने को भी जगह न मिलेगी।

एक महाशय ने छेड़ कर कहा–दिखा क्यों नहीं देते, जरा-सी बात के लिए इतना टाल-मटोल कर रहे हो ? मिस गोविंद, हर्गिज न मानना। देखें कैसे नहीं दिखाते !

दूसरे महाशय ने और रद्दा चढ़ाया–मिस गोविन्द इतनी सीधी और भोली हैं, तभी आप इतना मिजाज करते हैं; दूसरी सुंदरी होती, तो इसी बात पर बिगड़ खड़ी होती।

तीसरे साहब ने मजाक उड़ाया–अजी बोलना छोड़ देती। भला, कोई बात है ! इस पर आपका दावा है कि मृणालिनी के लिए जान हाजिर है।

मृणालिनी ने देखा कि ये शोहदे उसे रंग पर चढ़ा रहे हैं, तो बोली–आप लोग मेरी वकालत न करें, मैं खुद अपनी वकालत कर लूँगी। मैं इस वक्त साँपों का तमाशा नहीं देखना चाहती। चलो, छुट्टी हुई।

इस पर मित्रों ने ठट्ठा लगाया। एक साहब बोले–देखना तो आप सब कुछ चाहें, पर कोई दिखाये भी तो ?

कैलाश को मृणालिनी की झेंपी हुई सूरत देखकर मालूम हुआ कि इस वक्त उसका इनकार वास्तव में उसे बुरा लगा है। ज्यों ही प्रीति-भोज समाप्त हुआ और गाना शुरू हुआ, उसने मृणालिनी और अन्य मित्रों को साँपों के दरबे के सामने ले जाकर महुअर बजाना शुरू किया। फिर एक-एक खाना खोलकर एक-एक साँप को निकालने लगा। वाह ! क्या कमाल था ! ऐसा जान पड़ता था कि वे कीड़े उसकी एक-एक बात, उसके मन का एक-एक भाव समझते हैं। किसी को उठा लिया, किसी को गरदन में डाल लिया, किसी को हाथ में लपेट लिया। मृणालिनी बार-बार मना करती कि इन्हें गर्दन में न डालो, दूर ही से दिखा दो। बस, जरा नचा दो। कैलाश की गरदन में साँपों को लिपटते देख कर उसकी जान निकली

जाती थी। पछता रही थी कि मैंने व्यर्थ ही इनसे साँप दिखाने को कहा; मगर कैलाश एक न सुनता था। प्रेमिका के सम्मुख अपने सर्प-कला-प्रदर्शन का ऐसा अवसर पाकर वह कब चूकता ! एक मित्र ने टीका की–दाँत तोड़ डाले होंगे।

कैलाश हँसकर बोला–दाँत तोड़ डालना मदारियों का काम है। किसी के दाँत नहीं तोड़े गये। कहिए तो दिखा दूँ ? कह कर उसने एक काले साँप को पकड़ लिया और बोला–'मेरे पास इससे बड़ा और जहरीला साँप दूसरा नहीं है, अगर किसी को काट ले, तो आदमी आनन-फानन में मर जाय। लहर भी न आये। इसके काटे पर मन्त्र नहीं। इसके दाँत दिखा दूँ ?'

मृणालिनी ने उसका हाथ पकड़ कर कहा–नहीं-नहीं, कैलाश, ईश्वर के लिए इसे छोड़ दो। तुम्हारे पैरों पड़ती हूँ।

इस पर एक दूसरे मित्र बोले–मुझे तो विश्वास नहीं आता, लेकिन तुम कहते हो, तो मान लूँगा।

कैलाश ने साँप की गरदन पकड़कर कहा–नहीं साहब, आप आँखों से देख कर मानिए। दाँत तोड़कर वश में किया तो क्या किया। साँप बड़ा समझदार होता है ! अगर उसे विश्वास हो जाए कि इस आदमी से मुझे कोई हानि न पहुँचेगी, तो वह उसे हर्गिज न काटेगा।

मृणालिनी ने जब देखा कि कैलाश पर इस वक्त भूत सवार है, तो उसने यह तमाशा न करने के विचार से कहा–अच्छा भाई, अब यहाँ से चलो। देखो गाना शुरू हो गया है। आज मैं भी कोई चीज सुनाऊँगी। यह कहते हुए उसने कैलाश का कंधा पकड़ कर चलने का इशारा किया और कमरे से निकल गयी; मगर कैलाश विरोधियों का शंका-समाधान करके ही दम लेना चाहता था। उसने साँप की गरदन पकड़ कर जोर से दबायी, इतनी जोर से दबायी कि उसका मुँह लाल हो गया, देह की सारी नसें तन गयीं। साँप ने अब तक उसके हाथों ऐसा व्यवहार न देखा था। उसकी समझ में न आता था कि यह मुझसे क्या चाहते हैं। उसे शायद भ्रम हुआ कि मुझे मार डालना चाहते हैं, अतएव वह आत्मरक्षा के लिए तैयार हो गया।

कैलाश ने उसकी गर्दन खूब दबा कर मुँह खोल दिया और उसके जहरीले दाँत दिखाते हुए बोला–जिन सज्जनों को शक हो, आ कर देख लें। आया विश्वास या अब भी कुछ शक है ? मित्रों ने आ कर उसके दाँत देखे और चकित हो गये। प्रत्यक्ष प्रमाण के सामने संदेह को स्थान कहाँ। मित्रों का शंका-निवारण करके कैलाश ने साँप की गर्दन ढीली कर दी और उसे जमीन पर रखना चाहा, पर वह काला

गेहुँवन क्रोध से पागल हो रहा था। गर्दन नरम पड़ते ही उसने सिर उठा कर कैलाश की उँगली में जोर से काटा और वहाँ से भागा। कैलाश की उँगली से टप-टप खून टपकने लगा। उसने जोर से उँगली दबा ली और अपने कमरे की तरफ दौड़ा। वहाँ मेज की दराज में एक जड़ी रखी हुई थी, जिसे पीस कर लगा देने से घातक विष भी रफू हो जाता था। मित्रों में हलचल पड़ गयी। बाहर महफिल में भी खबर हुई। डाक्टर साहब घबरा कर दौड़े। फौरन उँगली की जड़ कस कर बाँधी गयी और जड़ी पीसने के लिए दी गयी। डाक्टर साहब जड़ी के कायल न थे। वह उँगली का डसा भाग नश्तर से काट देना चाहते थे, मगर कैलाश को जड़ी पर पूर्ण विश्वास था। मृणालिनी प्यानो पर बैठी हुई थी। यह खबर सुनते ही दौड़ी, और कैलाश की उँगली से टपकते हुए खून को रूमाल से पोंछने लगी। जड़ी पीसी जाने लगी; पर उसी एक मिनट में कैलाश की आँखें झपकने लगीं, ओठों पर पीलापन दौड़ने लगा। यहाँ तक कि वह खड़ा न रह सका। फर्श पर बैठ गया। सारे मेहमान कमरे में जमा हो गये। कोई कुछ कहता था, कोई कुछ। इतने में जड़ी पीस कर आ गयी। मृणालिनी ने उँगली पर लेप किया। एक मिनट और बीता। कैलाश की आँखें बंद हो गयीं। वह लेट गया और हाथ से पंखा झलने का इशारा किया। माँ ने दौड़ कर उसका सिर गोद में रख लिया और बिजली का टेबुल-फैन लगा दिया।

डाक्टर साहब ने झुक कर पूछा–कैलाश, कैसी तबीयत है ? कैलाश ने धीरे से हाथ उठा दिया; पर कुछ बोल न सका। मृणालिनी ने करुण स्वर में कहा–क्या जड़ी कुछ असर न करेगी ? डाक्टर साहब ने सिर पकड़ कर कहा–क्या बतलाऊँ, मैं इसकी बातों में आ गया। अब तो नश्तर से भी कुछ फायदा न होगा।

आध घंटे तक यही हाल रहा। कैलाश की दशा प्रतिक्षण बिगड़ती जाती थी। यहाँ तक कि उसकी आँखें पथरा गयीं, हाथ-पाँव ठंडे हो गये, मुख की कांति मलिन पड़ गयी, नाड़ी का कहीं पता नहीं। मौत के सारे लक्षण दिखायी देने लगे। घर में कुहराम मच गया। मृणालिनी एक ओर सिर पीटने लगी; माँ अलग पछाड़ें खाने लगी। डाक्टर चड्ढा को मित्रों ने पकड़ लिया, नहीं तो वह नश्तर अपनी गर्दन पर मार लेते।

एक महाशय बोले–कोई मंत्र झाड़ने वाला मिले, तो सम्भव है, अब भी जान बच जाय।

एक मुसलमान सज्जन ने इसका समर्थन किया–अरे साहब कब्र में पड़ी हुई लाशें जिंदा हो गयी हैं। ऐसे-ऐसे बाकमाल पड़े हुए हैं।

डाक्टर चड्ढा बोले–मेरी अक्ल पर पत्थर पड़ गया था कि इसकी बातों में आ गया। नश्तर लगा देता, तो यह नौबत ही क्यों आती। बार-बार समझाता रहा कि बेटा, साँप न पालो, मगर कौन सुनता था ! बुलाइए, किसी झाड़-फूँक करनेवाले ही को बुलाइए। मेरा सब कुछ ले ले, मैं अपनी सारी जायदाद उसके पैरों पर रख दूँगा। लँगोटी बाँध कर घर से निकल जाऊँगा; मगर मेरा कैलाश, मेरा प्यारा कैलाश उठ बैठे। ईश्वर के लिए किसी को बुलवाइए।

एक महाशय का किसी झाड़नेवाले से परिचय था। वह दौड़कर उसे बुला लाये; मगर कैलाश की सूरत देखकर उसे मंत्र चलाने की हिम्मत न पड़ी। बोला–अब क्या हो सकता है, सरकार ? जो कुछ होना था, हो चुका !

अरे मूर्ख, यह क्यों नहीं कहता कि जो कुछ न होना था, हो चुका। जो कुछ होना था, वह कहाँ हुआ ? माँ-बाप ने बेटे का सेहरा कहाँ देखा ? मृणालिनी का कामना-तरु क्या पल्लव और पुष्प से रंजित हो उठा ? मन के वह स्वर्ण-स्वप्न जिनसे जीवन आनंद का स्रोत बना हुआ था, क्या पूरे हो गये ? जीवन के नृत्यमय तारिका-मंडित सागर में आमोद की बहार लूटते हुए क्या उनकी नौका जलमग्न नहीं हो गयी ? जो न होना था, वह हो गया।

वही हरा-भरा मैदान था, वही सुनहरी चाँदनी एक निःशब्द संगीत की भाँति प्रकृति पर छायी हुई थी; वही मित्र-समाज था। वही मनोरंजन के सामान थे। मगर जहाँ हास्य की ध्वनि थी, वहाँ करुण क्रंदन और अश्रु-प्रवाह था।

:: 3 ::

शहर से कई मील दूर एक छोटे-से घर में एक बूढ़ा और बुढ़िया अँगीठी के सामने बैठे जाड़े की रात काट रहे थे। बूढ़ा नारियल पीता था और बीच-बीच में खाँसता था। बुढ़िया दोनों घुटनियों में सिर डाले आग की ओर ताक रही थी। एक मिट्टी के तेल की कुप्पी ताक पर जल रही थी। घर में न चारपाई थी, न बिछौना। एक किनारे थोड़ी-सी पुआल पड़ी हुई थी। इसी कोठरी में एक चूल्हा था। बुढ़िया दिन-भर उपले और सूखी लकड़ियाँ बटोरती थी। बूढ़ा रस्सी बट कर बाजार में बेच आता था। यही उनकी जीविका थी। उन्हें न किसी ने रोते देखा, न हँसते। उनका सारा समय जीवित रहने में कट जाता था। मौत द्वार पर खड़ी थी, रोने या हँसने की कहाँ फुरसत ! बुढ़िया ने पूछा–कल के लिए सन तो है नहीं, काम क्या करोगे ?

'जा कर झगड़ू साह से दस सेर सन उधार लाऊँगा।'

'उसके पहले के पैसे तो दिये ही नहीं, और उधार कैसे देगा ?'

'न देगा न सही। घास तो कहीं नहीं गयी है। दोपहर तक क्या दो आने की भी न काटूँगा ?'

इतने में एक आदमी ने द्वार पर आवाज दी–भगत, भगत, क्या सो गये ? जरा किवाड़ खोलो।

भगत ने उठकर किवाड़ खोल दिये। एक आदमी ने अंदर आ कर कहा–कुछ सुना, डाक्टर चड्ढा बाबू के लड़के को साँप काट लिया।

भगत ने चौंक कर कहा–चड्ढा बाबू के लड़के को ! वही चड्ढा बाबू हैं न, जो छावनी में बँगले में रहते हैं ?

'हाँ-हाँ वही। शहर में हल्ला मचा हुआ है। जाते हो तो जाओ, आदमी बन जाओगे।'

बूढ़े ने कठोर भाव से सिर हिला कर कहा–मैं नहीं जाता ! मेरी बला जाय ! वही चड्ढा है। खूब जानता हूँ। भैया को ले कर उन्हीं के पास गया था। खेलने जा रहे थे। पैरों पर गिर पड़ा कि एक नजर देख लीजिए; मगर सीधे मुँह से बात तक न की। भगवान् बैठे सुन रहे थे। अब जान पड़ेगा कि बेटे का गम कैसा होता है। कई लड़के हैं ?

'नहीं जी, यही तो एक लड़का था। सुना है, सबने जवाब दे दिया है।'

'भगवान् बड़ा कारसाज है। उस बखत मेरी आँखों से आँसू निकल पड़े थे, पर उन्हें तनिक भी दया न आयी थी। मैं तो उनके द्वार पर होता, तो भी बात न पूछता।'

'तो न जाओगे ? हमने जो सुना था, सो कह दिया।'

'अच्छा किया–अच्छा किया। कलेजा ठंडा हो गया, आँखें ठंडी हो गयीं। लड़का भी ठंडा हो गया होगा ! तुम जाओ। आज चैन की नींद सोऊँगा। (बुढ़िया से) जरा तम्बाखू ले ले ! एक चिलम और पीऊँगा। अब मालूम होगा लाला को ! सारी साहबी निकल जायगी, हमारा क्या बिगड़ा। लड़के के मर जाने से कुछ राज तो नहीं चला गया ? जहाँ छः बच्चे गये थे, वहाँ एक और चला गया, तुम्हारा तो राज सूना हो जायगा। उसी के वास्ते सबका गला दबा-दबा कर जोड़ा था न ! अब क्या करोगे ? एक बार देखने जाऊँगा; पर कुछ दिन बाद मिजाज का हाल पूछूँगा।'

आदमी चला गया। भगत ने किवाड़ बंद कर लिये, तब चिलम पर तम्बाखू रख कर पीने लगा।

बुढ़िया ने कहा—इतनी रात गये जाड़े-पाले में कौन जायगा ?

'अरे, दोपहर ही होता तो मैं न जाता। सवारी दरवाजे पर लेने आती, तो भी न जाता। भूल नहीं गया हूँ। पन्ना की सूरत आज भी आँखों में फिर रही है। इस निर्दयी ने उसे एक नजर देखा तक नहीं। क्या मैं न जानता था कि वह न बचेगा ? खूब जानता था। चड्ढा भगवान् नहीं थे, कि उनके एक निगाह देख लेने से अमृत बरस जाता। नहीं, खाली मन की दौड़ थी। जरा तसल्ली हो जाती। बस, इसीलिए उनके पास गया था। अब किसी दिन जाऊँगा और कहूँगा—क्यों साहब, कहिए, क्या रंग है ? दुनिया बुरा कहेगी, कहे; कोई परवाह नहीं। छोटे आदमियों में तो सब ऐब होते हैं। बड़ों में कोई ऐब नहीं होता, देवता होते हैं।'

भगत के लिए यह जीवन में पहला अवसर था कि ऐसा समाचार पा कर वह बैठा रह गया हो। 80 वर्ष के जीवन में ऐसा कभी न हुआ था कि साँप की खबर पा कर वह दौड़ न गया हो। माघ-पूस की अँधेरी रात, चैत-बैसाख की धूप और लू, सावन-भादों की चढ़ी हुई नदी और नाले, किसी की उसने कभी परवाह न की। वह तुरंत घर से निकल पड़ता था—निःस्वार्थ, निष्काम ! लेन-देन का विचार कभी दिल में आया नहीं। यह ऐसा काम ही न था। जान का मूल्य कौन दे सकता है ? यह एक पुण्य-कार्य था। सैकड़ों निराशों को उसके मंत्रों ने जीवन-दान दे दिया था; पर आज वह घर से कदम नहीं निकाल सका। यह खबर सुन कर सोने जा रहा है।

बुढ़िया ने कहा—तमाखू अँगीठी के पास रखी हुई है। उसके भी आज ढाई पैसे हो गये। देती ही न थी।

बुढ़िया यह कह कर लेटी। बूढ़े ने कुप्पी बुझायी, कुछ देर खड़ा रहा, फिर बैठ गया। अंत को लेट गया; पर यह खबर उसके हृदय पर बोझे की भाँति रखी हुई थी। उसे मालूम हो रहा था, उसकी कोई चीज खो गयी है, जैसे सारे कपड़े गीले हो गये हैं या पैरों में कीचड़ लगा हुआ है, जैसे कोई उसके मन में बैठा हुआ उसे घर से निकालने के लिए कुरेद रहा है। बुढ़िया जरा देर में खर्राटे लेने लगी। बूढ़े बातें करते-करते सोते हैं और जरा-सा खटका होते ही जागते हैं। तब भगत उठा, अपनी लकड़ी उठा ली, और धीरे से किवाड़ खोले।

बुढ़िया ने पूछा—कहाँ जाते हो ?

'कहीं नहीं, देखता था कि कितनी रात है।'

'अभी बहुत रात है, सो जाओ।'

'नींद नहीं आती।'

'नींद काहे को आवेगी ? मन तो चड्ढा के घर पर लगा हुआ है।'

'चड्ढा ने मेरे साथ कौन-सी नेकी कर दी है, जो वहाँ जाऊँ ? वह आ कर पैरों पड़े, तो भी न जाऊँ।'

'उठे तो तुम इसी इरादे से ही।'

'नहीं री, ऐसा पागल नहीं हूँ कि जो मुझे काँटे बोये, उसके लिए फूल बोता फिरूँ।'

बुढ़िया फिर सो गयी। भगत ने किवाड़ लगा दिये और फिर आ कर बैठा। पर उसके मन की कुछ ऐसी दशा थी, जो बाजे की आवाज कान में पड़ते ही उपदेश सुननेवालों की होती है। आँखे चाहे उपदेशक की ओर हों; पर कान बाजे ही की ओर होते हैं। दिल में भी बाजे की ध्वनि गूँजती रहती है। शर्म के मारे जगह से नहीं उठता। निर्दयी प्रतिघात का भाव भगत के लिए उपदेशक था, पर हृदय उस अभागे युवक की ओर था, जो इस समय मर रहा था, जिसके लिए एक-एक पल का विलम्ब घातक था।

उसने फिर किवाड़ खोले, इतने धीरे से कि बुढ़िया को खबर भी न हुई। बाहर निकल आया। उसी वक्त गाँव का चौकीदार गश्त लगा रहा था, बोला—कैसे उठे भगत ? आज तो बड़ी सरदी है ! कहीं जा रहे हो क्या ?

भगत ने कहा—नहीं जी, जाऊँगा कहाँ ! देखता था, अभी कितनी रात है। भला, कै बजे होंगे ?

चौकीदार बोला—एक बजा होगा और क्या, अभी थाने से आ रहा था, तो डाक्टर चड्ढा बाबू के बँगले पर बड़ी भीड़ लगी हुई थी। उनके लड़के का हाल तो तुमने सुना होगा, कीड़े ने छू लिया है। चाहे मर भी गया हो, तुम चले जाओ, तो साइत बच जाय। सुना है, दस हजार तक देने को तैयार हैं।

भगत—मैं तो न जाऊँ, चाहे वह दस लाख भी दें। मुझे दस हजार या दस लाख ले कर क्या करना है ? कल मर जाऊँगा, फिर कौन भोगनेवाला बैठा हुआ है।

चौकीदार चला गया। भगत ने पैर बढ़ाया। जैसे नशे में आदमी की देह अपने काबू में नहीं रहती, पैर कहीं रखता है, पड़ता कहीं है, कहता कुछ है, जबान से निकलता कुछ है, वही हाल इस समय भगत का था। मन में प्रतिकार था; पर कर्म मन के अधीन न था। जिसने कभी तलवार नहीं चलायी, वह इरादा करने पर भी तलवार नहीं चला सकता। उसके हाथ काँपते हैं, उठते ही नहीं।

भगत लाठी खट-खट करता लपका चला जाता था। चेतना रोकती थी पर उपचेतना ठेलती थी। सेवक स्वामी पर हावी था।

आधी राह निकल जाने के बाद सहसा भगत रुक गया। हिंसा ने क्रिया पर विजय पायी–मैं यों ही इतनी दूर चला आया। इस जाड़े-पाले में मरने की मुझे क्या पड़ी थी ? आराम से सोया क्यों नहीं ? नींद न आती, न सही; दो-चार भजन ही गाता। व्यर्थ इतनी दूर दौड़ा आया। चड्ढा का लड़का रहे या मरे, मेरी बला से। मेरे साथ उन्होंने ऐसा कौन-सा सलूक किया था कि मैं उनके लिए मरूँ ? दुनिया में हजारों मरते हैं, हजारों जीते हैं। मुझे किसी के मरने-जीने से मतलब !

मगर उपचेतना ने अब एक दूसरा रूप धारण किया, जो हिंसा से बहुत कुछ मिलता-जुलता था–वह झाड़-फूँक करने नहीं जा रहा है; वह देखेगा, कि लोग क्या कर रहे हैं। डाक्टर साहब का रोना-पीटना देखेगा, किस तरह सिर पीटते हैं, किस तरह पछाड़ें खाते हैं ! यह देखेगा कि बड़े लोग भी छोटों ही की भाँति रोते हैं, या सबर कर जाते हैं ! वे लोग तो विद्वान् होते हैं, सबर कर जाते होंगे ! हिंसा-भाव को यों धीरज देता हुआ वह फिर आगे बढ़ा।

इतने में दो आदमी आते दिखायी दिये। दोनों बातें करते चले आ रहे थे–चड्ढा बाबू का घर उजड़ गया, वही तो एक लड़का था। भगत के कान में यह आवाज पड़ी। उसकी चाल और भी तेज हो गयी। थकान के मारे पाँव न उठते थे। शिरोभाग इतना बढ़ा जाता था, मानो अब मुँह के बल गिर पड़ेगा। इस तरह वह कोई 10 मिनट चला होगा कि डाक्टर साहब का बँगला नजर आया। बिजली की बत्तियाँ जल रही थीं; मगर सन्नाटा छाया हुआ था। रोने-पीटने की आवाज भी न आती थी। भगत का कलेजा धक्-धक् करने लगा। कहीं मुझे बहुत देर तो नहीं हो गयी ? वह दौड़ने लगा। अपनी उम्र में वह इतना तेज कभी न दौड़ा था। बस, यही मालूम होता था मानो उसके पीछे मौत दौड़ी आ रही है।

:: 4 ::

दो बज गये थे। मेहमान विदा हो गये। रोने वालों में केवल आकाश के तारे रह गये थे। और सभी रो-रो कर थक गये थे। बड़ी उत्सुकता के साथ लोग रह-रहकर आकाश की ओर देखते थे कि किसी तरह सुबह हो और लाश गंगा की गोद में दी जाय।

सहसा भगत ने द्वार पर पहुँच कर आवाज दी। डाक्टर साहब समझे, कोई मरीज आया होगा। किसी और दिन उन्होंने उस आदमी को दुत्कार दिया होता; मगर आज बाहर निकल आये। देखा एक बूढ़ा आदमी खड़ा है–कमर झुकी हुई, पोपला मुँह, भौंहें तक सफेद हो गयी थीं। लकड़ी के सहारे काँप रहा था। बड़ी नम्रता से बोले–क्या है भई, आज तो हमारे ऊपर ऐसी मुसीबत पड़ गयी है कि कुछ कहते नहीं बनता, फिर कभी आना। इधर एक महीना तक तो शायद मैं किसी भी मरीज को न देख सकूँगा।

भगत ने कहा–सुन चुका हूँ बाबू जी, इसीलिए आया हूँ। भैया कहाँ हैं ? जरा मुझे दिखा दीजिए। भगवान् बड़ा कारसाज है, मुरदे को भी जिला सकता है। कौन जाने, अब भी उसे दया आ जाय।

चड्ढा ने व्यथित स्वर से कहा–चलो, देख लो; मगर तीन-चार घंटे हो गये। जो कुछ होना था, हो चुका। बहुतेरे झाड़ने-फूँकने वाले देख-देख कर चले गये।

डाक्टर साहब को आशा तो क्या होती। हाँ, बूढ़े पर दया आ गयी। अंदर ले गये। भगत ने लाश को एक मिनट तक देखा। तब मुस्करा कर बोला–अभी कुछ नहीं बिगड़ा है, बाबू जी ! वह नारायण चाहेंगे, तो आध घंटे में भैया उठ बैठेंगे। आप नाहक दिल छोटा कर रहे हैं। जरा कहारों से कहिए, पानी तो भरें।

कहारों ने पानी भर-भर कर कैलाश को नहलाना शुरू किया। पाइप बंद हो गया था। कहारों की संख्या अधिक न थी, इसलिए मेहमानों ने अहाते के बाहर के कुएँ से पानी भर-भर कर कहारों को दिया, मृणालिनी कलसा लिये पानी ला रही थी। बूढ़ा भगत खड़ा मुस्करा-मुस्करा कर मंत्र पढ़ रहा था, मानो विजय उसके सामने खड़ी है। जब एक बार मंत्र समाप्त हो जाता, तब वह एक जड़ी कैलाश को सुँघा देता। इस तरह न-जाने कितने घड़े कैलाश के सिर पर डाले गये और न-जाने कितनी बार भगत ने मंत्र फूँका। आखिर जब उषा ने अपनी लाल-लाल आँखें खोलीं तो कैलाश की भी लाल-लाल आँखें खुल गयीं। एक क्षण में उसने अंगड़ाई ली और पानी पीने को माँगा। डाक्टर चड्ढा ने दौड़ कर नारायणी को गले लगा लिया। नारायणी दौड़कर भगत के पैरों पर गिर पड़ी और मृणालिनी कैलाश के सामने आँखों में आँसू-भरे पूछने लगी–अब कैसी तबीयत है ?

एक क्षण में चारों तरफ खबर फैल गयी। मित्रगण मुबारकबाद देने आने लगे। डाक्टर साहब बड़े श्रद्धा-भाव से हर एक के सामने भगत का यश गाते फिरते थे। सभी लोग भगत के दर्शनों के लिए उत्सुक हो उठे, मगर अंदर जा कर देखा, तो

भगत का कहीं पता न था। नौकरों ने कहा—अभी तो यहीं बैठे चिलम पी रहे थे। हम लोग तमाखू देने लगे, तो नहीं ली; अपने पास से तमाखू निकाल कर भरी।

यहाँ तो भगत की चारों ओर तलाश होने लगी, और भगत लपका हुआ घर चला जा रहा था कि बुढ़िया के उठने से पहले पहुँच जाऊँ !

जब मेहमान लोग चले गये, तो डाक्टर साहब ने नारायणी से कहा—बुड्ढा न-जाने कहाँ चला गया। एक चिलम तमाखू का भी रवादार न हुआ।

नारायणी—मैंने तो सोचा था, इसे कोई बड़ी रकम दूँगी।

चड्ढा—रात को तो मैंने नहीं पहचाना, पर जरा साफ हो जाने पर पहचान गया। एक बार यह एक मरीज को ले कर आया था। मुझे अब याद आता है कि मैं खेलने जा रहा था और मरीज को देखने से इनकार कर दिया था। आज उस दिन की बात याद करके मुझे जितनी ग्लानि हो रही है, उसे प्रकट नहीं कर सकता। मैं उसे अब खोज निकालूँगा और उसके पैरों पर गिर कर अपना अपराध क्षमा कराऊँगा। वह कुछ लेगा नहीं, यह जानता हूँ, उसका जन्म यश की वर्षा करने ही के लिए हुआ है। उसकी सज्जनता ने मुझे ऐसा आदर्श दिखा दिया है, जो अब से जीवन-पर्यन्त मेरे सामने रहेगा।

मानव-चरित्र न बिलकुल यामल होता है, न बिलकुल वेत। उसमें दोनों ही रंगों का विचित्र सम्मिश्रण होता है।

प्रेमचंद

प्रायश्चित्त

दफ्तर में जरा देर से आना अफसरों की शान है। जितना ही बड़ा अधिकारी होता है, उतनी ही देर में आता है; और उतने ही सबेरे जाता भी है। चपरासी की हाजिरी चौबीसों घंटे की। वह छुट्टी पर भी नहीं जा सकता। अपना एवज देना पड़ता है। खैर, जब बरेली जिला-बोर्ड के हेड क्लर्क बाबू मदारीलाल ग्यारह बजे दफ्तर आये, तब मानो दफ्तर नींद से जाग उठा। चपरासी ने दौड़ कर पैरगाड़ी ली, अरदली ने दौड़ कर कमरे की चिक उठा दी और जमादार ने डाक की किश्त मेज पर ला कर रख दी। मदारीलाल ने पहला ही सरकारी लिफाफा खोला था कि उनका रंग फक हो गया। वे कई मिनट तक आश्चर्यान्वित हालत में खड़े रहे, मानो सारी ज्ञानेन्द्रियाँ शिथिल हो गयी हों। उन पर बड़े-बड़े आघात हो चुके थे; पर इतने बदहवास वे कभी न हुए थे। बात यह थी कि बोर्ड के सेक्रेटरी की जो जगह एक महीने से खाली थी, सरकार ने सुबोधचंद्र को वह जगह दी थी और सुबोधचंद्र वह व्यक्ति था जिसके नाम ही से मदारीलाल को घृणा थी। वह सुबोधचन्द्र, जो उनका सहपाठी था, जिसे ज़क देने को उन्होंने कितनी ही चेष्टा की; पर कभी सफल न हुए थे। वही सुबोध आज उनका अफसर हो कर आ रहा था। सुबोध की इधर कई सालों से कोई खबर न थी। इतना मालूम था कि वह फौज में भरती हो गया था। मदारीलाल ने समझा था—वहीं मर गया होगा; पर आज वह मानो जी उठा और सेक्रेटरी हो कर आ रहा था। मदारीलाल को उसकी मातहती में काम करना पड़ेगा। इस अपमान से तो मर जाना कहीं अच्छा था। सुबोध को स्कूल और कालेज की सारी बातें अवश्य ही याद होंगी। मदारीलाल ने उसे कालेज से निकलवा देने के लिए कई बार मंत्र चलाये, झूठे आरोप किये, बदनाम किया। क्या सुबोध सब कुछ भूल

गया होगा ? नहीं, कभी नहीं। वह आते ही पुरानी कसर निकालेगा। मदारी बाबू को अपनी प्राण-रक्षा का कोई उपाय न सूझता था।

मदारी और सुबोध के ग्रहों में ही विरोध था। दोनों एक ही दिन, एक ही शाला में भरती हुए थे, और पहले ही दिन से दिल में ईर्ष्या और द्वेष की वह चिनगारी पड़ गयी, जो आज बीस वर्ष बीतने पर भी न बुझी थी। सुबोध का अपराध यही था कि वह मदारीलाल से हर एक बात में बढ़ा हुआ था। डील-डौल, रंग-रूप, रीति-व्यवहार, विद्या-बुद्धि ये सारे मैदान उसके हाथ थे। मदारीलाल ने उसका यह अपराध कभी क्षमा नहीं किया। सुंबोध बीस वर्ष तक निरंतर उनके हृदय का काँटा बना रहा। जब सुबोध डिग्री लेकर अपने घर चला गया और मदारी फेल हो कर इस दफ्तर में नौकर हो गये, तब उनका चित्त शांत हुआ। किंतु जब यह मालूम हुआ कि सुबोध बसरे जा रहा है, तब तो मदारीलाल का चेहरा खिल उठा। उनके दिल से यह पुरानी फाँस निकल गयी। पर हा हतभाग्य ! आज वह पुराना नासूर शतगुण टीस और जलन के साथ खुल गया। आज उनकी किस्मत सुबोध के हाथ में थी। ईश्वर इतना अन्यायी है ! विधि इतनी कठोर !

जब जरा चित्त शांत हुआ, तब मदारी ने दफ्तर के क्लर्कों को सरकारी हुक्म सुनाते हुए कहा—अब आप लोग जरा हाथ-पाँव सँभाल कर रहिएगा। सुबोधचंद्र वे आदमी नहीं हैं, जो भूलों को क्षमा कर दें ?

एक क्लर्क ने पूछा—क्या बहुत सख्त हैं।

मदारीलाल ने मुस्करा कर कहा—वह तो आप लोगों को दो-चार दिन ही में मालूम हो जायगा। मैं अपने मुँह से किसी की क्यों शिकायत करूँ ? बस, चेतावनी दे दी कि जरा हाथ-पाँव सँभाल कर रहिएगा। आदमी योग्य है, पर बड़ा ही क्रोधी, बड़ा दम्भी। गुस्सा तो उसकी नाक पर रहता है। खुद हजारों हजम कर जाए और डकार तक न ले; पर क्या मजाल कि कोई मातहत एक कौड़ी भी हजम करने पाये। ऐसे आदमी से ईश्वर ही बचाये ! मैं तो सोच रहा हूँ कि छुट्टी ले कर घर चला जाऊँ। दोनों वक्त घर पर हाजिरी बजानी होगी। आप लोग आज से सरकार के नौकर नहीं, सेक्रेटरी साहब के नौकर हैं। कोई उनके लड़के को पढ़ायेगा, कोई बाजार से सौदा-सुलुफ लायेगा और कोई उन्हें अखबार सुनायेगा। और चपरासियों के तो शायद दफ्तर में दर्शन ही न हों।

इस प्रकार सारे दफ्तर को सुबोधचंद्र की तरफ से भड़का कर मदारीलाल ने अपना कलेजा ठंडा किया।

इसके एक सप्ताह बाद सुबोधचंद्र गाड़ी से उतरे, तब स्टेशन पर दफ्तर के सब कर्मचारियों को हाजिर पाया, सब उनका स्वागत करने आये थे। मदारीलाल को देखते ही सुबोध लपक कर उनके गले से लिपट गये और बोले—तुम खूब मिले भाई। यहाँ कैसे आये ? ओह ! आज एक युग के बाद भेंट हुई !

मदारीलाल बोले—यहाँ जिला-बोर्ड के दफ्तर में हेड क्लर्क हूँ। आप तो कुशल से हैं ?

सुबोध—अजी, मेरी न पूछो। बसरा, फ्रांस, मिस्र और न-जाने कहाँ-कहाँ मारा-मारा फिरा। तुम दफ्तर में हो, यह बहुत ही अच्छा हुआ। मेरी तो समझ ही में न आता था कि कैसे काम चलेगा। मैं तो बिलकुल कोरा हूँ; मगर जहाँ जाता हूँ, मेरा सौभाग्य ही मेरे साथ जाता है। बसरे में सभी अफसर खुश थे। फ्रांस में भी खूब चैन किये। दो साल में कोई पचीस हजार रुपये बना लाया और सब उड़ा दिया। वहाँ से आ कर कुछ दिनों कोआपरेशन दफ्तर में मटरगश्त करता रहा। यहाँ आया तब तुम मिल गये। (क्लर्कों को देख कर) ये लोग कौन हैं ?

मदारी के हृदय में बर्छियाँ-सी चल रही थीं। दुष्ट पचीस हजार रुपये बसरे से कमा लाया ! यहाँ कलम घिसते-घिसते मर गये और पाँच सौ भी न जमा कर सके। बोले—ये लोग बोर्ड के कर्मचारी हैं। सलाम करने आये हैं।

सुबोध ने उन सब लोगों से बारी-बारी से हाथ मिलाया और बोला—आप लोगों ने व्यर्थ यह कष्ट किया। बहुत आभारी हूँ। मुझे आशा है कि आप सब सज्जनों को मुझसे कोई शिकायत न होगी। मुझे अपना अफसर नहीं, अपना भाई समझिए। आप सब लोग मिल कर इस तरह काम कीजिए कि बोर्ड की नेकनामी हो और मैं भी सुर्खरू रहूँ। आपके हेड क्लर्क साहब तो मेरे पुराने मित्र और लँगोटिया यार हैं।

एक वाक्चतुर क्लर्क ने कहा—हम सब हुजूर के ताबेदार हैं। यथाशक्ति आपको असंतुष्ट न करेंगे, लेकिन आदमी ही हैं, अगर कोई भूल हो भी जाय, तो हुजूर उसे क्षमा करेंगे।

सुबोध ने नम्रता से कहा—यही मेरा सिद्धांत है और हमेशा से यही सिद्धांत रहा है। जहाँ रहा, मातहतों से मित्रों का-सा बर्ताव किया। हम और आप दोनों ही किसी तीसरे के गुलाम हैं। फिर रोब कैसा और अफसरी कैसी ? हाँ, हमें नेकनीयत के साथ अपना कर्तव्य पालन करना चाहिए।

जब सुबोध से विदा हो कर कर्मचारी लोग चले, तब आपस में बातें होने लगीं—

'आदमी तो अच्छा मालूम होता है।'

'हेड क्लर्क के कहने से तो ऐसा मालूम होता था कि सबको कच्चा ही खा जायगा।'

'पहले सभी ऐसे ही बातें करते हैं।'

'ये दिखाने के दाँत हैं।'

:: 2 ::

सुबोध को आये एक महीना गुजर गया। बोर्ड के क्लर्क, अरदली, चपरासी सभी उसके बर्ताव से खुश हैं। वह इतना प्रसन्नचित्त है, इतना नम्र है कि जो उससे एक बार मिलता है, सदैव के लिए उसका मित्र हो जाता है। कठोर शब्द तो उसकी जबान पर आता ही नहीं। इनकार को भी वह अप्रिय नहीं होने देता; लेकिन द्वेष की आँखों में गुण और भी भयंकर हो जाता है। सुबोध के ये सारे सद्‌गुण मदारीलाल की आँखों में खटकते रहते हैं। उसके विरुद्ध कोई न कोई गुप्त षड्‌यंत्र रचते ही रहते हैं। पहले कर्मचारियों को भड़काना चाहा, सफल न हुए। बोर्ड के मेम्बरों को भड़काना चाहा, मुँह की खायी। ठेकेदारों को उभारने का बीड़ा उठाया, लज्जित होना पड़ा। वे चाहते थे कि भुस में आग लगा कर दूर से तमाशा देखें। सुबोध से यों हँस कर मिलते , यों चिकनी-चुपड़ी बातें करते, मानो उसके सच्चे मित्र हैं, पर घात में लगे रहते। सुबोध में सब गुण थे, पर आदमी पहचानना न जानते थे। वे मदारीलाल को अब भी अपना दोस्त समझते हैं।

एक दिन मदारीलाल सेक्रेटरी साहब के कमरे में गये तब कुर्सीखाली देखी। वे किसी काम से बाहर चले गये थे। उनकी मेज पर पाँच हजार के नोट पुलिंदों में बँधे हुए रखे थे। बोर्ड के मदरसों के लिए कुछ लकड़ी के सामान बनवाये गये थे। उसी के दाम थे। ठेकेदार वसूली के लिए बुलाया गया था। आज ही सेक्रेटरी साहब ने चेक भेज कर खजाने से रुपये मँगवाये थे। मदारीलाल ने बरामदे में झाँक कर देखा, सुबोध का कहीं पता नहीं। उनकी नीयत बदल गयी। ईर्ष्या में लोभ का सम्मिश्रण हो गया। काँपते हुए हाथों से पुलिंदे उठाये; पतलून की दोनों जेबों में भर कर तुरंत कमरे से निकले और चपरासी को पुकार कर बोले—बाबू जी भीतर हैं? चपरासी आज ठेकेदार से कुछ वसूल करने की खुशी में फूला हुआ था। सामने वाले तमोली के दूकान से आ कर बोला—जी नहीं, कचहरी में किसी से बातें कर रहे हैं। अभी-अभी तो गये हैं।

मदारीलाल ने दफ्तर में आ एक क्लर्क से कहा—यह मिसिल ले जा कर सेक्रेटरी साहब को दिखाओ।

क्लर्क मिसिल ले कर चला गया। जरा देर में लौट कर बोला–सेक्रेटरी साहब कमरे में न थे। फाइल मेज पर रख आया हूँ।

मदारीलाल ने मुँह सिकोड़ कर कहा–कमरा छोड़ कर कहाँ चले जाया करते हैं ? किसी दिन धोखा उठायेंगे।

क्लर्क ने कहा–उनके कमरे में दफ्तरवालों के सिवा और जाता ही कौन है ?

मदारीलाल ने तीव्र स्वर में कहा–तो क्या दफ्तरवाले सब के सब देवता हैं ? कब किसकी नीयत बदल जाय, कोई नहीं कह सकता। मैंने छोटी-छोटी रकमों पर अच्छों-अच्छों की नीयतें बदलते देखी हैं। इस वक्त हम सभी साह हैं; लेकिन अवसर पा कर शायद ही कोई चूके। मनुष्य की यही प्रकृति है। आप जा कर उनके कमरे के दोनों दरवाजे बंद कर दीजिए।

क्लर्क ने टाल कर कहा–चपरासी तो दरवाजे पर बैठा हुआ है।

मदारीलाल ने झुँझला कर कहा–आप से मैं जो कहता हूँ, वह कीजिए। कहने लगे, चपरासी बैठा हुआ है। चपरासी कोई ऋषि है, मुनि है ? चपरासी ही कुछ उड़ा दे, तो आप उसका क्या कर लेंगे ? जमानत भी है तो तीन सौ की। यहाँ एक-एक कागज लाखों का है।

यह कह कर मदारीलाल खुद उठे और दफ्तर के द्वार दोनों तरफ से बंद कर दिये। जब चित्त शांत हुआ तब नोटों के पुलिंदे जेब से निकाल कर एक आलमारी में कागजों के नीचे छिपा कर रख दिये। फिर आ कर अपने काम में व्यस्त हो गये।

सुबोधचंद्र कोई घंटे भर में लौटे। तब उनके कमरे का द्वार बंद था। दफ्तर में आ कर मुस्कुराते हुए बोले–मेरा कमरा किसने बंद कर दिया है, भाई, क्या मेरी बेदखली हो गयी ?

मदारीलाल ने खड़े हो कर मृदु तिरस्कार दिखाते हुए कहा–साहब, गुस्ताखी माफ हो, आप जब कभी बाहर जाएँ, चाहे एक ही मिनट के लिए क्यों न हो, तब दरवाजा बंद कर दिया करें। आपकी मेज पर रुपये-पैसे और सरकारी कागज-पत्र बिखरे पड़े रहते हैं, न-जाने किस वक्त किसकी नीयत बदल जाय। मैंने अभी सुना कि आप कहीं गये हुए हैं, तब दरवाजे बंद कर दिये।

सुबोधचंद्र द्वार खोल कर कमरे में गये और सिगार पीने लगे। मेज पर नोट रखे हुए हैं, इसकी खबर ही न थी।

सहसा ठेकेदार ने आ कर सलाम किया। सुबोध कुर्सी से उठ बैठे और बोले–तुमने बहुत देर कर दी, तुम्हारा ही इन्तजार कर रहा था। दस ही बजे रुपये मँगवा लिये थे। रसीद का टिकट लाये हो न ?

ठेकेदार–हुजूर रसीद लिखवा लाया हूँ।

सुबोध–तो अपने रुपये ले जाओ। तुम्हारे काम से मैं बहुत खुश नहीं हूँ। लकड़ी तुमने अच्छी नहीं लगायी और काम में सफाई भी नहीं है। अगर ऐसा काम फिर करोगे, तो ठेकेदारों के रजिस्टर से तुम्हारा नाम निकाल दिया जायगा।

यह कह कर सुबोध ने मेज पर निगाह डाली, तब नोटों के पुलिंदे न थे। सोचा, शायद किसी फाइल के नीचे दब गये हों। कुरसी के समीप के सब कागज उलट-पलट डाले; मगर नोटों का कहीं पता नहीं। ऐं, नोट कहाँ गये ! अभी तो यहीं मैंने रख दिये थे। जा कहाँ सकते हैं। फिर फाइलों को उलटने-पलटने लगे। दिल में जरा-जरा धड़कन होने लगी। सारी मेज के कागज छान डाले, पुलिंदों का पता नहीं। तब वे कुरसी पर बैठ कर इस आध घंटे में होने वाली घटनाओं की मन में आलोचना करने लगे–चपरासी ने नोटों के पुलिंदे ला कर मुझे ही दिये, खूब याद है। भला, यह भी भूलने की बात है और इतनी जल्द ! मैंने नोटों को लेकर यहीं मेज पर रख दिया, गिना तक नहीं। फिर वकील साहब आ गये, पुराने मुलाकाती हैं। उनसे बातें करता जरा उस पेड़ तक चला गया। उन्होंने पान मँगवाये, बस इतनी ही देर हुई। जब गया हूँ तब पुलिंदे रखे हुए थे। खूब अच्छी तरह याद है। तब ये नोट कहाँ गायब हो गये ? मैंने किसी संदूक, दराज या आलमारी में नहीं रखे। फिर गये तो कहाँ ? शायद दफ्तर में किसी ने सावधानी के लिए उठा कर रख दिये हों, यही बात है। मैं व्यर्थ ही इतना घबरा गया। छिः !

तुरंत दफ्तर में आ कर मदारीलाल से बोले–आपने मेरी मेज पर से नोट तो उठा कर नहीं रख दिये ?

मदारीलाल ने भौंचक्के हो कर कहा–क्या आपकी मेज पर नोट रखे हुए थे ? मुझे तो खबर ही नहीं। अभी पंडित सोहनलाल एक फाइल ले कर गये थे तब आपको कमरे में न देखा। जब मुझे मालूम हुआ कि आप किसी से बातें करने चले गये हैं, तब दरवाजे बंद करा दिये। क्या कुछ नोट नहीं मिल रहे हैं ?

सुबोध आँखें फैला कर बोले–अरे साहब, पूरे पाँच हजार के हैं। अभी-अभी चेक भुनाया है।

मदारीलाल ने सिर पीट कर कहा–पूरे पाँच हजार ! या भगवान् ! आपने मेज पर खूब देख लिया है ?

'अजी पंद्रह मिनट से तलाश कर रहा हूँ।'

'चपरासी से पूछ लिया कि कौन-कौन आया था ?'

'आइए, जरा आप लोग भी तलाश कीजिए। मेरे तो होश उड़े हुए हैं।'

सारा दफ्तर सेक्रेटरी साहब के कमरे की तलाशी लेने लगा। मेज, आलमारियाँ, संदूक सब देखे गये। रजिस्टरों के वर्क उलट-पलट कर देखे गये; मगर नोटों का कहीं पता नहीं। कोई उड़ा ले गया, अब इसमें कोई शुबहा न था। सुबोध ने एक लम्बी साँस ली और कुर्सी पर बैठ गये। चेहरे का रंग फक हो गया। जरा-सा मुँह निकल आया। इस समय कोई उन्हें देखता तो समझता कि महीनों से बीमार हैं।

मदारीलाल ने सहानुभूति दिखाते हुए कहा–गजब हो गया और क्या ! आज तक कभी ऐसा अंधेर न हुआ था। मुझे यहाँ काम करते दस साल हो गये, कभी धेले की चीज भी गायब न हुई। मैं आपको पहले ही दिन सावधान कर देना चाहता था कि रुपये-पैसे के विषय में होशियार रहिएगा; मगर शुदनी थी, खयाल न रहा। जरूर बाहर से कोई आदमी आया और नोट उड़ा कर गायब हो गया। चपरासी का यही अपराध है कि उसने किसी को कमरे में जाने ही क्यों दिया। वह लाख कसम खाये कि बाहर से कोई नहीं आया; लेकिन मैं इसे मान नहीं सकता। यहाँ से तो केवल पंडित सोहनलाल एक फाइल ले कर गये थे; मगर दरवाजे ही से झाँक कर चले आये।

सोहनलाल ने सफाई दी–मैंने तो अंदर कदम ही नहीं रखा, साहब ! अपने जवान बेटे की कसम खाता हूँ, जो अंदर कदम भी रखा हो।

मदारीलाल ने माथा सिकोड़ कर कहा–आप व्यर्थ में कसमें क्यों खाते हैं ? कोई आपसे कुछ कहता है ? (सुबोध के कान में) बैंक में कुछ रुपये हों तो निकाल कर ठेकेदार को दे दिये जाएँ, वरना बड़ी बदनामी होगी। नुकसान तो हो ही गया, अब उसके साथ अपमान क्यों हो।

सुबोध ने करुण-स्वर में कहा–बैंक में मुश्किल से दो-चार सौ रुपये होंगे, भाईजान ! रुपये होते तो क्या चिंता थी। समझ लेता, जैसे पचीस हजार उड़ गये, वैसे ही तीस हजार भी उड़ गये। यहाँ तो कफन को भी कौड़ी नहीं।

उसी रात को सुबोधचंद्र ने आत्महत्या कर ली। इतने रुपयों का प्रबंध करना उनके लिए कठिन था। मृत्यु के परदे के सिवा उन्हें अपनी वेदना, अपनी विवशता को छिपाने की और कोई आड़ न थी।

:: 3 ::

दूसरे दिन प्रातःकाल चपरासी ने मदारीलाल के घर पहुँच कर आवाज दी। मदारी को रात-भर नींद न आयी थी। घबरा कर बाहर आये। चपरासी उन्हें देखते ही बोला–हुजूर ! बड़ा गजब हो गया, सिकट्टरी साहब ने रात को गर्दन पर छुरी फेर ली।

मदारीलाल की आँखें ऊपर चढ़ गयीं, मुँह फैल गया और सारी देह सिहर उठी, मानो उनका हाथ बिजली के तार पर पड़ गया हो।

'छुरी फेर ली ?'

'जी हाँ, आज सबेरे मालूम हुआ। पुलिसवाले जमा हैं। आपको बुलाया है।'

'लाश अभी पड़ी हुई है ?'

'जी हाँ, अभी डाक्टरी होने वाली है।'

'बहुत से लोग जमा हैं ?'

'सब बड़े-बड़े अफसर जमा हैं। हुजूर, लहास की ओर ताकते नहीं बनता। कैसा भलामानुष हीरा आदमी था ! सब लोग रो रहे हैं। छोटे-छोटे दो बच्चे हैं, एक सयानी लड़की है ब्याहने लायक। बहू जी को लोग कितना रोक रहे हैं; पर बार-बार दौड़ कर लहास के पास आ जाती हैं। कोई ऐसा नहीं है, जो रूमाल से आँखें न पोंछ रहा हो। अभी इतने ही दिन आये हुए, पर सबसे कितना मेल-जोल हो गया था। रुपये की तो कभी परवा ही नहीं थी। दिल दरियाव था !'

मदारीलाल के सिर में चक्कर आने लगा। द्वार की चौखट पकड़ कर अपने को सँभाल न लेते, तो शायद गिर पड़ते। पूछा—बहू जी बहुत रो रही थीं ?

'कुछ न पूछिए, हुजूर। पेड़ की पत्तियाँ झड़ी जाती हैं। आँखें फूल कर गूलर हो गयी हैं।

'कितने लड़के बतलाये तुमने ?'

'हुजूर, दो लड़के हैं और एक लड़की।'

'हाँ-हाँ, लड़कों को तो देख चुका हूँ, लड़की सयानी होगी ?'

'जी हाँ, ब्याहने लायक है। रोते-रोते बेचारी की आँखें सूज आयी हैं।'

'नोटों के बारे में भी बातचीत हो रही होगी ?'

'जी हाँ, सब लोग यही कहते हैं कि दफ्तर के किसी आदमी का काम है। दारोगा जी तो सोहनलाल को गिरफ्तार करना चाहते थे; पर साइत आपसे सलाह ले कर करेंगे। सिकट्टरी साहब तो लिख गये हैं कि मेरा किसी पर शक नहीं है।'

'क्या सेक्रेटरी साहब कोई खत लिख कर छोड़ गये हैं ?'

'हाँ, मालूम होता है, छुरी चलाते बखत याद आयी कि शुबहे में दफ्तर के सब लोग पकड़ लिए जायेंगे। बस, कलक्टर साहब के नाम चिट्ठी लिख दी।'

'चिट्ठी में मेरे बारे में भी कुछ लिखा है ? तुम्हें यह क्या मालूम होगा ?'

'हुजूर, अब मैं क्या जानूँ, मुदा इतना सब लोग कहते थे कि आपकी बड़ी तारीफ लिखी है।'

मदारीलाल की साँस और तेज हो गयी। आँखों से आँसू की दो बड़ी-बड़ी बूँदें गिर पड़ीं। आँखें पोंछते हुए बोले—वे और मैं एक साथ के पढ़े थे, नन्दू ! आठ-दस साल साथ रहा। साथ उठते-बैठते, साथ खाते, साथ खेलते। बस, इसी तरह रहते थे, जैसे दो सगे भाई रहते हों। खत में मेरी क्या तारीफ लिखी है ? मगर तुम्हें क्या मालूम होगा ?

'आप तो चल ही रहे हैं, देख लीजिएगा।'

'कफन का इन्तजाम हो गया है ?'

'नहीं हुजूर, कहा न कि अभी लहास की डाक्टरी होगी। मुदा अब जल्दी चलिए। ऐसा न हो, कोई दूसरा आदमी बुलाने आता हो।'

'हमारे दफ्तर के सब लोग आ गये होंगे ?'

'जी हाँ; इस मुहल्लेवाले तो सभी थे।'

'पुलिस ने मेरे बारे में तो उनसे कुछ पूछ-ताछ नहीं की ?'

'जी नहीं, किसी से भी नहीं।'

मदारीलाल जब सुबोधचंद्र के घर पहुँचे, तब उन्हें ऐसा मालूम हुआ कि सब लोग उनकी तरफ संदेह की आँखों से देख रहे हैं। पुलिस इंस्पेक्टर ने तुरंत उन्हें बुला कर कहा—आप भी अपना बयान लिखा दें और सबके बयान तो लिख चुका हूँ।

मदारीलाल ने ऐसी सावधानी से अपना बयान लिखाया कि पुलिस के अफसर भी दंग रह गये। उन्हें मदारीलाल पर शुबहा होता था, पर इस बयान ने उसका अंकुर भी निकाल डाला।

उसी वक्त सुबोध के दोनों बालक रोते हुए मदारीलाल के पास आये और कहा—चलिए, आपको अम्माँ बुलाती हैं। दोनों मदारीलाल से परिचित थे। मदारीलाल यहाँ तो रोज ही आते थे; पर घर में कभी नहीं गये थे। सुबोध की स्त्री उनसे पर्दा करती थी। यह बुलावा सुन कर उनका दिल धड़क उठा—कहीं इसका मुझ पर शुबहा न हो। कहीं सुबोध ने मेरे विषय में कोई संदेह न प्रकट किया हो। कुछ झिझकते और कुछ डरते हुए भीतर गये, तब विधवा का करुण-विलाप सुन कर कलेजा काँप उठा। इन्हें देखते ही उस अबला के आँसुओं का कोई दूसरा सोता खुल गया और लड़की तो दौड़ कर इनके पैरों से लिपट गयी। दोनों लड़कों ने भी घेर लिया। मदारीलाल को उन तीनों की आँखों में ऐसी अथाह वेदना, ऐसी विदारक याचना भरी हुई मालूम हुई कि वे उनकी ओर देख न सके। उनकी आत्मा उन्हें धिक्कारने लगी। जिन बेचारों को उन पर इतना विश्वास, इतना भरोसा, इतनी आत्मीयता, इतना स्नेह

था, उन्हीं की गर्दन पर उन्होंने छुरी फेरी ! उन्हीं के हाथों यह भरा-पूरा परिवार धूल में मिल गया ! इन असहायों का अब क्या हाल होगा ? लड़की का विवाह करना है; कौन करेगा ? बच्चों के लालन-पालन का भार कौन उठायेगा ? मदारीलाल को इतनी आत्मग्लानि हुई कि उनके मुँह से तसल्ली का एक शब्द भी न निकला। उन्हें ऐसा जान पड़ा कि मेरे मुख में कालिख पुती है, मेरा कद कुछ छोटा हो गया है। उन्होंने जिस वक्त नोट उड़ाये थे, उन्हें गुमान भी न था कि उसका यह फल होगा। वे केवल सुबोध को जिच करना चाहते थे। उनका सर्वनाश करने की इच्छा न थी।

शोकातुर विधवा ने सिसकते हुए कहा—भैया जी, हम लोगों को वे मँझधार में छोड़ गये। अगर मुझे मालूम होता कि मन में यह बात ठान चुके हैं तो अपने पास जो कुछ था; वह सब उनके चरणों पर रख देती। मुझसे तो वे यही कहते रहे कि कोई न कोई उपाय हो जायगा। आप ही के मार्फत वे कोई महाजन ठीक करना चाहते थे। आपके ऊपर उन्हें कितना भरोसा था कि कह नहीं सकती।

मदारीलाल को ऐसा मालूम हुआ कि कोई उनके हृदय पर नश्तर चला रहा है। उन्हें अपने कंठ में कोई चीज फँसी हुई जान पड़ती थी।

रामेश्वरी ने फिर कहा—रात सोये, तब खूब हँस रहे थे। रोज की तरह दूध पिया, बच्चों को प्यार किया, थोड़ी देर हारमोनियम बजाया और तब कुल्ला करके लेटे। कोई ऐसी बात न थी जिससे लेशमात्र भी संदेह होता। मुझे चिंतित देखकर बोले—तुम व्यर्थ घबराती हो। बाबू मदारीलाल से मेरी पुरानी दोस्ती है। आखिर वह किस दिन काम आयेगी ? मेरे साथ के खेले हुए हैं। इस नगर में उनका सबसे परिचय है। रुपयों का प्रबंध आसानी से हो जायगा। फिर न-जाने कब मन में यह बात समायी। मैं नसीबों-जली ऐसी सोयी कि रात को मिनकी तक नहीं। क्या जानती थी कि वे अपनी जान पर खेल जाएँगे ?

मदारीलाल को सारा विश्व आँखों में तैरता हुआ मालूम हुआ। उन्होंने बहुत जब्त किया; मगर आँसुओं के प्रवाह को न रोक सके।

रामेश्वरी ने आँखें पोंछ कर फिर कहा—भैया जी, जो कुछ होना था, वह तो हो चुका; लेकिन आप उस दुष्ट का पता जरूर लगाइए, जिसने हमारा सर्वनाश कर दिया है। यह दफ्तर ही के किसी आदमी का काम है। वे तो देवता थे। मुझसे यही कहते रहे कि मेरा किसी पर संदेह नहीं है, पर है यह किसी दफ्तरवाले ही का काम। आप से केवल इतनी विनती करती हूँ कि उस पापी को बच कर न

जाने दीजिएगा। पुलिसवाले शायद कुछ रिश्वत ले कर उसे छोड़ दें। आपको देख कर उनका यह हौसला न होगा। अब हमारे सिर पर आपके सिवा और कौन है। किससे अपना दुःख कहें ? लाश की यह दुर्गति होनी भी लिखी थी।

मदारीलाल के मन में एक बार ऐसा उबाल उठा कि सब कुछ खोल दें। साफ कह दें, मैं ही वह दुष्ट, वह अधम, वह पामर हूँ। विधवा के पैरों पर गिर पड़ें और कहें, वही छुरी इस हत्यारे की गर्दन पर फेर दो। पर जबान न खुली; इसी दशा में बैठे-बैठे उनके सिर में ऐसा चक्कर आया कि वे जमीन पर गिर पड़े।

:: 4 ::

तीसरे पहर लाश की परीक्षा समाप्त हुई। अर्थी जलाशय की ओर चली। सारा दफ्तर, सारे हुक्काम और हजारों आदमी साथ थे। दाह-संस्कार लड़कों को करना चाहिए था, पर लड़के नाबालिग थे। इसलिए विधवा चलने को तैयार हो रही थी कि मदारीलाल ने जा कर कहा—बहू जी, यह संस्कार मुझे करने दो। तुम क्रिया पर बैठ जाओगी, तो बच्चों को कौन सँभालेगा। सुबोध मेरे भाई थे। जिंदगी में उनके साथ कुछ सलूक न कर सका, अब जिंदगी के बाद मुझे दोस्ती का कुछ हक अदा कर लेने दो। आखिर मेरा भी तो उन पर कुछ हक था। रामेश्वरी ने रो कर कहा—आपको भगवान् ने बड़ा उदार हृदय दिया है भैया जी, नहीं तो मरने पर कौन किसको पूछता है। दफ्तर के औंर लोग जो आधी-आधी रात तक हाथ बाँधे खड़े रहते थे, झूठी बात पूछने न आये कि जरा ढाढ़स होता।

मदारीलाल ने दाह-संस्कार किया। तेरह दिन तक क्रिया पर बैठे रहे। तेरहवें दिन पिंडदान हुआ; ब्राह्मणों ने भोजन किया, भिखारियों को अन्नदान दिया गया, मित्रों की दावत हुई, और यह सब कुछ मदारीलाल ने अपने खर्च से किया। रामेश्वरी ने बहुत कहा कि आपने जितना किया उतना ही बहुत है। अब मैं आपको और जेरबार नहीं करना चाहती। दोस्ती का हक इससे ज्यादा और कोई क्या अदा करेगा, मगर मदारीलाल ने एक न सुनी। सारे शहर में उनके यश की धूम मच गयी, मित्र हो तों ऐसा हो।

सोलहवें दिन विधवा ने मदारीलाल से कहा—भैया जी, आपने हमारे साथ जो उपकार और अनुग्रह किये हैं उनसे हम मरते दम तक उऋण नहीं हो सकते। आपने हमारी पीठ पर हाथ न रखा होता, तो न-जाने हमारी क्या गति होती। कहीं रूख की भी छाँह तो नहीं थी। अब हमें घर जाने दीजिए। वहाँ देहात में खर्च भी कम होगा और कुछ खेती-बारी का सिलसिला भी कर लूँगी। किसी न किसी तरह विपत्ति के दिन कट ही जाएँगे। इसी तरह हमारे ऊपर दया रखिएगा।

मदारीलाल ने पूछा–घर पर कितनी जायदाद है ?

रामेश्वरी–जायदाद क्या है, एक कच्चा मकान है और दस-बारह बीघे की काश्तकारी है। पक्का मकान बनवाना शुरू किया था; मगर रुपये पूरे न पड़े। अभी अधूरा पड़ा हुआ है। दस-बारह हजार खर्च हो गये और अभी छत पड़ने की नौबत नहीं आयी।

मदारीलाल–कुछ रुपये बैंक में जमा हैं, या बस खेती ही का सहारा है ?

विधवा–जमा तो एक पाई भी नहीं है, भैया जी ! उनके हाथ में रुपये रहने ही नहीं पाते थे। बस, वही खेती का सहारा है।

मदारी.–तो उन खेतों में इतनी पैदावार हो जायगी कि लगान भी अदा हो जाए और तुम लोगों की गुजर-बसर भी हो ?

रामेश्वरी–और कर ही क्या सकते हैं, भैया जी ! किसी न किसी तरह जिंदगी तो काटनी ही है। बच्चे न होते तो मैं जहर खा लेती।

मदारी.–और अभी बेटी का विवाह भी तो करना है।

विधवा–उसके विवाह की अब कोई चिंता नहीं। किसानों में ऐसे बहुत से मिल जायेंगे, जो बिना कुछ लिये-दिये विवाह कर लेंगे।

मदारीलाल ने एक क्षण सोच कर कहा–अगर मैं कुछ सलाह दूँ, तो उसे मानेंगी आप ?

रामेश्वरी–भैया जी, आपकी सलाह न मानूँगी तो किसकी सलाह मानूँगी। और दूसरा है ही कौन ?

मदारी.–तो आप अपने घर जाने के बदले मेरे घर चलिए। जैसे मेरे बाल-बच्चे रहेंगे, वैसे ही आप के भी रहेंगे। आपको कष्ट न होगा। ईश्वर ने चाहा तो कन्या का विवाह भी किसी अच्छे कुल में हो जायगा।

विधवा की आँखें सजल हो गयीं। बोली–मगर भैया जी, सोचिए...

मदारीलाल ने बात काट कर कहा–मैं कुछ न सोचूँगा और न कोई उज्र सुनूँगा। क्या दो भाइयों के परिवार एक साथ नहीं रहते ? सुबोध को मैं अपना भाई समझता था और हमेशा समझूँगा।

विधवा का कोई उज्र न सुना गया। मदारीलाल सबको अपने साथ ले गये और आज दस साल से उनका पालन कर रहे हैं। दोनों बच्चे कालेज में पढ़ते हैं और कन्या का एक प्रतिष्ठित कुल में विवाह हो गया है। मदारीलाल और उनकी स्त्री तन-मन से रामेश्वरी की सेवा करते हैं और उनके इशारों पर चलते हैं। मदारीलाल सेवा से अपने पाप का प्रायश्चित्त कर रहे हैं।

कप्तान साहब

जगतसिंह को स्कूल जाना कुनैन खाने या मछली का तेल पीने से कम अप्रिय न था। वह सैलानी, आवारा, घुमक्कड़ युवक था। कभी अमरूद के बागों की ओर निकल जाता और अमरूदों के साथ माली की गालियाँ बड़े शौक से खाता। कभी दरिया की सैर करता और मल्लाहों की डोंगियों में बैठकर उस पार के देहातों में निकल जाता। गालियाँ खाने में उसे मजा आता था। गालियाँ खाने का कोई अवसर वह हाथ से न जाने देता। सवार के घोड़े के पीछे ताली बजाना एक्कों को पीछे से पकड़ कर अपनी ओर खींचना, बूढ़ों की चाल की नकल करना उसके मनोरंजन के विषय थे। आलसी काम तो नहीं करता; पर दुर्व्यसनों का दास होता है, और दुर्व्यसन धन के बिना पूरे नहीं होते। जगतसिंह को जब अवसर मिलता, घर से रुपये उड़ा ले जाता। नकद न मिले, तो बरतन और कपड़े उठा ले जाने में भी उसे संकोच न होता था। घर में शीशियाँ और बोतलें थीं, वह सब उसने एक-एक करके गुदड़ी-बाजार पहुँचा दीं। पुराने दिनों की कितनी चीजें घर में पड़ी थीं, उसके मारे एक भी न बची। इस कला में ऐसा दक्ष और निपुण था कि उसकी चतुराई और पटुता पर आश्चर्य होता था। एक बार बाहर ही बाहर, केवल कार्निसों के सहारे अपने दो-मंजिला मकान की छत पर चढ़ गया और ऊपर ही से पीतल की एक बड़ी थाली ले कर उतर आया। घर वालों को आहट तक न मिली।

उसके पिता ठाकुर भक्तसिंह अपने कस्बे के डाकखाने के मुंशी थे। अफसरों ने उन्हें शहर का डाकखाना बड़ी दौड़धूप करने पर दिया था; किन्तु भक्तसिंह जिन इरादों से यहाँ आये थे, उनमें से एक भी पूरा न हुआ। उलटी हानि यह हुई कि देहातों में जो भाजी-साग, उपले-ईंधन मुफ्त मिल जाते थे, वे सब यहाँ बंद हो गये। यहाँ सबसे पुराना घराँव था। न किसी को दबा

सकते थे, न सता सकते थे। इस दुरवस्था में जगतसिंह की हथ-लपकियाँ बहुत अखरतीं। उन्होंने कितनी ही बार उसे बड़ी निर्दयता से पीटा। जगतसिंह भीमकाय होने पर भी चुपके से मार खा लिया करता था। अगर वह अपने पिता के हाथ पकड़ लेता, तो वह हिल भी न सकते; पर जगतसिंह इतना सीनाजोर न था। हाँ, मार-पीट, घुड़की-धमकी किसी का भी उस पर असर न होता था।

जगतसिंह ज्यों ही घर में कदम रखता; चारों ओर से काँव-काँव मच जाती, माँ दुर-दुर करके दौड़ती, बहनें गालियाँ देने लगतीं; मानो घर में कोई साँड घुस आया हो। बेचारा उलटे पाँव भागता। कभी-कभी दो-दो, तीन-तीन दिन भूखा रह जाता। घर वाले उसकी सूरत से जलते थे। इन तिरस्कारों ने उसे निर्लज्ज बना दिया था। कष्टों के ज्ञान से वह निर्द्वन्द्व-सा हो गया था। जहाँ नींद आ जाती, वहीं पड़ रहता; जो कुछ मिल जाता वही खा लेता।

ज्यों-ज्यों घर वालों को उसकी चोर-कला के गुप्त साधनों का ज्ञान होता जाता, वे उससे चौकन्ने होते जाते थे। यहाँ तक कि एक बार पूरे महीने-भर तक उसकी दाल न गली। चरसवाले के कई रुपये ऊपर चढ़ गये। गाँजेवाले ने धुआँधार तकाजे करने शुरू किये। हलवाई कड़वी बातें सुनाने लगा। बेचारे जगत को निकलना मुश्किल हो गया। रात-दिन ताक-झाँक में रहता; पर घात न मिलती थी। आखिर एक दिन बिल्ली के भागों छींका टूटा। भक्तसिंह दोपहर को डाकखाने से चले, तो एक बीमा-रजिस्ट्री जेब में डाल ली। कौन जाने हरकारा या डाकिया शरारत कर जाय; किंतु घर आये तो लिफाफे को अचकन की जेब से निकालने की सुधि न रही। जगतसिंह तो ताक लगाये हुए था ही। पैसे के लोभ से जेब टटोली, तो लिफाफा मिल गया। उस पर कई आने के टिकट लगे थे। वह कई बार टिकट चुरा कर आधे दामों पर बेच चुका था। चट लिफाफा उड़ा दिया। यदि उसे मालूम होता कि उसमें नोट हैं, तो कदाचित् वह न छूता; लेकिन जब उसने लिफाफा फाड़ डाला और उसमें से नोट निकल पड़े तो वह बड़े संकट में पड़ गया। वह फटा हुआ लिफाफा गला फाड़-फाड़ कर उसके दुष्कृत्य को धिक्कारने लगा। उसकी दशा उस शिकारी की-सी हो गयी, जो चिड़ियों का शिकार करने जाए और अनजाने में किसी आदमी पर निशाना मार दे। उसके मन में पश्चात्ताप था, लज्जा थी, दुःख था, पर उसे भूल का दंड सहने की शक्ति न थी। उसने नोट लिफाफे में रख दिये और बाहर चला गया।

गरमी के दिन थे। दोपहर को सारा घर सो रहा था; पर जगत की आँखों में नींद न थी। आज उसकी बुरी तरह कुंदी होगी–इसमें संदेह न था। उसका घर पर रहना ठीक नहीं, दस-पाँच दिन के लिए उसे कहीं खिसक जाना चाहिए। तब तक लोगों का क्रोध शांत हो जाता। लेकिन कहीं दूर गये बिना काम न चलेगा। बस्ती में वह कई दिन तक अज्ञातवास नहीं कर सकता। कोई न कोई जरूर ही उसका पता देगा और वह पकड़ लिया जायगा। दूर जाने के लिए कुछ न कुछ खर्च तो पास होना ही चाहिए। क्यों न वह लिफाफे में से एक नोट निकाल ले ? यह तो मालूम ही हो जायगा कि उसी ने लिफाफा फाड़ा है, फिर एक नोट निकाल लेने में क्या हानि है ? दादा के पास रुपये तो हैं ही, झक मार कर दे देंगे। यह सोचकर उसने दस रुपये का एक नोट उड़ा लिया; मगर उसी वक्त उसके मन में एक नयी कल्पना का प्रादुर्भाव हुआ। अगर ये सब रुपये ले कर किसी दूसरे शहर में कोई दूकान खोल ले, तो बड़ा मजा हो। फिर एक-एक पैसे के लिए उसे क्यों किसी की चोरी करनी पड़े ! कुछ दिनों में वह बहुत-सा रुपया जमा करके घर आयेगा; तो लोग कितने चकित हो जायेंगे !

उसने लिफाफे को फिर निकाला। उसमें कुल 200 रु. के नोट थे। दो सौ में दूध की दूकान खूब चल सकती है। आखिर मुरारी की दूकान में दो-चार कढ़ाव और दो-चार पीतल के थालों के सिवा और क्या है ? लेकिन कितने ठाट से रहता है ! रुपयों की चरस उड़ा देता है। एक-एक दाँव पर दस-दस रुपये रख देता है, नफा न होता, तो वह ठाट कहाँ से निभाता ? इस आनन्द-कल्पना में वह इतना मग्न हुआ कि उसका मन उसके काबू से बाहर हो गया, जैसे प्रवाह में किसी के पाँव उखड़ जायें और वह लहरों में बह जाय।

उसी दिन शाम को वह बम्बई चल दिया। दूसरे ही दिन मुंशी भक्तसिंह पर गबन का मुकदमा दायर हो गया।

बम्बई के किले के मैदान में बैंड बज रहा था और राजपूत रेजिमेंट के सजीले सुंदर जवान कवायद कर रहे थे, जिस प्रकार हवा बादलों को नये-नये रूप में बनाती और बिगाड़ती है, उसी भाँति सेना का नायक सैनिकों को नये-नये रूप में बना-बिगाड़ रहा था।

जब कवायद खतम हो गयी, तो एक छरहरे डील का युवक नायक के सामने आ कर खड़ा हो गया। नायक ने पूछा–क्या नाम है ? सैनिक ने फौजी सलाम करके कहा–जगतसिंह ?

'क्या चाहते हो।'

'फौज में भरती कर लीजिए।'

'मरने से तो नहीं डरते ?'

'बिलकुल नहीं—राजपूत हूँ।'

'बहुत कड़ी मेहनत करनी पड़ेगी।'

'इसका भी डर नहीं।'

'अदन जाना पड़ेगा।'

'खुशी से जाऊँगा।'

कप्तान ने देखा, बला का हाजिर-जवाब, मनचला, हिम्मत का धनी जवान है, तुरंत फौज में भरती कर लिया। तीसरे दिन रेजिमेंट अदन को रवाना हुआ। मगर ज्यों-ज्यों जहाज आगे चलता था, जगत का दिल पीछे रह जाता था। जब तक जमीन का किनारा नजर आता रहा, वह जहाज के डेक पर खड़ा अनुरक्त नेत्रों से उसे देखता रहा। जब वह भूमि-तट जल में विलीन हो गया तो उसने एक ठंडी साँस ली और मुँह ढाँप कर रोने लगा। आज जीवन में पहली बार उसे प्रियजनों की याद आयी। वह छोटा-सा अपना कस्बा, वह गाँजे की दूकान, वह सैर-सपाटे, वह सुहृद-मित्रों का जमघट आँखों में फिरने लगे। कौन जाने, फिर कभी उनसे भेंट होगी या नहीं। एक बार वह इतना बेचैन हुआ कि जी में आया, पानी में कूद पड़े।

:: 2 ::

जगतसिंह को अदन में रहते तीन महीने गुजर गये। भाँति-भाँति की नवीनताओं ने कई दिन तक उसे मुग्ध किये रखा; लेकिन पुराने संस्कार फिर जागृत होने लगे। अब कभी-कभी उसे स्नेहमयी माता की याद आने लगी, जो पिता के क्रोध, बहनों के धिक्कार और स्वजनों के तिरस्कार में भी उसकी रक्षा करती थी। उसे वह दिन याद आया, जब एक बार वह बीमार पड़ा था। उसके बचने की कोई आशा न थी; पर न तो पिता को उसकी कुछ चिन्ता थी, न बहनों को। केवल माता थी, जो रात की रात उसके सिरहाने बैठी अपनी मधुर, स्नेहमयी बातों से उसकी पीड़ा शांत करती रही थी। उन दिनों कितनी बार उसने उस देवी को नीरव रात्रि में रोते देखा था। वह स्वयं रोगों से जीर्ण हो रही थी; लेकिन उसकी सेवा-शुश्रूषा में वह अपनी व्यथा को ऐसी भूल गयी थी, मानो उसे कोई कष्ट ही नहीं। क्या उसे माता

के दर्शन फिर होंगे ? वह इसी क्षोभ और नैराश्य में समुद्र-तट पर चला जाता और घण्टों अनंत जल-प्रवाह को देखा करता। कई दिनों से उसे घर पर एक पत्र भेजने की इच्छा हो रही थी, किंतु लज्जा और ग्लानि के कारण वह टालता जाता था। आखिर एक उिन उससे न रहा गया। उसने पत्र लिखा और अपने अपराधों के लिए क्षमा माँगी। पत्र आदि से अंत तक भक्ति से भरा हुआ था। अंत में उसने इन शब्दों में अपनी माता को आश्वासन दिया था–माता जी, मैंने बड़े-बड़े उत्पात किये हैं, आप लोग मुझसे तंग आ गयी थीं, मैं इन सारी भूलों के लिए सच्चे हृदय से लज्जित हूँ और आपको विश्वास दिलाता हूँ कि जीता रहा, तो कुछ न कुछ करके दिखाऊँगा। तब कदाचित् आपको मुझे अपना पुत्र कहने में संकोच न होगा। मुझे आशीर्वाद दीजिए कि अपनी प्रतिज्ञा का पालन कर सकूँ।

यह पत्र लिख कर उसने डाकखाने में छोड़ा और उसी दिन से उत्तर की प्रतीक्षा करने लगा; किंतु एक महीना गुजर गया और कोई जवाब न आया। उसका जी घबराने लगा। जवाब क्यों नहीं आता–कहीं माता जी बीमार तो नहीं हैं ? शायद दादा ने क्रोधवश जवाब न लिखा होगा ? कोई और विपत्ति तो नहीं आ पड़ी ? कैम्प में एक वृक्ष के नीचे कुछ सिपाहियों ने शालिग्राम की एक मूर्ति रख छोड़ी थी। कुछ श्रद्धालु सैनिक रोज उस प्रतिमा पर जल चढ़ाया करते थे। जगतसिंह उनकी हँसी उड़ाया करता; पर आज वह विक्षिप्तों की भाँति प्रतिमा के सम्मुख जा कर बड़ी देर तक मस्तक झुकाये बैठा रहा। वह इसी ध्यानावस्था में बैठा था कि किसी ने उसका नाम ले कर पुकारा, यह दफ्तर का चपरासी था और उसके नाम की चिट्ठी ले कर आया था। जगतसिंह ने पत्र हाथ में लिया, तो उसकी सारी देह काँप उठी। ईश्वर की स्तुति करके उसने लिफाफा खोला और पत्र पढ़ा। लिखा था–'तुम्हारे दादा को गबन के अभियोग में पांच वर्ष की सजा हो गई। तुम्हारी माता इस शोक में मरणासन्न हैं। छुट्टी मिले, तो घर चले आओ।'

जगतसिंह ने उसी वक्त कप्तान के पास जा कर कहा–हुजूर, मेरी माँ बीमार हैं, मुझे छुट्टी दे दीजिए।

कप्तान ने कठोर आँखों से देखकर कहा–अभी छुट्टी नहीं मिल सकती।

'तो मेरा इस्तीफा ले लीजिए।'

'अभी इस्तीफा नहीं लिया जा सकता।'

'मैं अब एक क्षण भी नहीं रह सकता।'

'रहना पड़ेगा। तुम लोगों को बहुत जल्द लाम पर जाना पड़ेगा।'

'लड़ाई छिड़ गयी ! आह, अब मैं घर नहीं जाऊँगा ? हम लोग कब तक यहाँ से जाएँगे ?'

'बहुत जल्द, दो ही चार दिनों में।'

:: 3 ::

चार वर्ष बीत गये। कैप्टन जगतसिंह का-सा योद्धा उस रेजीमेंट में नहीं है। कठिन अवस्थाओं में उसका साहस और भी उत्तेजित हो जाता है। जिस मुहिम में सबकी हिम्मते जवाब दे जाती है, उसे सर करना उसी का काम है। हल्ले और धावे में वह सदैव सबसे आगे रहता है, उसकी त्योरियों पर कभी बल नहीं आता; इसके साथ ही वह इतना विनम्र, इतना गम्भीर, इतना प्रसन्नचित्त है कि सारे अफसर और मातहत उसकी बड़ाई करते हैं, उसका पुनर्जीवन-सा हो गया। उस पर अफसरों को इतना विश्वास है कि अब वे प्रत्येक विषय में उससे परामर्श करते हैं। जिससे पूछिए, वही वीर जगतसिंह की विरुदावली सुना देगा--कैसे उसने जर्मनों की मेगजीन में आग लगायी, कैसे अपने कप्तान को मशीनगनों की मार से निकाला, कैसे अपने एक मातहत सिपाही को कंधे पर ले कर निकल आया। ऐसा जान पड़ता है, उसे अपने प्राणों का मोह ही नहीं, मानो वह काल को खोजता फिरता हो !

लेकिन नित्य रात्रि के समय, जब जगतसिंह को अवकाश मिलता है, वह अपनी छोलदारी में अकेले बैठ कर घरवालों की याद कर लिया करता है–दो-चार आँसू की बूँदें अवश्य गिरा देता है। वह प्रति मास अपने वेतन का बड़ा भाग घर भेज देता है, और ऐसा कोई सप्ताह नहीं जाता जबकि वह माता को पत्र न लिखता हो। सबसे बड़ी चिंता उसे अपने पिता की है जो आज उसी के दुष्कर्मों के कारण कारावास की यातना झेल रहे हैं। हाय ! वह कौन दिन होगा, जबकि वह उनके चरणों पर सिर रख कर अपना अपराध क्षमा करायेगा, और वह उसके सिर पर हाथ रख कर आशीर्वाद देंगे ?

:: 4 ::

सवा चार वर्ष बीत गये। संध्या का समय है। नैनी जेल के द्वार पर भीड़ लगी हुई है। कितने ही कैदियों की मियाद पूरी हो गयी है। उन्हें लिवा ले जाने के लिए उनके घरवाले आये हुए हैं; किंतु बूढ़ा भक्तसिंह अपनी अँधेरी कोठरी में सिर झुकाये उदास बैठा हुआ है। उसकी कमर झुक कर कमान हो गयी है ! देह अस्थि-पंजर-मात्र रह

गयी है। ऐसा जान पड़ता है, किसी चतुर शिल्पी ने एक अकाल-पीड़ित मनुष्य की मूर्ति बना कर रख दी है। उसकी भी मियाद पूरी हो गयी है; लेकिन उसके घर से कोई नहीं आया। आये कौन ? आनेवाला था ही कौन ?

एक बूढ़े किंतु हृष्ट-पुष्ट कैदी ने आ कर उसका कंधा हिलाया और बोला—कहो भगत, कोई घर से आया ?

भक्तसिंह ने कंपित कंठ-स्वर से कहा—घर पर है ही कौन ?

'घर तो चलोगे ही ?'

'मेरा घर कहाँ है ?'

'तो क्या यहीं पड़े रहोगे ?'

'अगर ये लोग निकाल न देंगे, तो यहीं पड़ा रहूँगा।'

आज चार साल के बाद भक्तसिंह को अपने प्रताड़ित, निर्वासित पुत्र की याद आ रही थी। जिसके कारण जीवन का सर्वनाश हो गया; आबरू मिट गयी; घर बरबाद हो गया, उसकी स्मृति भी उन्हें असह्य थी; किंतु आज नैराश्य और दुःख के अथाह सागर में डूबते हुए उन्होंने उसी तिनके का सहारा लिया। न-जाने उस बेचारे की क्या दशा हुई। लाख बुरा है, तो भी अपना लड़का है। खानदान की निशानी तो है। मरूँगा तो चार आँसू तो बहायेगा, दो चिल्लू पानी तो देगा। हाय ! मैंने उसके साथ कभी प्रेम का व्यवहार नहीं किया। जरा भी शरारत करता, तो यमदूत की भाँति उसकी गर्दन पर सवार हो जाता। एक बार रसोई में बिना पैर धोये चले जाने के दंड में मैंने उसे उलटा लटका दिया था। कितनी बार केवल जोर से बोलने पर मैंने उसे तमाचे लगाये थे। पुत्र-सा रत्न पाकर मैंने उसका आदर न किया। उसी का दंड है। जहाँ प्रेम का बन्धन शिथिल हो, वहाँ परिवार की रक्षा कैसे हो सकती है ?

:: 5 ::

सबेरा हुआ। आशा का सूर्य निकला। आज उसकी रश्मियाँ कितनी कोमल और मधुर थीं, वायु कितनी सुखद, आकाश कितना मनोहर, वृक्ष कितने हरे-भरे, पक्षियों का कलरव कितना मीठा ! सारी प्रकृति आशा के रंग में रँगी हुई थी; पर भक्तसिंह के लिए चारों ओर घोर अंधकार था।

जेल का अफसर आया। कैदी एक पंक्ति में खड़े हुए। अफसर एक-एक का नाम ले कर रिहाई का परवाना देने लगा। कैदियों के चेहरे आशा से प्रफुल्लित थे।

जिसका नाम आता, वह खुश-खुश अफसर के पास जाता, परवाना लेता, झुक कर सलाम करता और तब अपने विपत्तिकाल के संगियों से गले मिल कर बाहर निकल जाता। उसके घरवाले दौड़ कर उससे लिपट जाते। कोई पैसे लुटा रहा था, कहीं मिठाइयाँ बाँटी जा रही थीं, कहीं जेल के कर्मचारियों को इनाम दिया जा रहा था। आज नरक के पुतले विनम्रता के देवता बने हुए थे।

अन्त में भक्तसिंह का नाम आया। वह सिर झुकाये आहिस्ता-आहिस्ता जेलर के पास गये और उदासीन भाव से परवाना ले कर जेल के द्वार की ओर चले, मानो सामने कोई समुद्र लहरें मार रहा है। द्वार से बाहर निकल कर वह जमीन पर बैठ गये। कहाँ जाएँ ?

सहसा उन्होंने एक सैनिक अफसर को घोड़े पर सवार, जेल की ओर आते देखा। उसकी देह पर खाकी वरदी थी, सिर पर कारचोबी साफा। अजीब शान से घोड़े पर बैठा हुआ था। उसके पीछे-पीछे एक फिटन आ रही थी। जेल के सिपाहियों ने अफसर को देखते ही बन्दूकें सँभालीं और लाइन में खड़े हो कर सलाम किया।

भक्तसिंह ने मन में कहा—एक भाग्यवान वह है, जिसके लिए फिटन आ रही है; और एक अभागा मैं हूँ, जिसका कहीं ठिकाना नहीं।

फौजी अफसर ने इधर-उधर देखा और घोड़े से उतर कर सीधे भक्तसिंह के सामने आकर खड़ा हो गया।

भक्तसिंह ने उसे ध्यान से देखा और तब चौंककर उठ खड़े हुए और बोले—अरे ! बेटा जगतसिंह !

जगतसिंह रोता हुआ उनके पैरों पर गिर पड़ा।

❑❑❑

इस्तीफा

दफ्तर का बाबू एक बेजबान जीव है। मजदूरों को आँखें दिखाओ, तो वह त्योरियाँ बदल कर खड़ा हो जाएगा। कुली को एक डाँट बताओ, तो सिर से बोझ फेंक कर अपनी राह लेगा। किसी भिखारी को दुत्कारो, तो वह तुम्हारी ओर गुस्से की निगाह से देख कर चला जाएगा। यहाँ तक कि गधा भी कभी-कभी तकलीफ पा कर दोलत्तियाँ झाड़ने लगता है; मगर बेचारे दफ्तर के बाबू को आप चाहे आँखें दिखायें, डाँट बतायें, दुत्कारें या ठोकरें मारें, उसके माथे पर बल न आयेगा। उसे अपने विकारों पर जो अधिपत्य होता है, वह शायद किसी संयमी साधु में भी न हो। संतोष का पुतला, सब्र की मूर्ति, सच्चा आज्ञाकारी, गरज उसमें तमाम मानवी अच्छाईयाँ मौजूद होती हैं। खंडहर के भी एक दिन भाग्य जागते हैं। दीवाली के दिन उस पर भी रोशनी होती है, बरसात में उस पर हरियाली छाती है, प्रकृति की दिलचस्पियों में उसका भी हिस्सा है। मगर इस गरीब बाबू के नसीब कभी नहीं जागते। उसकी अँधेरी तकदीर में रोशनी का जलवा कभी नहीं दिखायी देता। इसके पीले चेहरे पर कभी मुस्कराहट की रोशनी नजर नहीं आती। इसके लिए सूखा सावन है, कभी हरा भादों नहीं। लाला फतेहचंद ऐसे ही एक बेजबान जीव थे।

कहते हैं, मनुष्य पर उसके नाम का भी कुछ असर पड़ता है। फतेहचंद की दशा में यह बात यथार्थ सिद्ध न हो सकी। यदि उन्हें 'हारचंद' कहा जाए तो कदाचित् यह अत्युक्ति न होगी। दफ्तर में हार, जिंदगी में हार, मित्रों में हार, जीवन में उनके लिए चारों ओर निराशाएँ ही थीं। लड़का एक भी नहीं, लड़कियाँ तीन; भाई एक भी नहीं, भौजाइयाँ दो, गाँठ में कौड़ी नहीं, मगर दिल में दया और मुरव्वत; सच्चा मित्र एक भी नहीं—जिससे मित्रता हुई, उसने धोखा दिया, इस पर तंदुरुस्ती भी अच्छी नहीं—बत्तीस साल की अवस्था में

बाल खिचड़ी हो गये थे। आँखों में ज्योति नहीं, हाजमा चौपट, चेहरा पीला, गाल पिचके, कमर झुकी हुई, न दिल में हिम्मत, न कलेजे में ताकत। नौ बजे दफ्तर जाते और छः बजे शाम को लौट कर घर आते। फिर घर से बाहर निकलने की हिम्मत न पड़ती। दुनिया में क्या होता है; इसकी उन्हें बिलकुल खबर न थी। उनकी दुनिया, लोक-परलोक जो कुछ था, दफ्तर था। नौकरी की खैर मनाते और जिंदगी के दिन पूरे करते थे। न धर्म से वास्ता था, न दीन से नाता। न कोई मनोरंजन था, न खेल। ताश खेले हुए भी शायद एक मुद्दत गुजर गयी थी।

:: 2 ::

जाड़ों के दिन थे। आकाश पर कुछ-कुछ बादल थे। फतेहचंद साढ़े पाँच बजे दफ्तर से लौटे तो चिराग जल गये थे। दफ्तर से आ कर वह किसी से कुछ न बोलते, चुपके से चारपाई पर लेट जाते और पंद्रह-बीस मिनट तक बिना हिले-डुले पड़े रहते तब कहीं जा कर उनके मुँह से आवाज निकलती। आज भी प्रतिदिन की तरह वे चुपचाप पड़े थे कि एक ही मिनट में बाहर से किसी ने पुकारा। छोटी लड़की ने जा कर पूछा तो मालूम हुआ कि दफ्तर का चपरासी है। शारदा पति के मुँह-हाथ धोने के लिए लोटा-गिलास माँज रही थी। बोली—उससे कह दे, क्या काम है। अभी तो दफ्तर से आये ही हैं, और अभी फिर बुलावा आ गया ?

चपरासी ने कहा—साहब ने कहा है, अभी बुला लाओ। कोई बड़ा जरूरी काम है।

फतेहचंद की खामोशी टूट गयी। उन्होंने सिर उठा कर पूछा—क्या बात है ?

शारदा—कोई नहीं, दफ्तर का चपरासी है।

फतेहचंद ने सहम कर कहा—दफ्तर का चपरासी ! क्या साहब ने बुलाया है ?

शारदा—हाँ, कहता है, साहब बुला रहे हैं। यह कैसा साहब है तुम्हारा, जब देखो, बुलाया करता है ? सबेरे के गये-गये अभी मकान लौटे हो, फिर भी बुलावा आ गया।

फतेहचंद ने सँभल कर कहा—जरा सुन लूँ, किसलिए बुलाया है। मैंने सब काम खतम कर दिया था, अभी आता हूँ।

शारदा—जरा जलपान तो करते जाओ, चपरासी से बातें करने लगोगे, तो तुम्हें अंदर आने की याद भी न रहेगी।

यह कह कर वह एक प्याली में थोड़ी-सी दालमोठ और सेव लायी। फतेहचंद उठ कर खड़े हो गये, किंतु खाने की चीजें देख कर चारपाई पर बैठ गये और प्याली की ओर चाव से देख कर डरते हुए बोले—लड़कियों को दे दिया है न ?

शारदा ने आँखें चढ़ाकर कहा—हाँ-हाँ; दे दिया है, तुम तो खाओ।

इतने में छोटी लड़की आ कर सामने खड़ी हो गयी। शारदा ने उसकी ओर क्रोध से देख कर कहा—तू क्यों आ कर सिर पर सवार हो गयी, जा बाहर खेल !

फतेहचंद—रहने दो, क्यों डाँटती हो ? यहाँ आओ चुन्नी, यह लो, दालमोठ ले जाओ !

चुन्नी माँ की ओर देख कर डरती हुई बाहर भाग गयी !

फतेहचंद ने कहा—क्यों बेचारी को भगा दिया ? दो-चार दाने दे देती, तो खुश हो जाती।

शारदा—इसमें है ही कितना कि सबको बाँटते फिरोगे ? इसे देते तो बाकी दोनों न आ जातीं ? किस-किसको देते ?

इतने में चपरासी ने फिर पुकारा—बाबू जी, हमें बड़ी देर हो रही है।

शारदा—कह क्यों नहीं देते कि इस वक्त न आयेंगे।

फतेहचंद—ऐसा कैसे कह दूँ भाई; रोजी का मामला है !

शारदा—तो क्या प्राण दे कर काम करोगे ? सूरत नहीं देखते अपनी ? मालूम होता है, छः महीने के बीमार हो।

फतेहचंद ने जल्दी-जल्दी दालमोठ की दो-तीन फंकियाँ लगायीं, एक गिलास पानी पिया और बाहर की तरफ दौड़े। शारदा पान बनाती ही रह गयी।

चपरासी ने कहा—बाबू जी ! आपने बड़ी देर कर दी। अब जरा लपके चलिए, नहीं तो जाते ही डाँट बतायेगा।

फतेहचंद ने दो कदम दौड़ कर कहा—चलेंगे तो भाई आदमी ही की तरह, चाहे डाँट बतायें या दाँत दिखायें। हमसे दौड़ा नहीं जाता। बँगले ही पर हैं न ?

चपरासी—भला, वह दफ्तर क्यों आने लगा। बादशाह है कि दिल्लगी ?

चपरासी तेज चलने का आदी था। बेचारे बाबू फतेहचंद धीरे-धीरे जाते थे। थोड़ी ही दूर चल कर हाँफ उठे। मगर मर्द तो थे ही, यह कैसे कहते कि भाई जरा और धीरे चलो। हिम्मत करके कदम उठाते जाते थे, यहाँ तक कि जाँघों में दर्द होने लगा और आधा रास्ता खतम होते-होते पैरों ने उठने से इनकार कर दिया। सारा शरीर पसीने से तर हो गया। सिर में चक्कर आ गया। आँखों के सामने तितलियाँ उड़ने लगीं।

चपरासी ने ललकारा–जरा कदम बढ़ाये चलो, बाबू !

फतेहचंद बड़ी मुश्किल से बोले–तुम जाओ, मैं आता हूँ।

वे सड़क के किनारे पटरी पर बैठ गये और सिर को दोनों हाथों से थाम कर दम मारने लगे। चपरासी ने इनकी यह दशा देखी, तो आगे बढ़ा। फतेहचंद डरे कि यह शैतान जा कर न-जाने साहब से क्या कह दे, तो गजब ही हो जायगा। जमीन पर हाथ टेक कर उठे और फिर चले। मगर कमजोरी से शरीर हाँफ रहा था। इस समय कोई बच्चा भी उन्हें जमीन पर गिरा सकता था। बेचारे किसी तरह गिरते-पड़ते साहब के बँगले पर पहुँचे। साहब बँगले पर टहल रहे थे। बार-बार फाटक की तरफ देखते थे और किसी को आते न देखकर मन में झल्लाते थे।

चपरासी को देखते ही आँखें निकाल कर बोले–इतनी देर कहाँ था ?

चपरासी ने बरामदे की सीढ़ी पर खड़े-खड़े कहा–हुजूर ! जब वह आयें तब तो; मैं दौड़ा चला आ रहा हूँ।

साहब ने पैर पटक कर कहा–बाबू क्या बोला ?

चपरासी–आ रहे हैं हुजूर, घंटा-भर में तो घर से निकले।

इतने में फतेहचंद अहाते के तार के अंदर से निकल कर वहाँ आ पहुँचे और साहब को सिर झुका कर सलाम किया।

साहब ने कड़क कर कहा–अब तक कहाँ था ?

फतेहचंद ने साहब का तमतमाया चेहरा देखा, तो उनका खून सूख गया। बोले–हुजूर, अभी-अभी तो दफ्तर से गया हूँ, ज्यों ही चपरासी ने आवाज दी, हाजिर हुआ।

साहब–झूठ बोलता है, झूठ बोलता है, हम घंटे भर से खड़ा है।

फतेहचंद–हुजूर, मैं झूठ नहीं बोलता। आने में जितनी देर हो गयी हो, मगर घर से चलने में मुझे बिलकुल देर नहीं हुई।

साहब ने हाथ की छड़ी घुमाकर कहा–चुप रह सूअर, हम घण्टा-भर से खड़ा है, अपना कान पकड़ो !

फतेहचंद ने खून का घूँट पी कर कहा–हुजूर, मुझे दस साल काम करते हो गये, कभी...

साहब–चुप रह सूअर, हम कहता है कि अपना कान पकड़ो !

फतेहचंद–जब मैंने कोई कसूर किया हो ?

साहब–चपरासी ! इस सूअर का कान पकड़ो।

चपरासी ने दबी जबान से कहा–हुजूर, यह भी मेरे अफसर हैं, मैं इनका कान कैसे पकड़ूँ ?

साहब–हम कहता है, इसका कान पकड़ो, नहीं हम तुमको हंटरों से मारेगा।

चपरासी–हुजूर, मैं यहाँ नौकरी करने आया हूँ, मार खाने नहीं। मैं भी इज्जतदार आदमी हूँ। हुजूर, अपनी नौकरी ले लें ! आप जो हुक्म दें, वह बजा लाने को हाजिर हूँ, लेकिन किसी की इज्जत नहीं बिगाड़ सकता। नौकरी तो चार दिन की है। चार दिन के लिए क्यों जमाने-भर से बिगाड़ करें।

साहब अब क्रोध को न बर्दाश्त कर सके। हंटर ले कर दौड़े। चपरासी ने देखा, यहाँ खड़े रहने में खैरियत नहीं है, तो भाग खड़ा हुआ। फतेहचंद अभी तक चुपचाप खड़े थे। साहब चपरासी को न पा कर उनके पास आया और उनके दोनों कान पकड़ कर हिला दिया। बोला–तुम सूअर गुस्ताखी करता है ? जा कर आफिस से फाइल लाओ।

फतेहचंद ने कान हिलाते हुए कहा–कौन-सा फाइल ?

–तुम बहरा है, सुनता नहीं ? हम फाइल माँगता है।

फतेहचंद ने किसी तरह दिलेर होकर कहा–आप कौन-सा फाइल माँगते हैं ?

साहब–वही फाइल जो हम माँगता है। वही फाइल लाओ। अभी लाओ। बेचारे फतेहचंद को अब और कुछ पूछने की हिम्मत न हुई। साहब बहादुर एक तो यों ही तेज-मिजाज थे, इस पर हुकूमत का घमंड और सबसे बढ़ कर शराब का नशा। हंटर ले कर पिल पड़ते, तो बेचारे क्या कर लेते ? चुपके से दफ्तर की तरफ चल पड़े।

साहब ने कहा–दौड़ कर जाओ–दौड़ो।

फतेहचंद ने कहा–हुजूर, मुझसे दौड़ा नहीं जाता।

साहब–ओ, तुम बहुत सुस्त हो गया है। हम तुमको दौड़ना सिखायेगा। दौड़ो (पीछे से धक्का दे कर) ! तुम अब भी नहीं दौड़ेगा ?

यह कह कर साहब हंटर लेने चले। फतेहचंद दफ्तर के बाबू होने पर भी मनुष्य ही थे। यदि वह बलवान् होते, तो उस बदमाश का खून पी जाते। अगर उनके पास कोई हथियार होता, तो उस पर जरूर चला देते; लेकिन उस हालत में तो मार खाना ही उनकी तकदीर में लिखा था। वे बेतहाशा भागे और फाटक से बाहर निकल कर सड़क पर आ गये।

फतेहचंद दफ्तर न गये। जा कर करते ही क्या ? साहब ने फाइल का नाम तक न बताया। शायद नशा में भूल गया। धीरे-धीरे घर की ओर चले, मगर इस बेइज्जती ने पैरों में बेड़ियाँ-सी डाल दी थीं। माना कि वह शारीरिक बल में साहब से कम थे, उनके हाथ में कोई चीज भी न थी, लेकिन क्या वह उसकी बातों का जवाब न दे सकते थे ? उनके पैरों में जूते तो थे। क्या वह जूते से काम न ले सकते थे ? फिर क्यों उन्होंने इतनी जिल्लत बर्दाश्त की ?

मगर इलाज ही क्या था ? यदि वह क्रोध में उन्हें गोली मार देता, तो उसका क्या बिगड़ता। शायद एक-दो महीने की सादी कैद हो जाती। सम्भव है, दो-चार सौ रुपये जुर्माना हो जाता। मगर इनका परिवार तो मिट्टी में मिल जाता। संसार में कौन था, जो इनके स्त्री-बच्चों की खबर लेता। वह किसके दरवाजे हाथ फैलाते ? यदि उनके पास इतने रुपये होते, जिनसे उनके कुटुम्ब का पालन हो जाता, तो वह आज इतनी जिल्लत न सहते। या तो मर ही जाते, या उस शैतान को कुछ सबक ही दे देते। अपनी जान का उन्हें डर न था। जिंदगी में ऐसा कौन सुख था, जिसके लिए वह इस तरह डरते ? खयाल था सिर्फ परिवार के बरबाद हो जाने का।

आज फतेहचंद को अपनी शारीरिक कमजोरी पर जितना दुख हुआ, उतना और कभी न हुआ था। अगर उन्होंने शुरू ही से तंदुरुस्ती का खयाल रखा होता, कुछ कसरत करते रहते, लकड़ी चलाना जानते होते, तो क्या इस शैतान की इतनी हिम्मत होती कि वह उनका कान पकड़ता। उसकी आँखें निकाल लेते। कम से कम उन्हें घर से एक छुरी ले कर चलना था ! और न होता, तो दो-चार हाथ जमाते ही–पीछे देखा जाता, जेल ही तो जाना होता या और कुछ ?

वे ज्यों-ज्यों आगे बढ़ते थे, त्यों-त्यों उनकी तबीयत अपनी कायरता और बोदेपन पर और भी झल्लाती थी। अगर वह उचककर उसके दो-चार थप्पड़ लगा देते, तो क्या होता–यही न कि साहब के खानसामे, बैरे सब उन पर पिल पड़ते और मारते-मारते बेदम कर देते। बाल-बच्चों के सिर पर जो कुछ पड़ती–पड़ती। साहब को इतना तो मालूम हो जाता कि किसी गरीब को बेगुनाह जलील करना आसान नहीं। आखिर आज मैं मर जाऊँ, तो क्या हो ? तब कौन मेरे बच्चों का पालन करेगा ? तब उनके सिर जो कुछ पड़ेगी, वह आज ही पड़ जाती, तो क्या हर्ज था।

इस अंतिम विचार ने फतेहचंद के हृदय में इतना जोश भर दिया कि वह लौट पड़े और साहब से जिल्लत का बदला लेने के लिए दो-चार कदम चले, मगर फिर खयाल आया, आखिर जो कुछ जिल्लत होनी थी; वह तो हो ही ली। कौन

जाने, बँगले पर हो या क्लब चला गया हो। उसी समय उन्हें शारदा की बेकसी और बच्चों का बिना बाप के हो जाने का खयाल भी आ गया। फिर लौटे और घर चले।

:: 3 ::

घर में जाते ही शारदा ने पूछा–किस लिए बुलाया था, बड़ी देर हो गयी ?

फतेहचंद ने चारपाई पर लेटते हुए कहा–नशे की सनक थी, और क्या ? शैतान ने मुझे गालियाँ दीं, जलील किया। बस, यही रट लगाये हुए था कि देर क्यों की ? निर्दयी ने चपरासी से मेरा कान पकड़ने को कहा।

शारदा ने गुस्से में आकर कहा–तुमने एक जूता उतार कर दिया नहीं सूअर को ?

फतेहचंद–चपरासी बहुत शरीफ है। उसने साफ कह दिया–हुजूर, मुझसे यह काम न होगा। मैंने भले आदमियों की इज्जत उतारने के लिए नौकरी नहीं की थी। वह उसी वक्त सलाम करके चला गया।

शारदा–यही बहादुरी है। तुमने उस साहब को क्यों नहीं फटकारा ?

फतेहचंद–फटकारा क्यों नहीं–मैंने भी खूब सुनायी। वह छड़ी ले कर दौड़ा–मैंने भी जूता सँभाला। उसने मुझे कई छड़ियाँ जमायीं–मैंने भी कई जूते लगाये !

शारदा ने खुश हो कर कहा–सच ? इतना-सा मुँह हो गया होगा उसका !

फतेहचंद–चेहरे पर झाड़ू-सी फिरी हुई थी।

शारदा–बड़ा अच्छा किया तुमने, और मारना चाहिए था। मैं होती, तो बिना जान लिये न छोड़ती।

फतेहचंद–मार तो आया हूँ; लेकिन अब खैरियत नहीं है। देखो, क्या नतीजा होता है ? नौकरी तो जायगी ही, शायद सजा भी काटनी पड़े।

शारदा–सजा क्यों काटनी पड़ेगी ? क्या कोई इंसाफ करनेवाला नहीं है ? उसने क्यों गालियाँ दीं, क्यों छड़ी जमायी ?

फतेहचंद–उसके सामने मेरी कौन सुनेगा ? अदालत भी उसी की तरफ हो जायगी।

शारदा–हो जायगी, हो जाय; मगर देख लेना, अब किसी साहब की यह हिम्मत न होगी कि किसी बाबू को गालियाँ दे बैठे। तुम्हें चाहिए था कि ज्यों ही उसके मुँह से गालियाँ निकलीं, लपक कर एक जूता रसीद कर देते।

फतेहचंद–तो फिर इस वक्त जिंदा लौट भी न सकता। जरूर मुझे गोली मार देता।

शारदा–देखी जाती।

फतेहचंद ने मुस्करा कर कहा–फिर तुम लोग कहाँ जातीं ?

शारदा–जहाँ ईश्वर की मरजी होती। आदमी के लिए सबसे बड़ी चीज इज्जत है। इज्जत गँवा कर बाल-बच्चों की परवरिश नहीं की जाती। तुम उस शैतान को मार कर आये होते तो मैं गरूर से फूली नहीं समाती। मार खा कर आते, तो शायद मैं तुम्हारी सूरत से भी घृणा करती। यों जबान से चाहे कुछ न कहती, मगर दिल से तुम्हारी इज्जत जाती रहती। अब जो कुछ सिर पर आयेगी, खुशी से झेल लूँगी...। कहाँ जाते हो, सुनो-सुनो, कहाँ जाते हो ?

फतेहचंद दीवाने हो कर जोश में घर से निकल पड़े। शारदा पुकारती रह गयी। वह फिर साहब के बँगले की तरफ जा रहे थे। डर से सहमे हुए नहीं; बल्कि गरूर से गर्दन उठाये हुए। पक्का इरादा उनके चेहरे से झलक रहा था। उनके पैरों में वह कमजोरी, आँखों में वह बेकसी न थी। उनकी कायापलट-सी हो गयी थी। वह कमजोर बदन, पीला मुखड़ा, दुबले बदनवाला, दफ्तर के बाबू की जगह अब मर्दाना चेहरा, हिम्मत भरा हुआ, मजबूत गठा और जवान था। उन्होंने पहले एक दोस्त के घर जा कर उसका डंडा लिया और अकड़ते हुए साहब के बँगले पर जा पहुँचे।

इस वक्त नौ बजे थे। साहब खाने की मेज पर थे। मगर फतेहचंद ने आज उनके मेज पर से उठ जाने का इंतजार न किया। खानसामा कमरे से बाहर निकला और वह चिक उठा कर अंदर गये। कमरा प्रकाश से जगमगा रहा था। जमीन पर ऐसी कालीन बिछी हुई थी, जैसी फतेहचंद की शादी में भी नहीं बिछी होगी। साहब बहादुर ने उसकी तरफ क्रोधित दृष्टि से देखकर कहा–तुम क्यों आया ? बाहर जाओ, क्यों अंदर चला आया ?

फतेहचंद ने खड़े-खड़े डंडा सँभाल कर कहा–तुमने मुझसे अभी फाइल माँगा था, वही फाइल ले कर आया हूँ। खाना खा लो, तो दिखाऊँ। तब तक मैं बैठा हूँ। इतमीनान से खाओ, शायद यह तुम्हारा आखिरी खाना होगा। इसी कारण खूब पेट भर कर खा लो।

साहब सन्नाटे में आ गये। फतेहचंद की तरफ डर और क्रोध की दृष्टि से देख कर काँप उठे। फतेहचंद के चेहरे पर पक्का इरादा झलक रहा था। साहब समझ गये, यह मनुष्य इस समय मरने-मारने के लिए तैयार हो कर आया है। ताकत

में फतेहचंद उनके पासंग भी नहीं था। लेकिन यह निश्चय था कि वह ईंट का जवाब पत्थर से नहीं, बल्कि लोहे से देने को तैयार है। यदि वह फतेहचंद को बुरा-भला कहते हैं, तो क्या आश्चर्य है कि वह डंडा ले कर पिल पड़े। हाथापाई करने में यद्यपि उन्हें जीतने में जरा भी संदेह नहीं था, लेकिन बैठे-बिठाये डंडे खाना भी तो कोई बुद्धिमानी नहीं है। कुत्ते को आप डंडे से मारिये, ठुकराइये, जो चाहे कीजिए; मगर उसी समय तक, जब तक वह गुर्राता नहीं। एक बार गुर्रा कर दौड़ पड़े, तो फिर देखें, आपकी हिम्मत कहाँ जाती है ? यही हाल उस वक्त साहब बहादुर का था। जब तक यकीन था कि फतेहचंद घुड़की, गाली, हंटर, ठोकर सब कुछ खामोशी से सह लेगा, तब तक आप शेर थे; अब वह त्योरियाँ बदले, डंडा सँभाले, बिल्ली की तरह घात लगाये खड़ा है। जबान से कोई कड़ा शब्द निकला और उसने डंडा चलाया। वह अधिक से अधिक उसे बरखास्त कर सकते हैं। अगर मारते हैं, तो मार खाने का भी डर है। उस पर फौजदारी में मुकदमा दायर हो जाने का अंदेशा—माना कि वह अपने प्रभाव और ताकत से अंत में फतेहचंद को जेल में डलवा देंगे; परन्तु परेशानी और बदनामी से किसी तरह न बच सकते थे। एक बुद्धिमान और दूरंदेश आदमी की तरह उन्होंने यह कहा—ओहो, हम समझ गया, आप हमसे नाराज हैं। हमने क्या आपको कुछ कहा है ? आप क्यों हमसे नाराज हैं ?

फतेहचंद ने तन कर कहा—तुमने अभी आध घंटा पहले मेरे कान पकड़े थे, और मुझसे सैकड़ों ऊल-जलूल बातें कही थीं। क्या इतनी जल्दी भूल गये ?

साहब—मैंने आपका कान पकड़ा, आ-हा-हा-हाहा ! मैंने आपका कान पकड़ा, आ-हा-हा-हा ! क्या मजाक है ? क्या मैं पागल हूँ या दीवाना ?

फतेहचंद—तो क्या मैं झूठ बोल रहा हूँ ? चपरासी गवाह है। आपके नौकर-चाकर भी देख रहे थे।

साहब—कब का बात है ?

फतेहचंद—अभी-अभी, कोई आधा घण्टा हुआ, आपने मुझे बुलवाया था और बिना कारण मेरे कान पकड़े और धक्के दिये थे।

साहब—ओ बाबू जी, उस वक्त हम नशा में था। बेहरा ने हमको बहुत दे दिया था। हमको कुछ खबर नहीं, क्या हुआ माई गाड ! हमको कुछ खबर नहीं।

फतेहचंद—नशा में अगर तुमने मुझे गोली मार दी होती, तो क्या मैं मर न जाता ? अगर तुम्हें नशा था और नशा में सब कुछ मुआफ है, तो मैं भी नशे में हूँ। सुनो मेरा फैसला, या तो अपने कान पकड़ो कि फिर कभी किसी भले आदमी

के संग ऐसा बर्ताव न करोगे, या मैं आकर तुम्हारे कान पकड़ूँगा। समझ गये कि नहीं ! इधर-उधर हिलो नहीं, तुमने जगह छोड़ी और मैंने डंडा चलाया। फिर खोपड़ी टूट जाय, तो मेरी खता नहीं। मैं जो कुछ कहता हूँ, करते चलो; पकड़ो कान !

साहब ने बनावटी हँसी हँसकर कहा–वेल बाबू जी, आप बहुत दिल्लगी करता है। अगर हमने आपको बुरा बात कहा है, तो हम आपसे माफी माँगता है।

फतेहचंद–(डंडा तौलकर) नहीं, कान पकड़ो !

साहब आसानी से इतनी जिल्लत न सह सके। लपककर उठे और चाहा कि फतेहचंद के हाथ से लकड़ी छीन लें; लेकिन फतेहचंद गाफिल न थे। साहब मेज पर से उठने न पाये थे कि उन्होंने डंडे का भरपूर और तुला हुआ हाथ चलाया। साहब तो नंगे सिर थे ही; चोट सिर पर पड़ गयी। खोपड़ी भन्ना गयी। एक मिनट तक सिर को पकड़े रहने के बाद बोले–हम तुमको बरखास्त कर देगा।

फतेहचंद–इसकी मुझे परवाह नहीं, मगर आज मैं तुमसे बिना कान पकड़वाये नहीं जाऊँगा। कान पकड़कर वादा करो कि फिर किसी भले आदमी के साथ ऐसी बेअदबी न करोगे, नहीं तो मेरा दूसरा हाथ पड़ना ही चाहता है !

यह कहकर फतेहचंद ने फिर डंडा उठाया। साहब को अभी तक पहली चोट न भूली थी। अगर कहीं यह दूसरा हाथ पड़ गया, तो शायद खोपड़ी खुल जाये। कान पर हाथ रखकर बोले–अब आप खुश हुआ ?

'फिर तो कभी किसी को गाली न दोगे ?'

'कभी नहीं।'

'अगर फिर कभी ऐसा किया, तो समझ लेना, मैं कहीं दूर नहीं हूँ।'

'अब किसी को गाली न देगा।'

'अच्छी बात है, अब मैं जाता हूँ, आज से मेरा इस्तीफा है। मैं कल इस्तीफा में यह लिखकर भेजूँगा कि तुमने मुझे गालियाँ दीं, इसलिए मैं नौकरी नहीं करना चाहता, समझ गये ?'

साहब–आप इस्तीफा क्यों देता है ? हम तो बरखास्त नहीं करता।

फतेहचंद–अब तुम जैसे पाजी आदमी की मातहती नहीं करूँगा।

यह कहते हुए फतेहचंद कमरे से बाहर निकले और बड़े इत्मीनान से घर चले। आज उन्हें सच्ची विजय की प्रसन्नता का अनुभव हुआ। उन्हें ऐसी खुशी कभी नहीं प्राप्त हुई थी। यही उनके जीवन की पहली जीत थी।

❑❑❑

यह मेरी मातृभूमि है

आज पूरे 60 वर्ष के बाद मुझे मातृभूमि–प्यारी मातृभूमि के दर्शन प्राप्त हुए हैं। जिस समय मैं अपने प्यारे देश से विदा हुआ था और भाग्य मुझे पश्चिम की ओर ले चला था, उस समय मैं पूर्ण युवा था। मेरी नसों में नवीन रक्त संचारित हो रहा था। हृदय उमंगों और बड़ी-बड़ी आशाओं से भरा हुआ था। मुझे अपने प्यारे भारतवर्ष से किसी अत्याचारी के अत्याचार या न्याय के बलवान हाथों ने नहीं जुदा किया था। अत्याचारी के अत्याचार और कानून की कठोरताएँ मुझसे जो चाहे सो करा सकती हैं, मगर मेरी प्यारी मातृभूमि मुझसे नहीं छुड़ा सकतीं। वे मेरी उच्च अभिलाषाएँ और बड़े-बड़े ऊँचे विचार ही थे, जिन्होंने मुझे देश-निकाला दिया था।

मैंने अमेरिका जा कर वहाँ खूब व्यापार किया और व्यापार से धन भी खूब पैदा किया तथा धन से आनंद भी खूब मनमाने लूटे। सौभाग्य से पत्नी भी ऐसी मिली, जो सौंदर्य में अपना सानी आप ही थी। उसकी लावण्यता और सुन्दरता की ख्याति तमाम अमेरिका में फैली। उसके हृदय में ऐसे विचार की गुंजाइश भी न थी, जिसका सम्बन्ध मुझसे न हो, मैं उस पर तन-मन से आसक्त था और वह मेरी सर्वस्व थी। मेरे पाँच पुत्र थे जो सुन्दर, हृष्ट-पुष्ट और ईमानदार थे। उन्होंने व्यापार को और भी चमका दिया था। मेरे भोले-भाले नन्हे-नन्हे पौत्र गोद में बैठे हुए थे, जब कि मैंने प्यारी मातृभूमि के अंतिम दर्शन करने को अपने पैर उठाये। मैंने अनंत धन, प्रियतमा पत्नी, सपूत बेटे और प्यारे-प्यारे जिगर के टुकड़े नन्हे-नन्हे बच्चे आदि अमूल्य पदार्थ केवल इसीलिए परित्याग कर दिया कि मैं प्यारी भारत-जननी का अंतिम दर्शन कर लूँ। मैं बहुत बूढ़ा हो गया हूँ; दस वर्ष के बाद पूरे सौ वर्ष का हो जाऊँगा। अब मेरे हृदय में केवल एक ही अभिलाषा बाकी है कि मैं अपनी मातृभूमि का रजकण बनूँ।

यह अभिलाषा कुछ आज ही मेरे मन में उत्पन्न नहीं हुई, बल्कि उस समय भी थी जब मेरी प्यारी पत्नी अपनी मधुर बातों और कोमल कटाक्षों से मेरे हृदय को प्रफुल्लित किया करती थी। और जब कि मेरे युवा पुत्र प्रातःकाल आ कर अपने वृद्ध पिता को सभक्ति प्रणाम करते, उस समय भी मेरे हृदय में एक काँटा-सा खटखता रहता था कि मैं अपनी मातृभूमि से अलग हूँ। यह देश मेरा देश नहीं है और मैं इस देश का नहीं हूँ।

मेरे पास धन था, पत्नी थी, लड़के थे और जायदाद थी, मगर न मालूम क्यों, मुझे रह-रह कर मातृभूमि के टूटे झोंपड़े, चार-छै बीघा मौरूसी जमीन और बालपन के लँगोटिया यारों की याद अक्सर सता जाया करती। प्रायः अपार प्रसन्नता और आनंदोत्सवों के अवसर पर भी यह विचार हृदय में चुटकी लिया करता था कि "यदि मैं अपने देश में होता।"

:: 2 ::

जिस समय मैं बम्बई में जहाज से उतरा, मैंने पहले काले कोट-पतलून पहने टूटी-फूटी अँग्रेजी बोलते हुए मल्लाह देखे। फिर अँग्रेजी दूकान, ट्राम और मोटरगाड़ियाँ दीख पड़ीं। इसके बाद रबरटायरवाली गाड़ियों की ओर मुँह में चुरट दाबे हुए आदमियों से मुठभेड़ हुई। फिर रेल का विक्टोरिया टर्मिनल स्टेशन देखा। बाद में मैं रेल में सवार होकर हरी-भरी पहाड़ियों के मध्य में स्थित अपने गाँव को चल दिया। उस समय मेरी आँखों में आँसू भर आये और मैं खूब रोया, क्योंकि यह मेरा देश न था। यह वह देश न था, जिसके दर्शनों की इच्छा सदा मेरे हृदय में लहराया करती थी। यह तो कोई और देश था। यह अमेरिका या इंगलैंड था; मगर प्यारा भारत नहीं था।

रेलगाड़ी जंगलों, पहाड़ों, नदियों और मैदानों को पार करती हुई मेरे प्यारे गाँव के निकट पहुँची, जो किसी समय में फूल, पत्तों और फलों की बहुतायत तथा नदी-नालों की अधिकता से स्वर्ग की होड़ कर रहा था। मैं उस गाड़ी से उतरा, तो मेरा हृदय बाँसों उछल रहा था—अब अपना प्यारा घर देखूँगा—अपने बालपन के प्यारे साथियों से मिलूँगा। मैं इस समय बिलकुल भूल गया था कि मैं 90 वर्ष का बूढ़ा हूँ। ज्यों-ज्यों मैं गाँव के निकट आता था, मेरे पग शीघ्र-शीघ्र उठते थे और हृदय में अकथनीय आनंद का स्रोत उमड़ रहा था। प्रत्येक वस्तु पर आँखें फाड़-फाड़ कर दृष्टि डालता। अहा ! यह वही नाला है, जिसमें हम रोज घोड़े नहलाते थे और

स्वयं भी डुबकियाँ लगाते थे, किंतु अब उसके दोनों ओर काँटेदार तार लगे हुए थे। सामने एक बँगला था, जिसमें दो अँग्रेज बंदूकें लिये इधर-उधर ताक रहे थे। नाले में नहाने की सख्त मनाही थी।

गाँव में गया और निगाहें बालपन के साथियों को खोजने लगीं, किन्तु शोक ! वे सब के सब मृत्यु के ग्रास हो चुके थे। मेरा घर–मेरा टूटा-फूटा झोंपड़ा–जिसकी गोद में मैं बरसों खेला था, जहाँ बचपन और बेफिक्री के आनंद लूटे थे और जिसका चित्र अभी तक मेरी आँखों में फिर रहा था, वही मेरा प्यारा घर अब मिट्टी का ढेर हो गया था।

यह स्थान गैर-आबाद न था। सैकड़ों आदमी चलते-चलते नजर आते थे, जो अदालत-कचहरी और थाना-पुलिस की बातें कर रहे थे, उनके मुखों से चिंता, निर्जीवता और उदासी प्रदर्शित होती थी और वे अब सांसारिक चिंताओं से व्यथित मालूम होते थे। मेरे साथियों के समान हृष्ट-पुष्ट, बलवान, लाल चेहरे वाले नवयुवक कहीं न देख पड़ते थे। उस अखाड़े के स्थान पर जिसकी जड़ मेरे हाथों ने डाली थी, अब एक टूटा-फूटा स्कूल था। उसमें दुर्बल तथा कांतिहीन, रोगियों की-सी सूरतवाले बालक फटे कपड़े पहने बैठे ऊँघ रहे थे। उनको देख कर सहसा मेरे मुख से निकल पड़ा कि नहीं-नहीं, यह मेरा प्यारा देश नहीं है। यह देश देखने मैं इतनी दूर से नहीं आया हूँ–यह मेरा प्यारा भारतवर्ष नहीं है।

बरगद के पेड़ की ओर मैं दौड़ा, जिसकी सुहावनी छाया में मैंने बचपन के आनंद उड़ाये थे, जो हमारे छुटपन का क्रीड़ास्थल और युवावस्था का सुखप्रद वासस्थान था। आह ! इस प्यारे बरगद को देखते ही हृदय पर एक बड़ा आघात पहुँचा और दिल में महान् शोक उत्पन्न हुआ। उसे देख कर ऐसी-ऐसी दुःखदायक तथा हृदय-विदारक स्मृतियाँ ताजी हो गयीं कि घंटों पृथ्वी पर बैठे-बैठे मैं आँसू बहाता रहा। हाँ ! यही बरगद है, जिसकी डालों पर चढ़ कर मैं फुनगियों तक पहुँचता था, जिसकी जटाएँ हमारा झूला थीं और जिसके फल हमें सारे संसार की मिठाइयों से अधिक स्वादिष्ट मालूम होते थे। मेरे गले में बाँहें डाल कर खेलनेवाले लँगोटिया यार, जो कभी रूठते थे, कभी मनाते थे, कहाँ गये ? हाय, बिना घरबार का मुसाफिर अब क्या अकेला ही हूँ ? क्या मेरा कोई भी साथी नहीं ? इस बरगद के निकट अब थाना था और बरगद के नीचे कोई लाल साफा बाँधे बैठा था। उसके आस-पास दस-बीस लाल पगड़ीवाले करबद्ध खड़े थे ! वहाँ फटे-पुराने कपड़े पहने, दुर्भिक्षग्रस्त पुरुष, जिस पर अभी चाबुकों की बौछार हुई थी, पड़ा सिसक रहा था। मुझे ध्यान

आया कि यह मेरा प्यारा देश नहीं है, कोई और देश है। यह योरोप है, अमेरिका है, मगर मेरी प्यारी मातृभूमि नहीं है–कदापि नहीं है।

:: 3 ::

इधर से निराश हो कर मैं उस चौपाल की ओर चला, जहाँ शाम के वक्त पिता जी गाँव के अन्य बुजुर्गों के साथ हुक्का पीते और हँसी-कहकहे उड़ाते थे। हम भी उस टाट के बिछौने पर कलाबाजियाँ खाया करते थे। कभी-कभी वहाँ पंचायत भी बैठती थी, जिसके सरपंच सदा पिता जी ही हुआ करते थे। इसी चौपाल के पास एक गोशाला थी, जहाँ गाँव भर की गायें रखी जाती थीं और बछड़ों के साथ हम यहीं किलोलें किया करते थे। शोक ! कि अब उस चौपाल का पता तक न था। वहाँ अब गाँवों में टीका लगाने की चौकी और डाकखाना था।

उस समय इसी चौपाल से लगा एक कोल्हूवाड़ा था, जहाँ जाड़े के दिनों में ईख पेरी जाती थी और गुड़ की सुगंध से मस्तिष्क पूर्ण हो जाता था। हम और हमारे साथी वहाँ गंडरियों के लिए बैठे रहते और गंडरियाँ करनेवाले मजदूरों के हस्तलाघाव को देख कर आश्चर्य किया करते थे। वहाँ हजारों बार मैंने कच्चा रस और पक्का दूध मिला कर पिया था और वहाँ आस-पास के घरों की स्त्रियाँ और बालक अपने-अपने घड़े ले कर आते थे और उनमें रस भर कर ले जाते थे। शोक है कि वे कोल्हू अब तक ज्यों के त्यों खड़े थे, किन्तु कोल्हवाड़े की जगह पर अब एक सन लपेटनेवाली मशीन लगी थी और उसके सामने एक तम्बोली और सिगरेटवाले की दूकान थी। इन हृदय-विदारक दृश्यों को देखकर मैंने दुखित हृदय से, एक आदमी से, जो देखने में सभ्य मालूम होता था, पूछा, "महाशय, मैं एक परदेशी यात्री हूँ। रात भर लेटे रहने की मुझे आज्ञा दीजिएगा ?" इस आदमी ने मुझे सिर से पैर तक गहरी दृष्टि से देखा और कहने लगा कि "आगे जाओ, यहाँ जगह नहीं है।" मैं आगे गया और वहाँ से भी यही उत्तर मिला "आगे जाओ।" पाँचवीं बार एक सज्जन से स्थान माँगने पर उन्होंने एक मुट्ठी चने मेरे हाथ पर रख दिये। चने मेरे हाथ से छूट पड़े और नेत्रों से अविरल अश्रु-धारा बहने लगी। मुख से सहसा निकल पड़ा कि "हाय ! यह मेरा देश नहीं है, यह कोई और देश है। यह हमारा अतिथि-सत्कारी प्यारा भारत नहीं है–कदापि नहीं।"

मैंने एक सिगरेट की डिबिया खरीदी और एक सुनसान जगह पर बैठकर सिगरेट पीते हुए पूर्व समय की याद करने लगा कि अचानक मुझे धर्मशाला का स्मरण हो

आया, जो मेरे विदेश जाते समय बन रही थी; मैं उस ओर लपका कि रात किसी प्रकार वहीं काट लूँ, मगर शोक ! शोक ! ! महान् शोक ! ! ! धर्मशाला ज्यों की त्यों खड़ी थी, किंतु उसमें गरीब यात्रियों के टिकने के लिए स्थान न था। मदिरा, दुराचार और धूर्त ने उसे अपना घर बना रखा था। यह दशा देख कर विवशतः मेरे हृदय से एक सर्द आह निकल पड़ी और मैं जोर से चिल्ला उठा कि ''नहीं, नहीं, नहीं और हजार बार नहीं है''–यह मेरा प्यारा भारत नहीं है। यह कोई और देश है। यह योरोप है, अमेरिका है; मगर भारत कदापि नहीं है।

:: 4 ::

अँधेरी रात थी। गीदड़ और कुत्ते अपने-अपने कर्कश स्वर में उच्चारण कर रहे थे। मैं अपना दुखित हृदय ले कर उसी नाले के किनारे जा कर बैठ गया और सोचने लगा–अब क्या करूँ ! फिर अपने पुत्रों के पास लौट जाऊँ और अपना यह शरीर अमेरिका की मिट्टी में मिलाऊँ। अब तक मेरी मातृभूमि थी, मैं विदेश में जरूर था किंतु मुझे अपने प्यारे देश की याद बनी थी, पर अब मैं देश-विहीन हूँ। मेरा कोई देश नहीं है। इसी सोच-विचार में मैं बहुत देर तक घुटनों पर सिर रखे मौन रहा। रात्रि नेत्रों में ही व्यतीत की। घंटेवाले ने तीन बजाये और किसी के गाने का शब्द कानों में आया। हृदय गद्गद हो गया कि यह तो देश का ही राग है, यह तो मातृभूमि का ही स्वर है। मैं तुरंत उठ खड़ा हुआ और क्या देखता हूँ कि 15-20 वृद्धा स्त्रियाँ, सफेद धोतियाँ पहने, हाथों में लोटे लिये स्नान को जा रही हैं और गाती जाती हैं:

''हमारे प्रभु, अवगुन चित्त न धरो...''

मैं इस गीत को सुन कर तन्मय हो ही रहा था कि इतने में मुझे बहुत से आदमियों की बोलचाल सुन पड़ी। उनमें से कुछ लोग हाथों में पीतल के कमंडलु लिये हुए शिव-शिव, हर-हर, गंगे-गंगे, नारायण-नारायण आदि शब्द बोलते हुए चले जाते थे। आनंददायक और प्रभावोत्पादक राग से मेरे हृदय पर जो प्रभाव हुआ, उसका वर्णन करना कठिन है।

मैंने अमेरिका की चंचल से चंचल और प्रसन्न से प्रसन्न चित्तवाली लावण्यवती स्त्रियों का आलाप सुना था, सहस्रों बार उनकी जिह्वा से प्रेम और प्यार के शब्द सुने थे, हृदयाकर्षक वचनों का आनंद उठाया था, मैंने सुरीले पक्षियों का चहचहाना

भी सुना था, किंतु जो आनंद, जो मजा और जो सुख मुझे इस राग में आया, वह मुझे जीवन में कभी प्राप्त नहीं हुआ था। मैंने खुद गुनगुना कर गाया :

"हमारे प्रभु, अवगुन चित न धरो..."

मेरे हृदय में फिर उत्साह आया कि ये तो मेरे प्यारे देश की ही बातें हैं। आनंदातिरेक से मेरा हृदय आनंदमय हो गया। मैं भी इन आदमियों के साथ हो लिया और 6 मील तक पहाड़ी मार्ग पार करके उसी नदी के किनारे पहुँचा, जिसका नाम पतित-पावनी है, जिसकी लहरों में डुबकी लगाना और जिसकी गोद में मरना प्रत्येक हिंदू अपना परम सौभाग्य समझता है। पतित-पावनी भागीरथी गंगा मेरे प्यारे गाँव से छः-सात मील पर बहती थी। किसी समय में घोड़े पर चढ़ कर गंगा माता के दर्शनों की लालसा मेरे हृदय में सदा रहती थी। यहाँ मैंने हजारों मनुष्यों को इस ठंडे पानी में डुबकी लगाते हुए देखा। कुछ लोग बालू पर बैठे गायत्री-मंत्र जप रहे थे। कुछ लोग हवन करने में संलग्न थे। कुछ माथे पर तिलक लगा रहे थे और कुछ लोग सस्वर वेदमंत्र पढ़ रहे थे। मेरा हृदय फिर उत्साहित हुआ और मैं जोर से कह उठा—"हाँ, हाँ, यही मेरा प्यारा देश है, यही मेरी पवित्र मातृभूमि है, यही मेरा सर्वश्रेष्ठ भारत है और इसी के दर्शनों की मेरी उत्कट इच्छा थी तथा इसी की पवित्र धूलि का कण बनने की मेरी प्रबल अभिलाषा है।"

:: 5 ::

मैं विशेष आनंद में मग्न था। मैंने अपना पुराना कोट और पतलून उतार कर फेंक दिया और गंगा माता की गोद में जा गिरा, जैसे कोई भोलाभाला बालक दिन भर निर्दय लोगों के साथ रहने के बाद संध्या को अपनी प्यारी माता की गोद में दौड़ कर चला आये और उसकी छाती से चिपट जाय। हाँ, अब मैं अपने देश में हूँ। यह मेरी प्यारी मातृभूमि है। ये लोग मेरे भाई हैं और गंगा मेरी माता है।

मैंने ठीक गंगा के किनारे एक छोटी-सी कुटी बनवा ली है। अब मुझे सिवा राम-नाम जपने के और कोई काम नहीं है। मैं नित्य प्रातः-सायं गंगा-स्नान करता हूँ और मेरी प्रबल इच्छा है कि इसी स्थान पर मेरे प्राण निकलें और मेरी अस्थियाँ गंगा माता की लहरों की भेंट हों।

मेरी स्त्री और मेरे पुत्र बार-बार बुलाते हैं; मगर अब मैं यह गंगा माता का तट और अपना प्यारा देश छोड़ कर वहाँ नहीं जा सकता। अपनी मिट्टी गंगा जी को ही सौंपूँगा। अब संसार की कोई आकांक्षा मुझे इस स्थान से नहीं हटा सकती, क्योंकि यह मेरा प्यारा देश और यही प्यारी मातृभूमि है। बस, मेरी उत्कट इच्छा यही है कि मैं अपनी प्यारी मातृभूमि में ही अपने प्राण विसर्जन करूँ।

राजा हरदौल

बुंदेलखंड में ओरछा पुराना राज्य है। इसके राजा बुंदेले हैं। इन बुंदेलों ने पहाड़ों की घाटियों में अपना जीवन बिताया है। एक समय ओरछे के राजा जुझारसिंह थे। ये बड़े साहसी और बुद्धिमान थे। शाहजहाँ उस समय दिल्ली के बादशाह थे। जब लोदी ने बलवा किया और वह शाही मुल्क को लूटता-पाटता ओरछे की ओर आ निकला, तब राजा जुझारसिंह ने उससे मोरचा लिया। राजा के इस काम से गुणग्राही शाहजहाँ बहुत प्रसन्न हुए। उन्होंने तुरंत ही राजा को दक्षिण का शासन-भार सौंपा। उस दिन ओरछे में बड़ा आनंद मनाया गया। शाही दूत खिलअत और सनद ले कर राजा के पास आया। जुझारसिंह को बड़े-बड़े काम करने का अवसर मिला। सफर की तैयारियाँ होने लगीं, तब राजा ने अपने छोटे भाई हरदौलसिंह को बुला कर कहा, "भैया, मैं तो जाता हूँ। अब यह राज-पाट तुम्हारे सुपुर्द है। तुम भी इसे जी से प्यार करना ! न्याय ही राजा का सबसे बड़ा सहायक है। न्याय की गढ़ी में कोई शत्रु नहीं घुस सकता, चाहे वह रावण की सेना या इन्द्र का बल लेकर आये; पर न्याय वही सच्चा है, जिसे प्रजा भी न्याय समझे। तुम्हारा काम केवल न्याय ही करना न होगा बल्कि प्रजा को अपने न्याय का विश्वास भी दिलाना होगा और मैं तुम्हें क्या समझाऊँ, तुम स्वयं समझदार हो।"

यह कह कर उन्होंने अपनी पगड़ी उतारी और हरदौलसिंह के सिर पर रख दी। हरदौल रोता हुआ उनके पैरों से लिपट गया। इसके बाद राजा अपनी रानी से विदा होने के लिए रनिवास आये। रानी दरवाजे पर खड़ी रो रही थी। उन्हें देखते ही पैरों पर गिर पड़ी। जुझारसिंह ने उठा कर उसे छाती से लगाया और कहा, "प्यारी, यह रोने का समय नहीं है। बुंदेलों की स्त्रियाँ ऐसे अवसर पर रोया नहीं करतीं। ईश्वर ने चाहा, तो हम-तुम जल्द मिलेंगे।

मुझ पर ऐसी ही प्रीति रखना। मैंने राज-पाट हरदौल को सौंपा है, वह अभी लड़का है। उसने अभी दुनिया नहीं देखी है। अपनी सलाहों से उसकी मदद करती रहना।''

रानी की जबान बंद हो गयी। वह अपने मन में कहने लगी, ''हाय यह कहते हैं, बुंदेलों की स्त्रियाँ ऐसे अवसरों पर रोया नहीं करतीं। शायद उनके हृदय नहीं होता, या अगर होता है तो उसमें प्रेम नहीं होता !'' रानी कलेजे पर पत्थर रख कर आँसू पी गयी और हाथ जोड़ कर राजा की ओर मुस्कुराती हुई देखने लगी; पर क्या वह मुस्कुराहट थी? जिस तरह अँधेरे मैदान में मशाल की रोशनी अँधेरे को और भी अथाह कर देती है, उसी तरह रानी की मुस्कुराहट उसके मन के अथाह दुःख को और भी प्रकट कर रही थी।

जुझारसिंह के चले जाने के बाद हरदौलसिंह राज करने लगा। थोड़े ही दिनों में उसके न्याय और प्रजावात्सल्य ने प्रजा का मन हर लिया। लोग जुझारसिंह को भूल गये। जुझारसिंह के शत्रु भी थे और मित्र भी; पर हरदौलसिंह का कोई शत्रु न था, सब मित्र ही थे। वह ऐसा हँसमुख और मधुरभाषी था कि उससे जो बातें कर लेता, वही जीवन भर उसका भक्त बना रहता। राज्य भर में ऐसा कोई न था जो उसके पास तक न पहुँच सकता हो। रात-दिन उसके दरबार का फाटक सबके लिए खुला रहता था। ओरछे को कभी ऐसा सर्वप्रिय राजा नसीब न हुआ था। वह उदार था, न्यायी था, विद्या और गुण का ग्राहक था; पर सबसे बड़ा गुण जो उसमें था, वह उसकी वीरता थी। उसका वह गुण हद दर्जे को पहुँच गया था। जिस जाति के जीवन का अवलम्ब तलवार पर है, वह अपने राजा के किसी गुण पर इतना नहीं रीझती जितना उसकी वीरता पर। हरदौल अपने गुण से अपनी प्रजा के मन का भी राजा हो गया, जो मुल्क और माल पर राज करने से भी कठिन है। इस प्रकार एक वर्ष बीत गया। उधर दक्खिन में जुझारसिंह ने अपने प्रबंध से चारों ओर शाही दबदबा जमा दिया, इधर ओरछे में हरदौल ने प्रजा पर मोहन-मंत्र फूँक दिया।

:: 2 ::

फाल्गुन का महीना था, अबीर और गुलाल से जमीन लाल हो रही थी। कामदेव का प्रभाव लोगों को भड़का रहा था। रबी ने खेतों में सुनहला फर्श बिछा रखा था और खलिहानों में सुनहले महल उठा दिये थे। संतोष इस सुनहले फर्श पर इठलाता फिरता था और निश्चिंतता इस सुनहले महल में तानें अलाप रही थी। इन्हीं दिनों

दिल्ली का नामवर फेकैत कादिरखाँ ओरछे आया। बड़े-बड़े पहलवान उसका लोहा मान गये थे। दिल्ली से ओरछे तक सैकड़ों मर्दानगी के मद से मतवाले उसके सामने आये; पर कोई उससे जीत न सका। उससे लड़ना भाग्य से नहीं, बल्कि मौत से लड़ना था। वह किसी इनाम का भूखा न था। जैसा ही दिल का दिलेर था, वैसा ही मन का राजा था। ठीक होली के दिन उसने धूमधाम से ओरछे में सूचना दी कि "खुदा का शेर दिल्ली का कादिरखाँ ओरछे आ पहुँचा है। जिसे अपनी जान भारी हो, आ कर अपने भाग्य का निपटारा कर ले।" ओरछे के बड़े-बड़े बुंदेले सूरमा वह घमंड-भरी वाणी सुन कर गरम हो उठे। फाग और डफ की तान के बदले ढोल की वीर-ध्वनि सुनायी देने लगी। हरदौल का अखाड़ा ओरछे के पहलवानों और फेकैतों का सबसे बड़ा अड्डा था। संध्या को यहाँ सारे शहर के सूरमा जमा हुए। कालदेव और भालदेव बुंदेलों की नाक थे, सैकड़ों मैदान मारे हुए। ये ही दोनों पहलवान कादिरखाँ का घमंड चूर करने के लिए गये।

दूसरे दिन किले के सामने तालाब के किनारे बड़े मैदान में ओरछे के छोटे-बड़े सभी जमा हुए। कैसे-कैसे सजीले, अलबेले जवान थे–सिर पर खुशरंग बाँकी पगड़ी, माथे पर चंदन का तिलक, आँखों में मर्दानगी का सुरूर, कमर में तलवार। और कैसे-कैसे बूढ़े थे–तनी हुई मूँछें, सादी पर तिरछी पगड़ी, कानों बँधी हुई दाढ़ियाँ, देखने में तो बूढ़े , पर काम में जवान, किसी को कुछ न समझनेवाले। उनकी मर्दाना चाल-ढाल नौजवानों को लजाती थी। हर एक के मुँह से वीरता की बातें निकल रही थीं। नौजवान कहते थे–देखें आज ओरछे की लाज रहती है या नहीं। पर बूढ़े कहते–ओरछे की हार कभी नहीं हुई, न होगी। वीरों का यह जोश देख कर राजा हरदौल ने बड़े जोर से कह दिया–"खबरदार, बुंदेलों की लाज रहे या न रहे; पर उनकी प्रतिष्ठा में बल न पड़ने पाये–यदि किसी ने औरों को यह कहने का अवसर दिया कि ओरछेवाले तलवार से न जीत सके तो धाँधली कर बैठे, वह अपने को जाति का शत्रु समझे।"

सूर्य निकल आया था। एकाएक नगाड़े पर चोट पड़ी और आशा तथा भय ने लोगों के मन को उछाल कर मुँह तक पहुँचा दिया। कालदेव और कादिरखाँ दोनों लँगोट कसे शेरों की तरह अखाड़े में उतरे और गले मिल गये। तब दोनों तरफ से तलवारें निकलीं और दोनों के बगलों में चली गयीं। फिर बादल के दो टुकड़ों से बिजलियाँ निकलने लगीं। पूरे तीन घंटे तक यही मालूम होता रहा कि दो अगारे हैं। हजारों आदमी खड़े तमाशा देख रहे थे और मैदान में आधी रात का-सा सन्नाटा

छाया हुआ था। हाँ, जब कभी कालदेव गिरहदार हाथ चलाता या कोई पेंचदार वार बचा जाता, तो लोगों की गर्दन आप ही आप उठ जाती; पर किसी के मुँह से एक शब्द भी नहीं निकलता था। अखाड़े के अंदर तलवारों की खींचतान थी; पर देखनेवालों के लिए अखाड़े से बाहर मैदान में इससे भी बढ़ कर तमाशा था। बार-बार जातीय प्रतिष्ठा के विचार से मन के भावों को रोकना और प्रसन्नता या दुःख का शब्द मुँह से बाहर न निकलने देना तलवारों के वार बचाने से अधिक कठिन काम था। एकाएक कादिरखाँ 'अल्लाहो-अकबर' चिल्लाया, मानो बादल गरज उठा और उसके गरजते ही कालदेव के सिर पर बिजली गिर पड़ी।

कालदेव के गिरते ही बुंदेलों को सब्र न रहा। हर एक के चेहरे पर निर्बल क्रोध और कुचले हुए घमंड की तसवीर खिंच गयी। हजारों आदमी जोश में आ कर अखाड़े पर दौड़े, पर हरदौल ने कहा—खबरदार ! अब कोई आगे न बढ़े। इस आवाज ने पैरों के साथ जंजीर का काम किया। दर्शकों को रोक कर जब वे अखाड़े में गये और कालदेव को देखा, तो आँखों में आँसू भर आये। जख्मी शेर जमीन पर पड़ा तड़प रहा था। उसके जीवन की तरह उसकी तलवार के दो टुकड़े हो गये थे।

आज का दिन बीता, रात आयी; पर बुंदेलों की आँखों में नींद कहाँ। लोगों ने करवटें बदल कर रात काटी जैसे दुःखित मनुष्य विकलता से सुबह की बाट जोहता है, उसी तरह बुंदेले रह-रह कर आकाश की तरफ देखते और उसकी धीमी चाल पर झुँझलाते थे। उनके जातीय घमंड पर गहरा घाव लगा था। दूसरे दिन ज्यों ही सूर्य निकला, तीन लाख बुंदेले तालाब के किनारे पहुँचे। जिस समय भालदेव शेर की तरह अखाड़े की तरफ चला, दिलों में धड़कन-सी होने लगी। कल जब कालदेव अखाड़े में उतरा था, बुंदेलों के हौसले बढ़े हुए थे; पर आज वह बात न थी। हृदय में आशा की जगह डर घुसा हुआ था। कादिरखाँ कोई चुटीला वार करता तो लोगों के दिल उछल कर होंठों तक आ जाते। सूर्य सिर पर चढ़ा जाता था और लोगों के दिल बैठ जाते थे। इसमें कोई संदेह नहीं कि भालदेव अपने भाई से फुर्तीला और तेज था। उसने कई बार कादिरखाँ को नीचा दिखलाया; पर दिल्ली का निपुण पहलवान हर बार सँभल जाता था। पूरे तीन घंटे तक दोनों बहादुरों में तलवारें चलती रहीं। एकाएक खटाके की आवाज हुई और भालदेव की तलवार के दो टुकड़े हो गये। राजा हरदौल अखाड़े के सामने खड़े थे। उन्होंने भालदेव की तरफ तेजी से अपनी तलवार फेंकी। भालदेव तलवार लेने के लिए झुका ही था कि कादिरखाँ

की तलवार उसकी गर्दन पर आ पड़ी। घाव गहरा न था, केवल एक 'चरका' था; पर उसने लड़ाई का फैसला कर दिया।

हताश बुंदेले अपने-अपने घरों को लौटे। यद्यपि भालदेव अब भी लड़ने को तैयार था; पर हरदौल ने समझा कर कहा कि "भाइयो, हमारी हार उसी समय हो गयी जब हमारी तलवार ने जवाब दे दिया। यदि हम कादिरखाँ की जगह होते तो निहत्थे आदमी पर वार न करते और जब तक हमारे शत्रु के हाथ में तलवार न आ जाती, हम उस पर हाथ न उठाते; पर कादिरखाँ में यह उदारता कहाँ ? बलवान् शत्रु का सामना करने में उदारता को ताक पर रख देना पड़ता है। तो भी हमने दिखा दिया है कि तलवार की लड़ाई में हम उसके बराबर हैं और अब हमको यह दिखाना है कि हमारी तलवार में भी वैसा ही जौहर है !" इसी तरह लोगों को तसल्ली दे कर राजा हरदौल रनिवास को गये।

कुलीना ने पूछा–लाला, आज दंगल का क्या रंग रहा ?

हरदौल ने सिर झुका कर जवाब दिया–आज भी वही कल का-सा हाल रहा।

कुलीना–क्या भालदेव मारा गया ?

हरदौल–नहीं, जान से तो नहीं पर हार हो गयी।

कुलीना–तो अब क्या करना होगा ?

हरदौल–मैं स्वयं इसी सोच में हूँ। आज तक ओरछे को कभी नीचा न देखना पड़ा था। हमारे पास धन न था, पर अपनी वीरता के सामने हम राज और धन कोई चीज न समझते थे। अब हम किस मुँह से अपनी वीरता का घमंड करेंगे ? ओरछे की और बुन्देलों की लाज अब जाती है।

कुलीना–क्या अब कोई आस नहीं है ?

हरदौल–हमारे पहलवानों में वैसा कोई नहीं है जो उससे बाजी ले जाय। भालदेव की हार ने बुंदेलों की हिम्मत तोड़ दी है। आज सारे शहर में शोक छाया हुआ है। सैकड़ों घरों में आग नहीं जली। चिराग रोशन नहीं हुआ। हमारे देश और जाति की वह चीज जिससे हमारा मान था, अब अंतिम साँस ले रही है। भालदेव हमारा उस्ताद था। उसके हार चुकने के बाद मेरा मैदान में आना धृष्टता है; पर बुंदेलों की साख जाती है, तो मेरा सिर भी उसके साथ जायगा। कादिरखाँ बेशक अपने हुनर में एक ही है, पर हमारा भालदेव कभी उससे कम नहीं। उसकी तलवार यदि भालदेव के हाथ में होती तो मैदान जरूर उसके हाथ रहता। ओरछे में केवल एक तलवार है जो कादिरखाँ की तलवार का मुँह मोड़ सकती हैं वह भैया की तलवार

है। अगर तुम ओरछे की नाक रखना चाहती हो तो उसे मुझे दे दो। यह हमारी अंतिम चेष्टा होगी। यदि इस बार भी हार हुई तो ओरछे का नाम सदैव के लिए डूब जायगा।

कुलीना सोचने लगी, तलवार इनको दूँ या न दूँ। राजा रोक गये हैं। उनकी आज्ञा थी कि किसी दूसरे की परछाहीं भी उस पर न पड़ने पाये। क्या ऐसी दशा में मैं उनकी आज्ञा का उल्लंघन करूँ तो वे नाराज होंगे ? कभी नहीं। जब वे सुनेंगे कि मैंने कैसे कठिन समय में तलवार निकाली है, तो उन्हें सच्ची प्रसन्नता होगी। बुंदेलों की आन किसको इतनी प्यारी नहीं है ? उनसे ज्यादा ओरछे की भलाई चाहने वाला कौन होगा ? इस समय उनकी आज्ञा का उल्लंघन करना ही आज्ञा मानना है। यह सोच कर कुलीना ने तलवार हरदौल को दे दी।

सबेरा होते ही यह खबर फैल गयी कि राजा हरदौल कादिरखाँ से लड़ने के लिए जा रहे हैं। इतना सुनते ही लोगों में सनसनी-सी फैल गयी और चौंक उठे। पागलों की तरह लोग अखाड़े की ओर दौड़े। हर एक आदमी कहता था कि जब तक हम जीते हैं, महाराज को लड़ने नहीं देंगे; पर जब लोग अखाड़े के पास पहुँचे तो देखा कि अखाड़े में बिजलियाँ-सी चमक रही हैं। बुंदेलों के दिलों पर उस समय जैसी बीत रही थी, उसका अनुमान करना कठिन है। उस समय उस लम्बे-चौड़े मैदान में जहाँ तक निगाह जाती थी, आदमी ही आदमी नजर आते थे; पर चारों तरफ सन्नाटा था। हर एक आँख अखाड़े की तरफ लगी हुई थी और हर एक का दिल हरदौल की मंगल-कामना के लिए ईश्वर का प्रार्थी था। कादिरखाँ का एक-एक वार हजारों दिलों के टुकड़े कर देता था और हरदौल की एक-एक काट से मनों में आनन्द की लहरें उठती थीं। अखाड़ों में दो पहलवानों का सामना था और अखाड़े के बाहर आशा और निराशा का। आखिर घड़ियाल ने पहला पहर बजाया और हरदौल की तलवार बिजली बन कर कादिर के सिर पर गिरी। यह देखते ही बुन्देले मारे आनन्द के उन्मत्त हो गये। किसी को किसी की सुधि न रही। कोई किसी से गले मिलता, कोई उछलता और कोई छलाँगें मारता था। हजारों आदमियों पर वीरता का नशा छा गया। तलवारें स्वयं म्यान से निकल पड़ीं, भाले चमकने लगे। जीत की खुशी में सैकड़ों जानें भेंट हो गयीं। पर जब हरदौल अखाड़े से बाहर आये और उन्होंने बुन्देलों की ओर तेज निगाहों से देखा तो आन-की-आन में लोग सँभल गये। तलवारें म्यान में जा छिपीं। खयाल आ गया, यह खुशी क्यों, यह उमंग क्यों और यह पागलपन किसलिए ? बुन्देलों के लिए यह कोई नयी बात नहीं हुई। इस

विचार ने लोगों का दिल ठंडा कर दिया। हरदौल की इस वीरता ने उसे हर एक बुन्देले के दिल में मान-प्रतिष्ठा की ऊँची जगह पर बिठाया, जहाँ न्याय और उदारता भी उसे न पहुँचा सकती थी। वह पहले ही से सर्वप्रिय था और अब वह अपनी जाति का वीरवर और बुन्देला दिलावरी का सिरमौर बन गया।

:: 3 ::

राजा जुझारसिंह ने भी दक्षिण में अपनी योग्यता का परिचय दिया। वे केवल लड़ाई में ही वीर न थे, बल्कि राज्य-शासन में भी अद्वितीय थे। उन्होंने अपने सुप्रबन्ध से दक्षिण प्रांतों को बलवान राज्य बना दिया और वर्ष भर के बाद बादशाह से आज्ञा ले कर वे ओरछे की तरफ चले। ओरछे की याद उन्हें सदैव बेचैन करती रही। आह ओरछा ! वह दिन कब आयेगा कि फिर तेरे दर्शन होंगे ! राजा मंजिलें मारते चले आते थे, न भूख थी, न प्यास, ओरछेवालों की मुहब्बत खींचे लिये आती थी। यहाँ तक कि ओरछे के जंगलों में आ पहुँचे। साथ के आदमी पीछे छूट गये। दोपहर का समय था। धूप तेज थी। वे घोड़े से उतरे और एक पेड़ की छाँव में जा बैठे। भाग्यवश आज हरदौल भी जीत की खुशी में शिकार खेलने निकले थे। सैकड़ों बुंदेला सरदार उनके साथ थे। सब अभिमान के नशे में चूर थे। उन्होंने राजा जुझारसिंह को अकेले बैठे देखा; पर वे अपने घमंड में इतने डूबे हुए थे कि इनके पास तक न आये। समझा कोई यात्री होगा। हरदौल की आँखों ने भी धोखा खाया। वे घोड़े पर सवार अकड़ते हुए जुझारसिंह के सामने आये और पूछना चाहते थे कि तुम कौन हो कि भाई से आँख मिल गयी। पहचानते ही घोड़े से कूद पड़े और उनको प्रणाम किया। राजा ने भी उठ कर हरदौल को छाती से लगा लिया; पर उस छाती में अब भाई की मुहब्बत न थी। मुहब़्बत की जगह ईर्ष्या ने घेर ली थी और वह केवल इसीलिए कि हरदौल दूर से नंगे पैर उनकी तरफ न दौड़ा, उसके सवारों ने दूर ही से उनकी अभ्यर्थना की। संध्या होते-होते दोनों भाई ओरछे पहुँचे। राजा के लौटने का समाचार पाते ही नगर में प्रसन्नता की दुंदुभी बजने लगी। हर जगह आनंदोत्सव होने लगा और तुरती-फुरती शहर जगमगा उठा।

आज रानी कुलीना ने अपने हाथों भोजन बनाया। नौ बजे होंगे। लौंडी ने आ कर कहा--महाराज, भोजन तैयार है। दोनों भाई भोजन करने गये। सोने के थाल में राजा के लिए भोजन परोसा गया और चाँदी के थाल में हरदौल के लिए। कुलीना ने स्वयं भोजन बनाया था, स्वयं थाल परोसे थे और स्वयं ही सामने लायी

थी; पर दिनों का चक्र कहो, या भाग्य के दुर्दिन, उसने भूल से सोने का थाल हरदौल के आगे रख दिया और चाँदी का राजा के सामने। हरदौल ने कुछ ध्यान न दिया, वह वर्ष भर से सोने के थाल में खाते-खाते उसका आदी हो गया था, पर जुझारसिंह तिलमिला गये। जबान से कुछ न बोले; पर तेवर बदल गये और मुँह लाल हो गया। रानी की तरफ घूरकर देखा और भोजन करने लगे। पर ग्रास विष मालूम होता था। दो-चार ग्रास खा कर उठ आये। रानी उनके तेवर देख कर डर गयी। आज कैसे प्रेग से उसने भोजन बनाया था, कितनी प्रतीक्षा के बाद यह शुभ दिन आया था, उसके उल्लास का कोई पारावार न था; पर राजा के तेवर देख कर उसके प्राण सूख गये। जब राजा उठ गये और उसने थाल को देखा, तो कलेजा धक् से हो गया और पैरों तले से मिट्टी निकल गयी। उसने सिर पीट लिया–ईश्वर ! आज रात कुशलतापूर्वक कटे, मुझे शकुन अच्छे दिखायी नहीं देते।

राजा जुझारसिंह शीशमहल में लेटे। चतुर नाइन ने रानी का श्रृंगार किया और मुस्करा कर बोली–कल महाराज से इसका इनाम लूँगी। यह कह कर वह चली गयी; परंतु कुलीना वहाँ से न उठी। वह गहरे सोच में पड़ी हुई थी। उनके सामने कौन-सा मुँह ले कर जाऊँ ? नाइन ने नाहक मेरा श्रृंगार कर दिया। मेरा श्रृंगार देख कर वे खुश भी होंगे ? मुझसे इस समय अपराध हुआ है, मैं अपराधिनी हूँ, मेरा उनके पास इस समय बनाव-श्रृंगार करके जाना उचित नहीं। नहीं, नहीं; आज मुझे उनके पास भिखारिनी के भेष में जाना चाहिए। मैं उनसे क्षमा माँगूँगी। इस समय मेरे लिए यही उचित है। यह सोच कर रानी बड़े शीशे के सामने खड़ी हो गयी वह अप्सरा-सी मालूम होती थी। सुंदरता की कितनी ही तसवीरें उसने देखी थीं; पर उसे इस समय शीशे की तसवीर सबसे ज्यादा खूबसूरत मालूम होती थी।

सुंदरता और आत्मरुचि का साथ है। हल्दी बिना रंग के नहीं रह सकती। थोड़ी देर के लिए कुलीना सुंदरता के मद से फूल उठी। वह तन कर खड़ी हो गयी। लोग कहते हैं कि सुंदरता में जादू है और वह जादू, जिसका कोई उतार नहीं। धर्म और कर्म, तन और मन सब सुंदरता पर न्योछावर हैं। मैं सुंदर न सही, ऐसी कुरूपा भी नहीं हूँ। क्या मेरी सुंदरता में इतनी भी शक्ति नहीं है कि महाराज से मेरा अपराध क्षमा करा सके ? ये बाहु-लताएँ जिस समय उनके गले का हार होंगी, ये आँखें जिस समय प्रेम के मद से लाल हो कर देखेंगी, तब क्या मेरे सौंदर्य की शीतलता उनकी क्रोधाग्नि को ठंडा न कर देगी ? पर थोड़ी देर में रानी को ज्ञात हुआ। आह

यह मैं क्या स्वप्न देख रही हूँ ! मेरे मन में ऐसी बातें क्यों आती हैं ! मैं अच्छी हूँ या बुरी हूँ, उनकी चेरी हूँ। मुझसे अपराध हुआ है, मुझे उनसे क्षमा माँगनी चाहिए। यह शृंगार और बनाव इस समय उपयुक्त नहीं है। यह सोच कर रानी ने सब गहने उतार दिये। इतर में बसी हुई रेशम की साड़ी अलग कर दी। मोतियों से भरी माँग खोल दी और वह खूब फूट-फूट कर रोयी। हाय ! यह मिलाप की रात वियोग की रात से भी विशेष दुःखदायिनी है। भिखारिनी का भेष बना कर रानी शीशमहल की ओर चली। पैर आगे बढ़ते थे, पर मन पीछे हटता जाता था। दरवाजे तक आयी, पर भीतर पैर न रख सकी। दिल धड़कने लगा। ऐसा जान पड़ा मानो उसके पैर थर्रा रहे हैं। राजा जुझारसिंह बोले, "कौन है ?–कुलीना ! भीतर क्यों नहीं आ जाती ?"

कुलीना ने जी कड़ा करके कहा–महाराज, कैसे आऊँ ? मैं अपनी जगह क्रोध को बैठा पाती हूँ।

राजा–यह क्यों नहीं कहती कि मन दोषी है, इसीलिए आँखें नहीं मिलने देतीं।

कुलीना–निस्संदेह मुझसे अपराध हुआ है, पर एक अबला आपसे क्षमा का दान माँगती है।

राजा–इसका प्रायश्चित्त करना होगा।

कुलीना–क्योंकर ?

राजा–हरदौल के खून से।

कुलीना सिर से पैर तक काँप गयी। बोली–क्या इसलिए कि आज मेरी भूल ने ज्योनार के थालों में उलटफेर कर दिया।

जैसे आग की आँच से लोहा लाल हो जाता है, वैसे ही रानी का मुँह लाल हो गया। क्रोध की अग्नि सद्भावों को भस्म कर देती है, प्रेम और प्रतिष्ठा, दया और न्याय सब जल के राख हो जाते हैं। एक मिनट तक रानी को ऐसा मालूम हुआ, मानो दिल और दिमाग दोनों खौल रहे हैं, पर उसने आत्मदमन की अंतिम चेष्टा से अपने को सँभाला, केवल इतना बोली–हरदौल को अपना लड़का और भाई समझती हूँ।

राजा उठ बैठे और कुछ नर्म स्वर से बोले–नहीं, हरदौल लड़का नहीं है, लड़का मैं हूँ, जिसने तुम्हारे ऊपर विश्वास किया। कुलीना मुझे तुमसे ऐसी आशा न थी। मुझे तुम्हारे ऊपर घमंड था। मैं समझता था, चाँद-सूर्य टल सकते हैं, पर तुम्हारा दिल नहीं टल सकता, पर आज मुझे मालूम हुआ कि वह मेरा लड़कपन था। बड़ों

ने सच कहा है कि स्त्री का प्रेम पानी की धार है, जिस ओर ढाल पाता है, उधर ही बह जाता है। सोना ज्यादा गरम होकर पिघल जाता है।

कुलीना रोने लगी। क्रोध की आग पानी बन कर आँखों से निकल पड़ी। जब आवाज वश में हुई, तो बोली–आपके इस सन्देह को कैसे दूर करूँ ?

राजा–हरदौल के खून से।

रानी–मेरे खून से दाग न मिटेगा ?

राजा–तुम्हारे खून से और पक्का हो जायगा।

रानी–और कोई उपाय नहीं है ?

राजा–नहीं।

रानी–यह आपका अंतिम विचार है ?

राजा–हाँ, यह मेरा अन्तिम विचार है। देखो, इस पानदान में पान का बीड़ा रखा है। तुम्हारे सतीत्व की परीक्षा यही है कि तुम हरदौल को इसे अपने हाथों खिला दो। मेरे मन का भ्रम उसी समय निकलेगा जब इस घर से हरदौल की लाश निकलेगी।

रानी ने घृणा की दृष्टि से पान के बीड़े को देखा और वह उलटे पैर लौट आयी।

रानी सोचने लगी–क्या हरदौल के प्राण लूँ ? निर्दोष, सच्चरित्र वीर हरदौल की जान से अपने सतीत्व की परीक्षा दूँ ? उस हरदौल के खून से अपना हाथ काला करूँ जो मुझे बहन समझता है ? यह पाप किसके सिर पड़ेगा ? क्या एक निर्दोष का खून रंग न लायेगा ? आह ! अभागी कुलीना ! तुझे आज अपने सतीत्व की परीक्षा देने की आवश्यकता पड़ी है और वह ऐसी कठिन ? नहीं, यह पाप मुझसे न होगा। यदि राजा मुझे कुलटा समझते हैं, तो समझें, उन्हें मुझ पर संदेह है, तो हो। मुझसे यह पाप न होगा। राजा को ऐसा संदेह क्यों हुआ ? क्या केवल थालों के बदल जाने से ? नहीं, अवश्य कोई और बात है। आज हरदौल उन्हें जंगल में मिल गया। राजा ने उसकी कमर में तलवार देखी होगी। क्या आश्चर्य है, हरदौल से कोई अपमान भी हो गया हो। मेरा अपराध क्या है ? मुझ पर इतना बड़ा दोष क्यों लगाया जाता है ? केवल थालों के बदल जाने से ? हे ईश्वर ! मैं किससे अपना दुःख कहूँ ? तू ही मेरा साक्षी है। जो चाहे सो हो, पर मुझसे यह पाप न होगा।

रानी ने फिर सोचा–राजा, क्या तुम्हारा हृदय ऐसा ओछा और नीच है ? तुम मुझसे हरदौल की जान लेने को कहते हो ? यदि तुमसे उसका अधिकार और

मान नहीं देखा जाता, तो क्यों साफ-साफ ऐसा नहीं कहते ? क्यों मरदों की लड़ाई नहीं लड़ते ? क्यों स्वयं अपने हाथ से उसका सिर नहीं काटते और मुझसे वह काम करने को कहते हो ? तुम खूब जानते हो, मैं यह नहीं कर सकती। यदि मुझसे तुम्हारा जी उकता गया है, यदि मैं तुम्हारी जान की जंजाल हो गयी हूँ, तो मुझे काशी या मथुरा भेज दो। मैं बेखटके चली जाऊँगी, पर ईश्वर के लिए मेरे सिर इतना बड़ा कलंक न लगने दो। पर मैं जीवित ही क्यों रहूँ, मेरे लिए अब जीवन में कोई सुख नहीं है। अब मेरा मरना ही अच्छा है। मैं स्वयं प्राण दे दूँगी, पर यह महापाप मुझसे न होगा। विचारों ने फिर पलटा खाया। तुमको पाप करना ही होगा। इससे बड़ा पाप शायद आज तक संसार में न हुआ हो, पर यह पाप तुमको करना होगा। तुम्हारे पतिव्रत पर संदेह किया जा रहा है और तुम्हें इस संदेह को मिटाना होगा। यदि तुम्हारी जान जोखिम में होती, तो कुछ हर्ज न था। अपनी जान देकर हरदौल को बचा लेती; पर इस समय तुम्हारे पतिव्रत पर आँच आ रही है। इसलिए तुम्हें यह पाप करना ही होगा, और पाप करने के बाद हँसना और प्रसन्न रहना होगा। यदि तुम्हारा चित्त तनिक भी विचलित हुआ, यदि तुम्हारा मुखड़ा जरा भी मद्धिम हुआ, तो इतना बड़ा पाप करने पर भी तुम संदेह मिटाने में सफल न होगी। तुम्हारे जी पर चाहे जो बीते, पर तुम्हें यह पाप करना ही पड़ेगा। परंतु कैसे होगा ? क्या मैं हरदौल का सिर उतारूँगी ? यह सोच कर रानी के शरीर में कँपकँपी आ गयी। नहीं, मेरा हाथ उस पर कभी नहीं उठ सकता। प्यारे हरदौल, मैं तुम्हें खिला सकती। मैं जानती हूँ, तुम मेरे लिए आनंद से विष का बीड़ा खा लोगे। हाँ, मैं जानती हूँ तुम 'नहीं' न करोगे, पर मुझसे यह महापाप नहीं हो सकता। एक बार नहीं, हजार बार नहीं हो सकता।

:: 4 ::

हरदौल को इन बातों की कुछ भी खबर न थी। आधी रात को एक दासी रोती हुई उसके पास गयी और उसने सब समाचार अक्षर-अक्षर कह सुनाया। वह दासी पानदान ले कर रानी के पीछे-पीछे राजमहल के दरवाजे पर गयी थी और सब बातें सुन कर आयी थी। हरदौल राजा का ढंग देख कर पहले ही पड़ता गया था कि राजा के मन में कोई-न-कोई काँटा अवश्य खटक रहा है। दासी की बातों ने उसके संदेह को और भी पक्का कर दिया। उसने दासी से कड़ी मनाही कर दी कि सावधान !

किसी दूसरे के कानों में इन बातों की भनक न पड़े और वह स्वयं मरने को तैयार हो गया।

हरदौल बुंदेलों की वीरता का सूरज था। उसकी भौंहों के तनिक इशारे से तीन लाख बुंदेले मरने और मारने के लिए इकट्ठे हो सकते थे, ओरछा उस पर न्योछावर था। यदि जुझारसिंह खुले मैदान उसका सामना करते तो अवश्य मुँह की खाते, क्योंकि हरदौल भी बुंदेला था और बुंदेला अपने शत्रु के साथ किसी प्रकार की मुँहदेखी नहीं करते, मारना-मरना उनके जीवन का एक अच्छा दिलबहलाव है। उन्हें सदा इसकी लालसा रही है कि कोई हमें चुनौती दे, कोई हमें छेड़े। उन्हें सदा खून की प्यास रहती है और वह प्यास कभी नहीं बुझती। परंतु उस समय एक स्त्री को उसके खून की जरूरत थी और उसका साहस उसके कानों में कहता था कि एक निर्दोष और सती अबला के लिए अपने शरीर का खून देने में मुँह न मोड़ो। यदि भैया को यह संदेह होता कि मैं उनके खून का प्यासा हूँ और उन्हें मार कर राज पर अधिकार करना चाहता हूँ, तो कुछ हर्ज न था। राज्य के लिए कत्ल और खून, दगा और फरेब सब उचित समझा गया है, परंतु उनके इस संदेह का निपटारा मेरे मरने के सिवा और किसी तरह नहीं हो सकता। इस समय मेरा धर्म है कि अपना प्राण दे कर उनके इस संदेह को दूर कर दूँ। उनके मन में यह दुखानेवाला संदेह उत्पन्न करके भी यदि मैं जीता ही रहूँ और अपने मन की पवित्रता जनाऊँ, तो मेरी ढिठाई है। नहीं, इस भले काम में अधिक आगा-पीछा करना अच्छा नहीं। मैं खुशी से विष का बीड़ा खाऊँगा। इससे बढ़ कर शूरवीर की मृत्यु और क्या हो सकती है ?

क्रोध में आकर मारू के भय बढ़ानेवाले शब्द सुन कर रणक्षेत्र में अपनी जान को तुच्छ समझना इतना कठिन नहीं है। आज सच्चा वीर हरदौल अपने हृदय के बड़प्पन पर अपनी सारी वीरता न्योछावर करने को उद्यत है।

दूसरे दिन हरदौल ने खूब तड़के स्नान किया। बदन पर अस्त्र-शस्त्र सजा मुस्कराता हुआ राजा के पास गया। राजा भी सोकर तुरंत ही उठे थे, उनकी अलसायी हुई आँखें हरदौल की मूर्ति की ओर लगी हुई थीं। सामने संगमरमर की चौकी पर विष मिला पान सोने की तश्तरी में रखा हुआ था। राजा कभी पान की ओर ताकते और कभी मूर्ति की ओर, शायद उनके विचार ने इस विष की गाँठ और उस मूर्ति में एक सम्बन्ध पैदा कर दिया था। उस समय जो हरदौल एकाएक घर में पहुँचे तो राजा चौंक पड़े। उन्होंने सँभल कर पूछा, "इस समय कहाँ चले ?"

हरदौल का मुखड़ा प्रफुल्लित था। वह हँस कर बोला, "कल आप यहाँ पधारे हैं, इसी खुशी में मैं आज शिकार खेलने जाता हूँ। आपको ईश्वर ने अजीत बनाया है, मुझे अपने हाथ से विजय का बीड़ा दीजिए।"

यह कह कर हरदौल ने चौक पर से पानदान उठा लिया और उसे राजा के सामने रख कर बीड़ा लेने के लिए हाथ बढ़ाया। हरदौल का खिला हुआ मुखड़ा देख कर राजा की ईर्ष्या की आग और भी भड़क उठी।–दुष्ट, मेरे घाव पर नमक छिड़कने आया है ! मेरे मान और विश्वास को मिट्टी में मिलाने पर भी तेरा जी न भरा ! मुझसे विजय का बीड़ा माँगता है ! हाँ, यह विजय का बीड़ा है; पर तेरी विजय का नहीं, मेरी विजय का।

इतना मन में कहकर जुझारसिंह ने बीड़े को हाथ में उठाया। वे एक क्षण तक कुछ सोचते रहे, फिर मुस्करा कर हरदौल को बीड़ा दे दिया। हरदौल ने सिर झुका कर बीड़ा लिया, उसे माथे पर चढ़ाया, एक बार बड़ी ही करुणा के साथ चारों ओर देखा और फिर बीड़े को मुँह में रख लिया। एक सच्चे राजपूत ने अपना पुरुषत्व दिखा दिया। विष हलाहल था, कंठ के नीचे उतरते ही हरदौल के मुखड़े पर मुर्दनी छा गयी और आँखें बुझ गयीं। उसने एक ठंडी साँस ली, दोनों हाथ जोड़ कर जुझारसिंह को प्रणाम किया और जमीन पर बैठ गया। उसके ललाट पर पसीने की ठंडी-ठंडी बूँदें दिखायी दे रही थीं और साँस तेजी से चलने लगी थी; पर चेहरे पर प्रसन्नता और संतोष की झलक दिखायी देती थी।

जुझारसिंह अपनी जगह से जरा भी न हिले। उनके चेहरे पर ईर्ष्या से भरी हुई मुस्कराहट छायी हुई थी; पर आँखों में आँसू भर आये थे। उजाले और अँधेरे का मिलाप हो गया था।

❑❑❑

त्यागी का प्रेम

लाला गोपीनाथ को युवावस्था में ही दर्शन से प्रेम हो गया था। अभी वह इंटरमीडियट क्लास में थे कि मिल और बर्कले के वैज्ञानिक विचार उनको कंठस्थ हो गये थे। उन्हें किसी प्रकार के विनोद-प्रमोद से रुचि न थी। यहाँ तक कि कालेज के क्रिकेट-मैचों में भी उनको उत्साह न होता था। हास-परिहास से कोसों भागते और उनसे प्रेम की चर्चा करना तो मानो बच्चे को जूजू से डराना था। प्रातःकाल घर से निकल जाते और शहर से बाहर किसी सघन वृक्ष की छाँह में बैठ कर दर्शन का अध्ययन करने में निरत हो जाते। काव्य, अलंकार, उपन्यास सभी को त्याज्य समझते थे। शायद ही अपने जीवन में उन्होंने कोई किस्से-कहानी की किताब पढ़ी हो। इसे केवल समय का दुरुपयोग ही नहीं, वरन् मन और बुद्धि-विकास के लिए घातक ख्याल करते थे। इसके साथ ही वह उत्साहहीन न थे। सेवा-समितियों में बड़े उत्साह से भाग लेते। स्वदेशवासियों की सेवा के किसी अवसर को हाथ से न जाने देते। बहुधा मुहल्ले के छोटे-छोटे दुकानदारों की दुकान पर जा बैठते और उनके घाटे-टोटे, मंदे-तेजे की रामकहानी सुनते।

शनैः-शनैः कालेज से उन्हें घृणा हो गयी। उन्हें अब अगर किसी विषय से प्रेम था, तो वह दर्शन था। कालेज की बहुविषयक शिक्षा उनके दर्शनानुराग में बाधक होती। अतएव उन्होंने कालेज छोड़ दिया और एकाग्रचित्त हो कर विज्ञानोपार्जन करने लगे। किंतु दर्शनानुराग के साथ ही साथ उनका देशानुराग भी बढ़ता गया और कालेज छोड़ने के थोड़े ही दिनों पश्चात् वह अनिवार्यतः जाति-सेवकों के दल में सम्मिलित हो गये। दर्शन में भ्रम था, अविश्वास था, अंधकार था, जाति-सेवा में सम्मान था, यश था और दोनों की सदिच्छाएँ थीं। उनका वह सदानुराग जो बरसों से वैज्ञानिक वादों के नीचे दबा हुआ था, वायु

के प्रचंड वेग के साथ निकल पड़ा। नगर के सार्वजनिक क्षेत्र में कूद पड़े। देखा तो मैदान खाली था। जिधर आँख उठाते, सन्नाटा दिखाई देता। ध्वजाधारियों की कमी न थी; पर सच्चे हृदय कहीं नजर न आते थे। चारों ओर से उनकी खींच होने लगी। किसी संस्था के मंत्री बने, किसी के प्रधान, किसी के कुछ, किसी के कुछ। इसके आवेश में दर्शनानुराग भी विदा हुआ। पिंजरे में गानेवाली चिड़िया विस्तृत पर्वतराशियों में आ कर अपना राग भूल गयी। अब भी वह समय निकाल कर दर्शनग्रंथों के पन्ने उलट-पलट लिया करते थे, पर विचार और अनुशीलन का अवकाश कहाँ ! नित्य मन में यह संग्राम होता रहता कि किधर जाऊँ ? उधर या इधर ? विज्ञान अपनी ओर खींचता, देश अपनी ओर खींचता।

एक दिन वह इसी उलझन में नदी के तट पर बैठे हुए थे। जलधारा तट के दृश्यों और वायु के प्रतिकूल झोंकों की परवा न करते हुए बड़े वेग के साथ अपने लक्ष्य की ओर बढ़ी चलीं जाती थी; पर लाला गोपीनाथ का ध्यान इस तरफ न था। वह अपने स्मृतिभंडार से किसी ऐसे तत्त्वज्ञानी पुरुष को खोज निकालना चाहते थे, जिसने जाति-सेवा के साथ विज्ञान-सागर में गोते लगाये हों। सहसा उनके कालेज के एक अध्यापक पंडित अमरनाथ अग्निहोत्री आ कर समीप बैठ गये और बोले–कहिए लाला गोपीनाथ, क्या खबरें हैं ?

गोपीनाथ ने अन्यमनस्क हो कर उत्तर दिया–कोई नयी बात तो नहीं हुई। पृथ्वी अपनी गति से चली जा रही है।

अमरनाथ–म्युनिसिपल-वार्ड नम्बर 21 की जगह खाली है, उसके लिए किसे चुनना निश्चित किया है ?

गोपी–देखिए, कौन होता है। आप भी खड़े हुए हैं ?

अमर–अजी मुझे तो लोगों ने जबरदस्ती घसीट लिया। नहीं तो मुझे इतनी फुर्सत कहाँ।

गोपी–मेरा भी यही विचार है। अध्यापकों का क्रियात्मक राजनीति में फँसना बहुत अच्छी बात नहीं।

अमरनाथ इस व्यंग्य से बहुत लज्जित हुए। एक क्षण के बाद प्रतिकार के भाव से बोले–तुम आजकल दर्शन का अभ्यास करते हो या नहीं ?

गोपी–बहुत कम। इसी दुविधा में पड़ा हुआ हूँ कि राष्ट्रीय सेवा का मार्ग ग्रहण करूँ या सत्य की खोज में जीवन व्यतीत करूँ।

अमर–राष्ट्रीय संस्थानों में सम्मिलित होने का समय अभी तुम्हारे लिए नहीं आया। अभी तुम्हारी उम्र ही क्या है ? जब तक विचारों में गाम्भीर्य और सिद्धांतों पर दृढ़ विश्वास न हो जाय, उस समय तक केवल क्षणिक आवेशों के वशवर्ती हो कर किसी काम में कूद पड़ना अच्छी बात नहीं। राष्ट्रीय सेवा बड़े उत्तरदायित्व का काम है।

:: 2 ::

गोपीनाथ ने निश्चय कर लिया कि मैं जाति-सेवा में जीवनक्षेप करूँगा। अमरनाथ ने भी यही फैसला किया कि मैं म्युनिसिपैलिटी में अवश्य जाऊँगा। दोनों का परस्पर विरोध उन्हें कर्म-क्षेत्र की ओर खींच ले गया। गोपीनाथ की साख पहले ही से जम गयी थी। घर के धनी थे। शक्कर और सोने-चाँदी की दलाली होती थी। व्यापारियों गें उनके पिता का बड़ा मान था। गोगीनाथ के दो बड़े भाई थे। तह भी दलाली करते थे। परस्पर मेल था, धन था, संतानें थीं। अगर न थी तो शिक्षा और शिक्षित समुदाय में गणना। वह बात गोपीनाथ की बदौलत प्राप्त हो गयी। इसलिए उनकी स्वच्छंदता पर किसी ने आपत्ति नहीं की, किसी ने उन्हें धनोपार्जन के लिए मजबूर नहीं किया। अतएव गोपीनाथ निश्चिंत और निर्द्वन्द्व होकर राष्ट्र-सेवा में कहीं किसी अनाथालय के लिए चंदे जमा करते, कहीं किसी कन्या-पाठशाला के लिए भिक्षा माँगते फिरते। नगर की काँग्रेस कमेटी ने उन्हें अपना मंत्री नियुक्त किया। उस समय तक काँग्रेस ने कर्मक्षेत्र में पदार्पण नहीं किया था। उनकी कार्यशीलता ने इस जीर्ण संस्था का मानो पुनरुद्धार कर दिया। वह प्रातः से संध्या और बहुधा पहर रात तक इन्हीं कामों में लिप्त रहते थे। चंदे का रजिस्टर हाथ में लिये उन्हें नित्यप्रति साँझ-सवेरे अमीरों और रईसों के द्वार पर खड़े देखना एक साधारण दृश्य था। धीरे-धीरे कितने ही युवक उनके भक्त हो गये। लोग कहते, कितना निःस्वार्थ, कितना आदर्शवादी, त्यागी, जाति-सेवक है। कौन सुबह से शाम तक निःस्वार्थ भाव से केवल जनता का उपकार करने के लिए यों दौड़-धूप करेगा ? उनका आत्मोत्सर्ग प्रायः द्वेषियों को भी अनुरक्त कर देता था। उन्हें बहुधा रईसों की अभद्रता, असज्जनता, यहाँ तक कि उनके कटु शब्द भी सहने पड़ते थे। उन्हें अब विदित हो गया था कि जाति-सेवा बड़े अंशों तक केवल चंदे माँगना है। इसके लिए धनिकों की दरबारदारी या दूसरे शब्दों में खुशामद भी करनी पड़ती थी, दर्शन के उस गौरवयुक्त अध्ययन और इस दानलोलुपता में कितना अंतर था ? कहाँ मिल और केंट; स्पेन्सर और किड के साथ

एकांत में बैठे हुए जीव और प्रकृति के गहन गूढ़ विषय पर वार्तालाप और कहाँ इन अभिमानी, असभ्य, मूर्ख व्यापारियों के सामने सिर झुकाना ! वह अंतःकरण में उनसे घृणा करते थे। वे धनी थे और केवल धन कमाना चाहते थे। इसके अतिरिक्त उनमें और कोई विशेष गुण न था। उनमें अधिकांश ऐसे थे जिन्होंने कपट-व्यवहार से धनोपार्जन किया था। पर गोपीनाथ के लिए वे सभी पूज्य थे, क्योंकि उन्हीं की कृपादृष्टि पर उनकी राष्ट्र-सेवा अवलम्बित थी।

इस प्रकार कई वर्ष व्यतीत हो गये। गोपीनाथ नगर के मान्य पुरुषों में गिने जाने लगे। वह दीनजनों के आधार और दुखियारों के मददगार थे। अब वह बहुत कुछ निर्भीक हो गये थे और कभी-कभी रईसों को भी कुमार्ग पर चलते देख कर फटकार दिया करते थे। उनकी तीव्र आलोचना भी अब चंदे जमा करने में उनकी सहायक हो जाती थी।

अभी तक उनका विवाह न हुआ था। वह पहले ही से ब्रह्मचर्य व्रत धारण कर चुके थे। विवाह करने से साफ इनकार किया। मगर जब पिता और अन्य बंधुजनों ने बहुत आग्रह किया, और उन्होंने स्वयं कई विज्ञान-ग्रंथों में देखा कि इन्द्रिय-दमन स्वास्थ्य के लिए हानिकारक है, तो असमंजस में पड़े। कई हफ्ते सोचते हो गये और वह मन में कोई बात पक्की न कर सके। स्वार्थ और परमार्थ में संघर्ष हो रहा था। विवाह का अर्थ था अपनी उदारता की हत्या करना, अपने विस्तृत हृदय को संकुचित करना, न कि राष्ट्र के लिए जीना। वह अब इतने ऊँचे आदर्श का त्याग करना निंद्य और उपहासजनक समझते थे। इसके अतिरिक्त अब वह अनेक कारणों से अपने को पारिवारिक जीवन के अयोग्य पाते थे। जीविका के लिए जिस उद्योगशीलता, जिस अनवरत परिश्रम और जिस मनोवृत्ति की आवश्यकता है, वह उनमें न रही थी। जाति-सेवा में भी उद्योगशीलता और अध्यवसाय की कम जरूरत न थी; लेकिन उसमें आत्म-गौरव का हनन न होता था। परोपकार के लिए भिक्षा माँगना दान है, अपने लिए पान का एक बीड़ा भी भिक्षा है। स्वभाव में एक प्रकार की स्वच्छंदता आ गयी थी। इन त्रुटियों पर परदा डालने के लिए जाति-सेवा का बहाना बहुत अच्छा था।

एक दिन वह सैर करने जा रहे थे कि रास्ते में अध्यापक अमरनाथ से मुलाकात हो गयी। यह महाशय अब म्युनिसिपल बोर्ड के मंत्री हो गये थे और आजकल इस दुविधा में पड़े हुए थे कि शहर में मादक वस्तुओं के बेचने का ठेका लूँ या न लूँ।

लाभ बहुत था, पर बदनामी भी कम न थी। अभी तक कुछ निश्चय न कर सके थे। इन्हें देख कर बोले—कहिए लाला जी, मिजाज अच्छा है न ! आपके विवाह के विषय में क्या हुआ ?

गोपीनाथ ने दृढ़ता से कहा—मेरा इरादा विवाह करने का नहीं है।

अमरनाथ—ऐसी भूल न करना। तुम अभी नवयुवक हो, तुम्हें संसार का कुछ अनुभव नहीं है। मैंने ऐसी कितनी मिसालें देखी हैं, जहाँ अविवाहित रहने से लाभ के बदले हानि ही हुई है। विवाह मनुष्य को सुमार्ग पर रखने का सबसे उत्तम साधन है, जिसे अब तक मनुष्य ने आविष्कृत किया है। उस व्रत से क्या फायदा जिसका परिणाम छिछोरापन हो।

गोपीनाथ ने प्रत्युत्तर दिया—आपने मादक वस्तुओं के ठेके के विषय में क्या निश्चय किया ?

अमर—अभी तक कुछ नहीं। जी हिचकता है। कुछ न कुछ बदनामी तो होगी ही।

गोपी—एक अध्यापक के लिए मैं इस पेशे को अपमान समझता हूँ।

अमर—कोई पेशा खराब नहीं है, अगर ईमानदारी से किया जाय।

गोपी—यहाँ मेरा आपसे मतभेद है। कितने ही ऐसे व्यवसाय हैं जिन्हें एक सुशिक्षित व्यक्ति कभी स्वीकार नहीं कर सकता। मादक वस्तुओं का ठेका उनमें एक है।

गोपीनाथ ने आ कर अपने पिता से कहा—मैं कदापि विवाह न करूँगा। आप लोग मुझे विवश न करें, वरना पछताइएगा।

अमरनाथ ने उसी दिन ठेके के लिए प्रार्थनापत्र भेज दिया और वह स्वीकृत भी हो गया।

:: 3 ::

दो साल हो गये हैं। लाला गोपीनाथ ने एक कन्या-पाठशाला खोली है और उसके प्रबंधक हैं। शिक्षा की विभिन्न पद्धतियों का उन्होंने खूब अध्ययन किया है और इस पाठशाला में वह उनका व्यवहार कर रहे हैं। शहर में यह पाठशाला बहुत ही सर्वप्रिय है। उसने बहुत अंशों में उस उदासीनता का परिशोध कर दिया है जो माता-पिता को पुत्रियों की शिक्षा की ओर होती है। शहर के गण्यमान्य पुरुष अपनी लड़कियों को सहर्ष पढ़ने भेजते हैं। वहाँ की शिक्षा-शैली कुछ ऐसी मनोरंजक है

कि बालिकाएँ एक बार जा कर मानो मंत्रमुग्ध हो जाती हैं। फिर उन्हें घर पर चैन नहीं मिलता। ऐसी व्यवस्था की गयी है कि तीन-चार वर्षों में ही कन्याओं का गृहस्थी के मुख्य कामों से परिचय हो जाय। सबसे बड़ी बात यह है कि यहाँ धर्म-शिक्षा का भी समुचित प्रबंध किया गया है। अबकी साल से प्रबंधक महोदय ने अँग्रेजी की कक्षाएँ भी खोल दी हैं। एक सुशिक्षित गुजराती महिला को बम्बई से बुला कर पाठशाला उनके हाथ में दे दी है। इन महिला का नाम है आनंदी बाई। विधवा हैं। हिंदी भाषा से भली-भाँति परिचित नहीं हैं; किंतु गुजराती में कई पुस्तकें लिख चुकी हैं। कई कन्या-पाठशालाओं में काम कर चुकी हैं। शिक्षा-सम्बन्धी विषयों में अच्छी गति है। उनके आने से मदरसे में और भी रौनक आ गयी है। कई प्रतिष्ठित सज्जनों ने जो अपनी बालिकाओं को मंसूरी और नैनीताल भेजना चाहते थे, अब उन्हें यहीं भर्ती करा दिया है। आनंदी रईसों के घरों में जाती हैं और स्त्रियों में शिक्षा का प्रचार करती हैं। उनके वस्त्राभूषणों से सुरुचि का बोध होता है। हैं भी उच्चकुल की, इसलिए शहर में उनका बड़ा सम्मान होता है। लड़कियाँ उन पर जान देती हैं, उन्हें माँ कह कर पुकारती हैं। गोपीनाथ पाठशाला की उन्नति देख-देख कर फूले नहीं समाते। जिससे मिलते हैं, आनंदी बाई का ही गुणगान करते हैं। बाहर से कोई सुविख्यात पुरुष आता है, तो उससे पाठशाला का निरीक्षण अवश्य कराते हैं। आनंदी की प्रशंसा से उन्हें वही आनंद प्राप्त होता है, जो स्वयं अपनी प्रशंसा से होता। बाई जी को भी दर्शन से प्रेम है, और सबसे बड़ी बात यह है कि उन्हें गोपीनाथ पर असीम श्रद्धा है। वह हृदय से उनका सम्मान करती हैं। उनके त्याग और निष्काम जाति-भक्ति ने उन्हें वशीभूत कर लिया है। वह मुँह पर उनकी बड़ाई नहीं करतीं; पर रईसों के घरों में बड़े प्रेम से उनका यशोगान करती हैं। ऐसे सच्चे सेवक आजकल कहाँ ? लोग कीर्ति पर जान देते हैं। जो थोड़ी-बहुत सेवा करते हैं, दिखावे के लिए। सच्ची लगन किसी में नहीं। मैं लाला जी को पुरुष नहीं देवता समझती हूँ। कितना सरल, संतोषमय जीवन है। न कोई व्यसन, न विलास। भोर से सायंकाल तक दौड़ते रहते हैं, न खाने का कोई समय, न सोने का समय। उस पर कोई ऐसा नहीं, जो उनके आराम का ध्यान रखे। बेचारे घर गये, जो कुछ किसी ने सामने रख दिया, चुपके से खा लिया, फिर छड़ी उठायी और किसी तरफ चल दिये। दूसरी औरत कदापि अपनी पत्नी की भाँति सेवा-सत्कार नहीं कर सकती।

दशहरे के दिन थे। कन्या-पाठशाला में उत्सव मनाने की तैयारियाँ हो रही थीं। एक नाटक खेलने का निश्चय किया गया था। भवन खूब सजाया गया था।

शहर के रईसों को निमंत्रण दिये गये थे। यह कहना कठिन है कि किसका उत्साह बढ़ा हुआ था, बाई जी का या लाला गोपीनाथ का। गोपीनाथ सामग्रियाँ एकत्र कर रहे थे, उन्हें अच्छे ढंग से सजाने का भार आनंदी ने लिया था, नाटक भी इन्हीं ने रचा था। नित्यप्रति उसका अभ्यास कराती थीं और स्वयं एक पार्ट ले रखा था।

विजयादशमी आ गयी। दोपहर तक गोपीनाथ फर्श और कुर्सियों का इंतजाम करते रहे। जब एक बज गया और अब भी वह वहाँ से न टले तो आनंदी ने कहा–लाला जी, आपको भोजन करने को देर हो रही है। अब सब काम हो गया है। जो कुछ बच रहा है, मुझ पर छोड़ दीजिए।

गोपीनाथ ने कहा–खा लूँगा। मैं ठीक समय पर भोजन करने का पाबंद नहीं हूँ। फिर घर तक कौन जाय। घंटों लग जायेंगे। भोजन के उपरान्त आराम करने का जी चाहेगा। शाम हो जायगी।

आनंदी–भोजन तो मेरे यहाँ तैयार है, ब्राह्मणी ने बनाया है चल कर खा लीजिए और यहीं जरा देर आराम भी कर लीजिए।

गोपीनाथ–यहाँ क्या खा लूँ ! एक वक्त न खाऊँगा, तो ऐसी कौन-सी हानि हो जायगी ?

आनंदी–जब भोजन तैयार है, तो उपवास क्यों कीजिएगा।

गोपीनाथ–आप जायें, आपको अवश्य देर हो रही है। मैं काम में ऐसा भूला कि आपकी सुधि ही न रही।

आनंदी–मैं भी एक जून उपवास कर लूँगी तो क्या हानि होगी ?

गोपीनाथ–नहीं-नहीं, इसकी क्या जरूरत है ? मैं आपसे सच कहता हूँ, मैं बहुधा एक ही जून खाता हूँ।

आनंदी–अच्छा, मैं आपके इनकार का माने समझ गयी। इतनी मोटी बात अब तक मुझे न सूझी।

गोपीनाथ–क्या समझ गयीं ? मैं छूतछात नहीं मानता। यह तो आपको मालूम ही है।

आनंदी–इतना जानती हूँ, किंतु जिस कारण से आप मेरे यहाँ भोजन करने से इनकार कर रहे हैं, उसके विषय में केवल इतना निवेदन है कि मुझे आपसे केवल स्वामी और सेवक का सम्बन्ध नहीं है। मुझे आपसे आत्मीयता का सम्बन्ध है। आपका मेरे पान-फूल को अस्वीकार करना अपने एक सच्चे भक्त के मर्म को आघात पहुँचाना है। मैं आपको इसी दृष्टि से देखती हूँ।

गोपीनाथ को अब कोई आपत्ति न हो सकी। जा कर भोजन कर लिया। वह जब तक आसन पर बैठे रहे, आनंदी बैठी पंखा झलती रही।

इस घटना की लाला गोपीनाथ के मित्रों ने यों आलोचना की, ''महाशय जी अब तो वहीं ('वहीं' पर खूब जोर दे कर) भोजन भी करते हैं।''

:: 4 ::

शनैः-शनैः परदा हटने लगा। लाला गोपीनाथ को अब परवशता ने साहित्य-सेवी बना दिया था। घर से उन्हें आवश्यक सहायता मिल जाती थी; किंतु पत्रों और पत्रिकाओं तथा अन्य अनेक कामों के लिए उन्हें घरवालों से कुछ माँगते हुए बहुत संकोच होता था। उनका आत्म-सम्मान जरा-जरा सी बातों के लिए भाइयों के सामने हाथ फैलाना अनुचित समझता था। वह अपनी जरूरतें आप पूरी करना चाहते थे। घर पर भाइयों के लड़के इतना कोलाहल मचाते कि उनका जी कुछ लिखने में न लगता। इसलिए जब उनकी कुछ लिखने की इच्छा होती तो बेखटके पाठशाला में चले जाते। आनंदी बाई वहीं रहती थीं। वहाँ न कोई शोर था, न गुल। एकांत में काम करने में जी लगता। भोजन का समय आ जाता तो वहीं भोजन भी कर लेते। कुछ दिनों के बाद उन्हें बैठ कर लिखने में कुछ असुविधा होने लगी (आँखें कमजोर हो गयी थीं) तो आनंदी ने लिखने का भार अपने सिर ले लिया। लाला साहब बोलते थे, आनंदी लिखती थीं। गोपीनाथ की प्रेरणा से उन्होंने हिंदी सीखी थी और थोड़े ही दिनों में इतनी अभ्यस्त हो गयी थीं कि लिखने में जरा भी हिचक न होती। लिखते समय कभी-कभी उन्हें ऐसे शब्द और मुहावरे सूझ जाते कि गोपीनाथ फड़क-फड़क उठते, उनके लेख में जान-सी पड़ जाती। वह कहते, यदि तुम स्वयं कुछ लिखो तो मुझसे बहुत अच्छा लिखोगी। मैं तो बेगारी करता हूँ। तुम्हें परमात्मा की ओर से यह शक्ति प्राप्त हुई है। नगर के लाल-बुझक्कड़ों में इस सहकारिता पर टीका-टिप्पणियाँ होने लगी पर विद्वज्जन अपनी आत्मा की शुचिता के सामने ईर्ष्या के व्यंग्य की कब परवाह करते हैं। आनंदी कहतीं–यह तो संसार है, जिसके मन में आये, कहे; पर मैं उस पुरुष का निरादर नहीं कर सकती जिस पर मेरी श्रद्धा है। पर गोपीनाथ इतने निर्भीक न थे। उनकी सुकीर्ति का आधार लोकमत था। वह उसकी भर्त्सना न कर सकते थे। इसलिए वह दिन के बदले रात को रचना करने लगे। पाठशाला में इस समय कोई देखनेवाला न होता था। रात की नीरवता में खूब जी लगता। आराम-कुरसी पर लेट जाते। आनंदी मेज के सामने कलम हाथ

में लिये उनकी ओर देखा करतीं। जो कुछ उनके मुख से निकलता तुरंत लिख लेतीं। उनकी आँखों से विनय और शील, श्रद्धा और प्रेम की किरण-सी निकलती हुई जान पड़ती। गोपीनाथ जब किसी भाव को मन में व्यक्त करने के बाद आनंदी की ओर ताकते कि वह लिखने के लिए तैयार हैं या नहीं, तो दोनों व्यक्तियों की निगाहें मिलतीं और आप ही झुक जातीं। गोपीनाथ को इस तरह काम करने की ऐसी आदत पड़ती जाती थी कि जब किसी कार्यवश यहाँ आने का अवसर न मिलता तो वह विकल हो जाते थे।

आनंदी से मिलने के पहले गोपीनाथ को स्त्रियों का जो कुछ ज्ञान था, वह केवल पुस्तकों पर अवलम्बित था। स्त्रियों के विषय में प्राचीन और अर्वाचीन, प्राच्य और पाश्चात्य, सभी विद्वानों का एक ही मत था–यह मायावी, आत्मिक उन्नति की बाधक, परमार्थ की विरोधिनी, वृत्तियों को कुमार्ग की ओर ले जानेवाली, हृदय को संकीर्ण बनानेवाली होती है। इन्हीं कारणों से उन्होंने इस मायावी जाति से अलग रहना ही श्रेयस्कर समझा था; किंतु अब अनुभव बतला रहा था कि स्त्रियाँ सन्मार्ग की ओर भी ले जा सकती हैं, उनमें सद्‌गुण भी हो सकते हैं। वे कर्त्तव्य और सेवा के भावों को जागृत भी कर सकती हैं। तब उनके मन में प्रश्न उठता कि यदि आनंदी से मेरा विवाह होता तो मुझे क्या आपत्ति हो सकती थी। उसके साथ तो मेरा जीवन बड़े आनंद से कट जाता। एक दिन वह आनंदी के यहाँ गये तो सिर में दर्द हो रहा था। कुछ लिखने की इच्छा न हुई। आनंदी को इसका कारण मालूम हुआ तो उसने उनके सिर में धीरे-धीरे तेल मलना शुरू किया। गोपीनाथ को उस समय अलौकिक सुख मिल रहा था। मन में प्रेम की तरंगें उठ रही थीं–नेत्र, मुख, वाणी–सभी प्रेम में पगे जाते थे। उसी दिन से उन्होंने आनंदी के यहाँ आना छोड़ दिया। एक सप्ताह बीत गया और न आये। आनंदी ने लिखा–आपसे पाठशाला सम्बन्धी कई विषयों में राय लेनी है। अवश्य आइए। तब भी न गये। उसने फिर लिखा–मालूम होता है आप मुझसे नाराज हैं ! मैंने जानबूझ कर तो कोई ऐसा काम नहीं किया, लेकिन यदि वास्तव में आप नाराज हैं तो मैं यहाँ रहना उचित नहीं समझती। अगर आप अब भी न आयेंगे तो मैं द्वितीय अध्यापिका को चार्ज दे कर चली जाऊँगी। गोपीनाथ पर इस धमकी का भी कुछ असर न हुआ। अब भी न गये। अंत में दो महीने तक खिंचे रहने के बाद उन्हें ज्ञात हुआ कि आनंदी बीमार है और दो दिन से पाठशाला नहीं आ सकी। तब वह किसी तर्क या युक्ति से अपने को न रोक सके। पाठशाला में आये और कुछ झिझकते, सकुचाते, आनंदी के कमरे

में कदम रखा। देखा तो चुपचाप पड़ी हुई थी। मुख पीला था, शरीर घुल गया था। उसने उनकी ओर दयाप्रार्थी नेत्रों से देखा। उठना चाहा पर अशक्ति ने उठने न दिया। गोपीनाथ ने आर्द्र कंठ से कहा—लेटी रहो, लेटी रहो, उठने की जरूरत नहीं, मैं बैठ जाता हूँ। डाक्टर साहब आये थे ?

मिश्राइन ने कहा—जी हाँ, दो बार आये थे। दवा दे गये हैं।

गोपीनाथ ने नुसखा देखा। डाक्टरी का साधारण ज्ञान था। नुसखे से ज्ञात हुआ—हृदयरोग है। औषधियाँ सभी पुष्टिकर और बलवर्द्धक थीं। आनंदी की ओर फिर देखा। उसकी आँखों से अश्रुधारा बह रही थी। उनका गला भी भर आया। हृदय मसोसने लगा। गद्‌गद हो कर बोले—आनंदी, तुमने मुझे पहले इसकी सूचना न दी, नहीं तो रोग इतना न बढ़ने पाता।

आनंदी—कोई बात नहीं है, अच्छी हो जाऊँगी, जल्दी ही अच्छी हो जाऊँगी। मर भी जाऊँगी तो कौन रोनेवाला बैठा हुआ है। यह कहते-कहते वह फूट-फूट कर रोने लगी।

गोपीनाथ दार्शनिक थे, पर अभी तक उनके मन के कोमल भाव शिथिल न हुए थे। कम्पित स्वर से बोले—आनंदी, संसार में कम-से-कम एक ऐसा आदमी है जो तुम्हारे लिए अपने प्राण तक दे देगा। यह कहते-कहते वह रुक गये। उन्हें अपने शब्द और भाव कुछ भद्दे और उच्छृङ्खल से जान पड़े। अपने मनोभावों को प्रकट करने के लिए वह इन सारहीन शब्दों की अपेक्षा कहीं अधिक काव्यमय, रसपूर्ण, अनुरक्त शब्दों का व्यवहार करना चाहते थे; पर वह इस वक्त याद न पड़े ?

आनंदी ने पुलकित हो कर कहा—दो महीने तक किस पर छोड़ दिया था ?

गोपीनाथ—इन दो महीनों में मेरी जो दशा थी, वह मैं ही जानता हूँ। यही समझ लो कि मैंने आत्महत्या नहीं की, यही बड़ा आश्चर्य है। मैंने न समझा था कि अपने व्रत पर स्थिर रहना मेरे लिए इतना कठिन हो जायगा।

आनंदी ने गोपीनाथ का हाथ धीरे से अपने हाथ में लेकर कहा—अब तो कभी इतनी कठोरता न कीजियेगा ?

गोपीनाथ—(सचिंत होकर) अंत क्या है ?

आनंदी—कुछ भी हो !

गोपी.—कुछ भी हो ! अपमान, निंदा, उपहास, आत्मवेदना।

आनंदी—कुछ भी हो, मैं सब कुछ सह सकती हूँ, और आपको भी मेरे हेतु सहना पड़ेगा।

गोपी.–आनंदी, मैं अपने को प्रेम पर बलिदान कर सकता हूँ, लेकिन अपने नाम को नहीं। इस नाम को अकलंकित रखकर मैं समाज की बहुत कुछ सेवा कर सकता हूँ।

आनंदी–न कीजिए। आपने सब कुछ त्याग कर यह कीर्ति लाभ की है, मैं आपके यश को नहीं मिटाना चाहती (गोपीनाथ का हाथ हृदयस्थल पर रख कर), इसको चाहती हूँ। इससे अधिक त्याग की आकांक्षा नहीं रखती ?

गोपी.–दोनों बातें एक साथ संभव हैं ?

आनंदी–संभव है। मेरे लिए संभव है। मैं प्रेम पर अपनी आत्मा को भी न्योछावर कर सकती हूँ।

:: 5 ::

इसके पश्चात् लाला गोपीनाथ ने आनंदी की बुराई करनी शुरू की। मित्रों से कहते, उनका जी अब काम में नहीं लगता। पहले की-सी तनदेही नहीं है। किसी से कहते, उनका जी अब यहाँ से उचाट हो गया है, अपने घर जाना चाहती हैं, उनकी इच्छा है कि मुझे प्रतिवर्ष तरक्की मिला करे और उसकी यहाँ गुंजाइश नहीं। पाठशाला को कई बार देखा और अपनी आलोचना में काम को असंतोषजनक लिखा। शिक्षा, संगठन, उत्साह, सुप्रबंध सभी बातों में निराशाजनक क्षति पायी। वार्षिक अधिवेशन में जब कई सदस्यों ने आनंदी की वेतन-वृद्धि का प्रस्ताव उपस्थित किया तो लाला गोपीनाथ ने उसका विरोध किया। उधर आनंदी बाई भी गोपीनाथ के दुखड़े रोने लगी। यह मनुष्य नहीं है, पत्थर का देवता है। उन्हें प्रसन्न करना दुस्तर है, अच्छा ही हुआ कि उन्होंने विवाह नहीं किया, नहीं तो दुखिया इनके नखरे उठाते-उठाते सिधार जाती। कहाँ तक कोई सफाई और सुप्रबंध पर ध्यान दे ! दीवार पर एक धब्बा भी पड़ गया, किसी कोने-खुतरे में एक जाला भी लग गया, बरामदों में कागज का एक टुकड़ा भी पड़ा मिल गया तो आपके तेवर बदल जाते हैं। दो साल मैंने ज्यों-त्यों करके निबाहा; लेकिन देखती हूँ तो लाला साहब की निगाह दिनोंदिन कड़ी होती जाती है। ऐसी दशा में मैं यहाँ अधिक नहीं ठहर सकती। मेरे लिए नौकरी में कल्याण नहीं है, जब जी चाहेगा, उठ खड़ी हूँगी। यहाँ आप लोगों से मेल-मुहब्बत हो गयी है, कन्याओं से ऐसा प्यार हो गया है कि छोड़ कर जाने को जी नहीं चाहता। आश्चर्य था कि और क़िसी को पाठशाला की दशा में अवनति न दीखती थी, वरन् हालत पहले से अच्छी थी।

एक दिन पंडित अमरनाथ की लाला जी से भेंट हो गयी। उन्होंने पूछा—कहिए, पाठशाला खूब चल रही है न ?

गोपी—कुछ न पूछिए। दिनोंदिन दशा गिरती जाती है।

अमर—आनंदी बाई की ओर से ढील है क्या ?

गोपी—जी हाँ, सरासर। अब काम करने में उनका जी नहीं लगता। बैठी हुई योग और ज्ञान के ग्रन्थ पढ़ा करती हैं। कुछ कहता हूँ तो कहती हैं, मैं अब इससे और अधिक कुछ नहीं कर सकती। कुछ परलोक की भी चिन्ता करूँ कि चौबीसों घंटे पेट के धंधों में ही लगी रहूँ ? पेट के लिए पाँच घंटे बहुत हैं। पहले कुछ दिनों तक बारह घण्टे करती; पर वह दशा स्थायी नहीं रह सकती थी। यहाँ आ कर मैंने स्वास्थ्य खो दिया। एक बार कठिन रोगग्रस्त हो गयी। क्या कमेटी ने मेरे दवा-दारू का खर्च दे दिया ? कोई बात पूछने भी आया ? फिर अपनी जान क्यों दूँ ? सुना है, घरों में मेरी बदगोई भी किया करती हैं। अमरनाथ मार्मिक भाव से बोले—ये बातें मुझे पहले ही मालूम थीं।

दो साल और गुजर गये। रात का समय था। कन्या-पाठशाला के ऊपर वाले कमरे में लाला गोपीनाथ मेज के सामने कुरसी पर बैठे हुए थे, सामने आनंदी कोच पर लेटी हुई थी। मुख बहुत म्लान हो रहा था। कई मिनट तक दोनों विचार में मग्न थे। अंत में गोपीनाथ बोले—मैंने पहले ही महीने में तुमसे कहा था कि मथुरा चली जाओ।

आनंदी—वहाँ दस महीने क्योंकर रहती। मेरे पास इतने रुपये कहाँ थे और न तुम्हीं ने कोई प्रबन्ध करने का आश्वासन दिया। मैंने सोचा, तीन-चार महीने यहाँ और रहूँ। तब तक किफायत करके कुछ बचा लूँगी, तुम्हारी किताब से भी कुछ मिल जायेंगे। तब मथुरा चली जाऊँगी; मगर यह क्या मालूम था कि बीमारी भी इसी अवसर की ताक में बैठी हुई है। मेरी दशा दो-चार दिन के लिए भी सँभली और मैं चली। इस दशा में तो मेरे लिए यात्रा करना असम्भव है।

गोपी—मुझे भय है कि कहीं बीमारी तूल न खींचे। संग्रहणी असाध्य रोग है। महीने-दो महीने यहाँ और रहने पड़ गये तो बात खुल जायगी।

आनंदी—(चिढ़ कर) खुल जायगी, खुल जाय। अब इससे कहाँ तक डरूँ ?

गोपी—मैं भी न डरता अगर मेरे कारण नगर की कई संस्थाओं का जीवन संकट में न पड़ जाता। इसलिए मैं बदनामी से डरता हूँ। समाज के यह बन्धन निरे पाखंड हैं। मैं उन्हें सम्पूर्णतः अन्याय समझता हूँ। इस विषय में तुम मेरे विचारों

को भली-भाँति जानती हो; पर करूँ क्या ? दुर्भाग्यवश मैंने जाति-सेवा का भार अपने ऊपर ले लिया है और उसी का फल है कि आज मुझे अपने माने हुए सिद्धांतों को तोड़ना पड़ रहा है और जो वस्तु मुझे प्राणों से भी प्रिय है, उसे यों निर्वासित करना पड़ रहा है।

किन्तु आनंदी की दशा सँभलने की जगह दिनोंदिन गिरती ही गयी। कमजोरी से उठना-बैठना कठिन हो गया था। किसी वैद्य या डाक्टर को उसकी अवस्था न दिखायी जाती थी। गोपीनाथ दवाएँ लाते थे, आनंदी उनका सेवन करती थी और दिन-दिन निर्बल होती जाती थी। पाठशाला से उसने छुट्टी ले ली थी। किसी से मिलती-जुलती भी न थी। बार-बार चेष्टा करती कि मथुरा चली जाऊँ, किन्तु एक अनजान नगर में अकेले कैसे रहूँगी, न कोई आगे, न पीछे। कोई एक घूँट पानी देनेवाला भी नहीं। यह सब सोचकर उसकी हिम्मत टूट जाती थी। इसी सोच-विचार और हैस-बैस में दो महीने और गुजर गये और अन्त में विवश होकर आनंदी ने निश्चय कियां कि अब चाहे कुछ सिर पर बीते, यहाँ से चल ही दूँ। अगर सफर में मर भी जाऊँगी तो क्या चिन्ता है। उनकी बदनामी तो न होगी। उनके यश को कलंक तो न लगेगा। मेरे पीछे ताने तो न सुनने पड़ेंगे। सफर की तैयारियाँ करने लगी। रात को जाने का मुहूर्त था कि सहसा संध्याकाल से ही प्रसवपीड़ा होने लगी और ग्यारह बजते-बजंते एक नन्हा-सा दुर्बल सतवाँसा बालक प्रसव हुआ। बच्चे के होने की आवाज सुनते ही लाला गोपीनाथ बेतहाशा ऊपर से उतरे और गिरते-पड़ते घर भागे। आनंदी ने इस भेद को अंत तक छिपाये रखा, अपनी दारुण प्रसवपीड़ा का हाल किसी से न कहा। दाई को भी सूचना न दी; मगर जब बच्चे के रोने की ध्वनि मदरसे में गूँजी तो क्षणमात्र में दाई सामने आ कर खड़ी हो गयी। नौकरानियों को पहले से शंकाएँ थीं। उन्हें कोई आश्चर्य न हुआ। जब दाई ने आनंदी को पुकारा तो वह सचेत हो गयी। देखा तो बालक रो रहा है।

:: 6 ::

दूसरे दिन दस बजते-बजते यह समाचार सारे शहर में फैल गया। घर-घर चर्चा होने लगी। कोई आश्चर्य करता था, कोई घृणा करता, कोई हँसी उड़ाता था। लाला गोपीनाथ के छिद्रान्वेषियों की संख्या कम न थी। पंडित अमरनाथ उनके मुखिया थे। उन लोगों ने लाला जी की निंदा करनी शुरू की। जहाँ देखिए वहीं दो-चार सज्जन बैठे गोपनीय भाव से इसी घटना की आलोचना करते नजर आते थे। कोई कहता था,

इस स्त्री के लक्षण पहले ही से विदित हो रहे थे। अधिकांश आदमियों की राय में गोपीनाथ ने यह बुरा किया। यदि ऐसा ही प्रेम ने जोर मारा था तो उन्हें निडर हो कर विवाह कर लेना चाहिए था। यह काम गोपीनाथ का है, इसमें किसी को भ्रम न था। केवल कुशल-समाचार पूछने के बहाने से लोग उनके घर जाते और दो-चार अन्योक्तियाँ सुना कर चले आते थे। इसके विरुद्ध आनंदी पर लोगों को दया आती थी। पर लाला जी के ऐसे भक्त भी थे, जो लाला जी के माथे यह कलंक मढ़ना पाप समझते थे। गोपीनाथ ने स्वयं मौन धारण कर लिया था। सबकी भली-बुरी बातें सुनते थे, पर मुँह न खोलते थे। इतनी हिम्मत न थी कि सबसे मिलना छोड़ दें।

प्रश्न था, अब क्या हो ? आनंदी बाई के विषय में तो जनता ने फैसला कर दिया। बहस यह थी कि गोपीनाथ के साथ क्या व्यवहार किया जाय। कोई कहता था, उन्होंने जो कुकर्म किया है, उसका फल भोगें। आनंदी बाई को नियमित रूप से घर में रखें। कोई कहता, हमें इससे क्या मतलब, आनंदी जानें और वह जानें। दोनों जैसे के तैसे हैं, जैसे उदई वैसे भान, न उनके चोटी न उनके कान। लेकिन इन महाशय को पाठशाला के अंदर अब कदम न रखने देना चाहिए। जनता के फैसले साक्षी नहीं खोजते। अनुमान ही उनके लिए सबसे बड़ी गवाही है।

लेकिन पं. अमरनाथ और उनकी गोष्ठी के लोग गोपीनाथ को इतने सस्ते न छोड़ना चाहते थे। उन्हें गोपीनाथ से पुराना द्वेष था। यह कल का लौंडा दर्शन की दो-चार पुस्तकें उलट-पलट कर, राजनीति में कुछ शुदबुद करके लीडर बना हुआ बिचरे, सुनहरी ऐनक लगाये, रेशमी चादर गले में डाले, यों गर्व से ताके, मानो सत्य और प्रेम का पुतला है। ऐसे रँगे सियार की जितनी कलई खोली जाय, उतना ही अच्छा। जाति को ऐसे दगाबाज, चरित्रहीन, दुर्बलात्मा सेवकों से सचेत कर देना चाहिए। पंडित अमरनाथ पाठशाला की अध्यापिकाओं और नौकरों से तहकीकात करते थे। लाला जी कब आते थे, कब जाते थे, कितनी देर रहते थे, यहाँ क्या किया करते थे, तुम लोग उनकी उपस्थिति में वहाँ जाने पाते थे या रोक थी ? लेकिन यह छोटे-छोटे आदमी, जिन्हें गोपीनाथ से संतुष्ट रहने का कोई कारण न था (उनकी सख्ती की नौकर लोग बहुत शिकायत किया करते थे), इस दुरवस्था में उनके ऐबों पर परदा डालने लगे। अमरनाथ ने प्रलोभन दिया, डराया, धमकाया; पर किसी ने गोपीनाथ के विरुद्ध साक्षी न दी।

उधर लाला गोपीनाथ ने उसी दिन से आनन्दी के घर आना-जाना छोड़ दिया। दो हफ्ते तक तो वह अभागिनी किसी तरह कन्या पाठशाला में रही। पन्द्रहवें दिन प्रबन्धक समिति ने उसे मक़ान खाली कर देने की नोटिस दे दी। महीने भर की मुहलत देना भी उचित न समझा। अब वह दुखिया एक तंग मकान में रहती थी, कोई पूछनेवाला न था। बच्चा कमजोर, खुद बीमार, कोई आगे न पीछे, न कोई दुःख का संगी न साथी। शिशु को गोद में लिये दिन के दिन बेदाना-पानी पड़ी रहती थी। एक बुढ़िया महरी मिल गयी थी, जो बर्तन धो कर चली जाती थी। कभी-कभी शिशु को छाती से लगाये रात की रात रह जाती; पर धन्य है उसके धैर्य और संतोष को ! लाला गोपीनाथ से मुँह में शिकायत थी न दिल में। सोचती, इन परिस्थितियों में उन्हें मुझसे पराङ्मुख ही रहना चाहिए। इसके अतिरिक्त और उपाय नहीं है। उनके बदनाम होने से नगर की कितनी बड़ी हानिं होती। सभी उन पर सन्देह करते हैं; पर किसी को यह साहस तो नहीं हो सकता कि उनके विपक्ष में कोई प्रमाण दे सके !

यह सोचते हुए उसने स्वामी अभेदानंद की एक पुस्तक उठायी और उसके एक अध्याय का अनुवाद करने लगी। अब उसकी जीविका का एकमात्र यही आधार था। सहसा धीरे से किसीं ने द्वार खटखटाया। वह चौंक पड़ी। लाला गोपीनाथ की आवाज मालूम हुई। उसने तुरंत द्वार खोल दिया। गोपीनाथ आकर खड़े हो गये और सोते हुए बालक को प्यार से देखकर बोले—आनंदी, मैं तुम्हें मुँह दिखाने लायक नहीं हूँ। मैं अपनी भीरुता और नैतिक दुर्बलता पर अत्यंत लज्जित हूँ। यद्यपि मैं जानता हूँ कि मेरी बदनामी जो कुछ होनी थी, वह हो चुकी। मेरे नाम से चलने वाली संस्थाओं को जो हानि पहुँचनी थी, पहुँच चुकी। अब असम्भव है कि मैं जनता को अपना मुँह फिर दिखाऊँ और न वह मुझ पर विश्वास ही कर सकती है। इतना जानते हुए भी मुझमें इतना साहस नहीं है कि अपने कुकृत्य का भार सिर ले लूँ। मैं पहले सामाजिक शासन की रत्ती भर परवाह न करता, पर अब पग-पग पर उसके भय से मेरे प्राण तक काँपने लगते हैं। धिक्कार है मुझ पर कि तुम्हारे ऊपर ऐसी विपत्तियाँ पड़ीं, लोकनिंदा, रोग, शोक, निर्धनता सभी का सामना करना पड़ा और मैं यों अलग-अलग रहा मानो मुझसे कोई प्रयोजन नहीं है; पर मेरा हृदय ही जानता है कि उसको कितनी पीड़ा होती थी। कितनी ही बार आने का निश्चय किया और फिर हिम्मत हार गया। अब मुझे विदित हो गया कि मेरी सारी दार्शनिकता केवल हाथी के दाँत थी। मुझमें क्रिया-शक्ति नहीं है; लेकिन इसके साथ ही तुमसे अलग

रहना मेरे लिए असह्य है। तुमसे दूर रह कर मैं जिन्दा नहीं रह सकता, प्यारे बच्चे को देखने के लिए मैं कितनी ही बार लालायित हो गया हूँ, पर यह आशा कैसे करूँ कि मेरी चरित्रहीनता का ऐसा प्रत्यक्ष प्रमाण पाने के बाद तुम्हें मुझसे घृणा न हो गयी होगी।

आनंदी—स्वामी, आपके मन में ऐसी बातों का आना मुझ पर घोर अन्याय है। मैं ऐसी बुद्धिहीन नहीं हूँ कि केवल अपने स्वार्थ के लिए आपको कलंकित करूँ। मैं आपको अपना इष्टदेव समझती हूँ और सदैव समझूँगी। मैं भी अब आपके वियोग-दुःख को नहीं सह सकती। कभी-कभी आपके दर्शन पाती रहूँ, यही जीवन की सबसे बड़ी अभिलाषा है।

इस घटना को पंद्रह वर्ष बीत गये हैं। लाला गोपीनाथ नित्य बारह बजे रात को आनंदी के साथ बैठे हुए नजर आते हैं। वह नाम पर मरते हैं, आनंदी प्रेम पर। बदनाम दोनों हैं, लेकिन आनंदी के साथ लोगों की सहानुभूति है, गोपीनाथ सबकी निगाह से गिर गये हैं। हाँ, उनके कुछ आत्मीयगण इस घटना को केवल मानुषीय समझ कर अब भी उनका सम्मान करते हैं; किंतु जनता इतनी सहिष्णु नहीं है।

सी ा मार्ग पर चलने वाला मनुष्य पेचीदी गलियों में पड़ जाने पर अव य राह भूल जाता है।

प्रेमचंद

रानी सारंधा

अँधेरी रात के सन्नाटे में धसान नदी चट्टानों से टकराती हुई ऐसी सुहावनी मालूम होती थी जैसे घुमुर-घुमुर करती हुई चक्कियाँ। नदी के दाहिने तट पर एक टीला है। उस पर एक पुराना दुर्ग बना हुआ है, जिसको जंगली वृक्षों ने घेर रखा है। टीले के पूर्व की ओर छोटा-सा गाँव है। यह गढ़ी और गाँव दोनों एक बुंदेला सरकार के कीर्ति-चिह्न हैं। शताब्दियाँ व्यतीत हो गयीं, बुंदेलखंड में कितने ही राज्यों का उदय और अस्त हुआ, मुसलमान आये और बुंदेला राजा उठे और गिरे—कोई गाँव, कोई इलाका ऐसा न था, जो इन दुरवस्थाओं से पीड़ित न हो; मगर इस दुर्ग पर किसी शत्रु की विजय-पताका न लहरायी और इस गाँव में किसी विद्रोह का भी पदार्पण न हुआ। यह उसका सौभाग्य था।

अनिरुद्धसिंह वीर राजपूत था। वह जमाना ही ऐसा था जब मनुष्यमात्र को अपने बाहुबल और पराक्रम ही का भरोसा था। एक ओर मुसलमान सेनाएँ पैर जमाये खड़ी रहती थीं, दूसरी ओर बलवान राजा अपने निर्बल भाइयों का गला घोंटने पर तत्पर रहते थे। अनिरुद्धसिंह के पास सवारों और पियादों का एक छोटा-सा, मगर सजीव दल था। इससे वह अपने कुल और मर्यादा की रक्षा किया करता था। उसे कभी चैन से बैठना नसीब न होता था। तीन वर्ष पहले उसका विवाह शीतला देवी से हुआ था; मगर अनिरुद्ध विहार के दिन और विलास की रातें पहाड़ों में काटता था और शीतला उसकी जान की खैर मनाने में। वह कितनी बार पति से अनुरोध कर चुकी थी, कितनी बार उसके पैरों पर गिर कर रोई थी कि तुम मेरी आँखों से दूर न हो, मुझे हरिद्वार ले चलो, मुझे तुम्हारे साथ वनवास अच्छा है, यह वियोग अब नहीं सहा जाता। उसने प्यार से कहा, जिद से कहा, विनय की; मगर अनिरुद्ध बुंदेला था। शीतला अपने किसी हथियार से उसे परास्त न कर सकी।

अँधेरी रात थी। सारी दुनिया सोती थी, तारे आकाश में जागते थे। शीतला देवी पलंग पर पड़ी करवटें बदल रही थीं और उसकी ननद सारंधा फर्श पर बैठी मधुर स्वर से गाती थी–

बिनु रघुवीर कटत नहिं रैन

शीतला ने कहा–जी न जलाओ। क्या तुम्हें भी नींद नहीं आती ?

सारंधा–तुम्हें लोरी सुना रही हूँ।

शीतला–मेरी आँखों से तो नींद लोप हो गयी।

सारंधा–किसी को ढूँढ़ने गयी होगी।

इतने में द्वार खुला और एक गठे हुए बदन के रूपवान पुरुष ने भीतर प्रवेश किया। वह अनिरुद्ध था। उसके कपड़े भीगे हुए थे, और बदन पर कोई हथियार न था। शीतला चारपाई से उतर कर जमीन पर बैठ गयी।

सारंधा ने पूछा–भैया, यह कपड़े भीगे क्यों हैं ?

अनिरुद्ध–नदी तैर कर आया हूँ।

सारंधा–हथियार क्या हुए ?

अनिरुद्ध–छिन गये।

सारंधा–और साथ के आदमी ?

अनिरुद्ध–सबने वीर-गति पायी।

शीतला ने दबी जबान से कहा–ईश्वर ने ही कुशल किया। मगर सारंधा के तीवरों पर बल पड़ गये और मुखमण्डल गर्व से सतेज हो गया। बोली–भैया, तुमने कुल की मर्यादा खो दी। ऐसा कभी न हुआ था।

सारंधा भाई पर जान देती थी। उसके मुँह से यह धिक्कार सुनकर अनिरुद्ध लज्जा और खेद से विकल हो गया। वह वीराग्नि; जिसे क्षण भर के लिए अनुराग ने दबा लिया था, फिर ज्वलंत हो गयी। वह उलटे पाँव लौटा और यह कह कर बाहर चला गया कि "सारंधा, तुमने मुझे सदैव के लिए सचेत कर दिया। यह बात मुझे कभी न भूलेगी।"

अँधेरी रात थी। आकाश-मण्डल में तारों का प्रकाश बहुत धुँधला था। अनिरुद्ध किले से बाहर निकला। पल भर में नदी के उस पार जा पहुँचा और फिर अन्धकार में लुप्त हो गया। शीतला उसके पीछे-पीछे किले की दीवारों तक आयी; मगर जब अनिरुद्ध छलाँग मार कर बाहर कूद पड़ा तो वह विरहिणी चट्टान पर बैठ कर रोने लगी।

इतने में सारंधा भी वहीं आ पहुँची। शीतला ने नागिन की तरह बल खा कर कहा–मर्यादा इतनी प्यारी है ?

सारंधा–हाँ।

शीतला–अपना पति होता तो हृदय में छिपा लेती।

सारंधा–ना, छाती में छुरा चुभा देती।

शीतला ने ऐंठकर कहा–चोली में छिपाती फिरोगी, मेरी बात गिरह में बाँध लो।

सारंधा–जिस दिन ऐसा होगा, मैं भी अपना वचन पूरा कर दिखाऊँगी।

इस घटना के तीन महीने पीछे अनिरुद्ध महरौनी को जीत करके लौटा और साल भर पीछे सारंधा का विवाह ओरछा के राजा चम्पतराय से हो गया, मगर उस दिन की बातें दोनों महिलाओं के हृदय-स्थल में काँटे की तरह खटकती रहीं।

:: 2 ::

राजा चम्पतराय बड़े प्रतिभाशाली पुरुष थे। सारी बुन्देला जाति उनके नाम पर जान देती थी और उनके प्रभुत्व को मानती थी। गद्दी पर बैठते ही उन्होंने मुगल बादशाहों को कर देना बन्द कर दिया और वे अपने बाहुबल से राज्य-विस्तार करने लगे। मुसलमानों की सेनाएँ बार-बार उन पर हमले करती थीं, पर हार कर लौट जाती थीं।

यही समय था कि जब अनिरुद्ध ने सारंधा का चम्पतराय से विवाह कर दिया। सारंधा ने मुँहमाँगी मुराद पायी। उसकी यह अभिलाषा कि मेरा पति बुन्देला जाति का कुल-तिलक हो, पूरी हुई। यद्यपि राजा के रनिवास में पाँच रानियाँ थीं मगर उन्हें शीघ्र ही मालूम हो गया कि वह देवी, जो हृदय में मेरी पूजा करती है, सारंधा है।

परन्तु कुछ ऐसी घटनाएँ हुईं कि चम्पतराय को मुगल बादशाह का आश्रित होना पड़ा। वे अपना राज्य अपने भाई पहाड़सिंह को सौंपकर देहली चले गये। यह शाहजहाँ के शासन-काल का अन्तिम भाग था। शहज़ादा दारा शिकोह राजकीय कार्यों को सँभालते थे। युवराज की आँखों में शील था और चित्त में उदारता। उन्होंने चम्पतराय की वीरता की कथाएँ सुनी थीं, इसलिए उनका बहुत आदर-सम्मान किया और कालपी की बहुमूल्य जागीर उनको भेंट की, जिसकी आमदनी नौ लाख थी। यह पहला अवसर था कि चम्पतराय को आये-दिन के लड़ाई-झगड़े से निवृत्ति मिली

और उसके साथ ही भोग-विलास का प्राबल्य हुआ। रात-दिन आमोद-प्रमोद की चर्चा रहने लगी। राजा विलास में डूबे, रानियाँ जड़ाऊ गहनों पर रीझीं, मगर सारंधा इन दिनों बहुत उदास और संकुचित रहती—वह इन रहस्यों से दूर-दूर रहती, ये नृत्य और गान की सभाएँ उसे सूनी प्रतीत होतीं।

एक दिन चम्पतराय ने सारंधा से कहा—सारन, तुम उदास क्यों रहती हो ? मैं तुम्हें कभी हँसते नहीं देखता। क्या मुझसे नाराज हो ?

सारंधा की आँखों में जल भर आया। बोली—स्वामीजी, आप क्यों ऐसा विचार करते हैं ? जहाँ आप प्रसन्न हैं, वहाँ मैं भी खुश हूँ।

चम्पतराय—मैं जब से यहाँ आया हूँ, मैंने तुम्हारे मुख-कमल पर कभी मनोहारिणी मुस्कराहट नहीं देखी। तुमने कभी अपने हाथों से मुझे बीड़ा नहीं खिलाया। कभी मेरी पाग नहीं सँवारी। कभी मेरे शरीर पर शस्त्र न सजाये। कहीं प्रेम-लता मुरझाने तो नहीं लगी ?

सारंधा—प्राणनाथ, आप मुझसे ऐसी बात पूछते हैं, जिसका उत्तर मेरे पास नहीं है। यथार्थ में इन दिनों मेरा चित्त उदास रहता है। मैं बहुत चाहती हूँ कि खुश रहूँ, मगर बोझ-सा हृदय पर धरा रहता है।

चम्पतराय स्वयं आनन्द में मग्न थे। इसलिए उनके विचार में सारंधा को असन्तुष्ट रहने का कोई उचित कारण नहीं हो सकता था। वे भौंहें सिकोड़ कर बोले—मुझे तुम्हारे उदास रहने का कोई विशेष कारण नहीं मालूम होता। ओरछे में कौन-सा सुख था जो यहाँ नहीं है ?

सारंधा का चेहरा लाल हो गया। बोली—मैं कुछ कहूँ, आप नाराज तो न होंगे ?

चम्पतराय—नहीं, शौक से कहो।

सारंधा—ओरछे में मैं एक राजा की रानी थी। यहाँ मैं एक जागीरदार की चेरी हूँ। ओरछे में वह थी जो अवध में कौशल्या थीं, यहाँ मैं बादशाह के एक सेवक की स्त्री हूँ। जिस बादशाह के सामने आज आप आदर से सिर झुकाते हैं, वह कल आपके नाम से काँपता था। रानी से चेरी हो कर भी प्रसन्नचित्त होना मेरे वश में नहीं है। आपने यह पद और ये विलास की सामग्रियाँ बड़े महँगे दामों मोल ली हैं।

चम्पतराय के नेत्रों पर से एक पर्दा-सा हट गया। वे अब तक सारंधा की आत्मिक उच्चता को न जानते थे। जैसे बे-माँ-बाप का बालक माँ की चर्चा सुन कर रोने लगता है, उसी तरह ओरछे की याद से चम्पतराय की आँखें सजल हो

गयीं। उन्होंने आदरयुक्त अनुराग के साथ सारंधा को हृदय से लगा लिया।

आज से उन्हें फिर उसी उजड़ी बस्ती की फिक्र हुई, जहाँ से धन और कीर्ति की अभिलाषाएँ खींच लाई थीं।

:: 3 ::

माँ अपने खोये हुए बालक को पा कर निहाल हो जाती है। चम्पतराय के आने से बुन्देलखण्ड निहाल हो गया। ओरछे के भाग जागे। नौबतें बजने लगीं और फिर सारंधा के कमल-नेत्रों में जातीय अभिमान का आभास दिखाई देने लगा!

यहाँ रहते-रहते महीनों बीत गये। इस बीच में शाहजहाँ बीमार पड़ा। पहले से ईर्ष्या की अग्नि दहक रही थी। यह खबर सुनते ही ज्वाला प्रचण्ड हुई। संग्राम की तैयारियाँ होने लगीं। शहज़ादे मुराद और मुहीउद्दीन अपने-अपने दल सजाकर दक्खिन से चले। वर्षा के दिन थे। उर्वरा भूमि रंग-बिरंगे रूप भर कर अपने सौन्दर्य को दिखाती थी।

मुराद और मुहीउद्दीन उमंगों से भरे हुए कदम बढ़ाते चले आ रहे थे। यहाँ तक की धौलपुर के निकट चम्बल के तट पर आ पहुँचे, परन्तु यहाँ उन्होंने बादशाही सेना को अपने शुभागमन के निमित्त तैयार पाया।

शहज़ादे अब बड़ी चिंता में पड़े। सामने अगम्य नदी लहरें मार रही थी, किसी योगी के त्याग के सदृश। विवश हो कर चम्पतराय के पास संदेश भेजा कि खुदा के लिए आ कर हमारी डूबती हुई नाव को पार लगाइये।

राजा ने भवन में जा कर सारंधा से पूछा–इसका क्या उत्तर दूँ?

सारंधा–आपको मदद करनी होगी।

चम्पतराय–उनकी मदद करना दारा शिकोह से वैर लेना है।

सारंधा–यह सत्य है; परन्तु हाथ फैलाने की मर्यादा भी तो निभानी चाहिए?

चम्पतराय–प्रिये, तुमने सोचकर जवाब नहीं दिया।

सारंधा–प्राणनाथ, मैं अच्छी तरह जानती हूँ कि यह मार्ग कठिन है। और अब हमें अपने योद्धाओं का रक्त पानी के समान बहाना पड़ेगा; परंतु हम अपना रक्त बहायेंगे और चम्बल की लहरों को लाल कर देंगे। विश्वास रखिये कि जब तक नदी की धारा बहती रहेगी, वह हमारे वीरों की कीर्तिगान करती रहेगी। जब तक बुन्देलों का एक भी नामलेवा रहेगा, ये रक्त-बिन्दु उसके माथे पर केशर का तिलक बन कर चमकेंगे।

वायुमण्डल में मेघराज की सेनाएँ उमड़ रही थीं। ओरछे के किले से बुन्देलों की एक काली घटा उठी और वेग के साथ चम्बल की तरफ चली। प्रत्येक सिपाही वीर-रस से झूम रहा था। सारंधा ने दोनों राजकुमारों को गले से लगा लिया और राजा को पान का बीड़ा दे कर कहा--बुन्देलों की लाज अब तुम्हारे हाथ है।

आज उसका एक-एक अंग मुस्करा रहा है और हृदय हुलसित है। बुन्देलों की यह सेना देख कर शाहजादे फूले न समाये। राजा वहाँ की अंगुल-अंगुल भूमि से परिचित थे। उन्होंने बुन्देलों को तो एक आड़ में छिपा दिया और वे शाहजादों की फौज को सजा कर नदी के किनारे-किनारे पश्चिम की ओर चले। दारा शिकोह को भ्रम हुआ कि शत्रु किसी अन्य घाट से नदी उतरना चाहता है। उन्होंने घाट पर से मोर्चे हटा लिये। घाट में बैठे हुए बुन्देले उसी ताक में थे। बाहर निकल पड़े और उन्होंने तुरन्त ही नदी में घोड़े डाल दिये। चम्पतराय ने शाहजादा दारा शिकोह को भुलावा देकर अपनी फौज घुमा दी और वह बुन्देलों के पीछे चलता हुआ उसे पार उतार लाया। इस कठिन चाल में सात घण्टों का विलम्ब हुआ; परन्तु जा कर देखा तो सात सौ बुन्देलों की लाशें तड़प रही थीं।

राजा को देखते ही बुन्देलों की हिम्मत बँध गयी। शाहजादों की सेना ने भी 'अल्लाहो अकबर' की ध्वनि के साथ धावा किया। बादशाही सेना में हलचल पड़ गयी। उनकी पंक्तियाँ छिन्न-भिन्न हो गयीं, हाथोंहाथ लड़ाई होने लगी, यहाँ तक कि शाम हो गयी। रणभूमि रुधिर से लाल हो गयी और आकाश में अँधेरा हो गया। घमासान की मार हो रही थी। बादशाही सेना शाहजादों को दबाये आती थी। अकस्मात् पश्चिम से फिर बुन्देलों की एक लहर उठी और इस वेग से बादशाही सेना की पुश्त पर टकरायी कि उसके कदम उखड़ गये। जीता हुआ मैदान हाथ से निकल गया। लोगों को कुतूहल था कि यह दैवी सहायता कहाँ से आयी। सरल स्वभाव के लोगों की धारणा थी कि यह फतह के फरिश्ते हैं; शाहजादों की मदद के लिए आये हैं; परन्तु जब राजा चम्पतराय निकट गये तो सारंधा ने घोड़े से उतर कर उनके पैरों पर सिर झुका दिया। राजा को असीम आनन्द हुआ। यह सारंधा थी।

समर-भूमि का दृश्य इस समय अत्यन्त दुःखमय था। थोड़ी देर पहले जहाँ सजे हुए वीरों के दल थे वहाँ अब बेजान लाशें तड़प रही थीं। मनुष्य ने अपने स्वार्थ के लिए अनादि काल से ही भाइयों की हत्या की है।

अब विजयी सेना लूट पर टूट पड़ी। पहले मर्द मर्दों से लड़ते थे। वह वीरता और पराक्रम का चित्र था, यह नीचता और दुर्बलता की ग्लानिप्रद तसवीर थी। उस समय मनुष्य पशु बना हुआ था, अब वह पशु से भी बढ़ गया था।

इस नोच-खसोट में लोगों को बादशाही सेना के सेनापति वली बहादुर खाँ की लाश दिखायी दी। उसके निकट उसका घोड़ा खड़ा हुआ अपनी दुम से मक्खियाँ उड़ा रहा था। राजा को घोड़ों का शौक था। देखते ही वह उस पर मोहित हो गया। यह इराकी जाति का अति सुन्दर घोड़ा था। एक-एक अंग साँचे में ढला हुआ, सिंह की-सी छाती, चीते की-सी कमर, उसका यह प्रेम और स्वामिभक्ति देखकर लोगों को बड़ा कुतूहल हुआ। राजा ने हुक्म दिया–खबरदार ! इस प्रेमी पर कोई हथियार न चलाये, इसे जीता पकड़ लो, यह मेरे अस्तबल की शोभा बढ़ायेगा। जो इसे मेरे पास ले आयेगा, उसे धन से निहाल कर दूँगा।

योद्धागण चारों ओर से लपके; परन्तु किसी को साहस न होता था कि उसके निकट जा सके। कोई चुमकार रहा था, कोई फन्दे में फँसाने की फिक्र में था पर कोई उपाय सफल न होता था। वहाँ सिपाहियों का मेला-सा लगा हुआ था।

तब सारंधा अपने खेमे से निकली और निर्भय होकर घोड़े के पास चली गयी। उसकी आँखों में प्रेम का प्रकाश था, छल का नहीं। घोड़े ने सिर झुका दिया। रानी ने उसकी गर्दन पर हाथ रखा और वह उसकी पीठ सहलाने लगी। घोड़े ने उसके आँचल में मुँह छिपा लिया। रानी उसकी रास पकड़ कर खेमे की ओर चली। घोड़ा इस तरह चुपचाप उसके पीछे चला मानो सदैव से उसका सेवक है।

पर बहुत अच्छा होता कि घोड़े ने सारंधा से भी निष्ठुरता की होती। यह सुन्दर घोड़ा आगे चल कर इस राज-परिवार के निमित्त स्वर्णजटित मृग साबित हुआ।

:: 4 ::

संसार एक रण-क्षेत्र है। इस मैदान में उसी सेनापति को विजयलाभ होता है, जो अवसर को पहचानता है। वह अवसर पर जितने उत्साह से आगे बढ़ता है, उतने ही उत्साह से आपत्ति के समय पीछे हट जाता है। वह वीर पुरुष राष्ट्र का निर्माता होता है और इतिहास उसके नाम पर यश के फूलों की वर्षा करता है।

पर इस मैदान में कभी-कभी ऐसे सिपाही भी जाते हैं, जो अवसर पर कदम बढ़ाना जानते हैं; लेकिन संकट में पीछे हटाना नहीं जानते। ये रणवीर पुरुष विजय को नीति की भेंट कर देते हैं। वे अपनी सेना का नाम मिटा देंगे, किन्तु जहाँ एक

बार पहुँच गये हैं, वहाँ से कदम पीछे न हटायेंगे। उनमें कोई विरला ही संसार-क्षेत्र में विजय प्राप्त करता है; किंतु प्रायः उसकी हार विजय से भी अधिक गौरवात्मक होती है। अगर अनुभवशील सेनापति राष्ट्रों की नींव डालता है, तो आन पर जान देनेवाला, मुँह न मोड़नेवाला सिपाही राष्ट्र के भावों को उच्च करता है, और उसके हृदय पर नैतिक गौरव को अंकित कर देता है। उसे इस कार्यक्षेत्र में चाहे सफलता न हो, किन्तु जब किसी वाक्य या सभा में उसका नाम जबान पर आ जाता है, श्रोतागण एक स्वर से उसके कीर्ति-गौरव को प्रतिध्वनित कर देते हैं। सारंधा 'आन' पर जान देनेवालों में थी।

शहज़ादा मुहीउद्दीन चम्बल के किनारे से आगरे की ओर चला तो सौभाग्य उसके सिर पर मोर्छल हिलाता था। जब वह आगरे पहुँचा तो विजयदेवी ने उसके लिए सिंहासन सजा दिया !

औरंगजेब गुणज्ञ था। उसने बादशाही अफसरों के अपराध क्षमा कर दिये, उनके राज्य-पद लौटा दिये और राजा चम्पतराय को उसके बहुमूल्य कृत्यों के उपलक्ष्य में बारह हजारी मनसब प्रदान किया। ओरक्षा से बनारस और बनारस से जमुना तक उसकी जागीर नियत की गयी। बुन्देला राजा फिर राज-सेवक बना, वह फिर सुख-विलास में डूबा और रानी सारंधा फिर पराधीनता के शोक से घुलने लगी।

वली बहादुर खाँ बड़ा वाक्य-चतुर मनुष्य था। उसकी मृदुता ने शीघ्र ही उसे बादशाह आलमगीर का विश्वासपात्र बना दिया। उस पर राजसभा में सम्मान की दृष्टि पड़ने लगी।

खाँ साहब के मन में अपने घोड़े के हाथ से निकल जाने का बड़ा शौक था। एक दिन कुँवर छत्रसाल उसी घोड़े पर सवार होकर सैर को गया था। वह खाँ साहब के महल की तरफ जा निकला। वली बहादुर ऐसे ही अवसर की ताक में था। उसने तुरन्त अपने सेवकों को इशारा किया। राजकुमार अकेला क्या करता ? पाँव-पाँव घर आया और उसने सारंधा से सब समाचार बयान किया। रानी का चेहरा तमतमा गया। बोली, "मुझे इसका शोक नहीं कि घोड़ा हाथ से गया, शोक इसका है कि तू उसे खो कर जीता क्यों लौटा ? क्या तेरे शरीर में बुंदेलों का रक्त नहीं है ? घोड़ा न मिलता, न सही; किन्तु तुझे दिखा देना चाहिए था कि एक बुन्देला बालक से उसका घोड़ा छीन लेना हँसी नहीं है।"

यह कह कर उसने अपने पच्चीस योद्धाओं को तैयार होने की आज्ञा दी। स्वयं अस्त्र धारण किये और योद्धाओं के साथ वली बहादुर खाँ के निवास-स्थान

पर जा पहुँची। खाँ साहब उसी घोड़े पर सवार हो कर दरबार चले गये थे, सारंधा दरबार की तरफ चली, और एक क्षण में किसी वेगवती नदी के सदृश बादशाही दरबार के सामने जा पहुँची, यह कैफियत देखते ही दरबार में हलचल मच गयी। अधिकारी वर्ग इधर-उधर से आ कर जमा हो गये। आलमगीर भी सहन में निकल आये। लोग अपनी-अपनी तलवारें सँभालने लगे और चारों तरफ शोर मच गया। कितने ही नेत्रों ने इसी दरबार में अमरसिंह की तलवार की चमक देखी थी। उन्हें वही घटना फिर याद आ गयी।

सारंधा ने उच्च स्वर से कहा—खाँ साहब, बड़ी लज्जा की बात है, आपने वही वीरता, जो चम्बल के तट पर दिखानी चाहिए थी, आज एक अबोध बालक के सम्मुख दिखायी है। क्या यह उचित था कि आप उससे घोड़ा छीन लेते ?

वली बहादुर खाँ की आँखों से अग्नि-ज्वाला निकल रही थी। वे कड़ी आवाज से बोले—किसी गैर को क्या मजाल है कि मेरी चीज अपने काम में लाये ?

रानी—वह आपकी चीज नहीं, मेरी है। मैंने उसे रणभूमि में पाया है और उस पर मेरा अधिकार है। क्या रणनीति की इतनी मोटी बात भी आप नहीं जानते ?

खाँ साहब—वह घोड़ा मैं नहीं दे सकता, उसके बदले में सारा अस्तबल आपकी नजर है।

रानी—मैं अपना घोड़ा लूँगी।

खाँ साहब—मैं उसके बराबर जवाहरात दे सकता हूँ; परन्तु घोड़ा नहीं दे सकता !

रानी—तो फिर इसका निश्चय तलवार से होगा, बुन्देला योद्धाओं ने तलवारें सौंत लीं और निकट था कि दरबार की भूमि रक्त से प्लावित हो जाय, बादशाह आलमगीर ने बीच में आ कर कहा—रानी साहबा, आप सिपाहियों को रोकें। घोड़ा आपको मिल जायगा; परन्तु इसका मूल्य बहुत देना पड़ेगा।

रानी—मैं उसके लिए अपना सर्वस्व खोने को तैयार हूँ।

बादशाह—जागीर और मनसब भी !

रानी—जागीर और मनसब कोई चीज नहीं।

बादशाह—अपना राज्य भी ?

रानी—हाँ, राज्य भी।

बादशाह—एक घोड़े के लिए ?

रानी—नहीं, उस पदार्थ के लिए जो संसार में सबसे अधिक मूल्यवान है।

बादशाह—वह क्या है ?

रानी—अपनी आन।

इस भाँति रानी ने अपने घोड़े के लिए अपनी विस्तृत जागीर, उच्च राज और राज-सम्मान सब हाथ से खोया और केवल इतना ही नहीं, भविष्य के लिए काँटे बोये, इस घड़ी से अन्त दशा तक चम्पतराय को शान्ति न मिली।

राजा चम्पतराय ने फिर ओरछे के किले में पदार्पण किया। उन्हें मनसब और जागीर के हाथ से निकल जाने का अत्यन्त शोक हुआ; किन्तु उन्होंने अपने मुँह से शिकायत का एक शब्द भी नहीं निकाला, वे सारंधा के स्वभाव को भली-भाँति जानते थे। शिकायत इस समय उसके आत्म-गौरव पर कुठार का काम करती।

कुछ दिन यहाँ शान्तिपूर्वक व्यतीत हुए; लेकिन बादशाह सारंधा की कठोर बात भूला न था। वह क्षमा करना जानता ही न था। ज्यों ही भाइयों की ओर से निश्चिन्त हुआ, उसने एक बड़ी सेना चम्पतराय का गर्व चूर्ण करने के लिए भेजी और बाईस अनुभवशील सरदार इस मुहीम पर नियुक्त किये। शुभकरण बुन्देला बादशाह का सूबेदार था। वह चम्पतराय का बचपन का मित्र और सहपाठी था। उसने चम्पतराय को परास्त करने का बीड़ा उठाया। और भी कितने ही बुन्देला सरदार राजा से विमुख हो कर बादशाही सूबेदार से आ मिले। एक घोर संग्राम हुआ। भाइयों की तलवारें रक्त से लाल हुईं। यद्यपि इस समर में राजा को विजय प्राप्त हुई लेकिन उसकी शक्ति सदा के लिए क्षीण हो गयी। निकटवर्ती बुन्देला राजा जो चम्पतराय के बाहुबल थे, बादशाह के कृपाकांक्षी बन बैठे। साथियों में कुछ तो काम आये, कुछ दगा कर गये। यहाँ तक कि निज सम्बन्धियों ने भी आँखें चुरा लीं; परन्तु इन कठिनाइयों में भी चम्पतराय ने हिम्मत नहीं हारी, धीरज को न छोड़ा। उन्होंने ओरछा छोड़ दिया और वह तीन वर्ष तक बुंदेलखंड के सघन पर्वतों पर छिपे फिरते रहे। बादशाही सेनाएँ शिकारी जानवरों की भाँति सारे देश में मँडरा रही थीं। आये-दिन राजा का किसी न किसी से सामना हो जाता था। सारंधा सदैव उनके साथ रहती और उनका साहस बढ़ाया करती। बड़ी-बड़ी आपत्तियों में जब कि धैर्य लुप्त हो जाता और आशा साथ छोड़ देती—आत्मरक्षा का धर्म उसे सँभाले रहता है। तीन साल के बाद अंत में बादशाह के सूबेदारों ने आलमगीर को सूचना दी कि इस शेर का शिकार आपके सिवाय और किसी से न होगा। उत्तर आया कि सेना को हटा लो और घेरा उठा लो। राजा ने समझा, संकट से निवृत्ति हुई, पर वह बात शीघ्र ही भ्रमात्मक सिद्ध हो गयी।

:: 5 ::

तीन सप्ताह से बादशाही सेना ने ओरछा घेर रखा है। जिस तरह कठोर वचन हृदय को छेद डालते हैं, उसी तरह तोपों के गोलों ने दीवारों को छेद डाला है। किले में 20 हजार आदमी घिरे हुए हैं, लेकिन उनमें आधे से अधिक स्त्रियाँ और उनसे कुछ ही कम बालक हैं। मर्दों की संख्या दिनोंदिन न्यून होती जाती है। आने-जाने के मार्ग चारों तरफ से बंद हैं। हवा का भी गुजर नहीं। रसद का सामान बहुत कम रह गया है। स्त्रियाँ पुरुषों और बालकों को जीवित रखने के लिए आप उपवास करती हैं। लोग बहुत हताश हो रहे हैं। औरतें सूर्य नारायण की ओर हाथ उठा-उठा कर शत्रु को कोसती हैं। बालकवृन्द मारे क्रोध के दीवार की आड़ से उन पर पत्थर फेंकते हैं, जो मुश्किल से दीवार के उस पार जा पाते हैं। राजा चम्पतराय स्वयं ज्वर से पीड़ित हैं। उन्होंने कई दिन से चारपाई नहीं छोड़ी। उन्हें देखकर लोगों को कुछ ढाढ़स होता था, लेकिन उनकी बीमारी से सारे किले में नैराश्य छाया हुआ है।

राजा ने सारंधा से कहा–आज शत्रु जरूर किले में घुस आयेंगे।

सारंधा–ईश्वर न करे कि इन आँखों से वह दिन देखना पड़े।

राजा–मुझे बड़ी चिंता इन अनाथ स्त्रियों और बालकों की है। गेहूँ के साथ यह घुन भी पिस जायेंगे।

सारंधा–हम लोग यहाँ से निकल जाएँ तो कैसा ?

राजा–इन अनाथों को छोड़ कर ?

सारंधा–इस समय इन्हें छोड़ देने में ही कुशल है। हम न होंगे तो शत्रु इन पर कुछ दया ही करेंगे।

राजा–नहीं, यह लोग मुझसे न छोड़े जाएँगे। मर्दों ने अपनी जान हमारी सेवा में अर्पण कर दी है, उनकी स्त्रियों और बच्चों को मैं कदापि नहीं छोड़ सकता।

सारंधा–लेकिन यहाँ रह कर हम उनकी कुछ मदद भी तो नहीं कर सकते ?

राजा–उनके साथ प्राण तो दे सकते हैं। मैं उनकी रक्षा में अपनी जान लड़ा दूँगा। उनके लिए बादशाही सेना की खुशामद करूँगा, कारावास की कठिनाइयाँ सहूँगा, किन्तु इस संकट में उन्हें छोड़ नहीं सकता।

सारंधा ने लज्जित हो कर सिर झुका लिया और सोचने लगी, निस्संदेह प्रिय साथियों को आग की आँच में छोड़ कर अपनी जान बचाना घोर नीचता है ! मैं ऐसी स्वार्थान्ध क्यों हो गयी हूँ ? लेकिन एकाएक विचार उत्पन्न हुआ। बोली–यदि आपको विश्वास हो जाए कि इन आदमियों के साथ कोई अन्याय न किया जायगा तब तो आपको चलने में कोई बाधा न होगी ?

राजा—(सोच कर) कौन विश्वास दिलायेगा ?

सारंधा—बादशाह के सेनापति का प्रतिज्ञा-पत्र।

राजा—हाँ, तब मैं सानन्द चलूँगा।

सारंधा विचार-सागर में डूबी। बादशाह के सेनापति से क्योंकर यह प्रतिज्ञा कराऊँ ? कौन यह प्रस्ताव ले कर वहाँ जायगा और निर्दयी ऐसी प्रतिज्ञा करने ही क्यों लगे ? उन्हें तो अपनी विजय की पूरी आशा है। मेरे यहाँ ऐसा नीति-कुशल, वाक्पटु, चतुर कौन है जो इस दुस्तर कार्य को सिद्ध करे ? छत्रसाल चाहे तो कर सकता है। उसमें ये सब गुण मौजूद हैं।

इस तरह मन में निश्चय करके रानी ने छत्रसाल को बुलाया। यह उसके चारों पुत्रों में बुद्धिमान और साहसी था। रानी उससे सबसे अधिक प्यार करती थीं। जब छत्रसाल ने आ कर रानी को प्रणाम किया तो उनके कमल-नेत्र सजल हो गये और हृदय से दीर्घ निःश्वास निकल गया।

छत्रसाल—माता, मेरे लिए क्या आज्ञा है ?

रानी—आज लड़ाई का क्या ढंग है ?

छत्रसाल—हमारे पचास योद्धा अब तक काम आ चुके हैं।

रानी—बुन्देलों की लाज अब ईश्वर के हाथ है।

छत्रसाल—हम आज रात को छापा मारेंगे।

रानी ने संक्षेप में अपना प्रस्ताव छत्रसाल के सामने उपस्थित किया और कहा—यह काम किसे सौंपा जाय ?

छत्रसाल—मुझको।

'तुम इसे पूरा कर दिखाओगे ?'

'हाँ, मुझे पूर्ण विश्वास है ?'

'अच्छा जाओ, परमात्मा तुम्हारा मनोरथ पूरा करे।'

छत्रसाल जब चला तो रानी ने उसे हृदय से लगा लिया और तब आकाश की ओर दोनों हाथ उठा कर कहा—दयानिधि, मैंने अपना तरुण और होनहार पुत्र बुन्देलों की आन के आगे भेंट कर दिया। अब इस आन को निभाना तुम्हारा काम है। मैंने बड़ी मूल्यवान् वस्तु अर्पित की है, इसे स्वीकार करो।

:: 6 ::

दूसरे दिन प्रातःकाल सारंधा स्नान करके थाल में पूजा की सामग्री लिये मन्दिर को चली। उसका चेहरा पीला पड़ गया था और आँखों तले अँधेरा छाया जाता था।

वह मंदिर के द्वार पर पहुँची थी कि उसके थाल में बाहर से आ कर एक तीर गिरा। तीर की नोक पर एक कागज का पुरजा लिपटा हुआ था। सारंधा ने थाल मंदिर के चबूतरे पर रख दिया और पुर्जे को खोलकर देखा तो आनन्द से चेहरा खिल गया; लेकिन यह आनन्द क्षण-भर का था। हाय ! इस पुर्जे के लिए मैंने अपना प्रिय पुत्र हाथ से खो दिया है। कागज के टुकड़े को इतने महँगे दामों किसने लिया होगा ?

मन्दिर से लौटकर सारंधा राजा चम्पतराय के पास गयी और बोली–''प्राणनाथ, आपने जो वचन दिया था उसे पूरा कीजिये।'' राजा ने चौंक कर पूछा, ''तुमने अपना वादा पूरा कर दिया ?'' रानी ने वह प्रतिज्ञा-पत्र राजा को दे दिया। चम्पतराय ने उसे गौर से देखा फिर बोले–अब मैं चलूँगा और ईश्वर ने चाहा तो एक बार फिर शत्रुओं की खबर लूँगा। लेकिन सारन, सच बताओ, इस पत्र के लिए क्या देना पड़ा है ?

रानी ने कुंठित स्वर से कहा–बहुत कुछ।

राजा–सुनूँ ?

रानी–एक जवान पुत्र।

राजा को बाण-सा लग गया। पूछा–कौन ? अंगदराय ?

रानी–नहीं।

राजा–रतनसाह ?

रानी–नहीं।

राजा–छत्रसाल ?

रानी–हाँ।

जैसे कोई पक्षी गोली खाकर परों को फड़फड़ाता है और तब बेदम हो कर गिर पड़ता है, उसी भाँति चम्पतराय पलंग से उछले और फिर अचेत होकर गिर पड़े। छत्रसाल उनका परम प्रिय पुत्र था। उनके भविष्य की सारी कामनाएँ उसी पर अवलम्बित थीं। जब चेत हुआ तब बोले, ''सारन, तुमने बुरा किया।''

अँधेरी रात थी। रानी सारंधा घोड़े पर सवार चम्पतराय को पालकी में बैठाये किले के गुप्त मार्ग से निकली जाती थी। आज से बहुत काल पहले एक दिन ऐसी ही अँधेरी दुःखमयी रात्रि थी। तब सारंधा ने शीतलादेवी को कुछ कठोर वचन कहे थे। शीतलादेवी ने उस समय जो भविष्यवाणी की थी, वह आज पूरी हुई। क्या सारंधा ने उसका जो उत्तर दिया था, वह भी पूरा होकर रहेगा ?

मध्याह्न था। सूर्यनारायण सिर पर आकर अग्नि की वर्षा कर रहे थे। शरीर को झुलसाने वाली प्रचण्ड, प्रखर वायु वन और पर्वत में आग लगाती फिरती थी। ऐसा विदित होता था, मानो अग्निदेव की समस्त सेना गरजती हुई चली आ रही है। गगनमण्डल इस भय से काँप रहा था। रानी सारंधा घोड़े पर सवार, चम्पतराय को लिये, पश्चिम की तरफ चली जाती थीं। ओरछा दस कोस पीछे छूट चुका था और प्रतिक्षण यह अनुमान स्थिर होता जाता था कि अब हम भय के क्षेत्र से बाहर निकल आये। राजा पालकी में अचेत पड़े हुए थे और कहार पसीने में सराबोर थे। पालकी के पीछे पाँच सवार घोड़ा बढ़ाये चले आते थे, प्यास के मारे सबका बुरा हाल था। तालू सूखा जाता था। किसी वृक्ष की छाँह और कुएँ की तलाश में आँखें चारों ओर दौड़ रही थीं।

अचानक सारंधा ने पीछे की तरफ फिर कर देखा, तो उसे सवारों का एक दल आता हुआ दिखायी दिया। उसका माथा ठनका कि अब कुशल नहीं है। यह लोग अवश्य हमारे शत्रु हैं। फिर विचार हुआ कि शायद मेरे राजकुमार अपने आदमियों को लिये हमारी सहायता को आ रहे हैं। नैराश्य में भी आशा साथ नहीं छोड़ती। कई मिनट तक वह इसी आशा और भय की अवस्था में रही। यहाँ तक कि वह दल निकट आ गया और सिपाहियों के वस्त्र साफ नजर आने लगे। रानी ने एक ठण्डी साँस ली, उसका शरीर तृणवत् काँपने लगा। यह बादशाही सेना के लोग थे।

सारंधा ने कहारों से कहा–डोली रोक लो। बुन्देला सिपाहियों ने भी तलवारें खींच लीं। राजा की अवस्था बहुत शोचनीय थी; किन्तु जैसे दबी हुई आग हवा लगते ही प्रदीप्त हो जाती है, उसी प्रकार इस संकट का ज्ञान होते ही उनके जर्जर शरीर में वीरात्मा चमक उठी। वे पालकी का पर्दा उठा कर बाहर निकल आये। धनुष-बाण हाथ में ले लिया; किन्तु वह धनुष जो उनके हाथ में इन्द्र का वज्र बन जाता था, इस समय जरा भी न झुका। सिर में चक्कर आया, पैर थर्राये और वे धरती पर गिर पड़े। भावी अमंगल की सूचना मिल गयी। उस पंखरहित पक्षी के सदृश, जो साँप को अपनी तरफ आते देख कर ऊपर को उचकता और फिर गिर पड़ता है, राजा चम्पतराय फिर सँभल उठे और फिर गिर पड़े। सारंधा ने उन्हें सँभालकर बैठाया और रो कर बोलने की चेष्टा की, परन्तु मुँह से केवल इतना निकला–प्राणनाथ ! इसके आगे मुँह से एक शब्द भी न निकल सका। आन पर मरने वाली सारंधा इस समय साधारण स्त्रियों की भाँति शक्तिहीन हो गयी, लेकिन एक अंश तक यह निर्बलता स्त्रीजाति की शोभा है।

चम्पतराय बोले—सारन, देखो, हमारा एक वीर जमीन पर गिरा। शोक ! जिस आपत्ति से यावज्जीवन डरता रहा, उसने इस अन्तिम समय में आ घेरा। मेरी आँखों के सामने शत्रु तुम्हारे कोमल शरीर में हाथ लगायेंगे, और मैं जगह से हिल भी न सकूँगा। हाय ! मृत्यु, तू कब आयेगी ! यह कहते-कहते उन्हें एक विचार आया। तलवार की तरफ हाथ बढ़ाया, मगर हाथों में दम न था। तब सारंधा से बोले—प्रिये, तुमने कितने ही अवसरों पर मेरी आन निभायी है।

इतना सुनते ही सारंधा के मुरझाये हुए मुख पर लाली दौड़ गयी। आँसू सूख गये। इस आशा में कि मैं पति के कुछ काम आ सकती हूँ, उसके हृदय में बल का संचार कर दिया। वह राजा की ओर विश्वासोत्पादक भाव से देख कर बोली—ईश्वर ने चाहा तो मरते दम तक निभाऊँगी।

रानी ने समझा, राजा मुझे प्राण देने का संकेत कर रहे हैं।

चम्पतराय—तुमने मेरी बात कभी नहीं टाली।

सारंधा—मरते दम तक न टालूँगी।

राजा—यह मेरी अन्तिम याचना है। इसे अस्वीकार न करना।

सारंधा ने तलवार को निकाल कर अपने वक्षस्थल पर रख लिया और कहा—यह आपकी आज्ञा नहीं है। मेरी हार्दिक अभिलाषा है कि मरूँ तो यह मस्तक आपके पद-कमलों पर हो।

चम्पतराय—तुमने मेरा मतलब नहीं समझा। क्या तुम मुझे इसलिए शत्रुओं के हाथ में छोड़ जाओगी कि मैं बेड़ियाँ पहने हुए दिल्ली की गलियों में निन्दा का पात्र बनूँ ?

रानी ने जिज्ञासा की दृष्टि से राजा को देखा। वह उनका मतलब न समझी।

राजा—मैं तुमसे एक वरदान माँगता हूँ।

रानी—सहर्ष माँगिए।

राजा—यह मेरी अन्तिम प्रार्थना है। जो कुछ कहूँगा, करोगी ?

रानी—सिर के बल करूँगी।

राजा—देखो, तुमने वचन दिया है। इनकार न करना।

रानी—(काँप कर) आपके कहने की देर है।

राजा—अपनी तलवार मेरी छाती में चुभा दो।

रानी के हृदय पर वज्रपात-सा हो गया। बोली—जीवननाथ ! इसके आगे वह और कुछ न बोल सकी। आँखों में नैराश्य छा गया।

राजा—मैं बेड़ियाँ पहनने के लिए जीवित रहना नहीं चाहता।

रानी—मुझसे यह कैसे होगा ?

पाँचवाँ और अन्तिम सिपाही धरती पर गिरा। राजा ने झुँझला कर कहा—इसी जीवन पर आन निभाने का गर्व था ?

बादशाह के सिपाही राजा की तरफ लपके। राजा ने नैराश्यपूर्ण भाव से रानी की ओर देखा। रानी क्षण भर अनिश्चित रूप से खड़ी रही; लेकिन संकट में हमारी निश्चयात्मक शक्ति बलवान हो जाती है। निकट था कि सिपाही लोग राजा को पकड़ लें कि सारंधा ने दामिनी की भाँति लपक कर तलवार राजा के हृदय में चुभा दी।

प्रेम की नाव प्रेम के सागर में डूब गयी। राजा के हृदय से रुधिर की धारा निकल रही थी; पर चेहरे पर शान्ति छाई हुई थी।

कैसा हृदय है ! वह स्त्री जो अपने पति पर प्राण देती थी आज उसकी प्राणघातिका है ! जिस हृदय से आलिंगित होकर उसने यौवनसुख लूटा, जो हृदय उसकी अभिलाषाओं का केन्द्र था, जो हृदय उसके अभिमान का पोषक था, उसी हृदय को सारंधा की तलवार छेद रही है। किसी स्त्री की तलवार से ऐसा काम हुआ है ?

आह ! आत्माभिमान का कैसा विषादमय अंत है। उदयपुर और मारवाड़ के इतिहास में भी आत्म-गौरव की ऐसी घटनाएँ नहीं मिलतीं।

बादशाही सिपाही सारंधा का यह साहस और धैर्य देखकर दंग रह गये।

सरदार ने आगे बढ़कर कहा रानी साहिबा, खुदा गवाह है, हम सब आपके गुलाम हैं। आपका जो हुक्म हो, उसे ब-सरो-चश्म बजा लायेंगे।

सारंधा ने कहा—अगर हमारे पुत्रों में से कोई जीवित हो, तो ये दोनों लाशें उसे सौंप देना।

यह कह कर उसने वही तलवार अपने हृदय में चुभा ली। जब वह अचेत हो कर धरती पर गिरी, तो उसका सिर राजा चम्पतराय की छाती पर था।

❑❑❑

शाप

मैं बर्लिन नगर का निवासी हूँ। मेरे पूज्य पिता भौतिक विज्ञान के सुविख्यात ज्ञाता थे। भौगोलिक अन्वेषण का शौक मुझे भी बाल्यावस्था ही से था। उनके स्वर्गवास के बाद मुझे यह धुन सवार हुई कि पैदल पृथ्वी के समस्त देश-देशान्तरों की सैर करूँ। मैं विपुल धन का स्वामी था। वे सब रुपये एक बैंक में जमा कर दिये और उससे शर्त कर ली कि मुझे यथासमय रुपये भेजता रहे, इस कार्य से निवृत्त हो कर मैंने सफर का सामान पूरा किया। आवश्यक वैज्ञानिक यंत्र साथ लिये और ईश्वर का नाम ले कर चल खड़ा हुआ। उस समय यह कल्पना मेरे हृदय में गुदगुदी पैदा कर रही थी कि मैं वह पहला प्राणी हूँ जिसे यह बात सूझी है कि पैरों से पृथ्वी को नापे। अन्य यात्रियों ने रेल, जहाज और मोटरकार की शरण ली है। मैं पहला ही वह वीर-आत्मा हूँ, जो अपने पैरों के बूते पर प्रकृति के विराट् उपवन की सैर के लिए उद्यत हुआ है। अगर मेरे साहस और उत्साह ने यह कष्टसाध्य यात्रा पूरी कर ली तो भद्रसंसार मुझे सम्मान और गौरव के मसनद पर बैठावेगा और अनंत काल तक मेरी कीर्ति के राग अलापे जायेंगे। उस समय मेरा मस्तिष्क इन्हीं विचारों से भरा हुआ था। और ईश्वर को धन्यवाद देता हूँ कि सहस्रों कठिनाइयों का सामना करने पर भी धैर्य ने मेरा साथ न छोड़ा और उत्साह एक क्षण के लिए भी निरुत्साह न हुआ।

मैं वर्षों ऐसे स्थानों में रहा हूँ, जहाँ निर्जनता के अतिरिक्त कोई दूसरा साथी न था। वर्षों ऐसे स्थानों में रहा हूँ, जहाँ की पृथ्वी और आकाश हिम की शिलाएँ थीं। मैं भयंकर जंतुओं के पहलू में सोया हूँ। पक्षियों के घोंसलों में रातें काटी हैं, किंतु ये सारी बलाएँ कट गयीं और वह समय अब दूर नहीं है कि साहित्य और विज्ञान-संसार मेरे चरणों पर शीश नवायें।

मैंने इस यात्रा में बड़े-बड़े अद्भुत दृश्य देखे और कितनी ही जातियों के आहार-व्यवहार, रहन-सहन का अवलोकन किया। मेरा यात्रा-वृत्तांत, विचार, अनुभव और निरीक्षण का एक अमूल्य रत्न होगा। मैंने ऐसी-ऐसी आश्चर्यजनक घटनाएँ आँखों से देखी हैं, जो अलिफ-लैला की कथाओं से कम मनोरंजक न होंगी। परंतु वह घटना जो मैंने ज्ञानसरोवर के तट पर देखी, उसका उदाहरण मुश्किल से मिलेगा, मैं उसे कभी न भूलूँगा। यदि मेरे इस तमाम परिश्रम का उपहार यही एक रहस्य होता तो भी मैं उसे पर्याप्त समझता। मैं यह बता देना आवश्यक समझता हूँ कि मैं मिथ्यावादी नहीं और न सिद्धियों तथा विभूतियों पर मेरा विश्वास है। मैं उस विद्वान् का भक्त हूँ जिसका आधार तर्क और न्याय पर है। यदि कोई दूसरा प्राणी यही घटना मुझसे बयान करता तो मुझे उस पर विश्वास करने में बहुत संकोच होता, किन्तु मैं जो कुछ बयान कर रहा हूँ, वह सत्य घटना है। यदि मेरे इस आश्वासन पर भी कोई उस पर अविश्वास करे, तो उसकी मानसिक दुर्बलता और विचारों की संकीर्णता है।

यात्रा का सातवाँ वर्ष था और ज्येष्ठ का महीना। मैं हिमालय के दामन में ज्ञानसरोवर के तट पर हरी-हरी घास पर लेटा हुआ था, ऋतु अत्यंत सुहावनी थी। ज्ञानसरोवर के स्वच्छ निर्मल जल में आकाश और पर्वत श्रेणी का प्रतिबिम्ब, जलपक्षियों का पानी पर तैरना, शुभ्र हिमश्रेणी का सूर्य के प्रकाश से चमकना आदि दृश्य ऐसे मनोहर थे कि मैं आत्मोल्लास से विह्वल हो गया। मैंने स्विटजरलैंड और अमेरिका के बहुप्रशंसित दृश्य देखे हैं, पर उनमें यह शांतिप्रद शोभा कहाँ ! मानव बुद्धि ने उनके प्राकृतिक सौंदर्य को अपनी कृत्रिमता से कलंकित कर दिया है। मैं तल्लीन होकर इस स्वर्गीय आनंद का उपभोग कर रहा था कि सहसा मेरी दृष्टि एक सिंह पर जा पड़ी, जो मंदगति से कदम बढ़ाता हुआ मेरी ओर आ रहा था। उसे देखते ही मेरा खून सूख गया, होश उड़ गये। ऐसा वृहदाकार भयंकर जंतु मेरी नजर से न गुजरा था। वहाँ ज्ञान-सरोवर के अतिरिक्त कोई ऐसा स्थान नहीं था जहाँ भाग कर अपनी जान बचाता। मैं तैरने में कुशल हूँ, पर मैं ऐसा भयभीत हो गया कि अपने स्थान से हिल न सका। मेरे अंग-प्रत्यंग मेरे काबू से बाहर थे। समझ गया कि मेरी जिंदगी यहीं तक थी। इस शेर के पंजे से बचने की कोई आशा न थी। अकस्मात् मुझे स्मरण हुआ कि मेरी जेब में एक पिस्तौल गोलियों से भरी हुई रखी है, जो मैंने आत्मरक्षा के लिए चलते समय साथ ले ली थी, और अब तक प्राणपण से इसकी रक्षा करता आया था। आश्चर्य है कि इतनी देर तक मेरी स्मृति कहाँ

सोई रही। मैंने तुरंत ही पिस्तौल निकाली और निकट था कि शेर पर वार करूँ कि मेरे कानों में यह शब्द सुनायी दिए, ''मुसाफिर, ईश्वर के लिए वार न करना अन्यथा मुझे दुःख होगा। सिंहराज से तुझे हानि न पहुँचेगी।''

मैंने चकित होकर पीछे की ओर देखा तो एक युवती रमणी आती हुई दिखायी दी। उसके हाथ में एक सोने का लोटा था और दूसरे में एक तश्तरी। मैंने जर्मनी की हूरें और कोहकाफ की परियाँ देखी हैं, पर हिमाचल पर्वत की यह अप्सरा मैंने एक ही बार देखी और उसका चित्र आज तक हृदय-पट पर खिंचा हुआ है। मुझे स्मरण नहीं कि 'रफैल' या 'कोरेजियो' ने भी कभी ऐसा चित्र खींचा हो। 'बैंडाइक' और 'रेमब्राँड' के आकृति-चित्रों ने भी ऐसी मनोहर छवि नहीं देखी। पिस्तौल मेरे हाथ से गिर पड़ी। कोई दूसरी शक्ति इस समय मुझे अपनी भयावह परिस्थिति से निश्चिंत न कर सकती थी।

मैं उस सुंदरी की ओर देख ही रहा था कि वह सिंह के पास आयी। सिंह उसे देखते ही खड़ा हो गया और मेरी ओर सशंक नेत्रों से देख कर मेघ की भाँति गर्जा। रमणी ने एक रूमाल निकाल कर उसका मुँह पोंछा और फिर लोटे से दूध उँडेल कर उसके सामने रख दिया। सिंह दूध पीने लगा। मेरे विस्मय की अब कोई सीमा न थी। चकित था कि यह कोई तिलिस्म है या जादू। व्यवहार-लोक में हूँ अथवा विचार-लोक में। सोता हूँ या जागता। मैंने बहुधा सरकसों में पालतू शेर देखे हैं, किंतु उन्हें काबू में रखने के लिए किन-किन रक्षा-विधानों से काम लिया जाता है ! उसके प्रतिकूल यह मांसाहारी पशु उस रमणी के सम्मुख इस भाँति लेटा हुआ है मानो वह सिंह की योनि में कोई मृग-शावक है। मन में प्रश्न हुआ, सुंदरी में कौन-सी चमत्कारिक शक्ति है जिसने सिंह को इस भाँति वशीभूत कर लिया ? क्या पशु भी अपने हृदय में कोमल और रसिक भाव छिपाये रखते हैं ? कहते हैं कि महुअर का अलाप काले नाग को भी मस्त कर देता है। जब ध्वनि में यह सिद्धि है तो सौंदर्य की शक्ति का अनुमान कौन कर सकता है। रूप-लालित्य संसार का सबसे अमूल्य रत्न है, प्रकृति के रचना-नैपुण्य का सर्वश्रेष्ठ अंश है।

जब सिंह दूध पी चुका तो सुंदरी ने रूमाल से उसका मुँह पोंछा और उसका सिर अपने जाँघ पर रख कर उसे थपकियाँ देने लगी। सिंह पूँछ हिलाता था और सुंदरी की अरुणवर्ण हथेलियों को चाटता था। थोड़ी देर के बाद दोनों एक गुफा में अंतर्हित हो गये। मुझे भी धुन सवार हुई कि किसी प्रकार इस तिलिस्म को खोलूँ, इस रहस्य का उद्घाटन करूँ। जब दोनों अदृश्य हो गये तो मैं भी उठा और दबे

पाँव उस गुफा के द्वार तक जा पहुँचा। भय से मेरे शरीर की बोटी-बोटी काँप रही थी, मगर इस रहस्यपट को खोलने की उत्सुकता भय को दबाये हुए थी। मैंने गुफा के भीतर झाँका तो क्या देखता हूँ कि पृथ्वी पर जरी का फर्श बिछा हुआ है और कारचोबी गावतकिये लगे हुए हैं। सिंह मसनद पर गर्व से बैठा हुआ है। सोने-चाँदी के पात्र, सुंदर चित्र, फूलों के गमले सभी अपने-अपने स्थान पर सजे हुए हैं, वह गुफा राजभवन को भी लज्जित कर रही है।

द्वार पर मेरी परछाईं देख कर वह सुंदरी बाहर निकल आयी और मुझसे कहा, "यात्री, तू कौन है और इधर क्योंकर आ निकला ?"

कितनी मनोहर ध्वनि थी। मैंने अबकी बार समीप से देखा तो सुंदरी का मुख कुम्हलाया हुआ था। उसके नेत्रों से निराशा झलक रही थी, उसके स्वर में भी करुणा और व्यथा की खटक थी। मैंने उत्तर दिया, "देवी, मैं यूरोप का निवासी हूँ, यहाँ देशाटन करने आया हूँ। मेरा परम सौभाग्य है कि आप से सम्भाषण करने का गौरव प्राप्त हुआ।" सुन्दरी के गुलाब से होठों पर मधुर मुस्कान की झलक दिखायी दी, उसमें कुछ कुटिल हास्य का भी अंश था। कदाचित् यह मेरे इस अस्वाभाविक वाक्य-प्रणाली का द्योतक था। "तू विदेश से यहाँ आया है। आतिथ्य-सत्कार हमारा कर्त्तव्य है। मैं आज तुझे निमंत्रण देती हूँ, स्वीकार कर।"

मैंने अवसर देख कर उत्तर दिया, "आपकी यह कृपा मेरे लिए गौरव की बात है, पर इस रहस्य ने मेरी भूख-प्यास बंद कर दी है। क्या मैं आशा करूँ कि आप इस पर कुछ प्रकाश डालेंगी ?"

सुन्दरी ने ठंडी साँस ले कर कहा, "मेरी रामकहानी विपत्ति की एक बड़ी कथा है; तुझे सुन कर दुःख होगा।" किंतु मैंने जब बहुत आग्रह किया तो उसने मुझे फर्श पर बैठने का संकेत किया और अपना वृत्तांत सुनाने लगी:

"मैं कश्मीर देश की रहनेवाली राजकन्या हूँ। मेरा विवाह एक राजपूत योद्धा से हुआ था। उनका नाम नृसिंहदेव था। हम दोनों बड़े आनंद से जीवन व्यतीत करते थे। संसार का सर्वोत्तम पदार्थ रूप है, दूसरा स्वास्थ्य और तीसरा धन। परमात्मा ने हमको ये तीनों ही पदार्थ प्रचुर परिमाण में प्रदान किये थे। खेद है कि मैं उनसे मुलाकात नहीं कर सकती। ऐसा साहसी, ऐसा सुन्दर, ऐसा विद्वान् पुरुष सारे कश्मीर में न था। मैं उनकी आराधना करती थी। उनका मेरे ऊपर अपार स्नेह था। कई वर्षों तक हमारा जीवन एक जलस्रोत की भाँति वृक्ष-पुंजों और हरे-भरे मैदानों में प्रवाहित होता रहा।

मेरे पड़ोस में एक मंदिर था। पुजारी एक पंडित श्रीधर थे। हम दोनों प्रातःकाल तथा संध्या समय उस मन्दिर में उपासना के लिए जाते। मेरे स्वामी कृष्ण के भक्त थे। मंदिर एक सुरम्य सागर के तट पर बना हुआ था। वहाँ का परिष्कृत मंद समीर चित्त को पुलकित कर देता था। इसलिए हम उपासना के पश्चात् भी वहाँ घंटों वायु-सेवन करते रहते थे। श्रीधर बड़े विद्वान, वेदों के ज्ञाता, शास्त्रों के जाननेवाले थे। कृष्ण पर उनकी भी अविचल भक्ति थी। समस्त कश्मीर में उनके पांडित्य की चर्चा थी। वह बड़े संयमी, संतोषी, आत्मज्ञानी पुरुष थे। उनके नेत्रों से शांति की ज्योतिरेखाएँ निकलती हुई मालूम होती थीं। सदैव परोपकार में मग्न रहते थे। उनकी वाणी ने कभी किसी का हृदय नहीं दुखाया। उनका हृदय नित्य परवेदना से पीड़ित रहता था।

पंडित श्रीधर मेरे पतिदेव से लगभग दस वर्ष बड़े थे; पर उनकी धर्मपत्नी विद्याधरी मेरी समवयस्का थीं। हम दोनों सहेलियाँ थीं। विद्याधरी अत्यंत गंभीर, शांत प्रकृति की स्त्री थीं। यद्यपि रंग-रूप में वही रानी थीं, पर वह अपनी अवस्था से संतुष्ट थीं। अपने पति को वह देवतुल्य समझती थीं।

श्रावण का महीना था। आकाश पर काले-काले बादल मँडरा रहे थे, मानो काजल के पर्वत उड़े जा रहे हैं। झरनों से दूध की धारें निकल रही थीं और चारों ओर हरियाली छाई हुई थी। नन्ही-नन्ही फुहारें पड़ रही थीं, मानो स्वर्ग से अमृत की बूँदें टपक रही हैं। जल की बूँदें फूलों और पत्तियों के गले में चमक रही थीं। चित्त को अभिलाषाओं से उभारनेवाला समा छाया हुआ था। यह वह समय है जब रमणियों को विदेशगामी प्रियतम की याद रुलाने लगती है, जब हृदय किसी से आलिंगन करने के लिए व्यग्र हो जाता है, जब सूनी सेज देख कर कलेजे में हूक-सी उठती है। इसी ऋतु में विरह की मारी वियोगिनियाँ अपनी बीमारी का बहाना करती हैं, जिसमें उनका पति उन्हें देखने आवे। इसी ऋतु में माली की कन्या धानी साड़ी पहन कर क्यारियों में इठलाती हुई चम्पा और बेले के फूलों से आँचल भरती है, क्योंकि हार और गजरों की माँग बहुत बढ़ जाती है। मैं और विद्याधरी ऊपर छत पर बैठी हुई वर्षाऋतु की बहार देख रही थीं और कालिदास का 'ऋतुसंहार' पढ़ती थीं कि इतने में मेरे पति ने आ कर कहा, 'आज का सुहावना दिन है। झूला झूलने में बड़ा आनंद आयेगा।' सावन में झूला झूलने का प्रस्ताव क्योंकर रद्द किया जा सकता था। इन दिनों प्रत्येक रमणी का चित्त आप ही आप झूला झूलने के लिए विकल हो जाता है। जब वन के वृक्ष झूला झूलते हों, जब सारी प्रकृति आंदोलित

हो रही हो तो रमणी का कोमल हृदय क्यों न चंचल हो जाय ! विद्याधरी भी राजी हो गयी। रेशम की डोरियाँ कदम की डाल पर पड़ गयीं, चंदन का पटरा रख दिया गया और मैं विद्याधरी के साथ झूला झूलने चली। जिस प्रकार ज्ञानसरोवर पवित्र जल से परिपूर्ण हो रहा है, उसी भाँति हमारे हृदय पवित्र आनंद से परिपूर्ण थे। किन्तु शोक ! वह कदाचित् मेरे सौभाग्यचंद्र की अंतिम झलक थी। मैं झूले के पास पहुँच कर पटरे पर जा बैठी; किंतु कोमलांगी विद्याधरी ऊपर न आ सकी। वह कई बार उचकी, परंतु पटरे तक न आ सकी। तब मेरे पतिदेव ने सहारा देने के लिए उसकी बाँह पकड़ ली ! उस समय उनके नेत्रों में एक विचित्र तृष्णा की झलक थी और मुख पर एक विचित्र आतुरता। वह धीमे में मल्हार गा रहे थे; किंतु विद्याधरी जब पटरे पर आयी तो उसका मुख डूबते हुए सूर्य की भाँति लाल हो रहा था, नेत्र अरुणवर्ण हो रहे थे। उसने पतिदेव की ओर क्रोधोन्मत्त हो कर कहा :

'तूने काम के वश हो कर मेरे शरीर में हाथ लगाया है। मैं अपने पतिव्रत के बल से तुझे शाप देती हूँ कि तू इसी क्षण पशु हो जा।'

यह कहते ही विद्याधरी ने अपने गले से रुद्राक्ष की माला निकाल कर मेरे पतिदेव के ऊपर फेंक दिया और तत्क्षण ही पटरे के समीप मेरे पतिदेव के स्थान पर एक विशाल सिंह दिखलायी दिया।

:: 2 ::

ऐ मुसाफिर, अपने प्रिय पतिदेवता की यह गति देख कर मेरा रक्त सूख गया और कलेजे पर बिजली-सी आ गिरी। मैं विद्याधरी के पैरों से लिपट गयी और फूट-फूट कर रोने लगी। उस समय अपनी आँखों से देख कर अनुभव हुआ कि पतिव्रत की महिमा कितनी प्रबल है। ऐसी घटनाएँ मैंने पुराणों में पढ़ी थीं, परंतु मुझे विश्वास न था कि वर्तमान काल में जबकि स्त्री-पुरुष के सम्बन्ध में स्वार्थ की मात्रा दिनोंदिन अधिक होती जाती है, पतिव्रत धर्म में यह प्रभाव होगा; परंतु यह नहीं कह सकती कि विद्याधरी के विचार कहाँ तक ठीक थे। मेरे पति विद्याधरी को सदैव बहिन कह कर संबोधित करते थे। वह अत्यंत स्वरूपवान् थे और रूपवान् पुरुष की स्त्री का जीवन बहुत सुखमय नहीं होता; पर मुझे उन पर संशय करने का अवसर कभी नहीं मिला। वह स्त्रीव्रत धर्म का वैसे ही पालन करते थे जैसे सती अपने धर्म का। उनकी दृष्टि में कुचेष्टा न थी और विचार अत्यंत उज्ज्वल और पवित्र थे। यहाँ तक कि कालिदास की श्रृंगारमय कविता भी उन्हें प्रिय न थी, मगर काम के मर्मभेदी

बाणों से कौन बचा है ! जिस काम ने शिव, ब्रह्मा जैसे तपस्वियों की तपस्या भंग कर दी, जिस काम ने नारद और विश्वामित्र जैसे ऋषियों के माथे पर कलंक का टीका लगा दिया, वह काम सब कुछ कर सकता है। सम्भव है कि सुरापान ने उद्दीपक ऋतु के साथ मिल कर उनके चित्त को विचलित कर दिया हो। मेरा गुमान तो यह है कि यह विद्याधरी की केवल भ्रांति थी। जो कुछ भी हो, उसने शाप दे दिया। उस समय मेरे मन में भी उत्तेजना हुई कि जिस शक्ति का विद्याधरी को गर्व है, क्या वह शक्ति मुझमें नहीं है ? क्या मैं पतिव्रता नहीं हूँ ? किंतु हा ! मैंने कितना ही चाहा कि शाप के शब्द मुँह से निकालूँ, पर मेरी जबान बंद हो गयी। अखंड विश्वास जो विद्याधरी को अपने पतिव्रत पर था, मुझे न था ? विवशता ने मेरे प्रतिकार के आवेग को शांत कर दिया। मैंने बड़ी दीनता के साथ कहा—बहिन, तुमने यह क्या किया ?

विद्याधरी ने निर्दयी हो कर कहा—मैंने कुछ नहीं किया। यह उसके कर्मों का फल है।

मैं—तुम्हें छोड़ कर और किसकी शरण जाऊँ, क्या तुम इतनी दया न करोगी ?

विद्याधरी—मेरे किये का अब कुछ नहीं हो सकता।

मैं—देवी, तुम पतिव्रतधारिणी हो, तुम्हारे वाक्य की महिमा अपार है। तुम्हारा क्रोध यदि मनुष्य से पशु बना सकता है, तो क्या तुम्हारी दया पशु से मनुष्य न बना सकेगी ?

विद्याधरी—प्रायश्चित्त करो। इसके अतिरिक्त उद्धार का और कोई उपाय नहीं।

ऐ मुसाफिर, मैं राजपूत की कन्या हूँ। मैंने विद्याधरी से अधिक अनुनय-विनय नहीं की। उसका हृदय दया का आगार था। यदि मैं उसके चरणों पर शीश रख देती तो कदाचित् उसे मुझ पर दया आ जाती; किंतु राजपूत की कन्या इतना अपमान नहीं सह सकती। वह घृणा के घाव सह सकती है, क्रोध की अग्नि सह सकती है, पर दया का बोझ उससे नहीं उठाया जाता। मैंने पटरे से उतर कर पतिदेव के चरणों पर सिर झुकाया और उन्हें साथ लिये हुए अपने मकान चली आयी।

:: 3 ::

कई महीने गुजर गये। मैं पतिदेव की सेवा-सुश्रुषा में तन-मन से व्यस्त रहती। यद्यपि उनकी जिह्वा वाणीविहीन हो गयी थी, पर उनकी आकृति से स्पष्ट प्रकट होता था कि वह अपने कर्म से लज्जित थे। यद्यपि उनका रूपांतर हो गया था; पर उन्हें

मांस से अत्यंत घृणा थी। मेरी पशुशाला में सैकड़ों गायें-भैंसें थीं; किंतु शेरसिंह ने कभी किसी की ओर आँख उठा कर भी न देखा। मैं उन्हें दोनों बेला दूध पिलाती और संध्या समय उन्हें साथ लेकर पहाड़ियों की सैर कराती। मेरे मन में न जाने क्यों धैर्य और साहस का इतना संचार हो गया था कि मुझे अपनी दशा असह्य न जान पड़ती थी। मुझे निश्चय था कि शीघ्र ही इस विपत्ति का अंत भी होगा।

इन्हीं दिनों हरिद्वार में गंगा-स्नान का मेला लगा। मेरे नगर से यात्रियों का एक समूह हरिद्वार चला। मैं भी उनके साथ हो ली। दीन-दुखी जनों को दान देने के लिए रुपयों और अशर्फियों की थैलियाँ साथ ले लीं। मैं प्रायश्चित्त करने जा रही थी, इसलिए पैदल ही यात्रा करने का निश्चय कर लिया। लगभग एक महीने में हरिद्वार जा पहुँची। यहाँ भारतवर्ष के प्रत्येक प्रांत से असंख्य यात्री आये हुए थे। संन्यासियों और तपस्वियों की संख्या गृहस्थों से कुछ ही कम होगी। धर्मशालाओं में रहने को स्थान न मिलता था। गंगातट पर, पर्वतों की गोद में, मैदानों के वक्षःस्थल पर, जहाँ देखिए आदमी ही आदमी नज़र आते थे। दूर से वह छोटे-छोटे खिलौने की भाँति दिखायी देते थे। मीलों तक आदमियों का फर्श-सा बिछा हुआ था। भजन और कीर्तन की ध्वनि नित्य कानों में आती रहती थी। हृदय में असीम शुद्धि गंगा की लहरों की भाँति लहरें मारती थी। वहाँ का जल, वायु, आकाश सब शुद्ध थे।

मुझे हरिद्वार आये तीन दिन व्यतीत हुए थे। प्रभात का समय था। मैं गंगा में खड़ी स्नान कर रही थी। सहसा मेरी दृष्टि ऊपर की ओर उठी तो मैंने किसी आदमी को पुल की ओर झाँकते देखा। अकस्मात् उस मनुष्य का पाँव ऊपर उठ गया और सैकड़ों ही गज की ऊँचाई से गंगा में गिर पड़ा। सहस्रों आँखें यह दृश्य देख रही थी, पर किसी का साहस न हुआ कि उस अभागे मनुष्य की जान बचाये। भारतवर्ष के अतिरिक्त ऐसा समवेदनाशून्य और कौन देश होगा और यह वह देश है जहाँ परमार्थ मनुष्य का कर्त्तव्य बताया गया है। लोग बैठे हुए अपंगुओं की भाँति तमाशा देख रहे थे। सभी हतबुद्धि- से हो रहे थे। धारा प्रबल वेग से प्रवाहित थी और जल बर्फ से भी अधिक शीतल। मैंने देखा कि वह धारा के साथ बहता चला जाता था। यह हृदय-विदारक दृश्य मुझसे न देखा गया। मैं तैरने में अभ्यस्त थी। मैंने ईश्वर का नाम लिया और मन को दृढ़ करके धारा के साथ तैरने लगी। ज्यों-ज्यों मैं आगे बढ़ती थी, वह मनुष्य मुझसे दूर होता जाता था। यहाँ तक मेरे सारे अंग ठंड से शून्य हो गये।

मैंने कई बार चट्टानों को पकड़ कर दम लिया, कई बार पत्थरों से टकरायी। मेरे हाथ ही न उठते थे। सारा शरीर बर्फ का ढाँचा-सा बना हुआ था। मेरे अंग

गतिहीन हो गये कि मैं धारा के साथ बहने लगी और मुझे विश्वास हो गया कि गंगामाता के उदर ही में मेरी जल-समाधि होगी। अकस्मात् मैंने उस पुरुष की लाश को एक चट्टान पर रुकते देखा। मेरा हौसला बँध गया। शरीर में एक विचित्र स्फूर्ति का अनुभव हुआ। मैं जोर लगा कर प्राणपण से उस चट्टान पर जा पहुँची और उसका हाथ पकड़ कर खींचा। मेरा कलेजा धक से हो गया। यह श्रीधर पंडित थे।

ऐ मुसाफिर, मैंने यह काम प्राणों को हथेली पर रख कर पूरा किया। जिस समय मैं पंडित श्रीधर की अर्धमृत देह लिये तट पर आयी तो सहस्रों मनुष्यों की जयध्वनि से आकाश गूँज उठा। कितने ही मनुष्यों ने चरणों पर सिर झुकाये। अभी लोग श्रीधर को होश में लाने के उपाय कर ही रहे थे कि विद्याधरी मेरे सामने आ कर खड़ी हो गयी। उसका मुख, प्रभात के चंद्र की भाँति कांतिहीन हो रहा था, होंठ सूखे हुए, बाल बिखरे हुए। आँखों से आँसुओं की झड़ी लगी हुई थी। वह जोर से हाँफ रही थी, दौड़ कर मेरे पैरों से चिमट गयी, किन्तु दिल खोल कर नहीं, निर्मल भाव से नहीं। एक की आँखें गर्व से भरी हुई थीं और दूसरे की ग्लानि से झुकी हुई। विद्याधरी के मुँह से बात न निकलती थी। केवल इतना बोली--'बहिन, ईश्वर तुमको इस सत्कार्य का फल दें।'

:: 4 ::

ऐ मुसाफिर, यह शुभकामना विद्याधरी के अंतःस्थल से निकली थी। मैं उसके मुँह से यह आशीर्वाद सुन कर फूली न समायी। मुझे विश्वास हो गया कि अबकी बार जब मैं अपने मकान पर पहुँचूँगी तो पतिदेव मुस्कराते हुए मुझसे गले मिलने के लिए द्वार पर आयेंगे। इस विचार से मेरे हृदय में गुदगुदी-सी होने लगी। मैं शीघ्र ही स्वदेश को चल पड़ी। उत्कंठा मेरे कदम बढ़ाये जाती थी। मैं दिन में भी चलती और रात को भी चलती, मगर पैर थकना ही न जानते थे। यह आशा कि वह मोहिनी मूर्ति द्वार पर मेरा स्वागत करने के लिए खड़ी होगी, मेरे पैरों में पर-से लगे हुए थे। एक महीने की मंजिल मैंने एक सप्ताह में तय की। पर शोक ! जब मकान के पास पहुँची, तो उस घर को देख कर दिल बैठ गया और हिम्मत न पड़ी कि अंदर कदम रखूँ। मैं चौखट पर बैठ कर देर तक विलाप करती रही। न किसी नौकर का पता, न कहीं पाले हुए पशु ही दिखायी देते थे। द्वार पर धूल उड़ रही थी। जान पड़ता था कि पक्षी घोंसले से उड़ गया है, कलेजे पर पत्थर की सिल रख कर भीतर गयी तो क्या देखती हूँ कि मेरा प्यारा सिंह आँगन में मोटी-मोटी ज़ंजीरों

से बँधा हुआ है। इतना दुर्बल हो गया है कि उसके कूल्हों की हड्डियाँ दिखायी दे रही हैं। ऊपर-नीचे जिधर देखती थी, उजाड़-सा मालूम होता था। मुझे देखते ही शेरसिंह ने पूँछ हिलायी और सहसा उनकी आँखें दीपक की भाँति चमक उठीं। मैं दौड़कर उनके गले से लिपट गयी, समझ गयी कि नौकरों ने दगा की। घर की सामग्रियों का कहीं पता न था। सोने-चाँदी के बहुमूल्य पात्र, फर्श आदि सब गायब थे। हाय ! हत्यारे मेरे आभूषणों का संदूक भी उठा ले गये। इस अपहरण ने मुसीबत का प्याला भर दिया। शायद पहले उन्होंने शेरसिंह को जकड़ कर बाँध दिया होगा, फिर खूब दिल खोल कर नोच-खसोट की होगी। कैसी विडम्बना थी कि धर्म लूटने गयी थी और धन लुटा बैठी। दरिद्रता ने पहली बार अपना भयंकर रूप दिखाया।

ऐ मुसाफिर, इस प्रकार लुट जाने के बाद वह स्थान आँखों में काँटे की तरह खटकने लगा। यही वह स्थान था जहाँ हमने आनंद के दिन काटे थे। इन्हीं क्यारियों में हमने मृगों की भाँति किलोल किये थे। प्रत्येक वस्तु से कोई न कोई स्मृति सम्बन्धित थी। उन दिनों की याद करके आँखों से रक्त के आँसू बहने लगते थे। बसंत की ऋतु थी, बौर की महक से वायु सुगंधित हो रही थी। महुए के वृक्षों के नीचे परियों के शयन करने के लिए मोतियों की शय्या बिछी हुई थी, करौंदे और नींबू के फलों की सुगंध से चित्त प्रसन्न हो जाता था। मैंने अपनी जन्म-भूमि को सदैव के लिए त्याग दिया। मेरी आँखों से आँसुओं की एक बूँद भी न गिरी। जिस जन्म-भूमि की याद यावज्जीवन हृदय को व्यथित करती रहती है, उससे मैंने यों मुँह मोड़ लिया मानो कोई बंदी कारागार से मुक्त हो जाए। एक सप्ताह तक मैं चारों ओर भ्रमण करके अपने भावी निवासस्थान का निश्चय करती रही। अंत में सिंधु नदी के किनारे एक निर्जन स्थान मुझे पसंद आया। यहाँ एक प्राचीन मंदिर था। शायद किसी समय वहाँ देवताओं का वास था; पर इस समय वह बिलकुल उजाड़ था। देवताओं ने काल को विजय किया हो; पर समय चक्र को नहीं। शनैः-शनैः मुझे इस स्थान से प्रेम हो गया और वह स्थान पथिकों के लिए धर्मशाला बन गया।

मुझे यहाँ रहते तीन वर्ष व्यतीत हो चुके थे। वर्षा ऋतु में एक दिन संध्या के समय मुझे मंदिर के सामने से एक पुरुष घोड़े पर सवार जाता दिखायी दिया। मंदिर से प्रायः दो सौ गज की दूरी पर एक रमणीक सागर था, उसके किनारे कचनार वृक्षों के झुरमुट थे। वह सवार उस झुरमुट में जा कर अदृश्य हो गया। अंधकार बढ़ता जाता था। एक क्षण के बाद मुझे उस ओर से किसी मनुष्य का चीत्कार सुनायी दिया, फिर बंदूकों के शब्द सुनायी दिये और उनकी ध्वनि से पहाड़ गूँज उठा।

ऐ मुसाफिर, यह दृश्य देख कर मुझे किसी भीषण घटना का संदेह हुआ। मैं तुरंत उठ खड़ी हुई। एक कटार हाथ में ली और उस सागर की ओर चल दी।

अब मूसलाधार वर्षा होने लगी थी, मानो आज के बाद फिर कभी न बरसेगा। रह-रह कर गर्जन की ऐसी भयंकर ध्वनि उठती थी, मानो सारे पहाड़ आपस में टकरा गये हों। बिजली की चमक ऐसी तीव्र थी, मानो संसारव्यापी प्रकाश सिमट कर एक हो गया हो। अंधकार का यह हाल था मानो सहस्रों अमावस्या की रातें गले मिल रही हों। मैं कमर तक पानी में चलती दिल को सम्हाले हुए आगे बढ़ती जाती थी। अंत में सागर के समीप आ पहुँची। बिजली की चमक ने दीपक का काम किया। सागर के किनारे एक बड़ी-सी गुफा थी। इस समय उस गुफा में से प्रकाश-ज्योति बाहर आती हुई दिखायी देती थी। मैंने भीतर की ओर झाँका तो क्या देखती हूँ कि एक बड़ा अलाव जल रहा है। उसके चारों ओर बहुत-से आदमी खड़े हुए हैं और एक स्त्री आग्नेय नेत्रों से घूर-घूर कर कह रही है, 'मैं अपने पति के साथ उसे भी जला कर भस्म कर दूँगी।' मेरे कुतूहल की कोई सीमा न रही। मैंने साँस बंद कर ली और हतबुद्धि की भाँति यह कौतुक देखने लगी। उस स्त्री के सामने एक रक्त से लिपटी हुई लाश पड़ी थी और लाश के समीप ही एक मनुष्य रस्सियों से बँधा हुआ सिर झुकाये बैठा था। मैंने अनुमान किया कि यह वही अश्वारोही पथिक है, जिस पर इन डाकुओं ने आघात किया था। यह शव डाकू सरदार का है और यह स्त्री डाकू की पत्नी है। उसके सिर के बाल बिखरे हुए थे और आँखों से अंगारे निकल रहे थे। हमारे चित्रकारों ने क्रोध को पुरुष कल्पित किया है। मेरे विचार में स्त्री का क्रोध इससे कहीं घातक, कहीं विध्वंसकारी होता है। क्रोधोन्मत्त हो कर वह कोमलांगी सुन्दरी ज्वालाशिखर बन जाती है।

उस स्त्री ने दाँत पीस कर कहा, 'मैं अपने पति के साथ इसे भी जला कर भस्म कर दूँगी।' यह कह कर उसने उस रस्सियों से बँधे हुए पुरुष को घसीटा और दहकती हुई चिता में डाल दिया। आह ! कितना भयंकर, कितना रोमांचकारी दृश्य था। स्त्री ही अपनी द्वेष की अग्नि शांत करने में इतनी पिशाचिनी हो सकती है। मेरा रक्त खौलने लगा। अब एक क्षण भी विलम्ब करने का अवसर न था। मैंने कटार खींच ली, डाकू चौंक कर तितर-बितर हो गये, समझे मेरे साथ और लोग भी होंगे। मैं बेधड़क चिता में घुस गयी और क्षणमात्र में उस अभागे पुरुष को अग्नि के मुख से निकाल लायी। अभी केवल उसके वस्त्र ही जले थे। जैसे सर्प अपना शिकार छिन जाने से फुफकारता हुआ लपकता है, उसी प्रकार गरजती हुई

लपटें मेरे पीछे दौड़ीं। ऐसा प्रतीत होता था कि अग्नि भी उसके रक्त की प्यासी हो रही थी।

इतने में डाकू सम्हल गये और आहत सरदार की पत्नी पिशाचिनी की भाँति मुँह खोले मुझ पर झपटी। समीप था कि ये हत्यारे मेरी बोटियाँ कर दें कि इतने में गुफा के द्वार पर मेघगर्जन की-सी ध्वनि सुनायी दी और शेरसिंह रौद्र रूप धारण किये हुए भीतर पहुँचे। उनका भयंकर रूप देखते ही डाकू अपनी-अपनी जान ले कर भागे। केवल डाकू सरदार की पत्नी स्तम्भित-सी अपने स्थान पर खड़ी रही। एकाएक उसने पति का शव उठाया और उसे ले कर चिता में बैठ गयी। देखते-देखते उसका भयंकर रूप अग्नि-ज्वाला में विलीन हो गया। अब मैंने उस बँधे हुए मनुष्य की ओर देखा तो मेरा हृदय उछल पड़ा। यह पंडित श्रीधर थे। मुझे देखते ही सिर झुका लिया और रोने लगे। मैं उनके समाचार पूछ ही रही थी कि उसी गुफा के एक कोने से किसी के कराहने का शब्द सुनायी दिया। जा कर देखा तो एक सुन्दर युवक रक्त से लथपथ पड़ा था। मैंने उसे देखते ही पहचान लिया। उसका पुरुषवेष उसे छिपा न सका। यह विद्याधरी थी। मर्दों के वस्त्र उस पर खूब सजते थे। वह लज्जा और ग्लानि की मूर्ति बनी हुई थी। वह पैरों पर गिर पड़ी, पर मुँह से कुछ न बोली।

उस गुफा में पल भर भी ठहरना अत्यंत शंकाप्रद था। न जाने कब डाकू फिर सशस्त्र हो कर आ जाएँ। उधर चिताग्नि भी शांत होने लगी और उस सती की भी भीषण काया अत्यंत तेज रूप धारण करके हमारे नेत्रों के सामने तांडव क्रीड़ा करने लगी। मैं बड़ी चिंता में पड़ी कि इन दोनों प्राणियों को कैसे वहाँ से निकालूँ। दोनों ही रक्त से चूर थे। शेरसिंह ने मेरा असमंजस ताड़ लिया। रूपांतर हो जाने के बाद उनकी बुद्धि बड़ी तीव्र हो गयी थी। उन्होंने मुझे संकेत किया कि दोनों को हमारी पीठ पर बिठा दो। पहले तो मैं उनका आशय न समझी, पर जब उन्होंने संकेत को बार-बार दुहराया तो मैं समझ गयी। गूँगों के घरवाले ही गूँगों की बातें खूब समझते हैं। मैंने पंडित श्रीधर को गोद में उठा कर शेरसिंह की पीठ पर बिठा दिया। उसके पीछे विद्याधरी को भी बिठाया। नन्हा बालक भालू की पीठ पर बैठ कर जितना डरता है, उससे कहीं ज्यादा यह दोनों प्राणी भयभीत हो रहे थे। चिताग्नि के क्षीण प्रकाश में उनके भयविकृत मुख देख कर करुण विनोद होता था। अस्तु, मैं इन दोनों प्राणियों को साथ ले कर गुफा से निकली और फिर उसी तिमिर-सागर को पार करके मंदिर आ पहुँची।

मैंने एक सप्ताह तक उनका यहाँ यथाशक्ति सेवा-सत्कार किया। जब वे भली-भाँति स्वस्थ हो गये तो मैंने उन्हें विदा किया। ये स्त्री-पुरुष कई आदमियों के साथ टेढ़ी जा रहे थे, यहाँ के राजा पंडित श्रीधर के शिष्य हैं। पंडित श्रीधर का घोड़ा आगे था। विद्याधरी का अभ्यास न होने के कारण पीछे थी, उनके दोनों रक्षक भी उनके साथ थे। जब डाकुओं ने पंडित श्रीधर को घेरा और पंडित ने पिस्तौल से डाकू सरदार को गिराया तो कोलाहल सुन कर विद्याधरी ने घोड़ा बढ़ाया। दोनों रक्षक तो जान ले कर भागे, विद्याधरी को डाकुओं ने पुरुष समझ कर घायल कर दिया और तब दोनों प्राणियों को बाँध कर गुफा में डाल दिया। शेष बातें मैंने अपनी आँखों देखीं। यद्यपि यहाँ से बिदा होते समय विद्याधरी का रोम-रोम मुझे आशीर्वाद दे रहा था। पर हाँ ! अभी प्रायश्चित्त पूरा न हुआ था। इतना आत्म-समर्पण करके भी मैं सफल मनोरथ न हुई थी।

:: 5 ::

ऐ मुसाफिर, उस प्रान्त में अब मेरा रहना कठिन हो गया। डाकू बंदूकें लिए हुए शेरसिंह की तलाश में घूमने लगे। विवश हो कर एक दिन मैं वहाँ से चल खड़ी हुई और दुर्गम पर्वतों को पार करती हुई यहाँ आ निकली। यह स्थान मुझे ऐसा पसंद आया कि मैंने इस गुफा को अपना घर बना लिया है। आज पूरे तीन वर्ष गुजरे जब मैंने पहले-पहल ज्ञानसरोवर के दर्शन किये। उस समय भी यही ऋतु थी। मैं ज्ञानसरोवर में पानी भरने गयी हुई थी, सहसा क्या देखती हूँ कि एक युवक मुश्की घोड़े पर सवार रत्नजटित आभूषण पहने हाथ में चमकता हुआ भाला लिये चला आता है। शेरसिंह को देख कर वह ठिठका और भाला सम्हाल कर उन पर वार कर बैठा। शेरसिंह को भी क्रोध आया। उनके गरजन की ऐसी गगनभेदी ध्वनि उठी कि ज्ञानसरोवर का जल आंदोलित हो गया और तुरंत घोड़े से खींच कर उसकी छाती पर पंजे रख दिये। मैं घड़ा छोड़ कर दौड़ी। युवक का प्राणांत होनेवाला ही था कि मैंने शेरसिंह के गले में हाथ डाल दिये और उनका सिर सहला कर क्रोध शांत किया। मैंने उनका ऐसा भयंकर रूप कभी नहीं देखा था। मुझे स्वयं उनके पास जाते हुए डर लगता था, पर मेरे मृदु वचनों ने अंत में उन्हें वशीभूत कर लिया, वह अलग खड़े हो गये। युवक की छाती में गहरा घाव लगा था। उसे मैंने इसी गुफा में ला कर रखा और उसकी मरहम-पट्टी करने लगी। एक दिन मैं कुछ आवश्यक वस्तुएँ लेने के लिए उस कस्बे में गयी जिसके मंदिर के कलश यहाँ से दिखायी दे

रहे हैं, मगर वहाँ सब दुकानें बंद थीं। बाजारों में खाक उड़ रही थी। चारों ओर सियापा छाया हुआ था। मैं बहुत देर तक इधर-उधर घूमती रही, किसी मनुष्य की सूरत भी न दिखायी देती थी कि उससे वहाँ का सब समाचार पूछूँ। ऐसा विदित होता था, मानो यह अदृश्य जीवों की बस्ती है। सोच ही रही थी कि वापस चलूँ कि घोड़ों के टापों की ध्वनि कानों में आयी और एक क्षण में एक स्त्री सिर से पैर तक काले वस्त्र धारण किये, एक काले घोड़े पर सवार आती हुई दिखायी दी। उसके पीछे कई सवार और प्यादे काली वर्दियाँ पहने आ रहे थे। अकस्मात् उस सवार स्त्री की दृष्टि मुझ पर पड़ी। उसने घोड़े को एड़ लगायी और मेरे निकट आकर कर्कश स्वर में बोली, 'तू कौन है ?' मैंने निर्भीक भाव से उत्तर दिया, 'मैं ज्ञानसरोवर के तट पर रहती हूँ। यहाँ बाजार में कुछ सामग्रियाँ लेने आयी थी; किंतु शहर में किसी का पता नहीं। उस स्त्री ने पीछे की ओर देख कर कुछ संकेत किया और दो सवारों ने आगे बढ़ कर मुझे पकड़ लिया और मेरी बाँहों में रस्सियाँ डाल दीं। मेरी समझ में न आता था कि मुझे किस अपराध का दंड दिया जा रहा है। बहुत पूछने पर भी किसी ने मेरे प्रश्नों का उत्तर न दिया। हाँ, अनुमान से यह प्रकट हुआ कि यह स्त्री यहाँ की रानी है। मुझे अपने विषय में तो कोई चिंता न थी पर चिंता थी शेरसिंह की, वह अकेले घबरा रहे होंगे। भोजन का समय आ पहुँचा, कौन खिलावेगा। किस विपत्ति में फँसी। नहीं मालूम विधाता अब मेरी क्या दुर्गति करेंगे। मुझ अभागिन को इस दशा में भी शांति नहीं। इन्हीं मलिन विचारों में मग्न मैं सवारों के साथ आधे घंटे तक चलती रही कि सामने एक ऊँची पहाड़ी पर एक विशाल भवन दिखायी दिया। ऊपर चढ़ने के लिए पत्थर काट कर चौड़े जीने बनाये गये थे। हम लोग ऊपर चढ़े। वहाँ सैकड़ों ही आदमी दिखायी दिये, किंतु सब-के-सब काले वस्त्र धारण किए हुए थे। मैं जिस कमरे में ला कर रखी गयी, वहाँ एक कुशासन के अतिरिक्त सजावट का और सामान न था। मैं जमीन पर बैठ कर अपने नसीब को रोने लगी। जो कोई यहाँ आता था, मुझ पर करुण दृष्टिपात करके चुपचाप चला जाता था। थोड़ी देर में रानी साहब आ कर उसी कुशासन पर बैठ गयीं। यद्यपि उनकी अवस्था पचास वर्ष से अधिक थी, परन्तु मुख पर अद्‌भुत कांति थी। मैंने अपने स्थान से उठ कर उनका सम्मान किया और हाथ बाँध कर अपनी किस्मत का फैसला सुनने के लिए खड़ी हो गयी।

ऐ मुसाफिर, रानी महोदया के तेवर देख कर पहले तो मेरे प्राण सूख गये, किंतु जिस प्रकार चंदन जैसी कठोर वस्तु में मनोहर सुगंध छिपी होती है, उसी प्रकार उनकी कर्कशता और कठोरता के नीचे मोम के सदृश हृदय छिपा हुआ था। उनका

प्यारा पुत्र थोड़े ही दिन पहले युवावस्था ही में दगा दे गया था। उसी के शोक में सारा शहर मातम मना रहा था। मेरे पकड़े जाने का कारण यह था कि मैंने काले वस्त्र क्यों न धारण किये थे। यह वृत्तांत सुन कर मैं समझ गयी कि जिस राजकुमार का शोक मनाया जा रहा है वह वही युवक है जो मेरी गुफा में पड़ा हुआ है। मैंने उनसे पूछा, 'राजकुमार मुश्की घोड़े पर तो सवार नहीं थे ?'

रानी–हाँ-हाँ, मुश्की घोड़ा था। उसे मैंने उनके लिए अरब देश से मँगवा दिया था। क्या तूने उन्हें देखा है ?

मैं–हाँ, देखा है।

रानी ने पूछा–कब ?

मैं–जिस दिन वह शेर का शिकार खेलने गये थे।

रानी–क्या तेरे सामने ही शेर ने उन पर चोट की थी ?

मैं–हाँ, मेरी आँखों के सामने।

रानी उत्सुक हो कर खड़ी हो गयी और बड़े दीन भाव से बोली–तू उनकी लाश का पता लगा सकती है ?

मैं–ऐसा न कहिए, वह अमर हों। वह दो सप्ताह से मेरे यहाँ मेहमान हैं।

रानी हर्षमय आश्चर्य से बोली–मेरा रणधीर जीवित है ?

मैं–हाँ, अब उनमें चलने-फिरने की शक्ति आ गयी है।

रानी मेरे पैरों पर गिर पड़ी।

तीसरे दिन अर्जुन नगर की कुछ और ही शोभा थी। वायु आनंद के मधुर स्वर में गूँजती थी, दुकानों ने फूलों का हार पहना था, बाजारों में आनंद के उत्सव मनाये जा रहे थे। शोक के काले वस्त्रों की जगह केसर का सुहावना रंग बधाई दे रहा था। इधर सूर्य ने ऊषा-सागर से सिर निकाला। उधर सलामियाँ दगना आरम्भ हुईं। आगे-आगे मैं एक सब्ज घोड़े पर सवार आ रही थी और पीछे राजकुमार का हाथी सुनहरे झूलों से सजा चला आता था। स्त्रियाँ अटारियों पर मंगल के गीत गाती थीं और पुष्पों की वृष्टि करती थीं। राजभवन के द्वार पर रानी मोतियों से आँचल-भरे खड़ी थी, ज्यों ही राजकुमार हाथी से उतरे; वह उन्हें गोद में लेने के लिए दौड़ी और छाती से लगा लिया।

:: 6 ::

ऐ मुसाफिर, आनंदोत्सव समाप्त होने पर जब मैं विदा होने लगी, तो रानी महोदय ने सजल नयन हो कर कहा :

'बेटी, तूने मेरे साथ जो उपकार किया है उसका फल तुझे भगवान् देंगे। तूने मेरे राजवंश का उद्धार कर दिया, नहीं तो कोई पितरों को जल देनेवाला भी न रहता। मैं तुझे कुछ बिदाई देना चाहती हूँ, वह तुझे स्वीकार करनी पड़ेगी। अगर रणधीर मेरा पुत्र है, तो तू मेरी पुत्री है। तूने ही रणधीर को प्राणदान दिया है, तूने ही इस राज्य का पुनरुद्धार किया है। इसलिए इस माया-बंधन से तेरा गला नहीं छूटेगा। मैं अर्जुन नगर का प्रांत उपहारस्वरूप तेरी भेंट करती हूँ।'

रानी की यह असीम उदारता देख कर मैं दंग रह गयी। कलियुग में भी कोई ऐसा दानी हो सकता है, इसकी मुझे आशा न थी। यद्यपि मुझे धन-भोग की लालसा न थी, पर केवल इस विचार से कि कदाचित् यह सम्पत्ति मुझे अपने भाइयों की सेवा करने का सामर्थ्य दे, मैंने एक ज़ागीरदार की जिम्मेदारियाँ अपने सिर लीं। तब से दो वर्ष व्यतीत हो चुके हैं, पर भोग-विलास ने मेरे मन को एक क्षण के लिए भी चंचल नहीं किया। मैं कभी पलंग पर नहीं सोयी। रूखी-सूखी वस्तुओं के अतिरिक्त और कुछ नहीं खाया। पति-वियोग की दशा में स्त्री तपस्विनी हो जाती है, उसकी वासनाओं का अंत हो जाता है, मेरे पास कई विशाल भवन हैं, कई रमणीक वाटिकाएँ हैं, विषय-वासना की ऐसी कोई सामग्री नहीं है जो प्रचुर मात्रा में उपस्थित न हो, पर मेरे लिए वह सब त्याज्य हैं। भवन सूने पड़े हैं और वाटिकाओं में खोजने से भी हरियाली न मिलेगी। मैंने उनकी ओर कभी आँख उठा कर भी नहीं देखा। अपने प्राणाधार के चरणों से लगे हुए मुझे अन्य किसी वस्तु की इच्छा नहीं है। मैं नित्यप्रति अर्जुन नगर जाती हूँ और रियासत के आवश्यक काम-काज करके लौट आती हूँ। नौकर-चाकरों को कड़ी आज्ञा दे दी गयी है कि मेरी शांति में बाधक न हों। रियासत की सम्पूर्ण आय परोपकार में व्यय होती है। मैं उसकी कौड़ी भी अपने खर्च में नहीं लाती। आपको अवकाश हो तो आप मेरी रियासत का प्रबंध देख कर बहुत प्रसन्न होंगे। मैंने इन दो वर्षों में बीस बड़े-बड़े तालाब बनवा दिये हैं और चालीस गोशालाएँ बनवा दी हैं। मेरा विचार है कि अपनी रियासत में नहरों का ऐसा जाल बिछा दूँ जैसे शरीर में नाड़ियों का। मैंने एक सौ कुशल वैद्य नियुक्त कर दिये हैं जो ग्रामों में विचरण करें और रोग की निवृत्ति करें। मेरा कोई ऐसा ग्राम नहीं है जहाँ मेरी ओर से सफाई का प्रबंध न हो। छोटे-छोटे गाँवों में आपको लालटेनें जलती हुई मिलेंगी। दिन का प्रकाश ईश्वर देता है, रात के प्रकाश की व्यवस्था करना राजा का कर्त्तव्य है। मैंने सारा प्रबंध पंडित श्रीधर के हाथों में दे दिया है। सबसे प्रथम कार्य जो मैंने किया वह यह था कि उन्हें ढूँढ़ निकालूँ और यह भार

उनके सिर रख दूँ। इस विचार से नहीं कि उनका सम्मान करना मेरा अभीष्ट था, बल्कि मेरी दृष्टि में कोई अन्य पुरुष ऐसा कर्त्तव्यपरायण, ऐसा निःस्पृह, ऐसा सच्चरित्र न था। मुझे पूर्ण विश्वास है कि वह यावज्जीवन रियासत की बागडोर अपने हाथ में रखेंगे। विद्याधरी भी उनके साथ है। वही शांति और संतोष की मूर्ति, वही धर्म और व्रत की देवी। उसका पतिव्रत अब भी ज्ञानसरोवर की भाँति अपार और अथाह है। यद्यपि उसका सौंदर्य-सूर्य अब मध्याह्न पर नहीं है, पर अब भी वह रनिवास की रानी जान पड़ती है। चिंताओं ने उसके मुख पर शिकन डाल दिये हैं। हम दोनों कभी-कभी मिल जाती हैं। किंतु बातचीत की नौबत नहीं आती। उसकी आँखें झुक जाती हैं। मुझे देखते ही उसके ऊपर घड़ों पानी पड़ जाता है और उसके माथे के जलबिंदु दिखाई देने लगते हैं। मैं आपसे सत्य कहती हूँ कि मुझे विद्याधरी से कोई शिकायत नहीं है। उसके प्रति मेरे मन में दिनोंदिन श्रद्धा और भक्ति बढ़ती जाती है। मैं उसे देखती हूँ, तो मुझे प्रबल उत्कंठा होती है कि उसके पैरों पर पड़ूँ। पतिव्रता स्त्री के दर्शन बड़े सौभाग्य से मिलते हैं। पर केवल इस भय से कि कदाचित् वह इसे मेरी खुशामद समझे, रुक जाती हूँ। अब मेरी ईश्वर से यही प्रार्थना है कि अपने स्वामी के चरणों में पड़ी रहूँ और जब इस संसार से प्रस्थान करने का समय आये तो मेरा मस्तक उनके चरणों पर हो। और अन्तिम जो शब्द मेरे मुँह से निकलें वह यही कि, 'ईश्वर, दूसरे जन्म में भी इनकी चेरी बनाना।'

पाठक, उस सुन्दरी का जीवन-वृत्तांत सुन कर मुझे जितना कुतूहल हुआ वह अकथनीय है। खेद है कि जिस जाति में ऐसी प्रतिभाशालिनी देवियाँ उत्पन्न हों उस पर पाश्चात्य के कल्पनाहीन, विश्वासहीन पुरुष उँगलियाँ उठायें ? समस्त यूरोप में एक ऐसी सुन्दरी न होगी जिससे इसकी तुलना की जा सके। हमने स्त्री-पुरुष के सम्बन्ध को सांसारिक सम्बन्ध समझ रखा है। उसका आध्यात्मिक रूप हमारे विचार से कोसों दूर है। यही कारण है कि हमारे देश में शताब्दियों की उन्नति के पश्चात् भी पतिव्रत का ऐसा उज्ज्वल और अलौकिक उदाहरण नहीं मिल सकता। और दुर्भाग्य से हमारी सभ्यता ने ऐसा मार्ग ग्रहण किया है कि कदाचित् दूर भविष्य में ऐसी देवियों के जन्म लेने की सम्भावना नहीं है। जर्मनी को यदि अपनी सेना पर, फ्रांस को अपनी विलासिता पर और इंगलैंड को अपने वाणिज्य पर गर्व है तो भारतवर्ष को अपने पतिव्रत का घमंड है। क्या यूरोपनिवासियों के लिए यह लज्जा की बात नहीं है कि होमर और वर्जिल, डैंटे और गेटे, शेक्सपियर और ह्यूगो जैसे उच्चकोटि के कवि एक भी सीता या सावित्री की रचना न कर सके। वास्तव में यूरोपीय समाज ऐसे आदर्शों से वंचित है !

मैंने दूसरे दिन ज्ञानसरोवर से बड़ी अनिच्छा के साथ विदा माँगी और यूरोप को चला। मेरे लौटने का समाचार पूर्व ही प्रकाशित हो चुका था। जब मेरा जहाज हैम्पबर्ग के बंदरगाह में पहुँचा तो सहस्रों नर-नारी, सैकड़ों विद्वान् और राजकर्मचारी मेरा अभिवादन करने के लिए खड़े थे। मुझे देखते ही तालियाँ बजने लगीं, रूमाल और टोप हवा में उछलने लगे और वहाँ से मेरे घर तक जिस समारोह से जुलूस निकला उस पर किसी राष्ट्रपति को भी गर्व हो सकता है। संध्या समय मुझे कैसर की मेज पर भोजन करने का सौभाग्य प्राप्त हुआ। कई दिनों तक अभिनंदन-पत्रों का ताँता लगा रहा और महीनों क्लब और यूनिवर्सिटी की फरमाइशों से दम मारने का अवकाश न मिला। यात्रावृत्तांत देश के प्रायः सभी पत्रों में छपा। अन्य देशों से भी बधाई के तार और पत्र मिले। फ्रांस और रूस आदि देशों की कितनी ही सभाओं ने मुझे व्याख्यान देने के लिए निमंत्रित किया। एक-एक वक्तृता के लिए मुझे कई-कई हजार पौंड दिये जाते थे। कई विद्यालयों ने मुझे उपाधियाँ दीं। जार ने अपना आटोग्राफ भेज कर सम्मानित किया, किन्तु इन आदर-सम्मान की आँधियों से मेरे चित्त को शांति न मिलती थी और ज्ञानसरोवर का सुरम्य तट और वह गहरी गुफा और वह मृदुभाषिणी रमणी सदैव आँखों के सामने फिरती रहती। उसके मधुर शब्द कानों में गूँजा करते। मैं थियेटरों में जाता और स्पेन और जार्जिया की सुन्दरियों को देखता, किंतु हिमालय की अप्सरा मेरे ध्यान से न उतरती। कभी-कभी कल्पना में मुझे वह देवी आकाश से उतरती हुई मालूम होती, तब चित्त चंचल हो जाता और विकल उत्कंठा होती कि किसी तरह पर लगा कर ज्ञानसरोवर के तट पहुँच जाऊँ। आखिर एक रोज मैंने सफर का सामान दुरुस्त किया और उसी मिती के ठीक एक हजार दिनों के बाद जब कि मैंने पहली बार ज्ञानसरोवर के तट पर कदम रखा था, मैं फिर वहाँ जा पहुँचा।

प्रभात का समय था। गिरिराज सुनहरा मुकुट पहने खड़े थे। मंद समीर के आनन्दमय झोंकों से ज्ञानसरोवर का निर्मल प्रकाश से प्रतिबिम्बित जल इस प्रकार लहरा रहा था, मानो अगणित अप्सराएँ आभूषणों से जगमगाती हुई नृत्य कर रही हों। लहरों के साथ शतदल यों झकोरे लेते थे जैसे कोई बालक हिंडोले में झूल रहा हो। फूलों के बीच में श्वेत हंस तैरते हुए ऐसे मालूम होते थे, मानो लालिमा से छाये हुए आकाश पर तारागण चमक रहे हों। मैंने उत्सुक नेत्रों से इस गुफा की ओर देखा तो वहाँ एक विशाल राजप्रासाद आसमान से कंधा मिलाये खड़ा था। एक ओर रमणीक उपवन था, दूसरी ओर एक गगनचुम्बी मंदिर। मुझे यह कायापलट

देख कर आश्चर्य हुआ। मुख्य द्वार पर जा कर देखा, तो दो चोबदार ऊदे मखमल की वर्दियाँ पहने, जरी के पट्टे बाँधे खड़े थे। मैंने उनसे पूछा, "क्यों भाई, यह किसका महल है ?"

चोबदार–अर्जुन नगर की महारानी का।

मैं–क्या अभी हाल ही में बना है ?

चोबदार–हाँ ! तुम कौन हो ?

मैं–एक परदेसी यात्री हूँ। क्या तुम महारानी को मेरी सूचना दे दोगे ?

चोबदार–तुम्हारा क्या नाम है और कहाँ से आते हो ?

मैं–उनसे केवल इतना कह देना कि यूरोप से एक यात्री आया है और आपके दर्शन करना चाहता है।

चोबदार भीतर चला गया और एक क्षण के बाद आ कर बोला, "मेरे साथ आओ ?"

मैं उसके साथ हो लिया। पहले एक लम्बी दालान मिली जिसमें भाँति-भाँति के पक्षी पिंजरों में बैठे चहक रहे थे। इसके बाद एक विस्तृत बारहदरी में पहुँचा जो सम्पूर्णतः पाषाण की बनी हुई थी। मैंने ऐसी सुन्दर गुलकारी ताजमहल के अतिरिक्त और कहीं नहीं देखी। फर्श की पच्चीकारी को देख कर उस पर पाँव धरते संकोच होता था। दीवारों पर निपुण चित्रकारों की रचनाएँ शोभायमान थीं। बारहदरी के दूसरे सिरे पर एक चबूतरा था जिस पर मोटी कालीनें बिछी हुई थीं। मैं फर्श पर बैठ गया। इतने में एक लम्बे कद का रूपवान् पुरुष अंदर आता हुआ दिखायी दिया। उसके मुख पर प्रतिभा की ज्योति झलक रही थी और आँखों से गर्व टपका पड़ता था। उसकी काली और भाले की नोक के सदृश तनी हुई मूँछें, उसके भौंरे की तरह काले घुँघराले बाल उसकी आकृति की कठोरता को नम्र कर देते थे। विनयपूर्ण वीरता का इससे सुन्दर चित्र नहीं खींच सकता था। उसने मेरी ओर देख कर मुस्कराते हुए कहा, "आप मुझे पहचानते हैं ?" मैं अदब से खड़ा हो कर बोला, "मुझे आपसे परिचय का सौभाग्य नहीं प्राप्त हुआ।" वह कालीन पर बैठ गया और बोला, "मैं शेरसिंह हूँ।" मैं अवाक् रह गया। शेरसिंह ने फिर कहा, "क्या आप प्रसन्न नहीं हैं कि आपने मुझे पिस्तौल का लक्ष्य नहीं बनाया ? मैं तब पशु था, अब मनुष्य हूँ।" मैंने कहा, "आपको हृदय से धन्यवाद देता हूँ। यदि आज्ञा हो, तो मैं आपसे एक प्रश्न करना चाहता हूँ।"

शेरसिंह ने मुस्कुरा कर कहा–मैं समझ गया, पूछिए।

मैं—जब आप समझ ही गये तो मैं पूछूँ क्यों ?

शेरसिंह—सम्भव है, मेरा अनुमान ठीक न हो।

मैं—मुझे भय है कि उस प्रश्न से आपको दुःख न हो।

शेरसिंह—कम से कम आपको मुझसे ऐसी शंका न करनी चाहिए।

मैं—विद्याधरी के भ्रम में कुछ सार था ?

शेरसिंह ने सिर झुका कर देर में उत्तर दिया—जी हाँ, था। जिस वक्त मैंने उसकी कलाई पकड़ी थी उस समय आवेश से मेरा एक-एक अंग काँप रहा था। मैं विद्याधरी के उस अनुग्रह को मरणपर्यंत न भूलूँगा। मगर इतना प्रायश्चित्त करने पर भी मुझे अपनी ग्लानि से निवृत्ति न हुई। संसार की कोई वस्तु स्थिर नहीं, किंतु पाप की कालिमा अमर और अमिट है। यश और कीर्ति कालांतर में मिट जाती है किंतु पाप का धब्बा नहीं मिटता। मेरा विचार है कि ईश्वर भी दाग को नहीं मिटा सकता। कोई तपस्या, कोई दंड, कोई प्रायश्चित्त इस कालिमा को नहीं धो सकता। पतितोद्धार की कथाएँ और तौबा या कन्फेशन करके पाप से मुक्त हो जाने की बातें, यह सब संसार-लिप्सी पाखंडी धर्मावलम्बियों की कल्पनाएँ हैं।

हम दोनों यही बातें कर रहे थे कि रानी प्रियंवदा सामने आ कर खड़ी हो गयीं। मुझे आज अनुभव हुआ, जो बहुत दिनों से पुस्तकों में पढ़ा करता था कि सौंदर्य में प्रकाश होता है। आज इसकी सत्यता मैंने अपनी आँखों से देखी। मैंने जब उन्हें पहले देखा था तो निश्चय किया था कि यह ईश्वरीय कलानैपुण्य की पराकाष्ठा है; परंतु अब जब मैंने उन्हें दोबारा देखा तो ज्ञात हुआ कि वह इस असल की नकल थी। प्रियंवदा ने मुस्कुरा कर कहा— "मुसाफिर, तुझे स्वदेश में भी कभी हम लोगों की याद आयी थी ?" अगर मैं चित्रकार होता तो उसके मधु हास्य को चित्रित करके प्राचीन गुणियों को चकित कर देता। उसके मुँह से यह प्रश्न सुनने के लिए तैयार न था। यदि इसी भाँति मैं उसका उत्तर देता तो शायद वह मेरी धृष्टता होती और शेरसिंह के तेवर बदल जाते। मैं यह भी न सह सका कि मेरे जीवन का सबसे सुखद भाग वही था जो ज्ञानसरोवर के तट पर व्यतीत हुआ था; किंतु मुझे इतना साहस भी न हुआ। मैंने दबी जबान से कहा, "क्या मैं मनुष्य नहीं हूँ।"

:: 7 ::

तीन दिन बीत गये। इन तीन दिनों में खूब मालूम हो गया कि पूर्व को आतिथ्यसेवी क्यों कहते हैं। यूरोप का कोई दूसरा मनुष्य जो यहाँ की सभ्यता से परिचित न

हो, इन सत्कारों से ऊब जाता। किंतु मुझे इन देशों के रहन-सहन का बहुत अनुभव हो चुका है और मैं इसका आदर करता हूँ।

चौथे दिन मेरी विनय पर रानी प्रियंवदा ने अपनी शेष कथा सुनानी शुरू की–

"ऐ मुसाफिर, मैंने तुझसे कहा था कि अपनी रियासत का शासन-भार मैंने श्रीधर पर रख दिया था और जितनी योग्यता और दूरदर्शिता से उन्होंने इस काम को सम्हाला है, उसकी प्रशंसा नहीं हो सकती। ऐसा बहुत कम हुआ है कि एक विद्वान् पंडित जिसका सारा जीवन पठन-पाठन में व्यतीत हुआ हो, एक रियासत का बोझ सम्हाले; किंतु राजा वीरबल की भाँति पं. श्रीधर भी सब कुछ कर सकते हैं। मैंने परीक्षार्थ उन्हें यह काम सौंपा था। अनुभव ने सिद्ध कर दिया कि वह इस कार्य के सर्वथा योग्य हैं। ऐसा जान पड़ता है कि कुल-परम्परा ने उन्हें इस काम के लिए अभ्यस्त कर दिया। जिस समय उन्होंने इसका काम अपने हाथ में लिया, यह रियासत एक ऊजड़ ग्राम के सदृश थी। अब वह धनधान्यपूर्ण एक नगर है। शासन का कोई ऐसा विभाग नहीं, जिस पर उनकी सूक्ष्म दृष्टि न पहुँची हो।

थोड़े ही दिनों में लोग उनके शील-स्वभाव पर मुग्ध हो गये और राजा रणधीरसिंह भी उन पर कृपा-दृष्टि रखने लगे। पंडित जी पहले शहर से बाहर एक ठाकुरद्वारे में रहते थे। किंतु जब राजा साहब से मेल-जोल बढ़ा तो उनके आग्रह से विवश हो कर राजमहल में चले आये। यहाँ तक परस्पर मैत्री और घनिष्ठता बढ़ी कि मान-प्रतिष्ठा का विचार जाता रहा। राजा साहब पंडित जी से संस्कृत भी पढ़ते थे और उनके समय का अधिकांश भाग पंडित जी के मकान पर ही कटता था; किन्तु शोक ! यह विद्याप्रेम या शुद्ध मित्रभाव का आकर्षण न था। यह सौंदर्य का आकर्षण था। यदि उस समय मुझे लेशमात्र भी संदेह होता कि रणधीरसिंह की यह घनिष्ठता कुछ और ही पहलू लिये हुए है तो उसका अंत इतना खेदजनक न होता जितना कि हुआ। उनकी दृष्टि विद्याधरी पर उस समय पड़ी जब वह ठाकुरद्वारे में रहती थी और यह सारी कुयोजनाएँ उसी की करामात थीं। राजा साहब स्वभावतः बड़े ही सच्चरित्र और संयमी पुरुष हैं, किंतु जिस रूप ने मेरे पति जैसे देवपुरुष का ईमान डिगा दिया, वह सब कुछ कर सकता है।

भोली-भाली विद्याधरी मनोविकारों की इस कुटिल नीति से बेखबर थी। जिस प्रकार छलाँगें मारता हुआ हिरन व्याध की फैलायी हुई हरी-हरी घास से

प्रसन्न हो कर उस ओर बढ़ता है और यह नहीं समझता कि प्रत्येक पग मुझे सर्वनाश की ओर लिये जाता है, उसी भाँति विद्याधरी को उसका चंचल मन अंधकार की ओर खींचे लिए जाता था। वह राजा साहब के लिए अपने हाथों से बीड़े लगा कर भेजती, पूजा के लिए चंदन रगड़ती। रानी जी से भी उसका बहनापा हो गया। वह एक क्षण के लिए भी उसे अपने पास से न जाने देतीं। दोनों साथ-साथ बाग की सैर करतीं, साथ-साथ झूला झूलतीं, साथ-साथ चौपड़ खेलतीं। यह उनका शृंगार करती और वह उनकी माँग-चोटी सँवारती, मानो विद्याधरी ने रानी के हृदय में वह स्थान प्राप्त कर लिया, जो किसी समय मुझे प्राप्त था। लेकिन वह गरीब क्या जानती थी कि जब मैं बाग की रविशों में विचरती हूँ, तो कुवासना मेरे तलवे के नीचे आँखें बिछाती है, जब मैं झूला झूलती हूँ, तो वह आड़ में बैठी हुई आनंद से झूमती है। इस एक सरल हृदय अबला स्त्री के लिए चारों ओर से चक्रव्यूह रचा जा रहा था।

इस प्रकार एक वर्ष व्यतीत हो गया, राजा साहब का रब्त-जब्त दिनोंदिन बढ़ता जाता था। पंडित जी को उनसे वह स्नेह हो गया जो गुरु जी को अपने एक होनहार शिष्य से होता है। मैंने जब देखा कि आठों पहर का यह सहवास पंडित जी के काम में विघ्न डालता है, तो एक दिन मैंने उनसे कहा—यदि आपको कोई आपत्ति न हो, तो दूरस्थ देहातों का दौरा आरम्भ कर दें और इस बात का अनुसंधान करें कि देहातों में कृषकों के लिए बैंक खोलने में हमें प्रजा से कितनी सहानुभूति और कितनी सहायता की आशा करनी चाहिए। पंडित जी के मन की बात नहीं जानती; पर प्रत्यक्ष में उन्होंने कोई आपत्ति नहीं की। दूसरे ही दिन प्रातःकाल चले गये। किंतु आश्चर्य है कि विद्याधरी उनके साथ न गयी। अब तक पंडित जी जहाँ कहीं जाते थे; विद्याधरी परछाईं की भाँति उनके साथ रहती थी। असुविधा या कष्ट का विचार भी उसके मन में न आता था। पंडित जी कितना ही समझायें, कितना ही डरायें, पर वह उनका साथ न छोड़ती थी; पर अबकी बार कष्ट के विचार ने उसे कर्तव्य के मार्ग से विमुख कर दिया। पहले उसका पतिव्रत एक वृक्ष था, जो उसके प्रेम की क्यारी में अकेला खड़ा था; किन्तु अब उसी क्यारी में मैत्री का घास-पात निकल आया था, जिनका पोषण भी उसी भोजन पर अवलम्बित था।

:: 8 ::

ऐ मुसाफिर, छह महीने गुजर गये और पंडित श्रीधर वापस न आये। पहाड़ों की चोटियों पर छाया हुआ हिम घुल-घुल कर नदियों में बहने लगा, उनकी गोद में फिर

रंग-बिरंग के फूल लहलहाने लगे। चंद्रमा की किरणें फिर फूलों की महक सूँघने लगीं। सभी पर्वतों के पक्षी अपनी वार्षिक यात्रा समाप्त कर फिर स्वदेश आ पहुँचे; किंतु पंडित जी रियासत के कामों में ऐसे उलझे कि मेरे निरंतर आग्रह करने पर भी अर्जुन नगर न आये। विद्याधरी की ओर से वह इतने उदासीन क्यों हुए, समझ में नहीं आता था। उन्हें तो उसका वियोग एक क्षण के लिए भी असह्य था। किंतु इससे अधिक आश्चर्य की बात यह थी कि विद्याधरी ने भी आग्रहपूर्ण पत्रों के लिखने के अतिरिक्त उनके पास जाने का कष्ट न उठाया। वह अपने पत्रों में लिखती–'स्वामी जी, मैं बहुत व्याकुल हूँ, यहाँ मेरा जी जरा भी नहीं लगता। एक दिन एक-एक वर्ष के समान व्यतीत होता है। न दिन को चैन, न रात को नींद। क्या आप मुझे भूल गये ? मुझसे कौन-सा अपराध हुआ ? क्या आपको मुझ पर दया भी नहीं आती ? मैं आपके वियोग में रो-रो कर मरी जाती हूँ। नित्य स्वप्न देखती हूँ कि आप आ रहे हैं, पर यह स्वप्न सच्चा नहीं होता।' उसके पत्र ऐसे ही प्रेममय शब्दों से भरे होते थे और इसमें भी कोई संदेह नहीं कि जो कुछ वह लिखती थी, वह भी अक्षरशः सत्य था; मगर इतनी व्याकुलता, इतनी चिंता और इतनी उद्विग्नता पर भी उसके मन में कभी यह प्रश्न न उठा कि क्यों न मैं ही उनके पास चली चलूँ।

बहुत ही सुहावनी ऋतु थी। ज्ञानसरोवर में यौवन-काल की अभिलाषाओं की भाँति कमल के फूल खिले हुए थे। राजा रणधीरसिंह की पचीसवीं जयंती का शुभ-मुहूर्त आया। सारे नगर में आनंदोत्सव की तैयारियाँ होने लगीं। गृहणियाँ कोरे-कोरे दीपक पानी में भिगोने लगीं कि वह अधिक तेल न सोख जाएँ। चैत्र की पूर्णिमा थी, किन्तु दीपक की जगमगाहट ने ज्योत्सना को मात कर दिया था। मैंने राजा साहब के लिए इस्फहान से एक रत्न-जटित तलवार मँगा रखी थी। दरबार के अन्य जागीरदारों और अधिकारियों ने भी भाँति-भाँति के उपहार मँगा रखे थे। मैंने विद्याधरी के घर जा कर देखा, तो वह एक पुष्पहार गूँथ रही थी। मैं आध घंटे तक उसके सम्मुख खड़ी रही, किंतु वह अपने काम में इतनी व्यस्त थी कि उसे मेरी आहट भी न मिली। तब मैंने धीरे से पुकारा, 'बहन ?' विद्याधरी ने चौंक कर सिर उठाया और बड़ी शीघ्रता से वह हार फूल की डाली में छिपा दिया और लज्जित हो कर बोली–क्या तुम देर से खड़ी हो ? मैंने उत्तर दिया–आध घंटे से अधिक हुआ।

विद्याधरी के चेहरे का रंग उड़ गया, आँखें झुक गयीं, कुछ हिचकिचायी, कुछ घबरायी, अपने अपराधी हृदय को इन शब्दों से शांत किया–'यह हार मैंने ठाकुर

जी के लिए गूँथा है।' इस समय विद्याधरी की घबराहट का भेद मैं कुछ न समझी। ठाकुर जी के लिए हार गूँथना क्या कोई लज्जा की बात है ? फिर जब वह हार मेरी नजरों से छिपा दिया गया तो उसका जिक्र ही क्या ? हम दोनों ने कितनी ही बार साथ बैठ कर हार गूँथे थे। कोई निपुण मालिन भी हमसे अच्छे हार न गूँथ सकती थी; मगर इसमें शर्म क्या ? दूसरे दिन यह रहस्य मेरी समझ में आ गया। वह हार राजा रणधीरसिंह को उपहार में देने के लिए बनाया गया था।

यह बहुत सुंदर वस्तु थी। विद्याधरी ने अपना सारा चातुर्य उसके बनाने में खर्च किया था। कदाचित् यह सबसे उत्तम वस्तु थी जो राजा साहब को भेंट कर सकती थी। वह ब्राह्मणी थी। राजा साहब की गुरुमाता थी। उसके हाथों से यह उपहार बहुत ही शोभा देता था; किंतु यह बात उसने मुझसे छिपायी क्यों ?

मुझे उस दिन रात भर नींद न आयी। उसके इस रहस्य-भाव ने उसे मेरी नजरों से गिरा दिया। एक बार आँख झपकी तो मैंने उसे स्वप्न में देखा, मानो वह एक सुंदर पुष्प है; किन्तु उसकी बास मिट गयी हो। वह मुझसे गले मिलने के लिए बढ़ी; किंतु मैं हट गयी और बोली कि तूने मुझसे यह बात छिपायी क्यों ?

:: 9 ::

ऐ मुसाफिर, राजा रणधीरसिंह की उदारता ने प्रजा को मालामाल कर दिया। रईसों और अमीरों ने खिलअतें पायीं। किसी को घोड़ा मिला, किसी को जागीर मिली। मुझे उन्होंने श्रीभगवद्गीता की एक प्रति, एक मखमली बस्ते में रख, दी। विद्याधरी को एक बहुमूल्य जड़ाऊ कंगन मिला। उस कंगन में अनमोल हीरे जड़े हुए थे। देहली के निपुण स्वर्णकारों ने इसके बनाने में अपनी कला का चमत्कार दिखाया था। विद्याधरी को अब तक आभूषणों से इतना प्रेम न था, अब तक सादगी ही उसका आभूषण और पवित्रता ही उसका शृंगार थी, पर इस कंगन पर वह लोट-पोट हो गयी।

आषाढ़ का महीना आया। घटाएँ गगनमंडल में मँडराने लगीं। पंडित श्रीधर को घर की सुध आयी। पत्र लिखा कि मैं आ रहा हूँ। विद्याधरी ने मकान खूब साफ कराया और स्वयं अपना बनाव-शृंगार किया। उसके वस्त्रों से चंदन की महक उड़ रही थी। उसने कंगन को संदूकचे से निकाला और सोचने लगी कि इसे पहनूँ या न पहनूँ ? उसके मन ने निश्चय किया कि न पहनूँगी। संदूक बंद करके रख दिया।

सहसा लौंडी ने आ कर सूचना दी कि पंडित जी आ गये। यह सुनते ही विद्याधरी लपक कर उठी; किंतु पति के दर्शनों की उत्सुकता उसे द्वार की ओर नहीं ले गयी। उसने बड़ी फुर्ती से संदूकचा खोला, कंगन निकाल कर पहना और अपनी सूरत आईने में देखने लगी।

इधर पंडित जी प्रेम की उत्कंठा से कदम बढ़ाते दालान से आँगन और आँगन से विद्याधरी के कमरे में आ पहुँचे। विद्याधरी ने आ कर उनके चरणों को अपने सिर से स्पर्श किया। पंडित जी उसका यह शृंगार देख कर दंग रह गये। एकाएक उनकी दृष्टि उस कंगन पर पड़ी। राजा रणधीरसिंह की संगत ने उन्हें रत्नों का पारखी बना दिया था। ध्यान से देखा तो एक-एक नगीना एक-एक हजार का था। चकित हो कर बोले, 'यह कंगन कहाँ मिला ?'

विद्याधरी ने जवाब पहले ही सोच रखा था। रानी प्रियंवदा ने दिया है। यह जीवन में पहला अवसर था कि विद्याधरी ने अपने पतिदेव से कपट किया। जब हृदय शुद्ध न हो तो मुख से सत्य क्योंकर निकले ! यह कंगन नहीं, वरन् एक विषैला नाग था।

:: 10 ::

एक सप्ताह गुजर गया। विद्याधरी के चित्त की शांति और प्रसन्नता लुप्त हो गयी थी। यह शब्द कि रानी प्रियंवदा ने दिया है, प्रतिक्षण उसके कानों में गूँजा करते। वह अपने को धिक्कारती कि मैंने अपने प्राणाधार से क्यों कपट किया। बहुधा रोया करती। एक दिन उसने सोचा कि क्यों न चल कर पति से सारा वृत्तांत सुना दूँ। क्या वह मुझे क्षमा न करेंगे ? यह सोच कर उठी; किंतु पति के सम्मुख जाते ही उसकी जबान बंद हो गयी। वह अपने कमरे में आयी और फूट-फूट कर रोने लगी। कंगन पहन कर उसे बहुत आनंद हुआ था। इसी कंगन ने उसे हँसाया था, अब वही रुला रहा है।

विद्याधरी ने रानी के साथ बागों में सैर करना छोड़ दिया, चौपड़ और शतरंज उसके नाम को रोया करते। यह सारे दिन अपने कमरे में पड़ी रोया करती और सोचती कि क्या करूँ। काले वस्त्र पर काला दाग छिप जाता है, किंतु उज्ज्वल वस्त्र पर कालिमा की एक बूँद भी झलकने लगती है। वह सोचती, इसी कंगन ने मेरा सुख हर लिया है, यही कंगन मुझे रक्त के आँसू रुला रहा है। सर्प जितना सुंदर होता है उतना ही विषाक्त भी होता है। यह सुंदर कंगन विषधर नाग है, मैं उसका

सिर कुचल डालूँगी। यह निश्चय करके उसने एक दिन अपने कमरे में कोयले का अलाव जलाया, चारों तरफ के किवाड़ बंद कर दिये और उस कंगन को, जिसने उसके जीवन को संकटमय बना रखा था, संदूकचे से निकाल कर आग में डाल दिया। एक दिन वह था कि कंगन उसे प्राणों से भी प्यारा था, उसे मखमली संदूकचे में रखती थी, आज उसे इतनी निर्दयता से आग में जला रही है।

विद्याधरी अलाव के सामने बैठी हुई थी इतने में पंडित श्रीधर ने द्वार खटखटाया। विद्याधरी को काटो तो लहू नहीं। उसने उठ कर द्वार खोल दिया और सिर झुका कर खड़ी हो गयी। पंडित जी ने बड़े आश्चर्य से कमरे में निगाह दौड़ायी, पर रहस्य कुछ समझ में न आया। बोले कि किवाड़ बन्द करके क्या हो रहा है ? विद्याधरी ने उत्तर न दिया। तब पंडित जी ने छड़ी उठा ली और अलाव कुरेदा तो कंगन निकल आया। उसका संपूर्णतः रूपांतर हो गया था। न वह चमक थी, न वह रंग, न वह आकार। घबरा कर बोले, 'विद्याधरी, तुम्हारी बुद्धि कहाँ है ?'

विद्या.–भ्रष्ट हो गयी है।

पंडित–इस कंगन ने तुम्हारा क्या बिगाड़ा था ?

विद्या.–इसने मेरे हृदय में आग लगा रखी है।

पंडित–ऐसी अमूल्य वस्तु मिट्टी में मिल गयी।

विद्या.–इसने उससे भी अमूल्य वस्तु का अपहरण किया है।

पंडित–तुम्हारा सिर तो नहीं फिर गया है ?

विद्या.–शायद आपका अनुमान सत्य है।

पंडित जी ने विद्याधरी की ओर चुभनेवाली निगाहों से देखा। विद्याधरी की आँखें नीचे को झुक गयीं। वह उनसे आँखें न मिला सकी। भय हुआ कि कहीं यह तीव्र दृष्टि मेरे हृदय में न चुभ जाय। पंडित जी कठोर स्वर में बोले–विद्याधरी, तुम्हें स्पष्ट कहना होगा। विद्याधरी से अब न रुका गया, वह रोने लगी और पंडित जी के सम्मुख धरती पर गिर पड़ी।

:: 11 ::

विद्याधरी को जब सुध आयी तो पंडित जी का वहाँ पता न था। घबरायी हुई बाहर के दीवानखाने में आयी, मगर यहाँ भी उन्हें न पाया। नौकरों से पूछा तो मालूम हुआ कि घोड़े पर सवार हो कर ज्ञानसरोवर की ओर गये हैं। यह सुन कर विद्याधरी को कुछ ढाढ़स हुआ। वह द्वार पर खड़ी हो कर उनकी राह देखती रही। दोपहर

हुआ, सूर्य सिर पर आया, संध्या हुई, चिड़ियाँ बसेरा लेने लगीं, फिर रात आयी, गगन में तारागण जगमगाने लगे; किंतु विद्याधरी दीवार की भाँति खड़ी पति का इंतजार करती रही। रात बीत गयी, वनजंतुओं के भयानक शब्द कानों में आने लगे, सन्नाटा छा गया। सहसा उसे घोड़े के टापों की ध्वनि सुनायी दी। उसका हृदय फड़कने लगा। आनंदोन्मत्त हो कर द्वार के बाहर निकल आयी; किंतु घोड़े पर सवार न था। विद्याधरी को अब विश्वास हो गया कि अब पतिदेव के दर्शन न होंगे। या तो उन्होंने संन्यास ले लिया या आत्मघात कर लिया। उसके कंठ से वैराग्य और विषाद में डूबी हुई ठंडी साँस निकली। वहीं भूमि पर बैठ गयी और सारी रात खून के आँसू बहाती रही। जब ऊषा की निद्रा भंग हुई और पक्षी आनंदगान करने लगे तब वह दुखिया उठी और अंदर जाकर लेट रही।

जिस प्रकार सूर्य का ताव जल को सोख लेता है, उसी भाँति शोक के ताव ने विद्याधरी का रक्त जला दिया। मुख से ठंडी साँस निकलती थी, आँखों से गर्म आँसू बहते थे। भोजन से अरुचि हो गयी और जीवन से घृणा। इसी अवस्था में एक दिन राजा रणधीरसिंह समवेदना-भाव से उसके पास आये। उन्हें देखते ही विद्याधरी की आँखें रक्तवर्ण हो गयीं, क्रोध से होंठ काँपने लगे, झल्लायी हुई नागिन की भाँति फुफकार कर उठी और राजा के सम्मुख आ कर कर्कश स्वर में बोली, 'पापी, यह आग तेरी ही लगायी हुई है। यदि मुझमें अब भी कुछ सत्य है, तो तुझे इस दुष्टता के कडुवे फल मिलेंगे।' ये तीर के-से शब्द राजा के हृदय में चुभ गये। मुँह से एक शब्द भी न निकला। काल से न डरनेवाला राजपूत एक स्त्री की आग्नेय दृष्टि से काँप उठा।

:: 12 ::

एक वर्ष बीत गया, हिमालय पर मनोहर हरियाली छायी, फूलों ने पर्वत की गोद में क्रीड़ा करनी शुरू की। यह ऋतु बीती, जल-थल ने बर्फ की सफेद चादर ओढ़ी, जलपक्षियों की मालाएँ मैदानों की ओर उड़ती हुई दिखाई देने लगीं। यह मौसम भी गुजरा। नदी-नालों में दूध की धारें बहने लगीं; चंद्रमा की स्वच्छ निर्मल ज्योति ज्ञानसरोवर में थिरकने लगी; परंतु पंडित श्रीधर की कुछ टोह न लगी। विद्याधरी ने राजभवन त्याग दिया और एक पुराने निर्जन मंदिर में तपस्विनियों की भाँति कालक्षेप करने लगी। उस दुखिया की दशा कितनी करुणाजनक थी। उसे देख कर मेरी आँखें भर आती थीं। वह मेरी प्यारी सखी थी। उसकी संगत में मेरे जीवन

के कई वर्ष आनन्द से व्यतीत हुए थे। उसका यह अपार दुःख देख कर मैं अपना दुःख भूल गयी। एक दिन वह था कि उसने अपने पतिव्रत के बल पर मनुष्य को पशु के रूप में परिणत कर दिया था, और आज यह दिन है कि उसका पति भी उसे त्याग रहा है। किसी स्त्री के हृदय पर इससे अधिक लज्जाजनक, इससे अधिक प्राणघातक आघात नहीं लग सकता। उसकी तपस्या ने मेरे हृदय में उसे फिर उसी सम्मान के पद पर बिठा दिया। उसके सतीत्व पर फिर मेरी श्रद्धा हो गयी, किन्तु उससे कुछ पूछते, सांत्वना देते मुझे संकोच होता था। मैं डरती थी कि कहीं विद्याधरी यह न समझे कि मैं उससे बदला ले रही हूँ। कई महीनों के बाद जब विद्याधरी ने अपने हृदय का बोझा हलका करने के लिए स्वयं मुझसे यह वृत्तांत कहा तो मुझे ज्ञान हुआ कि यह सब काँटे राजा रणधीरसिंह के बोये हुए थे। उन्हीं की प्रेरणा से रानी जी ने पंडित जी के साथ जाने से रोका। उसके स्वभाव ने जो कुछ रंग बदला वह रानी जी ही की कुसंगति का फल था। उन्हीं की देखा-देखी उसे बनाव-शृंगार की चाट पड़ी, उन्हीं के मना करने से उसने कंगन का भेद पंडित जी से छिपाया। ऐसी घटनाएँ स्त्रियों के जीवन में नित्य होती रहती हैं और उन्हें जरा भी शंका नहीं होती। विद्याधरी का पतिव्रत आदर्श था। इसलिए यह विचलता उसके हृदय में चुभने लगी। मैं यह नहीं कहती कि विद्याधरी कर्त्तव्यपथ से विचलित नहीं हुई, चाहे किसी के बहकाने से, चाहे अपने भोलेपन से, उसने कर्त्तव्य का सीधा रास्ता छोड़ दिया, परन्तु पाप-कल्पना उसके दिल से कोसों दूर थी।

:: 13 ::

ऐ मुसाफिर, मैंने पंडित श्रीधर का पता लगाना शुरू किया। मैं उनकी मनोवृत्ति से परिचित थी। वह श्रीरामचंद्र के भक्त थे। कौशलपुरी की पवित्र भूमि और सरयू नदी के रमणीक तट उनके जीवन के सुखस्वप्न थे। मुझे खयाल आया कि सम्भव है, उन्होंने अयोध्या की राह ली हो। कहीं मेरे प्रयत्न से उनकी खोज मिल जाती और मैं उन्हें ला कर विद्याधरी के गले से मिला देती, तो मेरा जीवन सफल हो जाता। इस विरहिणी ने बहुत दुःख झेले हैं। क्या अब भी देवताओं को उस पर दया न आयेगी ? एक दिन मैंने शेरसिंह से कहा और पाँच विश्वस्त मनुष्य के साथ अयोध्या को चली। पहाड़ों से नीचे उतरते ही रेल मिल गयी। उसने हमारी यात्रा सुलभ कर दी। बीसवें दिन मैं अयोध्या पहुँच गयी और धर्मशाले में ठहरी। फिर सरयू में स्नान करके श्रीरामचंद्र के दर्शन को चली। मन्दिर के आँगन में पहुँची ही

थी कि पंडित श्रीधर की सौम्य मूर्ति दिखायी दी। वह एक कुशासन पर बैठे हुए रामायण का पाठ कर रहे थे और सहस्र नर-नारी बैठे हुए उनकी अमृतवाणी का आनन्द उठा रहे थे।

पंडित जी की दृष्टि मुझ पर ज्यों ही पड़ी, वह आसन से उठकर मेरे पास आये और बड़े प्रेम से मेरा स्वागत किया। दो-ढाई घंटे तक उन्होंने मुझे उस मंदिर की सैर करायी। मंदिर की छत पर से सारा नगर शतरंज की बिसात की भाँति मेरे पैरों के नीचे फैला हुआ दिखायी देता था। मंदगामिनी वायु सरयू की तरंगों को धीरे-धीरे थपकियाँ दे रही थी। ऐसा जान पड़ता था मानो स्नेहमयी माता ने इस नगर को अपनी गोद में लिया हो। यहाँ से जब अपने डेरे को चली तब पंडित जी भी मेरे साथ आये। जब वह इतमीनान से बैठे तो मैंने कहा—आपने तो हम लोगों से नाता ही तोड़ लिया।

पंडित जी ने दुखित होकर कहा—विधाता की यही इच्छा थी। मेरा क्या वश था। अब तो श्रीरामचंद्र की शरण आ गया हूँ और शेष जीवन उन्हीं की सेवा में भेंट होगा।

मैं—आप तो श्रीरामचंद्र की शरण में आ गये हैं, उस अबला विद्याधरी को किसकी शरण में छोड़ दिया है ?

पंडित—आपके मुख से ये शब्द शोभा नहीं देते।

मैंने उत्तर दिया—विद्याधरी को मेरी सिफारिश की आवश्यकता नहीं है। अगर आपने उसके पतिव्रत पर संदेह किया है तो आपसे ऐसा भीषण पाप हुआ है, जिसका प्रायश्चित्त आप बार-बार जन्म ले कर भी नहीं कर सकते। आपकी यह भक्ति इस अधर्म का निवारण नहीं कर सकती। आप क्या जानते हैं कि आपके वियोग में उस दुखिया का जीवन कैसे कट रहा है।

किन्तु पंडित जी ने ऐसा मुँह बना लिया, मानो इस विषय में वह अंतिम शब्द कह चुके। किंतु मैं इतनी आसानी से उनका पीछा क्यों छोड़ने लगी। मैंने सारी कथा आद्योपांत सुनायी। और रणधीरसिंह की कपटनीति का रहस्य खोल दिया तब पंडित जी की आँखें खुलीं। मैं वाणी में कुशल नहीं हूँ, किंतु उस समय सत्य और न्याय के पक्ष ने मेरे शब्दों को बहुत ही प्रभावशाली बना दिया था। ऐसा जान पड़ता था, मानो मेरी जिह्वा पर सरस्वती विराजमान हों। अब वह बातें याद आती हैं तो मुझे स्वयं आश्चर्य होता है। आखिर विजय मेरे ही साथ रही। पंडित जी मेरे साथ चलने पर उद्यत हो गये।

:: 14 ::

यहाँ आकर मैंने शेरसिंह को यहीं छोड़ा और पंडित जी के साथ अर्जुननगर को चली। हम दोनों अपने विचारों में मग्न थे। पंडित जी की गर्दन शर्म से झुकी हुई थी क्योंकि अब उनकी हैसियत रूठनेवालों की भाँति नहीं, बल्कि मनानेवालों की तरह थी।

आज प्रणय के सूखे हुए धान में फिर पानी पड़ेगा, प्रेम की सूखी हुई नदी फिर उमड़ेगी !

जब हम विद्याधरी के द्वार पर पहुँचे तो दिन चढ़ आया था। पंडित जी बाहर ही रुक गये थे। मैंने भीतर जाकर देखा तो विद्याधरी पूजा पर थी। किंतु यह किसी देवता की पूजा न थी। देवता के स्थान पर पंडित जी की खड़ाऊँ रखी हुई थी। पतिव्रत का यह अलौकिक दृश्य देख कर मेरा हृदय पुलकित हो गया। मैंने दौड़ कर विद्याधरी के चरणों पर सिर झुका दिया। उसका शरीर सूख कर काँटा हो गया था और शोक ने कमर झुका दी थी।

विद्याधरी ने मुझे उठा कर छाती से लगा लिया और बोली–बहन, मुझे लज्जित न करो। खूब आयीं, बहुत दिनों से जी तुम्हें देखने को तरस रहा था।

मैंने उत्तर दिया–जरा अयोध्या चली गयी थी। जब हम दोनों अपने देश में थीं तो तब मैं कहीं जाती तो विद्याधरी के लिए कोई न कोई उपहार अवश्य लाती। उसे वह बात याद आ गयी। सजल-नयन हो कर बोली–मेरे लिए भी कुछ लायीं ?

मैं–एक बहुत अच्छी वस्तु लायी हूँ।

विद्या.–क्या है, देखूँ ?

मैं–पहले बूझ जाओ।

विद्या.–सुहाग की पिटारी होगी ?

मैं–नहीं, उससे अच्छी।

विद्या.–ठाकुर जी की मूर्ति ?

मैं–नहीं, उससे भी अच्छी।

विद्या.–मेरे प्राणाधार का कोई समाचार ?

मैं–उससे भी अच्छी।

विद्याधरी प्रबल आवेश से व्याकुल हो कर उठी कि द्वार पर जाकर पति का स्वागत करे, किंतु निर्बलता ने मन की अभिलाषा न निकलने दी। तीन बार सँभली

और तीन बार गिरी, तब मैंने उसका सिर अपनी गोद में रख लिया और आँचल से हवा करने लगी। उसका हृदय बड़े वेग से धड़क रहा था और पतिदर्शन का आनन्द आँखों से आँसू बन कर निकलता था।

जब जरा चित सावधान हुआ तो उसने कहा–उन्हें बुला लो, उनका दर्शन मुझे रामबाण हो जायगा। ऐसा ही हुआ। ज्यों ही पंडित जी अंदर आये, विद्याधरी उठ कर उनके पैरों से लिपट गयी। देवी ने बहुत दिनों के बाद पति के दर्शन पाये हैं। अश्रुधारा से उनके पैर पखार रही है।

मैंने वहाँ ठहरना उचित न समझा। इन दोनों प्राणियों के हृदय में कितनी ही बातें आ रही होंगी, दोनों क्या-क्या कहना और क्या-क्या सुनना चाहते होंगे, इस विचार से, मैं उठ खड़ी हुई और बोली–बहन, अब मैं जाती हूँ, शाम को फिर आऊँगी। विद्याधरी ने मेरी ओर आँखें उठायीं। पुतलियों के स्थान पर हृदय रखा हुआ था। दोनों आँखें आकाश की ओर उठा कर बोली–ईश्वर तुम्हें इस यश का फल दें।

:: 15 ::

ऐ मुसाफिर, मैंने दो बार पंडित श्रीधर को मौत के मुँह से बचाया था, किन्तु आज का-सा आनंद कभी न प्राप्त हुआ था।

जब मैं ज्ञानसरोवर पर पहुँची तो दोपहर हो आयी थी। विद्याधरी की शुभकामना मुझसे पहले ही पहुँच चुकी थी। मैंने देखा कि कोई पुरुष गुफा से निकल कर ज्ञानसरोवर की ओर चला जा रहा है। मुझे आश्चर्य हुआ कि इस समय यहाँ कौन आया। लेकिन जब समीप आ गया तो मेरे हृदय में ऐसी तरंगें उठने लगीं मानो छाती से बाहर निकल पड़ेगा। यह मेरे प्राणेश्वर, मेरे पतिदेव थे। मैं चरणों पर गिरना ही चाहती थी कि उनका कर-पाश मेरे गले में पड़ गया।

पूरे दस वर्षों के बाद आज मुझे यह शुभ दिन देखना नसीब हुआ। मुझे उस समय ऐसा जान पड़ता था कि ज्ञानसरोवर के कमल मेरे ही लिए खिले हैं, गिरिराज ने मेरे ही लिए फूल की शय्या दी है, हवा मेरे ही लिए झूमती हुई आ रही है।

दस वर्षों के बाद मेरा उजड़ा हुआ घर बसा; गये हुए दिन लौटे। मेरे आनंद का अनुमान कौन कर सकता है।

मेरे पति ने प्रेमकरुणा भरी आँखों से देख कर कहा, "प्रियंवदा !"

मर्यादा की वेदी

यह वह समय था जब चित्तौड़ में मृदुभाषिणी मीरा प्यारी आत्माओं को ईश्वर-प्रेम के प्याले पिलाती थी। रणछोड़ जी के मंदिर में जब भक्ति से विह्वल हो कर वह अपने मधुर स्वरों में अपने पीयूषपूरित पदों को गाती, तो श्रोतागण प्रेमानुराग से उन्मत्त हो जाते। प्रतिदिन यह स्वर्गीय आनंद उठाने के लिए सारे चित्तौड़ के लोग ऐसे उत्सुक हो कर दौड़ते, जैसे दिन भर की प्यासी गायें दूर से किसी सरोवर को देख कर उसकी ओर दौड़ती हैं। इस प्रेम-सुधा-सागर से केवल चित्तौड़वासियों ही की तृप्ति न होती थी, बल्कि समस्त राजपूताना की मरुभूमि प्लावित हो जाती थी।

एक बार ऐसा संयोग हुआ कि झालावाड़ के रावसाहब और मंदार राज्य के कुमार, दोनों ही लाव-लश्कर के साथ चित्तौड़ आये। रावसाहब के साथ राजकुमारी प्रभा भी थी, जिसके रूप और गुण की दूर-दूर तक चर्चा थी। यहीं रणछोड़ जी के मंदिर में दोनों की आँखें मिलीं। प्रेम ने बाण चलाया।

राजकुमार सारे दिन उदासीन भाव से शहर की गलियों में घूमा करता। राजकुमारी विरह से व्यथित अपने महल के झरोखों से झाँका करती। दोनों व्याकुल हो कर संध्या समय मंदिर में आते और यहाँ चंद्र को देख कर कुमुदिनी खिल जाती।

प्रेम-प्रवीण मीरा ने कई बार इन दोनों प्रेमियों को सतृष्ण नेत्रों से परस्पर देखते हुए पा कर उनके मन के भावों को ताड़ लिया। एक दिन कीर्त्तन के पश्चात् जब झालावाड़ के रावसाहब चलने लगे तो उसने मंदार के राजकुमार को बुला कर उनके सामने खड़ा कर दिया और कहा—रावसाहब, मैं प्रभा के लिए वर लायी हूँ, आप इसे स्वीकार कीजिए।

प्रभा लज्जा से गड़-सी गयी। राजकुमार के गुण-शील पर रावसाहब पहले ही से मोहित हो रहे थे, उन्होंने तुरंत उसे छाती से लगा लिया।

उसी अवसर पर चित्तौड़ के राणा भोजराज जी मंदिर में आये। उन्होंने प्रभा का मुख-चंद्र देखा। उनकी छाती पर साँप लोटने लगा।

:: 2 ::

झालावाड़ में बड़ी धूम थी। राजकुमारी प्रभा का आज विवाह होगा। मंदार से बारात आयेगी। मेहमानों की सेवा-सम्मान की तैयारियाँ हो रही थीं। दुकानें सजी हुई थीं। नौबतखाने आमोदालाप से गूँजते थे। सड़कों पर सुगंधि छिड़की जाती थी, अट्टालिकाएँ पुष्प-लताओं से शोभायमान थीं। पर जिसके लिए ये सब तैयारियाँ हो रही थीं, वह अपनी वाटिका के एक वृक्ष के नीचे उदास बैठी हुई रो रही थी।

रनिवास में डोमिनियाँ आनंदोत्सव के गीत गा रही थीं। कहीं सुंदरियों के हाव-भाव थे, कहीं आभूषणों की चमक-दमक, कहीं हास-परिहास की बहार। नाइन बात-बात पर तेज होती थी। मालिन गर्व से फूली न समाती थी। धोबिन आँखें दिखाती थी। कुम्हारिन मटके के सदृश फूली हुई थी। मंडप के नीचे पुरोहित जी बात-बात पर सुवर्ण-मुद्राओं के लिए ठुनकते थे। रानी सिर के बाल खोले भूखी-प्यासी चारों ओर दौड़ती थी। सबकी बौछारें सहती थी और अपने भाग्य को सराहती थी। दिल खोल कर हीरे-जवाहरात लुटा रही थी। आज प्रभा का विवाह है। बड़े भाग्य से ऐसी बातें सुनने में आती हैं। सबके सब अपनी-अपनी धुन में मस्त हैं। किसी को प्रभा की फिक्र नहीं है, जो वृक्ष के नीचे अकेली बैठी रो रही है।

एक रमणी ने आ कर नाइन से कहा—बहुत बढ़-बढ़ कर बातें न कर, कुछ राजकुमारी का भी ध्यान है ? चल, उनके बाल गूँथ।

नाइन ने दाँतों तले जीभ दबायी। दोनों प्रभा को ढूँढ़ती हुई बाग में पहुँचीं। प्रभा ने उन्हें देखते ही आँसू पोंछ डाले। नाइन मोतियों से माँग भरने लगी और प्रभा सिर नीचा किये आँखों से मोती बरसाने लगी।

रमणी ने सजल नेत्र हो कर कहा—बहिन, दिल इतना छोटा मत करो। मुँहमाँगी मुराद पा कर इतनी उदास क्यों होती हो ?

प्रभा ने सहेली की ओर देख कर कहा—बहिन, जाने क्यों दिल बैठा जाता है। सहेली ने छेड़ कर कहा—पिया-मिलन की बेकली है !

प्रभा उदासीन भाव से बोली—कोई मेरे मन में बैठा कह रहा है कि अब उनसे मुलाकात न होगी।

सहेली उसके केश सँवार कर बोली—जैसे ऊषाकाल से पहले कुछ अँधेरा हो जाता है, उसी प्रकार मिलाप के पहले प्रेमियों का मन अधीर हो जाता है।

प्रभा बोली–नहीं बहिन, यह बात नहीं। मुझे शकुन अच्छे नहीं दिखायी देते। आज दिन भर मेरी आँख फड़कती रही। रात को मैंने बुरे स्वप्न देखे हैं। मुझे शंका होती है कि आज अवश्य कोई न कोई विघ्न पड़नेवाला है। तुम राजा भोजराज को जानती हो न ?

संध्या हो गयी। आकाश पर तारों के दीपक जले। झालावाड़ में बूढ़े-जवान सभी लोग बारात की अगवानी के लिए तैयार हुए। मरदों ने पागें सँवारीं, शस्त्र साजे। युवतियाँ शृंगार कर गाती-बजाती रनिवास की ओर चलीं। हजारों स्त्रियाँ छत पर बैठी बारात की राह देख रही थीं।

अचानक शोर मचा कि बारात आ गयी। लोग सँभल बैठे, नगाड़ों पर चोटें पड़ने लगीं, सलामियाँ दगने लगीं। जवानों ने घोड़ों को एड़ लगायी। एक क्षण में सवारों की एक सेना राजभवन के सामने आ कर खड़ी हो गयी। लोगों को देख कर बड़ा आश्चर्य हुआ, क्योंकि यह मंदार की बारात नहीं थी बल्कि राणा भोजराज की सेना थी।

झालावाड़वाले अभी विस्मित खड़े ही थे, कुछ निश्चय न कर सके थे कि क्या करना चाहिए। इतने में चित्तौड़वालों ने राजभवन को घेर लिया। तब झालावाड़ी भी सचेत हुए। सँभल कर तलवारें खींच लीं और आक्रमणकारियों पर टूट पड़े। राजा महल में घुस गया। रनिवास में भगदड़ मच गयी।

प्रभा सोलहो शृंगार किये, सहेलियों के साथ बैठी थी। यह हलचल देखकर घबड़ायी। इतने में रावसाहब हाँफते हुए आये और बोले–बेटी प्रभा, राणा भोजराज ने हमारे महल को घेर लिया है। तुम चटपट ऊपर चली जाओ और द्वार को बंद कर लो। अगर हम क्षत्रिय हैं, तो एक चित्तौड़ी भी यहाँ से जीता न जायगा।

रावसाहब बात भी पूरी न करने पाये थे कि राणा कई वीरों के साथ आ पहुँचे और बोले–चित्तौड़वाले तो सिर कटाने के लिए आये ही हैं। पर यदि वे राजपूत हैं तो राजकुमारी को ले कर ही जायेंगे। वृद्ध रावसाहब की आँखों से ज्वाला निकलने लगी। वे तलवार खींच कर राणा पर झपटे। उन्होंने वार बचा लिया और प्रभा से कहा–राजकुमारी, हमारे साथ चलोगी ?

प्रभा सिर झुकाये राणा के सामने आ कर बोली–हाँ, चलूँगी।

रावसाहब को कई आदमियों ने पकड़ लिया था। वे तड़प कर बोले–प्रभा, तू राजपूत की कन्या है ?

प्रभा की आँखें सजल हो गयीं। बोली–राणा भी तो राजपूतों के कुलतिलक हैं। रावसाहब ने क्रोध में आ कर कहा–निर्लज्जा !

कटार के नीचे पड़ा हुआ बलिदान का पशु जैसी दीन दृष्टि से देखता है, उसी भाँति प्रभा ने रावसाहब की ओर देख कर कहा–जिस झालावाड़ की गोद में पली हूँ, क्या उसे रक्त से रँगवा दूँ ?

रावसाहब ने क्रोध से काँप कर कहा–क्षत्रियों को रक्त इतना प्यारा नहीं होता। मर्यादा पर प्राण देना उनका धर्म है !

तब प्रभा की आँखें लाल हो गयीं। चेहरा तमतमाने लगा।

बोली–राजपूत-कन्या अपने सतीत्व की रक्षा आप कर सकती है। इसके लिए रुधिर प्रवाह की आवश्यकता नहीं।

पल भर में राणा ने प्रभा को गोद में उठा लिया। बिजली की भाँति झपट कर बाहर निकले। उन्होंने उसे घोड़े पर बिठा लिया, आप सवार हो गये और घोड़े को उड़ा दिया। अन्य चित्तौड़ियों ने भी घोड़ों की बागें मोड़ दीं, उसके सौ जवान भूमि पर पड़े तड़प रहे थे; पर किसी ने तलवार न उठायी थी।

रात को दस बजे मंदारवाले भी पहुँचे। मगर यह शोक-समाचार पाते ही लौट गये। मंदार-कुमार निराशा से अचेत हो गया। जैसे रात को नदी का किनारा सुनसान हो जाता है, उसी तरह सारी रात झालावाड़ में सन्नाटा छाया रहा।

:: 3 ::

चित्तौड़ के रंग-महल में प्रभा उदास बैठी सामने के सुन्दर पौधों की पत्तियाँ गिन रही थी। संध्या का समय था। रंग-बिरंग के पक्षी वृक्षों पर बैठे कलरव कर रहे थे। इतने में राणा ने कमरे में प्रवेश किया। प्रभा उठ कर खड़ी हो गयी।

राणा बोले–प्रभा, मैं तुम्हारा अपराधी हूँ। मैं बलपूर्वक तुम्हें माता-पिता की गोद से छीन लाया, पर यदि मैं तुमसे कहूँ कि यह सब तुम्हारे प्रेम से विवश हो कर मैंने किया, तो तुम मन में हँसोगी और कहोगी कि यह निराले, अनूठे ढंग की प्रीति है; पर वास्तव में यही बात है। जबसे मैंने रणछोड़ जी के मंदिर में तुमको देखा, तब से एक क्षण भी ऐसा नहीं बीता कि मैं तुम्हारी सुधि में विकल न रहा होऊँ। तुम्हें अपनाने का अन्य कोई उपाय होता, तो मैं कदापि इस पाशविक ढंग से काम न लेता। मैंने रावसाहब की सेवा में बारंबार संदेशे भेजे; पर उन्होंने हमेशा मेरी उपेक्षा की। अंत में जब तुम्हारे विवाह की अवधि

आ गयी और मैंने देखा कि एक ही दिन में तुम दूसरे की प्रेम-पात्री हो जाओगी और तुम्हारा ध्यान करना भी मेरी आत्मा को दूषित करेगा, तो लाचार होकर मुझे यह अनीति करनी पड़ी। मैं मानता हूँ कि यह सर्वथा मेरी स्वार्थान्धता है। मैंने अपने प्रेम के सामने तुम्हारे मनोगत भावों को कुछ न समझा; पर प्रेम स्वयं एक बढ़ी हुई स्वार्थपरता है, जब मनुष्य को अपने प्रियतम के सिवाय और कुछ नहीं सूझता। मुझे पूरा विश्वास था कि मैं अपने विनीत भाव और प्रेम से तुमको अपना लूँगा। प्रभा, प्यास से मरता हुआ मनुष्य यदि किसी गढ़े में मुँह डाल दे, तो वह दंड का भागी नहीं है। मैं प्रेम का प्यासा हूँ। मीरा मेरी सहधर्मिणी है। उसका हृदय प्रेम का अगाध सागर है। उसका एक चुल्लू भी मुझे उन्मत्त करने के लिए काफी था, पर जिस हृदय में ईश्वर का वास हो वहाँ मेरे लिए स्थान कहाँ ? तुम शायद कहोगी कि यदि तुम्हारे सिर पर प्रेम का भूत सवार था तो क्या सारे राजपूताने में स्त्रियाँ न थीं। निस्संदेह राजपूताने में सुन्दरता का अभाव नहीं है और न चित्तौड़ाधिपति की ओर से विवाह की बातचीत किसी के अनादर का कारण हो सकती है; पर इसका जवाब तुम आप ही हो। इसका दोष तुम्हारे ही ऊपर है। राजस्थान में एक ही चित्तौड़ है, एक ही राणा और एक ही प्रभा। सम्भव है, मेरे भाग्य में प्रेमानंद भोगना न लिखा हो। यह मैं अपने कर्म-लेख को मिटाने का थोड़ा-सा प्रयत्न कर रहा हूँ; परंतु भाग्य के अधीन बैठे रहना पुरुषों का काम नहीं है। मुझे इसमें सफलता होगी या नहीं, इसका फैसला तुम्हारे हाथ है।

प्रभा की आँखें जमीन की तरफ थीं और मन फुदकनेवाली चिड़िया की भाँति इधर-उधर उड़ता फिरता था। वह झालावाड़ को मारकाट से बचाने के लिए राणा के साथ आयी थी, मगर राणा के प्रति उसके हृदय में क्रोध की तरंगें उठ रही थीं। उसने सोचा था कि वे यहाँ आयेंगे तो उन्हें राजपूत कुल-कलंक, अन्यायी, दुराचारी, दुरात्मा, कायर कह कर उनका गर्व चूर-चूर कर दूँगी। उसको विश्वास था कि यह अपमान उनसे न सहा जायगा और वे मुझे बलात् अपने काबू में लाना चाहेंगे। इस अंतिम समय के लिए उसने अपने हृदय को खूब मजबूत और अपनी कटार को खूब तेज कर रखा था। उसने निश्चय कर लिया था कि इसका एक वार उन पर होगा, दूसरा अपने कलेजे पर और इस प्रकार यह पाप-कांड समाप्त हो जायगा। लेकिन राणा की नम्रता, उनकी करुणात्मक विवेचना और उनके विनीत भाव ने

प्रभा को शांत कर दिया। आग पानी से बुझ जाती है। राणा कुछ देर वहाँ बैठे रहे, फिर उठ कर चले गये।

:: 4 ::

प्रभा को चित्तौड़ में रहते दो महीने गुजर चुके हैं। राणा उसके पास फिर न आये। इस बीच में उनके विचारों में कुछ अंतर हो गया है। झालावाड़ पर आक्रमण होने के पहले मीराबाई को इसकी बिलकुल खबर न थी। राणा ने इस प्रस्ताव को गुप्त रखा था। किंतु अब मीराबाई प्रायः उन्हें इस दुराग्रह पर लज्जित किया करती है और धीरे-धीरे राणा को भी विश्वास होने लगा है कि प्रभा इस तरह काबू में नहीं आ सकती। उन्होंने उसके सुख-विलास की सामग्री एकत्र करने में कोई कसर नहीं रख छोड़ी थी। लेकिन प्रभा उनकी तरफ आँख उठा कर भी नहीं देखती। राणा प्रभा की लौंडियों से नित्य का समाचार पूछा करते हैं और उन्हें रोज वही निराशापूर्ण वृत्तांत सुनायी देता है। मुरझायी हुई कली किसी भाँति नहीं खिलती। अतएव उनको कभी-कभी अपने इस दुस्साहस पर पश्चात्ताप होता है। वे पछताते हैं कि मैंने व्यर्थ ही यह अन्याय किया। लेकिन फिर प्रभा का अनुपम सौंदर्य नेत्रों के सामने आ जाता है और वह अपने मन को इस विचार से समझा लेते हैं कि एक सगर्वा सुंदरी का प्रेम इतनी जल्दी परिवर्तित नहीं हो सकता। निस्संदेह मेरा मृदु व्यवहार भी कभी न कभी अपना प्रभाव दिखलायेगा।

प्रभा सारे दिन अकेली बैठी-बैठी उकताती और झुँझलाती थी। उसके विनोद के निमित्त कई गानेवाली स्त्रियाँ नियुक्त थीं; किंतु राग-रंग से उसे अरुचि हो गयी। वह प्रतिक्षण चिंताओं में डूबी रहती थी।

राणा के नम्र भाषण का प्रभाव अब मिट चुका था और उसकी अमानुषिक वृत्ति अब फिर अपने यथार्थ रूप में दिखायी देने लगी थी। वाक्‌चतुरता शांतिकारक नहीं होती। वह केवल निरुत्तर कर देती है। प्रभा को अब अपने अवाक् हो जाने पर आश्चर्य होता है। उसे राणा की बातों के उत्तर भी सूझने लगे हैं। वह कभी-कभी उनसे लड़ कर अपनी किस्मत का फैसला करने के लिए विकल हो जाती है।

मगर अब वाद-विवाद किस काम का ? वह सोचती है कि मैं रावसाहब की कन्या हूँ; पर संसार की दृष्टि में राणा की रानी हो चुकी। अब यदि मैं इस कैद से छूट भी जाऊँ तो मेरे लिए कहाँ ठिकाना है ? मैं कैसे मुँह दिखाऊँगी ? इससे केवल मेरे वंश का ही नहीं, वरन् समस्त राजपूत-जाति का नाम डूब जायगा।

मंदार-कुमार मेरे सच्चे प्रेमी हैं। मगर क्या वे मुझे अंगीकार करेगें ? और यदि वे निंदा की परवाह न करके मुझे ग्रहण भी कर लें तो उनका मस्तक सदा के लिए नीचा हो जायगा और कभी न कभी उनका मन मेरी तरफ से फिर जायगा। वे मुझे अपने कुल का कलंक समझने लगेंगे। या यहाँ से किसी तरह भाग जाऊँ ? लेकिन भाग कर जाऊँ कहाँ ? बाप के घर ? वहाँ अब मेरी पैठ नहीं। मंदार-कुमार के पास ? इसमें उनका अपमान है और मेरा भी। तो क्या भिखारिणी बन जाऊँ ? इसमें भी जग-हँसाई होगी और न जाने प्रबल भावी किस मार्ग पर ले जाय। एक अबला स्त्री के लिए सुंदरता प्राणघातक यंत्र से कम नहीं। ईश्वर, वह दिन न आये कि मैं क्षत्रिय-जाति का कलंक बनूँ। क्षत्रिय-जाति ने मर्यादा के लिए पानी की तरह रक्त बहाया है। उनकी हजारों देवियाँ पर-पुरुष का मुँह देखने के भय से सूखी लकड़ी के समान जल मरी हैं। ईश्वर, वह घड़ी न आये कि मेरे कारण किसी राजपूत का सिर लज्जा से नीचा हो। नहीं, मैं इसी कैद में मर जाऊँगी। राणा के अन्याय सहूँगी, जलूँगी, मरूँगी, पर इसी घर में। विवाह जिससे होना था, हो चुका। हृदय में उसकी उपासना करूँगी, पर कंठ के बाहर उसका नाम न निकालूँगी।

एक दिन झुँझला कर उसने राणा को बुला भेजा। वे आये। उनका चेहरा उतरा था। वे कुछ चिंतित-से थे। प्रभा कुछ कहना चाहती थी पर उनकी सूरत देख कर उसे उन पर दया आ गयी। उन्होंने उसे बात करने का अवसर न दे कर स्वयं कहना शुरू किया।

"प्रभा, तुमने आज मुझे बुलाया है। यह मेरा सौभाग्य है। तुमने मेरी सुधि तो ली मगर यह मत समझो कि मैं मृदु-वाणी सुनने की आशा ले कर आया हूँ। नहीं, मैं जानता हूँ, जिसके लिए तुमने मुझे बुलाया है। यह लो, तुम्हारा अपराधी तुम्हारे सामने खड़ा है। उसे जो दंड चाहो दो। मुझे अब तक आने का साहस न हुआ। इसका कारण यही दंड-भय था। तुम क्षत्राणी हो और क्षत्राणियाँ क्षमा करना नहीं जानतीं। झालावाड़ में जब तुम मेरे साथ आने पर स्वयं उद्यत हो गयीं, तो मैंने उसी क्षण तुम्हारे जौहर परख लिये। मुझे मालूम हो गया कि तुम्हारा हृदय बल और विश्वास से भरा हुआ है। उसे काबू में लाना सहज नहीं। तुम नहीं जानतीं कि यह एक मास मैंने किस तरह काटा है। तड़प-तड़प कर मर रहा हूँ, पर जिस तरह शिकारी बिफरी हुई सिंहनी के सम्मुख जाने से डरता है, वही दशा मेरी थी। मैं कई बार आया। यहाँ तुमको उदास त्यौरियाँ चढ़ाये बैठे देखा। मुझे अंदर पैर

रखने का साहस न हुआ, मगर आज मैं बिना बुलाया मेहमान नहीं हूँ। तुमने मुझे बुलाया है और तुम्हें अपने मेहमान का स्वागत करना चाहिए। हृदय से न सही–जहाँ अग्नि प्रज्वलित हो, वहाँ ठंडक कहाँ–बातों ही से सही, अपने भावों को दबा कर ही सही, मेहमान का स्वागत करो। संसार में शत्रु का आदर मित्रों से भी अधिक किया जाता है।

"प्रभा, एक क्षण के लिए क्रोध को शांत करो और मेरे अपराधों पर विचार करो। तुम मेरे ऊपर यही दोषारोपण कर सकती हो कि मैं तुम्हें माता-पिता की गोद से छीन लाया। तुम जानती हो, कृष्ण भगवान् रुक्मिणी को हर लाये थे। राजपूतों में यह कोई नयी बात नहीं है। तुम कहोगी, इससे झालावाड़वालों का अपमान हुआ, पर ऐसा कहना कदापि ठीक नहीं। झालावाड़वालों ने वही किया, जो मर्दों का धर्म था। उनका पुरुषार्थ देख कर हम चकित हो गये। यदि वे कृतकार्य नहीं हुए तो यह उनका दोष नहीं है। वीरों की सदैव जीत नहीं होती। हम इसलिए सफल हुए कि हमारी संख्या अधिक थी और इस काम के लिए तैयार हो कर गये थे। वे निश्शंक थे, इस कारण उनकी हार हुई। यदि हम वहाँ से शीघ्र ही प्राण बचा कर भाग न आते तो हमारी गति वही होती जो रावसाहब ने कही थी। एक भी चित्तौड़ी न बचता। लेकिन ईश्वर के लिए यह मत सोचो कि मैं अपने अपराध के दूषण को मिटाना चाहता हूँ। नहीं, मुझसे अपराध हुआ है और मैं हृदय से उस पर लज्जित हूँ। पर अब तो जो कुछ होना था, हो चुका। अब इस बिगड़े हुए खेल को मैं तुम्हारे ऊपर छोड़ता हूँ। यदि मुझे तुम्हारे हृदय में कोई स्थान मिले तो मैं उसे स्वर्ग समझूँगा। डूबते हुए को तिनके का सहारा भी बहुत है। क्या यह संभव है ?"

प्रभा बोली–नहीं।

राणा–झालावाड़ जाना चाहती हो ?

प्रभा–नहीं।

राणा–मंदार के राजकुमार के पास भेज दूँ ?

प्रभा–कदापि नहीं।

राणा–लेकिन मुझसे यह तुम्हारा कुढ़ना देखा नहीं जाता।

प्रभा–आप इस कष्ट से शीघ्र ही मुक्त हो जाएँगे।

राणा ने भयभीत दृष्टि से देख कर कहा, "जैसी तुम्हारी इच्छा," और वे वहाँ से उठ कर चले गये।

दस बजे रात का समय था। रणछोड़ जी के मन्दिर में कीर्तन समाप्त हो चुका था और वैष्णव साधु बैठे हुए प्रसाद पा रहे थे। मीरा स्वयं अपने हाथ से थाल ला-ला कर उनके आगे रखती थी। साधुओं और अभ्यागतों के आदर-सत्कार में उस देवी को आत्मिक आनन्द प्राप्त होता था। साधुगण जिस प्रेम से भोजन करते थे, उससे यह शंका होती थी कि स्वादपूर्ण वस्तुओं में कहीं भक्ति-भजन से भी अधिक सुख तो नहीं है। यह सिद्ध हो चुका है कि ईश्वर की दी हुई वस्तुओं का सदुपयोग ही ईश्वरोपासना की मुख्य रीति है। इसीलिए ये महात्मा लोग उपासना के ऐसे अच्छे अवसरों को क्यों खोते ? वे कभी पेट पर हाथ फेरते और कभी आसन बदलते थे। मुँह से 'नहीं' कहना तो वे घोर पाप के समान समझते थे। यह भी मानी हुई बात है कि जैसी वस्तुओं का हम सेवन करते हैं, वैसी ही आत्मा भी बनती है। इसलिए वे महात्मागण घी और खोये से उदर को खूब भर रहे थे।

पर उन्हीं में एक महात्मा ऐसे भी थे जो आँखें बंद किये ध्यान में मग्न थे। थाल की ओर ताकते भी न थे। इनका नाम प्रेमानन्द था। ये आज ही आये थे। इनके चेहरे पर कांति झलकती थी। अन्य साधु खा कर उठ गये, परंतु उन्होंने थाल छुआ भी नहीं।

मीरा ने हाथ जोड़ कर कहा—महाराज, आपने प्रसाद को छुआ भी नहीं। दासी से कोई अपराध तो नहीं हुआ ?

साधु—नहीं, इच्छा नहीं थी।

मीरा—पर मेरी विनय आपको माननी पड़ेगी।

साधु—मैं तुम्हारी आज्ञा का पालन करूँगा, तो तुमको भी मेरी एक बात माननी होगी।

मीरा—कहिए क्या आज्ञा है।

साधु—माननी पड़ेगी।

मीरा—मानूँगी।

साधु—वचन देती हो ?

मीरा—वचन देती हूँ, आप प्रसाद पायें।

मीराबाई ने समझा था कि साधु कोई मन्दिर बनवाने या कोई यज्ञ पूर्ण करा देने की याचना करेगा। ऐसी बातें नित्यप्रति हुआ ही करती थीं और मीरा का सर्वस्व साधु-सेवा के लिए अर्पित था; परन्तु उसके लिए साधु ने ऐसी कोई याचना न की।

वह मीरा के कानों के पास मुँह ले जा कर बोला—आज दो घंटे के बाद राजभवन का चोर दरवाजा खोल देना।

मीरा विस्मित हो कर बोली—आप कौन हैं ?

साधु—मंदार का राजकुमार।

मीरा ने राजकुमार को सिर से पाँव तक देखा। नेत्रों में आदर की जगह घृणा थी। कहा—राजपूत यों छल नहीं करते।

राजकुमार—यह नियम उस अवस्था के लिए है जब दोनों पक्ष समान शक्ति रखते हों।

मीरा—ऐसा नहीं हो सकता।

राजकुमार—आपने वचन दिया है, उसका पालन करना होगा।

मीरा—महाराज की आज्ञा के सामने मेरे वचन का कोई महत्त्व नहीं।

राजकुमार—मैं यह कुछ नहीं जानता। यदि आपको अपने वचन की कुछ भी मर्यादा रखनी है तो उसे पूरा कीजिए।

मीरा—(सोच कर) महल में जा कर क्या करोगे ?

राजकुमार—नयी रानी से दो-दो बातें।

मीरा चिंता में विलीन हो गयी। एक तरफ राणा की कड़ी आज्ञा थी और दूसरी तरफ अपना वचन और उसका पालन करने का परिणाम। कितनी ही पौराणिक घटनाएँ उसके सामने आ रही थीं। दशरथ ने वचन पालने के लिए अपने प्रिय पुत्र को वनवास दे दिया। मैं वचन दे चुकी हूँ। उसे पूरा करना मेरा परम धर्म है; लेकिन पति की आज्ञा को कैसे तोड़ूँ ? यदि उनकी आज्ञा के विरुद्ध करती हूँ तो लोक और परलोक दोनों बिगड़ते हैं। क्यों न उनसे स्पष्ट कह दूँ। क्या वे मेरी यह प्रार्थना स्वीकार न करेंगे ? मैंने आज तक उनसे कुछ नहीं माँगा। आज उनसे यह दान मागूँगी। क्या वे मेरे वचन की मर्यादा की रक्षा न करेंगे ? उनका हृदय कितना विशाल है ! निस्संदेह वे मुझ पर वचन तोड़ने का दोष न लगने देंगे।

इस तरह मन में निश्चय करके वह बोली—कब खोल दूँ ?

राजकुमार ने उछल कर कहा—आधी रात को।

मीरा—मैं स्वयं तुम्हारे साथ चलूँगी।

राजकुमार—क्यों ?

मीरा—तुमने मेरे साथ छल किया है। मुझे तुम्हारा विश्वास नहीं है।

राजकुमार ने लज्जित हो कर कहा—अच्छा, तो आप द्वार पर खड़ी रहियेगा।

मीरा—यदि फिर कोई दगा किया तो जान से हाथ धोना पड़ेगा।

राजकुमार—मैं सब कुछ सहने के लिए तैयार हूँ।

:: 5 ::

मीरा यहाँ से राणा की सेवा में पहुँची। वे उसका बहुत आदर करते थे। वे खड़े हो गये। इस समय मीरा का आना एक असाधारण बात थी। उन्होंने पूछा—बाई जी, क्या आज्ञा है ?

मीरा—आपसे भिक्षा माँगने आयी हूँ। निराश न कीजिएगा। मैंने आज तक आपसे कोई विनती नहीं की; पर आज एक ब्रह्म-फाँस में फँस गयी हूँ। इसमें से मुझे आप ही निकाल सकते हैं ? मंदार के राजकुमार को तो आप जानते हैं ?

राणा—हाँ, अच्छी तरह।

मीरा—आज उसने मुझे बड़ा धोखा दिया। एक वैष्णव महात्मा का रूप धारण कर रणछोड़ जी के मंदिर में आया और उसने छल करके मुझे वचन देने पर बाध्य किया। मेरा साहस नहीं होता कि उसकी कपट विनय आपसे कहूँ।

राणा—प्रभा से मिला देने को तो कहा ?

मीरा—जी हाँ, उसका अभिप्राय वही है। लेकिन सवाल यह है कि मैं आधी रात को राजमहल का गुप्त द्वार खोल दूँ। मैंने उसे बहुत समझाया; बहुत धमकाया; पर वह किसी भाँति न माना। निदान विवश हो कर जब मैंने कह दिया तब उसने प्रसाद पाया, अब मेरे वचन की लाज आपके हाथ है। आप चाहे उसे पूरा करके मेरा मान रखें, चाहे उसे तोड़ कर मेरा मान तोड़ दें। आप मेरे ऊपर जो कृपादृष्टि रखते हैं, उसी के भरोसे मैंने वचन दिया। अब मुझे इस फंदे से उबारना आपका काम है।

राणा कुछ देर सोच कर बोले—तुमने वचन दिया है, उसका पालन करना मेरा कर्त्तव्य है। तुम देवी हो, तुम्हारे वचन नहीं टल सकते। द्वार खोल दो। लेकिन यह उचित नहीं है कि वह अकेले प्रभा से मुलाकात करे। तुम स्वयं उसके साथ जाना। मेरी खातिर से इतना कष्ट उठाना। मुझे भय है कि वह उसकी जान लेने का इरादा करके न आया हो। ईर्ष्या में मनुष्य अंधा हो जाता है। बाई जी, मैं अपने हृदय की बात तुमसे कहता हूँ। मुझे प्रभा को हर लाने का अत्यंत शोक है। मैंने समझा था कि यहाँ रहते-रहते वह हिल-मिल जाएगी; किंतु वह अनुमान गलत निकला। मुझे भय है कि यदि उसे कुछ दिन यहाँ और रहना पड़ा तो वह जीती न बचेगी।

मुझ पर एक अबला की हत्या का अपराध लग जायगा। मैंने उससे झालावाड़ जाने के लिए कहा, पर वह राजी न हुई। आज तुम उन दोनों की बातें सुनो। अगर वह मंदार-कुमार के साथ जाने पर राजी हो, तो मैं प्रसन्नतापूर्वक अनुमति दे दूँगा। मुझसे कुढ़ना नहीं देखा जाता। ईश्वर इस सुंदरी का हृदय मेरी ओर फेर देता तो मेरा जीवन सफल हो जाता। किंतु जब यह सुख भाग्य में लिखा ही नहीं है तो क्या वश है। मैंने तुमसे ये बातें कहीं, इसके लिए मुझे क्षमा करना। तुम्हारे पवित्र हृदय में ऐसे विषयों के लिए स्थान कहाँ ?

मीरा ने आकाश की ओर संकोच से देख कर कहा–तो मुझे आज्ञा है ? मैं चोर-द्वार खोल दूँ ?

राणा–तुम इस घर की स्वामिनी हो, मुझसे पूछने की जरूरत नहीं।

मीरा राणा को प्रणाम कर चली गयी।

:: 6 ::

आधी रात बीत चुकी थी। प्रभा चुपचाप बैठी दीपक की ओर देख रही थी और सोचती थी, इसके घुलने से प्रकाश होता है; यह बत्ती अगर जलती है तो दूसरों को लाभ पहुँचाती है। मेरे जलने से किसी को क्या लाभ ? मैं क्यों घुलूँ ? मेरे जीने की जरूरत है ?

उसने फिर खिड़की से सिर निकाल कर आकाश की तरफ देखा। काले पट पर उज्ज्वल तारे जगमगा रहे थे। प्रभा ने सोचा, मेरे अंधकारमय भाग्य में ये दीप्तिमान तारे कहाँ हैं, मेरे लिए जीवन के सुख कहाँ हैं ? क्या रोने के लिए जीऊँ ? ऐसे जीने से क्या लाभ ? और जीने में उपहास भी तो है। मेरे मन का हाल कौन जानता है ? संसार मेरी निंदा करता होगा। झालावाड़ की स्त्रियाँ मेरे मृत्यु के शुभ समाचार सुनने की प्रतीक्षा कर रही होंगी। मेरी प्रिय माता लज्जा से आँखें न उठा सकती होंगी। लेकिन जिस समय मेरे मरने की खबर मिलेगी, गर्व से उनका मस्तक ऊँचा हो जायगा। यह बेहयाई का जीना है। ऐसे जीने से मरना कहीं उत्तम है।

प्रभा ने तकिये के नीचे से एक चमकती हुई कटार निकाली। उसके हाथ काँप रहे थे। उसने कटार की तरफ आँखें जमायीं। हृदय को उसके अभिवादन के लिए मजबूत किया। हाथ उठाया, किन्तु हाथ न उठा, आत्मा दृढ़ न थी। आँखें झपक गयीं। सिर में चक्कर आ गया। कटार हाथ से छूट कर जमीन पर गिर पड़ी।

प्रभा क्रुद्ध हो कर सोचने लगी--क्या मैं वास्तव में निर्लज्ज हूँ ? मैं राजपूतनी हो कर मरने से डरती हूँ ? मान-मर्यादा खो कर बेहया लोग ही जिया करते हैं। वह कौन-सी आकांक्षा है जिसने मेरी आत्मा को इतना निर्बल बना रखा है। क्या राणा की मीठी-मीठी बातें ? राणा मेरे शत्रु हैं। उन्होंने मुझे पशु समझ रखा है, जिसे फँसाने के पश्चात् हम पिंजरे में बंद करके हिलाते हैं। उन्होंने मेरे मन को अपनी वाक्-मधुरता का क्रीड़ा-स्थल समझ लिया है। वे इस तरह घुमा-घुमा कर बातें करते हैं और मेरी तरफ से युक्तियाँ निकाल कर उनका ऐसा उत्तर देते हैं कि जबान ही बंद हो जाती है। हाय ! निर्दयी ने मेरा जीवन नष्ट कर दिया और मुझे यों खेलाता है ! क्या इसीलिए जीऊँ कि उसके कपट भावों का खिलौना बनूँ ?

फिर वह कौन-सी अभिलाषा है ? क्या राजकुमार का प्रेम ? उनकी तो अब कल्पना ही मेरे लिए घोर पाप है। मैं अब उस देवता के योग्य नहीं हूँ, प्रियतम ! बहुत दिन हुए मैंने तुमको हृदय से निकाल दिया। तुम भी मुझे दिल से निकाल डालो। मृत्यु के सिवाय अब कहीं मेरा ठिकाना नहीं है। शंकर ! मेरी निर्बल आत्मा को शक्ति प्रदान करो। मुझे कर्त्तव्य-पालन का बल दो।

प्रभा ने फिर कटार निकाली। इच्छा दृढ़ थी। हाथ उठा और निकट था कि कटार उसके शोकातुर हृदय में चुभ जाए कि इतने में किसी के पाँव की आहट सुनायी दी। उसने चौंक कर सहमी दृष्टि से देखा। मंदार-कुमार धीरे-धीरे पैर दबाता हुआ कमरे में दाखिल हुआ।

:: 7 ::

प्रभा उसे देखते ही चौंक पड़ी। उसने कटार को छिपा लिया। राजकुमार को देख कर उसे आनन्द की जगह रोमांचकारी भय उत्पन्न हुआ। यदि किसी को जरा भी संदेह हो गया तो इनका प्राण बचना कठिन है। इनको तुरंत यहाँ से निकल जाना चाहिए। यदि इन्हें बातें करने का अवसर दूँ तो विलम्ब होगा और फिर ये अवश्य ही फँस जायेंगे। राणा इन्हें कदापि न छोड़ेंगे। ये विचार वायु और बिजली की तीव्रता के साथ उसके मस्तिष्क में दौड़े। वह तीव्र स्वर में बोली—भीतर मत आओ।

राजकुमार ने पूछा—मुझे पहचाना नहीं ?

प्रभा—खूब पहचान लिया; किन्तु यह बातें करने का समय नहीं है। राणा तुम्हारी घात में हैं। अभी यहाँ से चले जाओ।

राजकुमार ने एक पग और आगे बढ़ाया और निर्भीकता से कहा–प्रभा, तुम मुझसे निष्ठुरता करती हो।

प्रभा ने धमका कर कहा–तुम यहाँ ठहरोगे तो मैं शोर मचा दूँगी।

राजकुमार ने उद्दंडता से उत्तर दिया–इसका मुझे भय नहीं। मैं अपनी जान हथेली पर रख कर आया हूँ। आज दोनों में से एक का अंत हो जायगा। या तो राणा रहेंगे या मैं रहूँगा। तुम मेरे साथ चलोगी ?

प्रभा ने दृढ़ता से कहा–नहीं।

राजकुमार व्यंग्य भाव से बोला–क्यों, क्या चित्तौड़ की जलवायु पसंद आ गयी ?

प्रभा ने राजकुमार की ओर तिरस्कृत नेत्रों से देख कर कहा–संसार में अपनी सब आशाएँ पूरी नहीं होतीं। जिस तरह यहाँ मैं अपना जीवन काट रही हूँ, वह मैं ही जानती हूँ; किन्तु लोक-निंदा भी तो कोई चीज है ! संसार की दृष्टि में मैं चित्तौड़ की रानी हो चुकी। अब राणा जिस भाँति रखें उसी भाँति रहूँगी। मैं अंत समय तक उनसे घृणा करूँगी, जलूँगी, कुढ़ूँगी। जब जलन न सही जायगी, तो विष खा लूँगी या छाती में कटार मार कर मर जाऊँगी, लेकिन इसी भवन में। इस घर के बाहर कदापि पैर न रखूँगी।

राजकुमार के मन में संदेह हुआ कि प्रभा पर राणा का वशीकरण मंत्र चल गया। यह मुझसे छल कर रही है। प्रेम की जगह ईर्ष्या पैदा हुई। वह उसी भाव से बोला–और यदि मैं यहाँ से उठा ले जाऊँ ? प्रभा के तेवर बदल गये। बोली–तो मैं वही करूँगी जो ऐसी अवस्था में क्षत्राणियाँ किया करती हैं। अपने गले में छुरी मार लूँगी या तुम्हारे गले में।

राजकुमार एक पग और आगे बढ़ा कर यह कटुवाक्य बोला–राणा के साथ तो तुम खुशी से चली आयी। उस समय छुरी कहाँ गयी थी ?

प्रभा को यह शब्द शर-सा लगा। वह तिलमिला कर बोली–उस समय इसी छुरी के एक वार से खून की नदी बहने लगती। मैं नहीं चाहती थी कि मेरे कारण मेरे भाई-बंधुओं की जान जाय। इसके सिवाय मैं कुँवारी थी। मुझे अपनी मर्यादा के भंग होने का कोई भय न था। मैंने पतिव्रत नहीं लिया। कम से कम संसार मुझे ऐसा समझता था। मैं अपनी दृष्टि में अब भी वही हूँ, किंतु संसार की दृष्टि में कुछ और हो गयी हूँ। लोक-लाज ने मुझे राणा की आज्ञाकारिणी बना दिया है। पतिव्रत की बेड़ी जबरदस्ती मेरे पैरों में डाल दी गयी है। अब इसकी रक्षा करना

मेरा धर्म है। इसके विपरीत और कुछ करना क्षत्राणियों के नाम को कलंकित करना है। तुम मेरे घाव पर व्यर्थ नमक क्यों छिड़कते हो ? यह कौन-सी भलमनसी है ? मेरे भाग्य में जो कुछ बदा है, वह भोग रही हूँ। मुझे भोगने दो और तुमसे विनती करती हूँ कि शीघ्र ही यहाँ से चले जाओ।

राजकुमार एक पग और बढ़ा कर दुष्ट-भाव से बोला–प्रभा, यहाँ आ कर तुम त्रियाचरित्र में निपुण हो गयी। तुम मेरे साथ विश्वासघात करके अब धर्म की आड़ ले रही हो। तुमने मेरे प्रणय को पैरों तले कुचल दिया और अब मर्यादा का बहाना ढूँढ़ रही हो। मैं इन नेत्रों से राणा को तुम्हारे सौन्दर्य-पुष्प का भ्रमर बनते नहीं देख सकता। मेरी कामनाएँ मिट्टी में मिलती हैं तो तुम्हें ले कर जायेंगी। मेरा जीवन नष्ट होता है तो उसके पहले तुम्हारे जीवन का भी अन्त होगा। तुम्हारी बेवफाई का यही दंड है। बोलो, क्या निश्चय करती हो ? इस समय मेरे साथ चलती हो या नहीं ? किले के बाहर मेरे आदमी खड़े हैं।

प्रभा ने निर्भयता से कहा–नहीं।

राजकुमार–सोच लो, नहीं तो पछताओगी।

प्रभा–खूब सोच लिया।

राजकुमार ने तलवार खींच ली और वह प्रभा की तरफ लपके। प्रभा भय से आँखें बन्द किये एक कदम पीछे हट गयी। मालूम होता था, उसे मूर्च्छा आ जायगी।

अकस्मात् राणा तलवार लिये वेग के साथ कमरे में दाखिल हुए। राजकुमार सँभल कर खड़ा हो गया।

राणा ने सिंह के समान गरज कर कहा–दूर हट। क्षत्रिय स्त्रियों पर हाथ नहीं उठाते।

राजकुमार ने तन कर उत्तर दिया–लज्जाहीन स्त्रियों की यही सजा है।

राणा ने कहा–तुम्हारा वैरी तो मैं था। मेरे सामने आते क्यों लजाते थे। जरा मैं भी तुम्हारी तलवार की काट देखता।

राजकुमार ने ऐंठ कर राणा पर तलवार चलायी। शस्त्र-विद्या में राणा अति कुशल थे। वार खाली दे कर राजकुमार पर झपटे। इतने में प्रभा, जो मूर्च्छित अवस्था में दीवार से चिमटी खड़ी थी, बिजली की तरह कौंध कर राजकुमार के सामने खड़ी हो गयी। राणा वार कर चुके थे। तलवार का पूरा हाथ उसके कंधे पर पड़ा। रक्त की फुहार छूटने लगी। राणा ने एक ठंडी साँस ली और उन्होंने तलवार हाथ से फेंक कर गिरती हुई प्रभा को सँभाल लिया।

क्षणमात्र में प्रभा का मुखमंडल वर्णहीन हो गया। आँखें बुझ गयीं। दीपक ठंडा हो गया। मन्दार-कुमार ने भी तलवार फेंक दी और वह आँखों में आँसू भर प्रभा के सामने घुटने टेक कर बैठ गया। दोनों प्रेमियों की आँखें सजल थीं। पतंगे बुझे हुए दीपक पर जान दे रहे थे।

प्रेम के रहस्य निराले हैं। अभी एक क्षण हुआ राजकुमार प्रभा पर तलवार ले कर झपटा था। प्रभा किसी प्रकार उसके साथ चलने पर उद्यत न होती थी। लज्जा का भय, धर्म की बेड़ी, कर्त्तव्य की दीवार रास्ता रोके खड़ी थी। परन्तु उसे तलवार के सामने देख कर उसने उस पर अपना प्राण अर्पण कर दिया। प्रीति की प्रथा निबाह दी, लेकिन अपने वचन के अनुसार उसी घर में।

हाँ, प्रेम के रहस्य निराले हैं। अभी एक क्षण पहले राजकुमार प्रभा पर तलवार ले कर झपटा था। उसके खून का प्यासा था। ईर्ष्या की अग्नि उसके हृदय में दहक रही थी। वह रुधिर की धारा से शांत हो गयी। कुछ देर तक वह अचेत बैठा रोता रहा। फिर उठा और उसने तलवार उठा कर जोर से अपनी छाती में चुभा ली। फिर रक्त की फुहार निकली। दोनों धाराएँ मिल गयीं और उनमें कोई भेद न रहा।

प्रभा उसके साथ चलने पर राजी न थी। किंतु वह प्रेम के बन्धन को तोड़ न सकी। दोनों उस घर ही से नहीं, संसार से एक साथ सिधारे।

मन एक भीरु ात्रु है, जो सदा ही पीठ के पीछे से वार करता है।

प्रेमचंद

मृत्यु के पीछे

बाबू ईश्वरचंद्र को समाचारपत्रों में लेख लिखने की चाट उन्हीं दिनों पड़ी जब वे विद्याभ्यास कर रहे थे। नित्य नये विषयों की चिंता में लीन रहते। पत्रों में अपना नाम देख कर उन्हें उससे कहीं ज्यादा खुशी होती थी जितनी परीक्षाओं में उत्तीर्ण होने या कक्षा में उच्च स्थान प्राप्त करने से हो सकती थी। वह अपने कालेज के 'गरम-दल' के नेता थे। समाचारपत्रों में परीक्षापत्रों की जटिलता या अध्यापकों के अनुचित व्यवहार की शिकायत का भार उन्हीं के सिर था। इससे उन्हें कालेज में प्रतिनिधित्व का काम मिल गया। प्रतिरोध के प्रत्येक अवसर पर उन्हीं के नाम नेतृत्व की गोटी पड़ जाती थी। उन्हें विश्वास हो गया कि मैं इस परिमित क्षेत्र से निकल कर संसार के विस्तृत क्षेत्र में अधिक सफल हो सकता हूँ। सार्वजनिक जीवन को वह अपना भाग्य समझ बैठे थे। कुछ ऐसा संयोग हुआ कि अभी एम.ए. परीक्षार्थियों में उनका नाम निकलने भी न पाया था कि 'गौरव' के सम्पादक महोदय ने वानप्रस्थ लेने की ठानी और पत्रिका का भार ईश्वरचंद्र दत्त के सिर पर रखने का निश्चय किया। बाबू जी को यह समाचार मिला तो उछल पड़े। धन्य भाग्य कि मैं इस सम्मानित पद के योग्य समझा गया ! इसमें संदेह नहीं कि वह इस दायित्व के गुरुत्व से भली-भाँति परिचित थे, लेकिन कीर्तिलाभ के प्रेम ने उन्हें बाधक परिस्थितियों का सामना करने पर उद्यत कर दिया। वह इस व्यवसाय में स्वातंत्र्य, आत्मगौरव, अनुशीलन और दायित्व की मात्रा को बढ़ाना चाहते थे। भारतीय पत्रों को पश्चिम के आदर्श पर चलाने के इच्छुक थे। इन इरादों के पूरा करने का सुअवसर हाथ आया। वे प्रेमोल्लास से उत्तेजित हो कर नाली में कूद पड़े।

:: 2 ::

ईश्वरचंद्र की पत्नी एक ऊँचे और धनाढ्य कुल की लड़की थी और वह ऐसे कुलों की मर्यादाप्रियता तथा मिथ्या गौरवप्रेम से सम्पन्न थी। यह समाचार पा कर डरी की पति महाशय कहीं इस झंझट में फँस कर कानून से मुँह न मोड़ लें। लेकिन जब बाबू साहब ने आश्वासन दिया कि यह कार्य उनके कानून के अभ्यास में बाधक न होगा, तो कुछ न बोली।

लेकिन ईश्वरचंद्र को बहुत जल्द मालूम हो गया कि पत्र सम्पादन एक बहुत ही ईर्ष्यायुक्त कार्य है, जो चित्त की समग्र वृत्तियों का अपहरण कर लेता है। उन्होंने इसे मनोरंजन का एक साधन और ख्यातिलाभ का एक यंत्र समझा था। उसके द्वारा जाति की कुछ सेवा करना चाहते थे। उससे द्रव्योपार्जन का विचार तक न किया था। लेकिन नौका में बैठ कर उन्हें अनुभव हुआ कि यात्रा उतनी सुखद नहीं है जितनी समझी थी। लेखों के संशोधन, परिवर्धन और परिवर्तन, लेखकगण से पत्र-व्यवहार और चित्ताकर्षक विषयों की खोज और सहयोगियों से आगे बढ़ जाने की चिंता में उन्हें कानून का अध्ययन करने का अवकाश ही न मिलता था। सुबह को किताबें खोल कर बैठते कि 100 पृष्ठ समाप्त किये बिना कदापि न उठूँगा, किन्तु ज्यों ही डाक का पुलिंदा आ जाता, वे अधीर हो कर उस पर टूट पड़ते, किताब खुली की खुली रह जाती थी। बार-बार संकल्प करते कि अब नियमित रूप से पुस्तकावलोकन करूँगा और एक निर्दिष्ट समय से अधिक सम्पादनकार्य में न लगाऊँगा। लेकिन पत्रिकाओं का बंडल सामने आते ही दिल काबू के बाहर हो जाता। पत्रों के नोक-झोंक, पत्रिकाओं के तर्क-वितर्क, आलोचना-प्रत्यालोचना, कवियों के काव्यचमत्कार, लेखकों का रचनाकौशल इत्यादि सभी बातें उन पर जादू का काम करतीं। इस पर छपाई की कठिनाइयाँ, ग्राहक-संख्या बढ़ाने की चिंता और पत्रिका को सर्वांग-सुंदर बनाने की आकांक्षा और भी प्राणों को संकट में डाले रहती थी। कभी-कभी उन्हें खेद होता कि व्यर्थ ही इस झमेले में पड़ा; यहाँ तक कि परीक्षा के दिन सिर पर आ गये और वे इसके लिए बिलकुल तैयार न थे। वे उसमें सम्मिलित न हुए। मन को समझाया कि अभी इस काम का श्रीगणेश है, इसी कारण यह सब बाधाएँ उपस्थित होती हैं। अगले वर्ष यह काम एक सुव्यवस्थित रूप में आ जायगा और तब मैं निश्चिंत हो कर परीक्षा में बैठूँगा ! पास कर लेना क्या कठिन है। ऐसे बुद्धू पास हो जाते हैं जो एक सीधा-सा लेख भी नहीं लिख सकते, तो

क्या मैं ही रह जाऊँगा ? मानकी ने उनकी यह बातें सुनीं तो खूब दिल के फफोले फोड़े–'मैं तो जानती थी कि यह धुन तुम्हें मटियामेट कर देगी। इसलिए बार-बार रोकती थी; लेकिन तुमने मेरी एक न सुनी। आप तो डूबे ही, मुझे भी ले डूबे।' उनके पूज्य पिता भी बिगड़े, हितैषियों ने भी समझाया–'अभी इस काम को कुछ दिनों के लिए स्थगित कर दो, कानून में उत्तीर्ण हो कर निर्द्वंद्व देशोद्धार में प्रवृत्त हो जाना।' लेकिन ईश्वरचंद्र एक बार मैदान में आ कर भागना निंदनीय समझते थे। हाँ, उन्होंने दृढ़ प्रतिज्ञा की कि दूसरे साल परीक्षा के लिए तन-मन से तैयारी करूँगा। अतएव नये वर्ष के पदार्पण करते ही उन्होंने कानून की पुस्तकें संग्रह कीं,पाठ्यक्रम निश्चित किया, रोजनामचा लिखने लगे और अपने चंचल और बहानेबाज चित्त को चारों ओर से जकड़ा, मगर चटपटे पदार्थों का आस्वादन करने के बाद सरल भोजन कब रुचिकर होता है ! कानून में वे घातें कहाँ, वह उन्माद कहाँ, वे चोटें कहाँ, वह उत्तेजना कहाँ, वह हलचल कहाँ ! बाबू साहब अब नित्य एक खोयी हुई दशा में रहते। जब तक अपने इच्छानुकूल काम करते थे, चौबीस घंटों में घंटे-दो घंटे कानून भी देख लिया करते थे। इस नशे ने मानसिक शक्तियों को शिथिल कर दिया। स्नायु निर्जीव हो गये। उन्हें ज्ञात होने लगा कि अब वह कानून के लायक नहीं रहा और इस ज्ञान ने कानून के प्रति उदासीनता का रूप धारण किया। मन में संतोषवृत्ति का प्रादुर्भाव हुआ। प्रारब्ध और पूर्वसंस्कार के सिद्धांतों की शरण लेने लगे।

एक दिन मानकी ने कहा–यह क्या बात है ? क्या कानून से फिर जी उचाट हुआ ?

–ईश्वरचंद्र ने दुस्साहसपूर्ण भाव से उत्तर दिया–हाँ भई, मेरा जी उससे भागता है।

मानकी ने व्यंग्य से कहा–बहुत कठिन है ?

ईश्वरचंद्र–कठिन नहीं है, और कठिन भी होता तो मैं उससे डरने वाला न था, लेकिन मुझे वकालत का पेशा ही पतित प्रतीत होता है। ज्यों-ज्यों वकीलों की आंतरिक दशा का ज्ञान होता है, मुझे उस पेशे से घृणा होती जाती है। इसी शहर में सैकड़ों वकील और बैरिस्टर पड़े हुए हैं, लेकिन एक व्यक्ति भी ऐसा नहीं जिसके हृदय में दया हो, जो स्वार्थपरता के हाथों बिक न गया हो। छल और धूर्तता इस पेशे का मूल तत्त्व है। इसके बिना किसी तरह निर्वाह नहीं। अगर कोई महाशय जातीय आंदोलन में शरीक भी होते हैं, तो स्वार्थसिद्धि करने के लिए, अपना ढोल पीटने के लिए। हम लोगों का समग्र जीवन वासना-भक्ति पर अर्पित हो जाता है।

दुर्भाग्य से हमारे देश का शिक्षित समुदाय इसी दरगाह का मुजावर होता जाता है और यही कारण है कि हमारी जातीय संस्थाओं की श्रीवृद्धि नहीं होती। जिस काम में हमारा दिल न हो; हम केवल ख्याति और स्वार्थ-लाभ के लिए उसके कर्णधार बने हुए हों, वह कभी नहीं हो सकता। वर्तमान सामाजिक व्यवस्था का अन्याय है जिसने इस पेशे को इतना उच्च स्थान प्रदान कर दिया है। यह विदेशी सभ्यता का निकृष्टतम स्वरूप है कि देश का बुद्धिबल स्वयं धनोपार्जन न करके दूसरों की पैदा की हुई दौलत पर चैन करता, शहद की मक्खी न बन कर, चींटी बनना अपने जीवन का लक्ष्य समझता है।

मानकी चिढ़ कर बोली–पहले तुम वकीलों की इतनी निंदा न करते थे !

ईश्वरचंद्र ने उत्तर दिया–तब अनुभव न था। बाहरी टीमटाम ने वशीकरण कर दिया था।

मानकी–क्या जाने तुम्हें पत्रों से क्यों इतना प्रेम है, मैं जिसे देखती हूँ, अपनी कठिनाइयों का रोना रोते हुए पाती हूँ। कोई अपने ग्राहकों से नये ग्राहक बनाने का अनुरोध करता है, कोई चंदा न वसूल होने की शिकायत करता है। बता दो कि कोई उच्च शिक्षा प्राप्त मनुष्य कभी इस पेशे में आया है। जिसे कुछ नहीं सूझती, जिसके पास न कोई सनद हो, न कोई डिग्री, वही पत्र निकाल बैठता है और भूखों मरने की अपेक्षा रूखी रोटियों पर ही संतोष करता है। लोग विलायत जाते हैं, वहाँ कोई डाक्टरी पढ़ता है, कोई इंजीनियरी, कोई सिविल सर्विस, लेकिन आज तक न सुना कि कोई एडीटरी का काम सीखने गया। क्यों सीखे ? किसी को क्या पड़ी है कि जीवन की महत्त्वाकांक्षाओं को खाक में मिला कर त्याग और विराग में उम्र काटे ? हाँ, जिनको सनक सवार हो गयी हो, उनकी बात निराली है।

ईश्वरचंद्र–जीवन का उद्देश्य केवल धन-संचय करना ही नहीं है।

मानकी–अभी तुमने वकीलों की निंदा करते हुए कहा, यह लोग दूसरों की कमाई खा कर मोटे होते हैं। पत्र चलानेवाले भी तो दूसरों की ही कमाई खाते हैं।

ईश्वरचंद्र ने बगलें झाँकते हुए कहा–हम लोग दूसरों की कमाई खाते हैं, तो दूसरों पर जान भी देते हैं। वकीलों की भाँति किसी को लूटते नहीं।

मानकी–यह तुम्हारी हठधर्मी है। वकील भी तो अपने मुवक्किलों के लिए जान लड़ा देते हैं। उनकी कमाई भी उतनी ही है, जितनी पत्रवालों की। अंतर केवल इतना है कि एक की कमाई पहाड़ी स्रोता है, दूसरे की बरसाती नाला। एक में नित्य

जलप्रवाह होता है, दूसरे में नित्य धूल उड़ा करती है। बहुत हुआ, तो बरसात में घड़ी-दो घड़ी के लिए पानी आ गया।

ईश्वर.–पहले तो मैं यही नहीं मानता कि वकीलों की कमाई हलाल है, और यह मान भी लूँ तो यह किसी तरह नहीं मान सकता कि सभी वकील फूलों की सेज पर सोते हैं। अपना-अपना भाग्य सभी जगह है। कितने ही वकील हैं जो झूठी गवाहियाँ दे कर पेट पालते हैं। इस देश में समाचारपत्रों का प्रचार अभी बहुत कम है, इसी कारण पत्रसंचालकों की आर्थिक दशा अच्छी नहीं है। यूरोप और अमरीका में पत्र चला कर लोग करोड़पति हो गये हैं। इस समय संसार के सभी समुन्नत देशों के सूत्रधार या तो समाचारपत्रों के सम्पादक और लेखक हैं, या पत्रों के स्वामी। ऐसे कितने ही अरबपति हैं, जिन्होंने अपनी सम्पत्ति की नींव पत्रों पर ही खड़ी की थी...

ईश्वरचंद्र सिद्ध करना चाहते थे कि धन, ख्याति और सम्मान प्राप्त करने का पत्र-संचालन से उत्तम और कोई साधन नहीं है, और सबसे बड़ी बात तो यह है कि इस जीवन में सत्य और न्याय की रक्षा करने के सच्चे अवसर मिलते हैं; परंतु मानकी पर इस वक्तृता का जरा भी असर न हुआ। स्थूल दृष्टि को दूर की चीजें साफ नहीं दीखतीं। मानकी के सामने सफल सम्पादक का कोई उदाहरण न था।

:: 3 ::

16 वर्ष गुजर गये। ईश्वरचंद्र ने सम्पादकीय जगत् में खूब नाम पैदा किया, जातीय आन्दोलनों में अग्रसर हुए, पुस्तकें लिखीं, एक दैनिक पत्र निकाला, अधिकारियों के भी सम्मानपात्र हुए। बड़ा लड़का बी. ए. में जा पहुँचा, छोटे लड़के नीचे के दरजों में थे। एक लड़की का विवाह भी एक धनसम्पन्न कुल में किया है। विदित यही होता था कि उनका जीवन बड़ा ही सुखमय है, मगर उनकी आर्थिक दशा अब भी संतोषजनक न थी। खर्च आमदनी से बढ़ा हुआ था। घर की कई हजार की जायदाद हाथ से निकल गयी, इस पर बैंक का कुछ न कुछ देना सिर पर सवार रहता था। बाजार में भी उनकी साख न थी। कभी-कभी तो यहाँ तक नौबत आ जाती कि उन्हें बाजार का रास्ता छोड़ना पड़ता। अब वह अक्सर अपनी युवावस्था की अदूरदर्शिता पर अफसोस करते थे। जातीय सेवा का भाव अब भी उनके हृदय में तरंगें मारता था; लेकिन वह देखते थे कि काम तो मैं तय करता हूँ और यश

वकीलों और सेठों के हिस्सों में आ जाता था। उनकी गिनती अभी तक छुटभैयों में थी। यद्यपि सारा नगर जानता था कि यहाँ के सार्वजनिक जीवन के प्राण वही हैं, पर यह भाव कभी व्यक्त न होता था। इन्हीं कारणों से ईश्वरचंद्र को सम्पादन कार्य से अरुचि होती थी। दिनोंदिन उत्साह क्षीण होता जाता था; लेकिन इस जाल से निकलने का कोई उपाय न सूझता था। उनकी रचना में सजीवता न थी, न लेखनी में शक्ति। उनके पत्र और पत्रिका दोनों ही से उदासीनता का भाव झलकता था। उन्होंने सारा भार सहायकों पर छोड़ दिया था, खुद बहुत कम काम करते थे। हाँ, दोनों पत्रों की जड़ जम चुकी थी, इसलिए ग्राहक-संख्या कम न होने पाती थी। वे अपने नाम पर चलते थे।

लेकिन इस संघर्ष और संग्राम के काल में उदासीनता का निर्वाह कहाँ। 'गौरव' ने प्रतियोगी खड़े कर दिये, जिनके नवीन उत्साह ने 'गौरव' से बाजी मार ली। उसका बाजार ठंडा होने लगा। नये प्रतियोगियों का जनता ने बड़े हर्ष से स्वागत किया। उनकी उन्नति होने लगी। यद्यपि उनके सिद्धांत भी वही, लेखक भी वही, विषय भी वही थे; लेकिन आगंतुकों ने उन्हीं पुरानी बातों में नयी जान डाल दी। उनका उत्साह देख ईश्वरचंद्र को भी जोश आया कि एक बार फिर अपनी रुकी हुई गाड़ी में जोर लगायें; लेकिन न अपने में सामर्थ्य थी, न कोई हाथ बँटानेवाला नजर आता था। इधर-उधर निराश नेत्रों से देख कर हतोत्साह हो जाते थे। हा ! मैंने अपना सारा जीवन सार्वजनिक कार्यों में व्यतीत किया, खेत को बोया, सींचा, दिन को दिन और रात को रात न समझा, धूप में जला, पानी में भीगा और इतने परिश्रम के बाद जब फसल काटने के दिन आये तो मुझमें हँसिया पकड़ने का भी बूता नहीं। दूसरे लोग जिनका उस समय कहीं पता न था, अनाज काट-काट कर खलिहान भरे लेते हैं और मैं खड़ा मुँह ताकता हूँ। उन्हें पूरा विश्वास था कि अगर कोई उत्साहशील युवक शरीक हो जाता तो 'गौरव' अब भी अपने प्रतिद्वंद्वियों को परास्त कर सकता। सभ्य-समाज में उनकी धाक जमी हुई थी, परिस्थिति उनके अनुकूल थी। जरूरत केवल ताजे खून की थी। उन्हें अपने बड़े लड़के से ज्यादा उपयुक्त इस काम के लिए और कोई न दिखता था। उसकी रुचि भी इस काम की ओर थी, पर मानकी के भय से वह इस विचार को जबान पर न ला सके थे। इसी चिंता में दो साल गुजर गये और यहाँ तक नौबत पहुँची कि या तो 'गौरव' का टाट उलट दिया जाए या इसे पुनः अपने स्थान पर पहुँचाने के लिए कटिबद्ध हुआ जाए। ईश्वरचंद्र ने इसके पुनरुद्धार के लिए अंतिम उद्योग करने का दृढ़ निश्चय

कर लिया। इसके सिवा और कोई उपाय न था। यह पत्रिका उनके जीवन का सर्वस्व थी। इससे उनके जीवन और मृत्यु का सम्बन्ध था। उसको बंद करने की वह कल्पना भी न कर सकते थे। यद्यपि उनका स्वास्थ्य अच्छा न था, पर प्राणरक्षा की स्वाभाविक इच्छा ने उन्हें अपना सब कुछ अपनी पत्रिका पर न्योछावर करने को उद्यत कर दिया। फिर दिन के दिन लिखने-पढ़ने में रत रहने लगे। एक क्षण के लिए भी सिर न उठाते। 'गौरव' के लेखों में फिर सजीवता का उद्भव हुआ, विद्वज्जनों में फिर उसकी चर्चा होने लगी, सहयोगियों ने फिर उसके लेखों को उद्धृत करना शुरू किया, पत्रिकाओं में फिर उसकी प्रशंसासूचक आलोचनाएँ निकलने लगीं। पुराने उस्ताद की ललकार फिर अखाड़े में गूँजने लगी।

लेकिन पत्रिका के पुनः संस्कार के साथ उनका शरीर और भी जर्जर होने लगा। हृदयरोग के लक्षण दिखाई देने लगे। रक्त की न्यूनता से मुख पर पीलापन छा गया। ऐसी दशा में वह सुबह से शाम तक अपने काम में तल्लीन रहते, धन और श्रम का संग्राम छिड़ा हुआ था। ईश्वरचंद्र की सदय प्रकृति ने उन्हें श्रम का सपक्षी बना दिया था। धनवादियों का खंडन और प्रतिवाद करते हुए उनके खून में गरमी आ जाती थी, शब्दों से चिनगारियाँ निकलने लगती थीं, यद्यपि यह चिनगारियाँ केंद्रस्थ गरमी को छिन्न किये देती थीं।

एक दिन रात के दस बज गये थे। सरदी खूब पड़ रही थी। मानकी दबे पैर उनके कमरे में आयी। दीपक की ज्योति में उनके मुख का पीलापन और भी स्पष्ट हो गया था। वह हाथ में कलम लिये किसी विचार में मग्न थे। मानकी के आने की उन्हें भी आहट न मिली। मानकी एक क्षण तक उन्हें वेदना-युक्त नेत्रों से ताकती रही। तब बोली, 'अब तो यह पोथा बंद करो। आधी रात होने को आयी। खाना पानी हुआ जाता है।'

ईश्वरचंद्र ने चौंक कर सिर उठाया और बोले–क्यों, क्या आधी रात हो गयी ? नहीं, अभी मुश्किल से दस बजे होंगे। मुझे अभी जरा भी भूख नहीं है।

मानकी–कुछ थोड़ा-सा खा लो न।

ईश्वर.–एक ग्रास भी नहीं। मुझे इसी समय अपना लेख समाप्त करना है।

मानकी–मैं देखती हूँ, तुम्हारी दशा दिन-दिन बिगड़ती जाती है। दवा क्यों नहीं करते ? जान खपा कर थोड़े ही काम किया जाता है ?

ईश्वर.–अपनी जान को देखूँ या इस घोर संग्राम को देखूँ जिसने समस्त देश में हलचल मचा रखी है। हजारों-लाखों जानों की हिमायत में एक जान न भी रहे तो क्या चिंता ?

मानकी—कोई सुयोग्य सहायक क्यों नहीं रख लेते ?

ईश्वरचंद्र ने ठंडी साँस ले कर कहा—बहुत खोजता हूँ, पर कोई नहीं मिलता। एक विचार कई दिनों से मेरे मन में उठ रहा है, अगर तुम धैर्य से सुनना चाहो, तो, कहूँ।

मानकी—कहो, सुनूँगी। मानने लायक होगी, तो मानूँगी क्यों नहीं !

ईश्वरचंद्र—मैं चाहता हूँ कि कृष्णचंद्र को अपने काम में शरीक कर लूँ। अब तो वह एम.ए. भी हो गया। इस पेशे से उसे रुचि भी है, मालूम होता है कि ईश्वर ने उसे इसी काम के लिए बनाया है।

मानकी ने अवहेलना-भाव से कहा—क्या अपने साथ उसे भी ले डूबने का इरादा है ? घर की सेवा करनेवाला भी कोई चाहिए कि सब देश की ही सेवा करेंगे ?

ईश्वर.—कृष्णचंद्र यहाँ किसी से बुरा न रहेगा।

मानकी—क्षमा कीजिए। बाज आयी। वह कोई दूसरा काम करेगा जहाँ चार पैसे मिलें। यह घर-फूँक काम आप ही को मुबारक रहे।

ईश्वर.—वकालत में भेजोगी, पर देख लेना, पछताना पड़ेगा। कृष्णचंद्र उस पेशे के लिए सर्वथा अयोग्य है।

मानकी—वह चाहे मजूरी करे, पर इस काम में न डालूँगी।

ईश्वर.—तुमने मुझे देख कर समझ लिया कि इस काम में घाटा ही घाटा है। पर इसी देश में ऐसे भाग्यवान लोग मौजूद हैं जो पत्रों की बदौलत धन और कीर्ति से मालामाल हो रहे हैं।

मानकी—इस काम में तो अगर कंचन भी बरसे तो मैं उसे न आने दूँ। सारा जीवन वैराग्य में कट गया। अब कुछ दिन भोग भी करना चाहती हूँ।

यह जाति का सच्चा सेवक अंत को जातीय कष्टों के साथ रोग के कष्टों को न सह सका। इस वार्तालाप के बाद मुश्किल से नौ महीने गुजरे थे कि ईश्वरचंद्र ने संसार से प्रस्थान किया। उनका सारा जीवन सत्य के पोषण, न्याय की रक्षा और प्रजा-कष्टों के विरोध में कटा था। अपने सिद्धांतों के पालन में उन्हें कितनी ही बार अधिकारियों की तीव्र दृष्टि का भाजन बनना पड़ा था, कितनी ही बार जनता का अविश्वास, यहाँ तक कि मित्रों की अवहेलना भी सहनी पड़ी थी, पर उन्होंने अपनी आत्मा का कभी हनन नहीं किया। आत्मा के गौरव के सामने धन को कुछ न समझा।

इस शोक समाचार के फैलते ही सारे शहर में कोहराम मच गया। बाजार बंद हो गये, शोक के जलसे होने लगे, सहयोगी पत्रों ने प्रतिद्वंद्विता के भाव को

त्याग दिया, चारों ओर से एक ध्वनि आती थी कि देश से एक स्वतंत्र, सत्यवादी और विचारशील सम्पादक तथा एक निर्भीक त्यागी, देशभक्त उठ गया और उसका स्थान चिरकाल तक खाली रहेगा। ईश्वरचंद्र इतने बहुजनप्रिय हैं, इसका उनके घरवालों को ध्यान भी न था। उनका शव निकला तो सारा शहर, गण्य-अगण्य, अर्थी के साथ था। उनके स्मारक बनने लगे। कहीं छात्रवृत्तियाँ दी गयीं, कहीं उनके चित्र बनवाये गये, पर सबसे अधिक महत्त्वशील वह मूर्ति थी जो श्रमजीवियों की ओर से प्रतिष्ठित हुई थी।

मानकी को अपने पतिदेव का लोकसम्मान देख कर सुखमय कौतूहल होता था। उसे अब खेद होता था कि मैंने उनके दिव्य गुणों को न पहचाना, उनके पवित्र भावों और उच्च विचारों की कद्र न की। सारा नगर उनके लिए शोक मना रहा है। उनकी लेखनी ने अवश्य इनके ऐसे उपकार किये हैं जिन्हें ये भूल नहीं सकते, और मैं अंत तक उनका मार्ग-कंटक बनी रही, सदैव तृष्णा के वश उनका दिल दुखाती रही। उन्होंने मुझे सोने में मढ़ दिया होता, एक भव्य भवन बनवाया होता, या कोई जायदाद पैदा कर ली होती, तो मैं खुश होती, अपना धन्य भाग्य समझती। लेकिन तब देश में कौन उनके लिए आँसू बहाता, कौन उनका यश गाता ? यहीं एक से एक धनिक पुरुष पड़े हुए हैं। वे दुनिया से चले जाते हैं और किसी को खबर भी नहीं होती। सुनती हूँ, पतिदेव के नाम से छात्रों को वृत्ति दी जायगी। जो लड़के वृत्ति पा कर विद्या-लाभ करेंगे वे मरते दम तक उनकी आत्मा को आशीर्वाद देंगे। शोक ! मैंने उनके आत्मत्याग का मर्म न जाना। स्वार्थ ने मेरी आँखों पर पर्दा डाल दिया था।

मानकी के हृदय में ज्यों-ज्यों ये भावनाएँ जागृत होती थीं, उसे पति में श्रद्धा बढ़ती जाती थी। वह गौरवशीला स्त्री थी। इस कीर्तिगान और जनसम्मान से उसका मस्तिष्क ऊँचा हो जाता था। इसके उपरांत अब उसकी आर्थिक दशा पहले की-सी चिंताजनक न थी। कृष्णचंद्र के असाधारण अध्यवसाय और बुद्धिबल ने उनकी वकालत को चमका दिया था। वह जातीय कामों में अवश्य भाग लेते थे, पत्रों में यथाशक्ति लेख भी लिखते थे, इस काम से उन्हें विशेष प्रेम था। लेकिन मानकी हमेशा इन कामों से दूर रखने की चेष्टा करती थी। कृष्णचंद्र अपने ऊपर जब्र करते थे। माँ का दिल दुखाना उन्हें मंजूर न था।

ईश्वरचंद्र की पहली बरसी थी। शाम को ब्रह्मभोज हुआ। आधी रात तक गरीबों को खाना दिया गया। प्रातःकाल मानकी अपनी सेजगाड़ी पर बैठकर गंगा

नहाने गयी। यह उसकी चिरसंचित अभिलाषा थी जो अब पुत्र की मातृभक्ति ने पूरी कर दी थी। यह उधर से लौट रही थी कि उसके कानों में बैंड की आवाज आयी और एक क्षण के बाद एक जुलूस सामने आता हुआ दिखायी दिया। पहले कोतल घोड़ों की माला थी, उसके बाद अश्वारोही स्वयंसेवकों की सेना। उसके पीछे सैकड़ों सवारीगाड़ियाँ थीं। सबसे पीछे एक सजे हुए रथ पर किसी देवता की मूर्ति थी। कितने ही आदमी इस विमान को खींच रहे थे। मानकी सोचने लगी–'यह किस देवता का विमान है ? न तो रामलीला के ही दिन हैं, न रथयात्रा के !' सहसा उसका दिल जोर से उछल पड़ा। यह ईश्वरचंद्र की मूर्ति थी जो श्रमजीवियों की ओर से बनवायी गयी थी और लोग उसे बड़े मैदान में स्थापित करने के लिए लिये जाते थे। वही स्वरूप था, वही वस्त्र, वही मुखाकृति। मूर्तिकार ने विलक्षण कौशल दिखाया था। मानकी का हृदय बाँसों उछलने लगा। उत्कंठा हुई कि परदे से निकल कर इस जुलूस के सम्मुख पति के चरणों पर गिर पड़ूँ। पत्थर की मूर्ति मानव-शरीर से अधिक श्रद्धास्पद होती है। किंतु कौन-सा मुँह ले कर मूर्ति के सामने जाऊँ ? उसकी आत्मा ने कभी उसका इतना तिरस्कार न किया था। मेरी धनलिप्सा उनके पैरों की बेड़ी न बनती तो वह न जाने किस सम्मान पद पर पहुँचते। मेरे कारण उन्हें कितना क्षोभ हुआ ! घरवालों की सहानुभूति बाहरवालों के सम्मान से कहीं उत्साहजनक होती है। मैं इन्हें क्या कुछ न बना सकती थी, पर कभी उभरने न दिया। स्वामी जी, मुझे क्षमा करो, मैं तुम्हारी अपराधिनी हूँ, मैंने तुम्हारे पवित्र भावों की हत्या की है, मैंने तुम्हारी आत्मा को दुःखी किया है। मैंने बाज को पिंजड़े में बन्द करके रखा था। शोक !

सारे दिन मानकी को वही पश्चात्ताप होता रहा। शाम को उससे न रहा गया। वह अपनी कहारिन को ले कर पैदल उस देवता के दर्शन को चली जिसकी आत्मा को उसने दुःख पहुँचाया था !

संध्या का समय था। आकाश पर लालिमा छायी थी। अस्ताचल की ओर कुछ बादल भी हो आये थे। सूर्यदेव कभी मेघपट में छिप जाते थे, कभी बाहर निकल आते थे। इस धूप-छाँह में ईश्वरचंद्र की मूर्ति दूर से कभी प्रभात की भाँति प्रसन्नमुख और कभी संध्या की भाँति मलिन देख पड़ती थी। मानकी उसके निकट गयी, पर उसके मुख की ओर न देख सकी। उन आँखों में करुण-वेदना थी। मानकी को ऐसा मालूम हुआ, मानो वह मेरी ओर तिरस्कारपूर्ण भाव से देख रही है। उसकी

आँखों से ग्लानि और लज्जा के आँसू बहने लगे। वह मूर्ति के चरणों पर गिर पड़ी और मुँह ढाँप कर रोने लगी। मन के भाव द्रवित हो गये।

वह घर आयी तो नौ बज गये थे। कृष्ण उसे देख कर बोले–अम्माँ, आज आप इस वक्त कहाँ गयी थीं।

मानकी ने हर्ष से कहा–गयी थी तुम्हारे बाबू जी की प्रतिमा के दर्शन करने। ऐसा मालूम होता है, वही साक्षात् खड़े हैं।

कृष्ण–जयपुर से बन कर आयी है।

मानकी–पहले तो लोग उनका इतना आदर न करते थे ?

कृष्ण–उनका सारा जीवन सत्य और न्याय की वकालत में गुजरा है। ऐसे ही महात्माओं की पूजा होती है।

मानकी–लेकिन उन्होंने वकालत कब की ?

कृष्ण–हाँ, यह वकालत नहीं की जो मैं और मेरे हजारों भाई कर रहे हैं, जिससे न्याय और धर्म का खून हो रहा है। उनकी वकालत उच्चकोटि की थी।

मानकी–अगर ऐसा है, तो तुम भी वही वकालत क्यों नहीं करते ?

कृष्ण–बहुत कठिन है। दुनिया का जंजाल अपने सिर लीजिए, दूसरों के लिए रोइए, दीनों की रक्षा के लिए लट्ठ लिये फिरिए, और इस कष्ट, अपमान और यंत्रणा का पुरस्कार क्या है ? अपनी जीवनाभिलाषाओं की हत्या।

मानकी–लेकिन यश तो होता है।

कृष्ण–हाँ, यश होता है। लोग आशीर्वाद देते हैं।

मानकी–जब इतना यश मिलता है तो तुम भी वही काम करो। हम लोग उस पवित्र आत्मा की और कुछ सेवा नहीं कर सकते तो उसी वाटिका को चलाते जाएँ जो उन्होंने अपने जीवन में इतने उत्सर्ग और भक्ति से लगायी। इससे उनकी आत्मा को शांति होगी।

कृष्णचन्द्र ने माता को श्रद्धामय नेत्रों से देख कर कहा–करूँ तो, मगर संभव है, तब यह टीम-टाम न निभ सके। शायद फिर वही पहले की-सी दशा हो जाय।

मानकी–कोई हरज नहीं। संसार में यश तो होगा ? आज तो अगर धन की देवी भी मेरे सामने आये, तो मैं आँखें न नीची करूँ।

❑❑❑

पाप का अग्निकुंड

कुँवर पृथ्वीसिंह महाराज यशवंतसिंह के पुत्र थे। रूप, गुण और विद्या में प्रसिद्ध थे। ईरान, मिस्र, श्याम आदि देशों में परिभ्रमण कर चुके थे और कई भाषाओं के पंडित समझे जाते थे। इनकी एक बहिन थी जिसका नाम राजनंदिनी था। यह भी जैसी सुरूपवती और सर्वगुणसंपन्ना थी वैसी ही प्रसन्नवदना और मृदुभाषिणी भी थी। कड़वी बात कह कर किसी का जी दुखाना उसे पसंद नहीं था। पाप को तो वह अपने पास भी नहीं फटकने देती थी। यहाँ तक कि कई बार महाराज यशवंत से भी वाद-विवाद कर चुकी थी और जब कभी उन्हें किसी बहाने कोई अनुचित काम करते देखती, तो उसे यथाशक्ति रोकने की चेष्टा करती। इसका ब्याह कुँवर धर्मसिंह से हुआ था। यह एक छोटी रियासत का अधिकारी और महाराज यशवंतसिंह की सेना का उच्च पदाधिकारी था। धर्मसिंह बड़ा उदार और कर्मवीर था। इसे होनहार देख कर महाराज ने राजनंदिनी को इसके साथ ब्याह दिया था और दोनों बड़े प्रेम से अपना वैवाहिक जीवन बिताते थे। धर्मसिंह अधिकतर जोधपुर में ही रहता था। पृथ्वीसिंह उसके गाढ़े मित्र थे। इनमें जैसी मित्रता थी, वैसी भाइयों में भी नहीं होती। जिस प्रकार इन दोनों राजकुमारों में मित्रता थी, उसी प्रकार दोनों राजकुमारियाँ भी एक दूसरी पर जान देती थीं। पृथ्वीसिंह की स्त्री दुर्गाकुँवरि बहुत सुशीला और चतुर थी। ननद-भावज में अनबन होना लोक-रीति है, पर इन दोनों में इतना स्नेह था कि एक के बिना दूसरी को कभी कल नहीं पड़ता था। दोनों स्त्रियाँ संस्कृत से प्रेम रखती थीं।

एक दिन दोनों राजकुमारियाँ बाग की सैर में मग्न थीं कि एक दासी ने राजनंदिनी के हाथ में एक कागज ला कर रख दिया। राजनंदिनी ने उसे खोला तो वह संस्कृत का एक पत्र था। उसे पढ़ कर उसने दासी से कहा

कि उन्हें भेज दे। थोड़ी देर में एक स्त्री सिर से पैर तक चादर ओढ़े आती दिखायी दी। इसकी उम्र 25 साल से अधिक न थी, पर रंग पीला था। आँखें बड़ी और होंठ सूखे। चाल-ढाल में कोमलता थी और उसके डील-डौल की गठन बहुत मनोहर थी। अनुमान से जान पड़ता था कि समय ने इसकी वह दशा कर रखी है। पर एक समय वह भी होगा जब यह बड़ी सुंदर होगी। इस स्त्री ने आ कर चौखट चूमी और आशीर्वाद दे कर फर्श पर बैठ गयी। राजनंदिनी ने इसे सिर से पैर तक बड़े ध्यान से देखा और पूछा, "तुम्हारा नाम क्या है ?"

उसने उत्तर दिया, "मुझे ब्रजविलासिनी कहते हैं।"

"कहाँ रहती हो ?"

"यहाँ से तीन दिन की राह पर एक गाँव विक्रमनगर है, वहाँ मेरा घर है।"

"संस्कृत कहाँ पढ़ी है ?"

"मेरे पिता जी संस्कृत के बड़े पंडित थे, उन्होंने थोड़ी-बहुत पढ़ा दी है।"

"तुम्हारा ब्याह तो हो गया है न ?"

ब्याह का नाम सुनते ही ब्रजविलासिनी की आँखों से आँसू बहने लगे। वह आवाज सम्हाल कर बोली—इसका जवाब मैं फिर कभी दूँगी, मेरी रामकहानी बड़ी दुःखमय है। उसे सुन कर आपको दुःख होगा इसलिए इस समय क्षमा कीजिए।

आज से ब्रजविलासिनी वहीं रहने लगी। संस्कृत-साहित्य में उसका बहुत प्रवेश था। वह राजकुमारियों को प्रतिदिन रोचक कविता पढ़ कर सुनाती थी। उसके रंग, रूप और विद्या ने धीरे-धीरे राजकुमारियों के मन में उसके प्रति प्रेम और प्रतिष्ठा उत्पन्न कर दी। यहाँ तक कि राजकुमारियों और ब्रजविलासिनी के बीच बड़ाई-छोटाई उठ गयी और वे सहेलियों की भाँति रहने लगीं।

:: 2 ::

कई महीने बीत गये। कुँवर पृथ्वीसिंह और धर्मसिंह दोनों महाराज के साथ अफगानिस्तान की मुहीम पर गये हुए थे। यह विरह की घड़ियाँ 'मेघदूत' और 'रघुवंश' के पढ़ने में कटीं। ब्रजविलासिनी को कालिदास के देवता से बहुत प्रेम था और वह उसके काव्यों की व्याख्या उत्तमता से करती और उसमें ऐसी बारीकियाँ निकालती कि दोनों राजकुमारियाँ मुग्ध हो जातीं।

एक दिन संध्या का समय था, दोनों राजकुमारियाँ फुलवाड़ी में सैर करने गयीं तो देखा कि ब्रजविलासिनी हरी-हरी घास पर लेटी हुई है और उसकी आँखों से

आँसू बह रहे हैं। राजकुमारियों के अच्छे बर्ताव और स्नेहपूर्ण बातचीत से उसकी सुंदरता कुछ चमक गयी थी। इनके साथ अब वह भी राजकुमारी जान पड़ती थी, पर इन सभी बातों के रहते भी वह बेचारी बहुधा एकांत में बैठ कर रोया करती। उसके दिल पर एक ऐसी चोट थी कि वह उसे दम भर भी चैन नहीं लेने देती थी। राजकुमारियाँ उस समय उसे रोती देख कर बड़ी सहानुभूति के साथ उसके पास बैठ गयीं। राजनंदिनी ने उसका सिर अपनी जाँघ पर रख लिया और उसके गुलाब-से गालों को थपथपाकर कहा–सखी, तुम अपने दिल का हाल हमें न बताओगी ? क्या अब भी हम गैर हैं ? तुम्हारा यों अकेले दुःख की आग में जलना हमसे नहीं देखा जाता।

ब्रजविलासिनी आवाज सम्हाल कर बोली–बहन, मैं अभागिनी हूँ। मेरा हाल मत सुनो।

राज.–अगर बुरा न मानो तो एक बात पूछूँ।

ब्रज.–क्या, कहो ?

राज.–वही जो मैंने पहले दिन पूछा था, तुम्हारा ब्याह हुआ है कि नहीं ?

ब्रज.–इसका जवाब मैं क्या दूँ ? अभी नहीं हुआ।

राज.–क्या किसी का प्रेम-बाण हृदय में चुभा हुआ है ?

ब्रज.–नहीं बहन, ईश्वर जानता है।

राज.–तो इतनी उदास क्यों रहती हो ? क्या प्रेम का आनंद उठाने को जी चाहता है ?

ब्रज.–नहीं, दुःख के सिवा मन में प्रेम को स्थान ही नहीं।

राज.–हम प्रेम का स्थान पैदा कर देंगी।

ब्रजविलासिनी इशारा समझ गयी और बोली–बहन, इन बातों की चर्चा न करो।

राज.–मैं अब तुम्हारा ब्याह रचाऊँगी। दीवान जयचंद को तुमने देखा है ?

ब्रजविलासिनी आँखों में आँसू भर कर बोली–राजकुमारी, मैं व्रतधारिणी हूँ और अपने व्रत को पूरा करना ही मेरे जीवन का उद्देश्य है। प्रण को निभाने के लिए मैं जीती हूँ, नहीं तो मैंने ऐसी आफतें झेली हैं कि जीने की इच्छा अब नहीं रही। मेरे बाप विक्रमनगर के जागीरदार थे। मेरे सिवा उनके कोई संतान न थी। वे मुझे प्राणों से अधिक प्यार करते थे। मेरे ही लिए उन्होंने बरसों संस्कृत-साहित्य पढ़ा था। युद्ध-विद्या में वे बड़े निपुण थे और कई बार लड़ाइयों पर गये थे।

एक दिन गोधूलि-बेला में जब गायें जंगल से लौट रही थीं मैं अपने द्वार पर खड़ी थी। इतने में एक जवान बाँकी पगड़ी बाँधे, हथियार सजाये, झूमता आता दिखायी दिया। मेरी प्यारी मोहिनी इस समय जंगल से लौटी थी, और उसका बच्चा इधर किलोलें कर रहा था। संयोगवश बच्चा उस नौजवान से टकरा गया। गाय उस आदमी पर झपटी। राजपूत बड़ा साहसी था। उसने शायद सोचा कि भागता हूँ तो कलंक का टीका लगता है, तुरंत तलवार म्यान से खींच ली और वह गाय पर झपटा। गाय झल्लायी हुई तो थी ही, कुछ भी न डरी। मेरी आँखों के सामने उस राजपूत ने उस प्यारी गाय को जान से मार डाला। देखते-देखते सैकड़ों आदमी जमा हो गये और उसको टेढ़ी-सीधी सुनाने लगे। इतने में पिता जी भी आ गये। वे संध्या करने गये थे। उन्होंने आ कर देखा कि द्वार पर सैकड़ों आदमियों की भीड़ लगी है, गाय तड़प रही है और उसका बच्चा खड़ा रो रहा है। पिता जी की आहट सुनते ही गाय कराहने लगी और उनकी ओर उसने कुछ ऐसी दृष्टि से देखा कि उन्हें क्रोध आ गया। मेरे बाद उन्हें वह गाय ही प्यारी थी। वे ललकार कर बोले–मेरी गाय किसने मारी है ? नौजवान लज्जा से सिर झुकाये सामने आया और बोला–मैंने।

पिताजी–तुम क्षत्रिय हो ?'

राजपूत–हाँ !

पिताजी–तो किसी क्षत्रिय से हाथ मिलाते ?

राजपूत का चेहरा तमतमा गया। बोला–कोई क्षत्रिय सामने आ जाय। हजारों आदमी खड़े थे; पर किसी का साहस न हुआ कि उस राजपूत का सामना करे। यह देख कर पिताजी ने तलवार खींच ली और वे उस पर टूट पड़े। उसने भी तलवार निकाल ली और दोनों आदमियों में तलवारें चलने लगीं। पिता जी बूढ़े थे; सीने पर जखम गहरा लगा। गिर पड़े। उठा कर लोग घर पर लाये। उनका चेहरा पीला था; पर उनकी आँखों से चिनगारियाँ निकल रही थीं। मैं रोती हुई उनके सामने आयी। मुझे देखते ही उन्होंने सब आदमियों को वहाँ से हट जाने का संकेत किया। जब मैं और पिता जी अकेले रह गये, तो वे बोले–बेटी, तुम राजपूतानी हो ?

मैं–जी हाँ।

पिता जी–राजपूत बात के धनी होते हैं ?

मैं–जी हाँ।

पिता जी—इस राजपूत ने मेरी गाय की जान ली है, इसका बदला तुम्हें लेना होगा।

मैं—आपकी आज्ञा का पालन करूँगी।

पिता जी—अगर मेरा बेटा जीता होता तो मैं यह बोझ तुम्हारी गर्दन पर न रखता।

मैं—आपकी जो कुछ आज्ञा होगी, मैं सिर-आँखों से पूरी करूँगी।

पिता जी—तुम प्रतिज्ञा करती हो ?

मैं—जी हाँ।

पिता जी—इस प्रतिज्ञा को पूरा कर दिखाओगी।

मैं—जहाँ तक मेरा वश चलेगा, मैं निश्चय यह प्रतिज्ञा पूरी करूँगी।

पिता जी—यह मेरी तलवार लो। जब तक तुम यह तलवार उस राजपूत के कलेजे में न भोंक दो, तब तक भोग-विलास न करना।

यह कहते-कहते पिता जी के प्राण निकल गये। मैं उसी दिन से तलवार को कपड़ों में छिपाये उस नौजवान राजपूत की तलाश में घूमने लगी। वर्षों बीत गये। मैं कभी बस्तियों में जाती, कभी पहाड़ों-जंगलों की खाक छानती; पर उस नौजवान का कहीं पता न मिलता। एक दिन मैं बैठी हुई अपने फूटे भाग पर रो रही थी कि वही नौजवान आदमी आता हुआ दिखाई दिया। मुझे देखकर उसने पूछा, तू कौन है ? मैंने कहा, मैं दुखिया ब्राह्मणी हूँ, आप मुझ पर दया कीजिए और मुझे कुछ खाने को दीजिए। राजपूत ने कहा, अच्छा, मेरे साथ आ !

मैं उठ खड़ी हुई। वह आदमी बेसुध था। मैंने बिजली की तरह लपक कर कपड़ों में से तलवार निकाली और उसके सीने में भोंक दी। इतने में कई आदमी आते दिखायी पड़े। मैं तलवार छोड़कर भागी। तीन वर्ष तक पहाड़ों और जंगलों में छिपी रही। बार-बार जी में आया कि कहीं डूब मरूँ, पर जान बड़ी प्यारी होती है। न जाने क्या-क्या मुसीबतें और कठिनाइयाँ भोगनी हैं, जिनको भोगने को अभी तक जीती हूँ। अंत में जब जंगल में रहते-रहते जी उकता गया, तो जोधपुर चली आयी। यहाँ आपकी दयालुता की चर्चा सुनी। आपकी सेवा में आ पहुँची और तब से आपकी कृपा से मैं आराम से जीवन बिता रही हूँ। यही मेरी रामकहानी है।

राजनंदिनी ने लम्बी साँस ले कर कहा—दुनिया में कैसे-कैसे लोग भरे हुए हैं। खैर, तुम्हारी तलवार ने उसका काम तो तमाम कर दिया ?

ब्रजविलासिनी–कहाँ बहन ! वह बच गया, जखम ओछा पड़ा था। उसी शकल के एक नौजवान राजपूत को मैंने जंगल में शिकार खेलते देखा था। नहीं मालूम, वह था या और कोई, शकल बिलकुल मिलती थी।

:: 3 ::

कई महीने बीत गये। राजकुमारियों ने जब से ब्रजविलासिनी की रामकहानी सुनी है, उसके साथ वे और भी प्रेम और सहानुभूति का बर्ताव करने लगी हैं। पहले बिना संकोच कभी-कभी छेड़छाड़ हो जाती थी; पर अब दोनों हरदम उसका दिल बहलाया करती हैं। एक दिन बादल घिरे हुए थे, राजनंदिनी ने कहा–आज बिहारीलाल की 'सतसई' सुनने को जी चाहता है। वर्षाऋतु पर उसमें बहुत अच्छे दोहे हैं।

दुर्गाकुँवरि–बड़ी अनमोल पुस्तक है। सखी, तुम्हारी बगल में जो आलमारी रखी है, उसी में वह पुस्तक है, जरा निकालना। ब्रजविलासिनी ने पुस्तक उतारी और उसका पहला पृष्ठ खोला था कि उसके हाथ से पुस्तक छूट कर गिर पड़ी। उसके पहले पृष्ठ पर एक तसवीर लगी हुई थी। वह उसी निर्दय युवक की तसवीर थी जो उसके बाप का हत्यारा था। ब्रजविलासिनी की आँखें लाल हो गयीं। त्योरी पर बल पड़ गये। अपनी प्रतिज्ञा याद आ गयी, पर उसके साथ ही यह विचार उत्पन्न हुआ कि इस आदमी का चित्र यहाँ कैसे आया और इसका इन राजकुमारियों से क्या सम्बन्ध है ? कहीं ऐसा न हो कि मुझे इतना कृतज्ञ हो कर अपनी प्रतिज्ञा तोड़नी पड़े। राजनंदिनी ने उसकी सूरत देख कर कहा–सखी क्या बात है ? यह क्रोध क्यों ? ब्रजविलासिनी ने सावधानी से कहा–कुछ नहीं, न जाने क्यों चक्कर आ गया था।

आज से ब्रजविलासिनी के मन में एक और चिन्ता उत्पन्न हुई–क्या मुझे राजकुमारियों का कृतज्ञ हो कर अपना प्रण तोड़ना पड़ेगा ?

पूरे सोलह महीने के बाद अफगानिस्तान से पृथ्वीसिंह और धर्मसिंह लौटे। बादशाह की सेना को बड़ी-बड़ी कठिनाइयों का सामना करना पड़ा। बर्फ अधिकता से पड़ने लगी। पहाड़ों के दर बर्फ से ढक गये। आने-जाने के रास्ते बंद हो गये। रसद के सामान कम मिलने लगे। सिपाही भूखों मरने लगे। अब अफगानों ने समय पा कर रात को छापे मारने शुरू किये। आखिर शहजादे मुहीउद्दीन को हिम्मत हार कर लौटना पड़ा।

दोनों राजकुमार ज्यों-ज्यों जोधपुर के निकट पहुँचते थे, उत्कंठा से उनके मन उमंड़ आते थे। इतने दिनों के वियोग के बाद फिर भेंट होगी। मिलने की तृष्णा बढ़ती जाती है। रात-दिन मंजिल काटते चले आते हैं, न थकावट मालूम होती है, न माँदगी। दोनों घायल हो रहे हैं; पर फिर भी मिलने की खुशी में जख्मों की तकलीफ भूले हुए हैं। पृथ्वीसिंह दुर्गाकुँवरि के लिए एक अफगानी कटार लाये हैं। धर्मसिंह ने राजनन्दिनी के लिए कश्मीर का एक बहुमूल्य शाल जोड़ा मोल लिया है। दोनों के दिल उमंग से भरे हुए हैं।

राजकुमारियों ने जब सुना कि दोनों वीर वापस आते हैं, तो वे फूले अंगों न समायीं। श्रृंगार किया जाने लगा, माँगें मोतियों से भरी जाने लगीं, उनके चेहरे खुशी से दमकने लगे। इतने दिनों के बिछोह के बाद फिर मिलाप होगा, खुशी आँखों से उबली पड़ती है। एक-दूसरे को छेड़ती हैं और खुश हो कर गले मिलती हैं।

अगहन का महीना था, बरगद की डालियों में मूँगे के दाने लगे हुए थे। जोधपुर के किले से सलामियों की धनगरज आवाजें आने लगीं। सारे नगर में धूम मच गयी कि कुँवर पृथ्वीसिंह सकुशल अफगानिस्तान से लौट आये। दोनों राजकुमारियाँ थाली में आरती के सामान लिये दरवाजे पर खड़ी थीं। पृथ्वीसिंह दरबारियों के मुजरे लेते हुए महल में आये। दुर्गाकुँवरि ने आरती उतारी और दोनों एक-दूसरे को देख कर खुश हो गये। धर्मसिंह भी प्रसन्नता से ऐंठते हुए अपने महल में पहुँचे; पर भीतर पैर रखने न पाये थे कि छींक हुई और बायीं आँख फड़कने लगी। राजनन्दिनी आरती का थाल ले कर लपकी; पर उसका पैर फिसल गया और थाल हाथ से छूट कर गिर पड़ा। धर्मसिंह का माथा ठनका और राजनन्दिनी का चेहरा पीला हो गया। यह असगुन क्यों ?

ब्रजविलासिनी ने दोनों राजकुमारों के आने का समाचार सुन कर उन दोनों को देने के लिए दो अभिनन्दन-पत्र बनवा रखे थे। सबेरे जब कुँवर पृथ्वीसिंह संध्या आदि नित्य-क्रिया से निपट कर बैठे, तो वह उनके सामने आयी और उसने एक सुन्दर कुश की चँगेली में अभिनन्दन-पत्र रख दिया। पृथ्वीसिंह ने उसे प्रसन्नता से ले लिया। कविता यद्यपि उतनी बढ़िया न थी, पर वह नयी और वीरता से भरी हुई थी। वे वीररस के प्रेमी थे, उसको पढ़ कर बहुत खुश हुए और उन्होंने मोतियों का हार उपहार दिया।

ब्रजविलासिनी यहाँ से छुट्टी पा कर कुँवर धर्मसिंह के पास पहुँची। वे बैठे हुए राजनन्दिनी को लड़ाई की घटनाएँ सुना रहे थे, पर ज्यों ही ब्रजविलासिनी की

आँख उन पर पड़ी, वह सन्न होकर पीछे हट गयी। उसको देख कर धर्मसिंह के चेहरे का भी रंग उड़ गया, होंठ सूख गये और हाथ-पैर सनसनाने लगे। ब्रजविलासिनी तो उलटे पाँव लौटी, पर धर्मसिंह ने चारपाई पर लेट कर दोनों हाथों से मुँह ढँक लिया। राजनन्दिनी ने यह दृश्य देखा और उसका फूल-सा बदन पसीने से तर हो गया। धर्मसिंह सारे दिन पलंग पर चुपचाप पड़े करवटें बदलते रहे। उनका चेहरा ऐसा कुम्हला गया जैसे वे बरसों के रोगी हों। राजनन्दिनी उनकी सेवा में लगी हुई थी। दिन तो यों कटा, रात को कुँवर साहब संध्या ही से थकावट का बहाना करके लेट गये। राजनन्दिनी हैरान थी कि माजरा क्या है। ब्रजविलासिनी इन्हीं के खून की प्यासी है ? क्या यह सम्भव है कि मेरा प्यारा, मेरा मुकुट धर्मसिंह ऐसा कठोर हो ? नहीं, नहीं, ऐसा नहीं हो सकता। वह यद्यपि चाहती है कि अपने भावों से उनके मन का बोझ हलका करे, पर नहीं कर सकती। अन्त को नींद ने उसको अपनी गोद में ले लिया।

:: 4 ::

रात बहुत बीत गयी है। आकाश में अँधेरा छा गया है। सारस की दुःख से भरी बोली कभी-कभी सुनायी दे जाती है और रह-रह कर किले के संतरियों की आवाज कान में आ पड़ती है। राजनंदिनी की आँख एकाएक खुली, तो उसने धर्मसिंह को पलंग पर न पाया। चिंता हुई, वह झट उठ कर ब्रजविलासिनी के कमरे की ओर चली और दरवाजे पर खड़ी हो कर भीतर की ओर देखने लगी। संदेह पूरा हो गया। क्या देखती है कि ब्रजविलासिनी हाथ में तेगा लिये खड़ी है और धर्मसिंह दोनों हाथ जोड़े उसके सामने दीनों की तरह घुटने टेके बैठे हैं। वह दृश्य देखते ही राजनंदिनी का खून सूख गया और उसके सिर में चक्कर आने लगा, पैर लड़खड़ाने लगे। जान पड़ता था कि गिरी जाती है। वह अपने कमरे में आयी और मुँह ढँक कर लेट रही, पर उसकी आँखों से आँसू की एक बूँद भी न निकली।

दूसरे दिन पृथ्वीसिंह बहुत सबेरे ही कुँवर धर्मसिंह के पास गये और मुस्करा कर बोले–भैया, मौसम बड़ा सुहावना है, शिकार खेलने चलते हो ?

धर्मसिंह–हाँ चलो।

दोनों राजकुमारों ने घोड़े कसवाये और जंगल की ओर चल दिये। पृथ्वीसिंह का चेहरा खिला हुआ था, जैसे कमल का फूल। एक-एक अंग से तेजी और चुस्ती टपकी पड़ती थी, पर कुँवर धर्मसिंह का चेहरा मैला हो गया था, मानो बदन में

जान ही नहीं है। पृथ्वीसिंह ने उन्हें कई बार छेड़ा, पर जब देखा कि वे बहुत दुःखी हैं, तो चुप हो गये। चलते-चलते दोनों आदमी झील के किनारे पहुँचे। एकाएक धर्मसिंह ठिठके और बोले–मैंने आज रात को एक दृढ़ प्रतिज्ञा की है। यह कहते-कहते उनकी आँखों में पानी आ गया। पृथ्वीसिंह ने घबरा कर पूछा–कैसी प्रतिज्ञा ?

'तुमने ब्रजविलासिनी का हाल सुना है ? मैंने प्रतिज्ञा की है कि जिस आदमी ने उसके बाप को मारा है, उसे भी जहन्नुम में पहुँचा दूँ।'

'तुमने सचमुच वीर-प्रतिज्ञा की है।'

'हाँ, यदि मैं पूरी कर सकूँ। तुम्हारे विचार में ऐसा आदमी मारने योग्य है या नहीं ?'

'ऐसे निर्दयी की गर्दन गुट्ठल छुरी से काटनी चाहिए।'

'बेशक, यही मेरा भी विचार है। यदि मैं किसी कारण यह काम न कर सकूँ, तो तुम मेरी प्रतिज्ञा पूरी कर दोगे ?'

'बड़ी खुशी से। उसे पहचानते हो न ?'

'हाँ, अच्छी तरह।'

'तो अच्छा होगा, यह काम मुझको ही करने दो, तुम्हें शायद उस पर दया आ जाय।'

'बहुत अच्छा, पर यह याद रखो कि वह आदमी बड़ा भाग्यशाली है ! कई बार मौत के मुँह से बच कर निकला है। क्या आश्चर्य है कि तुमको भी उस पर दया आ जाय। इसलिए तुम प्रतिज्ञा करो कि उसे जरूर जहन्नुम पहुँचाओगे।'

'मैं दुर्गा की शपथ खा कर कहता हूँ कि उस आदमी को अवश्य मारूँगा।'

'बस, तो हम दोनों मिल कर कार्य सिद्ध कर लेंगे। तुम अपनी प्रतिज्ञा पर दृढ़ रहोगे न ?'

'क्यों ? क्या मैं सिपाही नहीं हूँ ? एक बार जो प्रतिज्ञा की, समझ लो कि वह पूरी करूँगा, चाहे इसमें अपनी जान ही क्यों न चली जाय।'

'सब अवस्थाओं में ?'

'हाँ, सब अवस्थाओं में।'

'यदि वह तुम्हारा कोई बंधु हो तो ?'

पृथ्वीसिंह ने धर्मसिंह को विचारपूर्वक देख कर कहा–कोई बंधु हो तो ?

धर्मसिंह–हाँ, सम्भव है कि तुम्हारा कोई नातेदार हो।

पृथ्वीसिंह–(जोश में) कोई हो, यदि मेरा भाई भी हो, तो भी जीता चुनवा दूँ।

धर्मसिंह घोड़े से उतर पड़े। उनका चेहरा उतरा हुआ था और होंठ काँप रहे थे। उन्होंने कमर से तेगा खोल कर जमीन पर रख दिया और पृथ्वीसिंह को ललकार कर कहा–पृथ्वीसिंह, तैयार हो जाओ। वह दुष्ट मिल गया। पृथ्वीसिंह ने चौंक कर इधर-उधर देखा तो धर्मसिंह के सिवाय और कोई दिखायी न दिया।

धर्मसिंह–तेगा खींचो।

पृथ्वीसिंह–मैंने उसे नहीं देखा।

धर्मसिंह–वह तुम्हारे सामने खड़ा है। वह दुष्ट कुकर्मी धर्मसिंह ही है।

पृथ्वीसिंह–(घबरा कर) ऐं तुम ! –मैं–

धर्मसिंह–राजपूत, अपनी प्रतिज्ञा पूरी करो।

इतना सुनते ही पृथ्वीसिंह ने बिजली की तरह अपने कमर से तेगा खींच लिया और उसे धर्मसिंह के सीने में चुभा दिया। मूठ तक तेगा चुभ गया। खून का फव्वारा बह निकला। धर्मसिंह जमीन पर गिर कर धीरे से बोले–पृथ्वीसिंह, मैं तुम्हारा बहुत कृतज्ञ हूँ। तुम सच्चे वीर हो। तुमने पुरुष का कर्त्तव्य पुरुष की भाँति पालन किया।

पृथ्वीसिंह यह सुन कर जमीन पर बैठ गये और रोने लगे।

:: 5 ::

अब राजनंदिनी सती होने जा रही है। उसने सोलहों शृंगार किये हैं और माँग मोतियों से भरवायी है। कलाई में सोहाग का कंगन है, पैरों में महावर लगायी है और लाल चुनरी ओढ़ी है। उसके अंग से सुगंध उड़ रही है, क्योंकि आज वह सती होने जा रही है।

राजनंदिनी का चेहरा सूर्य की भाँति प्रकाशमान है। उसकी ओर देखने से आँखों में चकाचौंध लग जाती है। प्रेम-मद से उसका रोआँ-रोआँ मस्त हो गया है, उसकी आँखों से अलौकिक प्रकाश निकल रहा है। वह आज स्वर्ग की देवी जान पड़ती है। उसकी चाल बड़ी मदमाती है। वह अपने प्यारे पति का सिर अपनी गोद में लेती है और उस चिता में बैठ जाती है जो चंदन, खस आदि से बनायी गयी है।

सारे नगर के लोग यह दृश्य देखने के लिए उमड़े चले आते हैं। बाजे बज रहे हैं, फूलों की वृष्टि हो रही है। सती चिता पर बैठ चुकी थी कि इतने में कुँवर पृथ्वीसिंह आये और हाथ जोड़कर बोले—महारानी, मेरा अपराध क्षमा करो।

सती ने उत्तर दिया—क्षमा नहीं हो सकता। तुमने एक नौजवान राजपूत की जान ली है, तुम भी जवानी में मारे जाओगे।

सती के वचन कभी झूठे हुए हैं ? एकाएक चिता में आग लग गयी। जयजयकार के शब्द गूँजने लगे। सती का मुख आग में यों चमकता था, जैसे सबेरे की ललाई में सूर्य चमकता है। थोड़ी देर में वहाँ राख के ढेर के सिवा और कुछ न रहा।

इस सती के मन में कैसा सत था ! परसों जब उसने ब्रजविलासिनी को झिझक कर धर्मसिंह के सामने जाते देखा था, उसी समय से उसके दिल में संदेह हो गया था। पर जब रात को उसने देखा कि मेरा पति इसी स्त्री के सामने दुखिया की तरह बैठा हुआ है, तब वह संदेह निश्चय की सीमा तक पहुँच गया और यही निश्चय अपने साथ सत लेता आया था। सबेरे जब धर्मसिंह उठे तब राजनंदिनी ने कहा था कि मैं ब्रजविलासिनी के शत्रु का सिर चाहती हूँ, तुम्हें लाना होगा। और ऐसा ही हुआ। अपने सती होने के सब कारण राजनंदिनी ने जान-बूझ कर पैदा किये थे, क्योंकि उसके मन में सत था। पाप की आग कैसे तेज होती है ? एक पाप ने कितनी जानें लीं ? राजवंश के दो राजकुमार और दो कुमारियाँ देखते-देखते इस अग्निकुंड में स्वाहा हो गयीं। सती का वचन सच हुआ। सात ही सप्ताह के भीतर पृथ्वीसिंह दिल्ली में कत्ल किये गये और दुर्गाकुमारी सती हो गयी।

❑❑❑

आभूषण

आभूषणों की निंदा करना हमारा उद्देश्य नहीं है। हम असहयोग का उत्पीड़न सह सकते हैं पर ललनाओं के निर्दय, घातक वाक्‌बाणों को नहीं ओढ़ सकते। तो भी इतना अवश्य कहेंगे कि इस तृष्णा की पूर्ति के लिए जितना त्याग किया जाता है, उसका सदुपयोग करने से महान् पद प्राप्त हो सकता है।

यद्यपि हमने किसी रूप-हीन महिला को आभूषणों की सजावट से रूपवती होते नहीं देखा, तथापि हम यह भी मान लेते हैं कि रूप के लिए आभूषणों की उतनी ही जरूरत है, जितनी घर के लिए दीपक की। किन्तु शारीरिक शोभा के लिए हम तन को कितना मलिन, चित्त को कितना अशांत और आत्मा को कितना कलुषित बना लेते हैं ? इसका हमें कदाचित् ज्ञान ही नहीं होता। इस दीपक की ज्योति में आँखें धुँधली हो जाती हैं। यह चमक-दमक कितनी ईर्ष्या, कितने द्वेष, कितनी प्रतिस्पर्धा, कितनी दुश्चिंता और कितनी दुराशा का कारण है, इसकी केवल कल्पना से ही रोंगटे खड़े हो जाते हैं। इन्हें भूषण नहीं, दूषण कहना अधिक उपयुक्त है। नहीं तो यह कब हो सकता था कि कोई नववधू पति के घर आने के तीसरे दिन अपने पति से कहती कि 'मेरे पिता ने तुम्हारे पल्ले बाँध कर मुझे तो कुएँ में ढकेल दिया।' शीतला आज अपने गाँव के ताल्लुकेदार कुँवर सुरेशसिंह की नवविवाहिता वधू को देखने गयी थी। उसके सामने ही वह मंत्रमुग्ध-सी हो गयी। बहू के रूप-लावण्य पर नहीं, उसके आभूषणों की जगमगाहट पर उसकी टकटकी लगी रही। और वह जब से लौट कर घर आयी, उसकी छाती पर साँप लोटता रहा। अंत को ज्यों ही उसका पति आया, वह उस पर बरस पड़ी और दिल में भरा हुआ गुबार पूर्वोक्त शब्दों में निकल पड़ा। शीतला के पति का नाम विमलसिंह था। उनके पुरखे किसी जमाने में इलाकेदार थे। इस गाँव पर भी उन्हीं का सोलहों

आने अधिकार था। लेकिन अब इस घर की दशा हीन हो गयी है। सुरेशसिंह के पिता जमींदारी के काम में दक्ष थे। विमलसिंह का सब इलाका किसी न किसी प्रकार से उनके हाथ आ गया। विमल के पास सवारी का टट्टू भी न था, उसे दिन में दो बार भोजन भी मुश्किल से मिलता था। उधर सुरेश के पास हाथी, मोटर और कई घोड़े थे, दस-पाँच बाहर के आदमी नित्य द्वार पर पड़े रहते थे। पर इतनी विषमता होने पर भी दोनों में भाईचारा निभाया जाता था। शदी-ब्याह में, मुंडन-छेदन में परस्पर आना-जाना होता रहता था। सुरेश विद्या-प्रेमी थे। हिंदुस्तान में ऊँची शिक्षा समाप्त करके वह यूरोप चले गये और सब लोगों की शंकाओं के विपरीत, वहाँ से आर्य-सभ्यता के परम भक्त बन कर लौटे। वहाँ के जड़वाद, कृत्रिम भोगलिप्सा और अमानुषिक मदांधता ने उनकी आँखें खोल दी थीं। पहले वह घरवालों के बहुत जोर देने पर भी विवाह करने को राजी नहीं हुए थे। लड़की से पूर्व-परिचय हुए बिना प्रणय नहीं कर सकते थे। पर यूरोप से लौटने पर उनके वैवाहिक विचारों में बहुत बड़ा परिवर्तन हो गया। उन्होंने उसी पहले की कन्या से, बिना उसके आचार-विचार जाने हुए विवाह कर लिया। अब वह विवाह को प्रेम का बंधन नहीं, धर्म का बंधन समझते थे। उसी सौभाग्यवती वधू को देखने के लिए आज शीतला, अपनी सास के साथ, सुरेश के घर गयी थी। उसी के आभूषणों की छटा देख कर वह मर्माहत-सी हो गयी है। विमल ने व्यथित हो कर कहा--तो माता-पिता से कहा होता, सुरेश से ब्याह कर देते। वह तुम्हें गहनों से लाद सकते थे।

शीतला--तो गाली क्यों देते हो ?

विमल--गाली नहीं देता, बात कहता हूँ। तुम जैसी सुंदरी को उन्होंने नाहक मेरे साथ ब्याहा।

शीतला--लजाते तो हो नहीं, उलटे और ताने देते हो।

विमल--भाग्य मेरे वश में नहीं है। इतना पढ़ा भी नहीं हूँ कि कोई बड़ी नौकरी करके रुपये कमाऊँ।

शीतला--यह क्यों नहीं कहते कि प्रेम ही नहीं है। प्रेम हो, तो कंचन बरसने लगे।

विमल--तुम्हें गहनों से बहुत प्रेम है ?

शीतला--सभी को होता है। मुझे भी है।

विमल--अपने को अभागिनी समझती हो ?

शीतला--हूँ ही, समझना कैसा ? नहीं तो क्या दूसरे को देख कर तरसना पड़ता ?

विमल–गहने बनवा दूँ तो अपने को भाग्यवती समझने लगोगी ?

शीतला–(चिढ़ कर) तुम तो इस तरह पूछ रहे हो, जैसे सुनार दरवाजे पर बैठा है !

विमल–नहीं, सच कहता हूँ, बनवा दूँगा। हाँ, कुछ दिन सबर करना पड़ेगा।

:: 2 ::

समर्थ पुरुषों को बात लग जाती है, तो प्राण ले लेते हैं। सामर्थ्यहीन पुरुष अपनी ही जान पर खेल जाता है। विमलसिंह ने घर से निकल जाने की ठानी। निश्चय किया, या तो इसे गहनों से ही लाद दूँगा या वैधव्य-शोक से। या तो आभूषण ही पहनेगी या सेंदुर को भी तरसेगी।

दिन भर वह चिंता में डूबा पड़ा रहा। शीतला को उसने प्रेम से संतुष्ट करना चाहा था। आज अनुभव हुआ कि नारी का हृदय प्रेमपाश से नहीं बँधता, कंचन के पाश ही से बँध सकता है। पहर रात जाते-जाते वह घर से चल खड़ा हुआ। पीछे फिर कर कभी न देखा। ज्ञान से जागे हुए विराग में चाहे मोह का संस्कार हो, पर नैराश्य से जागा हुआ विराग अचल होता है। प्रकाश में इधर की वस्तुओं को देख कर मन विचलित हो सकता है। पर अंधकार में किसका साहस है, जो लीक से जौ भर हट सके।

विमल के पास विद्या न थी, कला-कौशल भी न था। उसे केवल अपने कठिन परिश्रम और कठिन आत्म-त्याग ही का आधार था। वह पहले कलकत्ते गया। वहाँ कुछ दिन तक एक सेठ की अगवानी करता रहा। वहाँ जो सुन पाया कि रंगून में मजदूरी अच्छी मिलती है, तो वह रंगून जा पहुँचा और बंदरगाह पर माल चढ़ाने-उतारने का काम करने लगा।

कुछ तो कठिन श्रम, कुछ खाने-पीने के असंयम और कुछ जलवायु की खराबी के कारण वह बीमार हो गया। शरीर दुर्बल हो गया, मुख की कांति जाती रही; फिर भी उससे ज्यादा मेहनती मजदूर बंदरगाह पर दूसरा न था। और मजदूर थे, पर यह मजदूर तपस्वी था। मन में जो कुछ ठान लिया था, उसे पूरा करना उसके जीवन का एकमात्र उद्देश्य था।

उसने घर को अपना कोई समाचार न भेजा। अपने मन से तर्क किया, घर में मेरा कौन हितू है ? गहनों के सामने मुझे कौन पूछता है ? उसकी बुद्धि यह रहस्य समझने में असमर्थ थी कि आभूषणों की लालसा रहने पर भी प्रणय

का पालन किया जा सकता है। और मजदूर प्रातःकाल सेरों मिठाई खा कर जलपान करते थे। दिन भर दम-दम भर पर गाँजे-चरस और तमाखू के दम लगाते थे। अवकाश पाते, तो बाजार की सैर करते थे। कितनों ही को शराब का भी शौक था। पैसों के बदले रुपये कमाते थे, तो पैसों की जगह रुपये खर्च भी कर डालते थे। किसी की देह पर साबुत कपड़े न थे; पर विमल उन गिनती के दो-चार मजदूरों में था, जो संयम से रहते थे, जिनके जीवन का उद्देश्य खा-पी कर मर जाने के सिवा कुछ और भी था। थोड़े ही दिनों में उसके पास थोड़ी-सी संपत्ति हो गयी। धन के साथ और मजदूरों पर दबाव भी बढ़ने लगा। यह प्रायः सभी जानते थे कि विमल जाति का कुलीन ठाकुर है। सब ठाकुर ही कह कर उसे पुकारते थे। संयम और आचार सम्मान-सिद्धि के मंत्र हैं। विमल मजदूरों का नेता और महाजन हो गया।

विमल को रंगून में काम करते हुए तीन वर्ष हो चुके थे। संध्या हो गयी थी। यह कई मजदूरों के साथ समुद्र के किनारे बैठा बातें कर रहा था।

एक मजदूर ने कहा–यहाँ की सभी स्त्रियाँ निठुर होती हैं। बेचारा झींगुर दस बरस से उसी बर्मी स्त्री के साथ रहता था। कोई अपनी ब्याही जोरू से भी इतना प्रेम न करता होगा। उस पर इतना विश्वास करता था कि जो कुछ कमाता, सो उसके हाथ में रख देता था। तीन लड़के थे। अभी कल तक दोनों साथ-साथ खा कर लेटे थे। न कोई लड़ाई, न बात, न चीत। रात को औरत न जाने कहाँ चली गयी। लड़कों को छोड़ गयी। बेचारा झींगुर रो रहा है। सबसे बड़ी मुश्किल तो छोटे बच्चे की है। अभी कुल छह महीने का है। कैसे जियेगा भगवान् ही जानें।

विमलसिंह ने गंभीर भाव से कहा–गहने बनवाता था कि नहीं ?

मजदूर–रुपये-पैसे तो औरत ही के हाथ में थे। गहने बनवाती, उसका हाथ कौन पकड़ता ?

दूसरे मजदूर ने कहा–गहनों से तो लदी हुई थी। जिधर से निकल जाती थी, छम्-छम् की आवाज से कान भर जाते थे।

विमल–जब गहने बनवाने पर भी निठुराई की, तो यही कहना पड़ेगा कि यह जाति ही बेवफा होती है।

इतने में एक आदमी आ कर विमलसिंह से बोला–चौधरी, अभी मुझे एक सिपाही मिला था। वह तुम्हारा नाम, गाँव और बाप का नाम पूछ रहा था। कोई बाबू सुरेशसिंह हैं।

विमल ने सशंक हो कर कहा—हाँ, हैं तो। मेरे गाँव के इलाकेदार और बिरादरी के भाई हैं।

आदमी—उन्होंने थाने में कोई नोटिस छपवाया है कि जो विमलसिंह का पता लगावेगा उसे 1,000 रुपये का इनाम मिलेगा।

विमल—तो तुमने सिपाही को सब ठीक-ठीक बता दिया ?

आदमी—चौधरी, मैं कोई गँवार हूँ क्या ? समझ गया कुछ दाल में काला है, नहीं तो कोई इतने रुपये क्यों खरच करता। मैंने कह दिया कि उनका नाम विमलसिंह नहीं जसोदा पाँडे है। बाप का नाम सुक्खू बताया और घर जिला झाँसी में। पूछने लगा, यहाँ कितने दिन से रहता है ? मैंने कहा, कोई दस साल से। तब कुछ सोच कर चला गया। सुरेश बाबू से तुमसे कोई अदावत है क्या चौधरी ?

विमल—अदावत तो नहीं थी, मगर कौन जाने, उनकी नीयत बिगड़ गयी हो। मुझ पर कोई अपराध लगा कर मेरी जगह-जमीन पर हाथ बढ़ाना चाहते हों। तुमने बड़ा अच्छा किया कि सिपाही को उड़नझाँईं बतायी।

आदमी—मुझसे कहता था कि ठीक-ठीक बता दो, तो 50 रु. तुम्हें भी दिला दूँ। मैंने सोचा—आप तो हजार की गठरी मारेगा और मुझे 50 रु. दिलाने को कहता है। फटकार बता दी।

एक मजदूर—मगर जो दो सौ रुपये देने को कहता, तो तुम सब ठीक-ठीक नाम-ठिकाना बता देते। (क्यों ? धत् तेरे लालची की !)

आदमी—(लज्जित होकर) दो सौ रुपये नहीं दो हजार रुपये भी देता, तो न बताता। मुझे ऐसा विश्वासघात करनेवाला मत समझो। जब जी चाहे, परख लो।

मजदूरों में यों वाद-विवाद होता ही रहा, विमल आकर अपनी कोठरी में लेट गया। वह सोचने लगा—अब क्या करूँ ? जब सुरेश-जैसे सज्जन की नीयत बदल गयी, तो अब किसका भरोसा करूँ ! नहीं, अब बिना घर गये काम नहीं चलेगा। कुछ दिन और न गया, तो फिर कहीं का न हूँगा। दो साल और रह जाता, तो पास में पूरे पांच हजार रुपये हो जाते। शीतला की इच्छा कुछ पूरी हो जाती। अभी तो सब मिलाकर तीन हजार रुपये ही होंगे। इतने में उसकी अभिलाषा न पूरी होगी। खैर अभी चलूँ, छह महीने में फिर लौट आऊँगा। अपनी जायदाद तो बच जायगी। नहीं, छह महीने तक रहने का क्या है। जाने-आने का एक महीना लग जायगा। घर में पन्द्रह दिन से ज्यादा न रहूँगा। वहाँ कौन पूछता है, आऊँ या रहूँ, मरूँ या जिऊँ, वहाँ तो गहनों से प्रेम है।

इस तरह मन में निश्चय करके वह दूसरे दिन रंगून से चल पड़ा।

संसार कहता है कि गुण के सामने रूप की कोई हस्ती नहीं। हमारे नीतिशास्त्र के आचार्यों का भी यही कथन है; पर वास्तव में यह कितना भ्रममूलक है ! कुँवर सुरेशसिंह की नववधू मंगलाकुमारी गृह-कार्य में निपुण, पति के इशारे पर प्राण देनेवाली, अत्यंत विचारशीला, मधुरभाषिणी और धर्म-भीरु स्त्री थी; पर सौंदर्यविहीन होने के कारण पति की आँखों में काँटे के समान खटकती थी। सुरेशसिंह बात-बात पर उस पर झुँझलाते, पर घड़ी भर में पश्चात्ताप के वशीभूत हो कर उससे क्षमा माँगते; किंतु दूसरे ही दिन वही कुत्सित व्यापार शुरू हो जाता। विपत्ति यह थी कि उनके आचरण अन्य रईसों की भाँति भ्रष्ट न थे। वह दाम्पत्य जीवन ही में आनंद, सुख, शांति, विश्वास, प्रायः सभी ऐहिक और परमार्थिक उद्देश्य पूरा करना चाहते थे। और दाम्पत्य सुख से वंचित हो कर उन्हें अपना समस्त जीवन नीरस, स्वाद-हीन और कुंठित जान पड़ता था। फल यह हुआ कि मंगला को अपने ऊपर विश्वास न रहा। वह अपने मन से कोई, काम करते हुए डरती कि स्वामी नाराज होंगे। स्वामी को खुश रखने के लिए अपनी भूलों को छिपाती, बहाने करती, झूठ बोलती। नौकरों को अपराध लगा कर आत्मरक्षा करना चाहती। पति को प्रसन्न रखने के लिए उसने अपने गुणों की, अपनी आत्मा की अवहेलना की; पर उठने के बदले वह पति की नजरों से गिरती ही गयी। नित्य नये शृंगार करती, पर लक्ष्य से दूर होती जाती थी। पति की एक मधुर मुस्कान के लिए, उनके अधरों के एक मीठे शब्द के लिए उसका प्यासा हृदय तड़प-तड़प कर रह जाता था। लावण्य-विहीन स्त्री वह भिक्षुक नहीं है, जो चंगुल भर आटे से संतुष्ट हो जाय। वह भी पति का सम्पूर्ण, अखंड प्रेम चाहती है, और कदाचित् सुन्दरियों से अधिक, क्योंकि वह इसके लिए असाधारण प्रयत्न और अनुष्ठान करती है। मंगला इस प्रयत्न में निष्फल हो कर और भी संतप्त होती थी।

धीरे-धीरे पति पर से उसकी श्रद्धा उठने लगी। उसने तर्क किया कि ऐसे क्रूर, हृदय-शून्य, कल्पनाहीन मनुष्य से मैं भी उसी का-सा व्यवहार करूँगी। जो पुरुष रूप का भक्त है, वह प्रेम-भक्ति के योग्य नहीं। इस प्रत्याघात ने समस्या और भी जटिल कर दी।

मगर मंगला की केवल अपनी रूपहीनता ही का रोना न था। शीतला का अनुपम रूपलालित्य भी उसकी कामनाओं का बाधक था, बल्कि यह उसकी आशालताओं पर पड़नेवाला तुषार था। मंगला सुन्दरी न सही, पर पति पर जान

देती थी। जो अपने को चाहे, उससे हम विमुख नहीं हो सकते। प्रेम की शक्ति अपार है; पर शीतला की मूर्ति सुरेश के हृदय-द्वार पर बैठी हुई मंगला को अंदर न जाने देती थी, चाहे वह कितना ही वेष बदल कर आवे। सुरेश इस मूर्ति को हटाने की चेष्टा करते थे, उसे बलात् निकाल देना चाहते थे; किंतु सौंदर्य का आधिपत्य धन के आधिपत्य से कम दुर्निवार नहीं होता। जिस दिन शीतला इस घर में मंगला का मुख देखने आयी थी उसी दिन सुरेश की आँखों ने उसकी मनोहर छवि की एक झलक देख ली थी। वह एक झलक मानो एक क्षणिक क्रिया थी, जिसने एक ही धावे में समस्त हृदय-राज्य को जीत लिया, उस पर अपना आधिपत्य जमा लिया।

सुरेश एकांत में बैठे हुए शीतला के चित्र को मंगला से मिलाते यह निश्चय करने के लिए कि उनमें क्या अंतर है ? एक क्यों मन को खींचती है, दूसरी क्यों उसे हटाती है ? पर उसके मन का यह खिंचाव केवल एक चित्रकार या कवि का रसास्वादन-मात्र था। वह पवित्र और वासनाओं से रहित था। वह मूर्ति केवल उसके मनोरंजन की सामग्री-मात्र थी। यह अपने मन को बहुत समझाते, संकल्प करते कि अब मंगला को प्रसन्न रखूँगा। यदि वह सुन्दर नहीं है, तो उसका क्या दोष ? पर उनका यह सब प्रयास मंगला के सम्मुख जाते ही विफल हो जाता था। वह बड़ी सूक्ष्म दृष्टि से मंगला के मन के बदलते हुए भावों को देखते थे; पर एक पक्षाघात-पीड़ित मनुष्य की भाँति घी के घड़े को लुढ़कते देख कर भी रोकने का कोई उपाय न कर सकते थे। परिणाम क्या होगा, यह सोचने का उन्हें साहस ही न होता था। पर जब मंगला ने अंत को बात-बात में उनकी तीव्र आलोचना करना शुरू कर दिया, वह उनसे उच्छृङ्खलता का व्यवहार करने लगी, तो उसके प्रति उनका वह उतना सौहार्द भी विलुप्त हो गया; घर में आना-जाना छोड़ दिया।

एक दिन संध्या के समय बड़ी गरमी थी। पंखा झलने से आग और भी दहकती थी। कोई सैर करने बगीचों में भी न जाता था। पसीने की भाँति शरीर से सारी स्फूर्ति बह गयी थी, जो जहाँ था, वहीं मुर्दा-सा पड़ा था। आग से सेंके हुए मृदंग की भाँति लोगों के स्वर कर्कश हो गये थे। साधारण बातचीत में भी लोग उत्तेजित हो जाते थे, जैसे साधारण संघर्षण से वन के वृक्ष जल उठते हैं। सुरेशसिंह कभी चार कदम टहलते थे, फिर हाँफ कर बैठ जाते थे। नौकरों पर झुँझला रहे थे कि जल्द-जल्द छिड़काव क्यों नहीं करते। सहसा उन्हें अंदर से गाने की आवाज सुनायी दी। चौंके, फिर क्रोध आया। मधुर गान कानों को अप्रिय जान पड़ा। यह क्या बेवक्त की शहनाई है ! यहाँ गरमी के मारे दम निकल रहा है और इन सबको गाने

की सूझी है ! मंगला ने बुलाया होगा, और क्या। लोग नाहक कहते हैं कि स्त्रियों का जीवन का आधार प्रेम है। उनके जीवन का आधार वही भोजन-निद्रा, राग-रंग, आमोद-प्रमोद है, जो समस्त प्राणियों का है। घंटे भर तो सुन चुका। यह गीत कभी बंद भी होगा या नहीं। सब व्यर्थ में गला फाड़-फाड़ कर चिल्ला रही हैं।

अंत को न रहा गया। जनानखाने में आ कर बोले–यह तुम लोगों ने क्या काँव-काँव मचा रखी है ? यह गाने-बजाने का कौन-सा समय है ? बाहर बैठना मुश्किल हो गया !

सन्नाटा छा गया। जैसे शोरगुल मचानेवाले बालकों में मास्टर पहुँच जाय। सभी ने सिर झुका लिये और सिमट गयीं।

मंगला तुरंत उठकर सामने वाले कमरे में चली गयी। पति को बुलाया और आहिस्ते से बोली–क्यों इतना बिगड़ रहे हो ?

"मैं इस वक्त गाना नहीं सुनना चाहता।"

"तुम्हें सुनाता ही कौन है ? क्या मेरे कानों पर भी तुम्हारा अधिकार है ?"

"फजूल की बमचख..."

"तुमसे मतलब ?"

"मैं अपने घर में यह कोलाहल न मचने दूँगा ?"

"तो मेरा घर कहीं और है ?"

सुरेशसिंह इसका उत्तर न देकर बोले–इन सबसे कह दो, फिर किसी वक्त आयें।

मंगला–इसलिए कि तुम्हें इनका आना अच्छा नहीं लगता ?

"हाँ, इसीलिए।"

"तुम क्या सदा वही करते हो, जो मुझे अच्छा लगे ? तुम्हारे यहाँ मित्र आते है, हँसी-ठट्ठे की आवाज अंदर सुनायी देती है। मैं कभी नहीं कहती कि इन लोगों का आना बंद कर दो। तुम मेरे कामों में दखलंदाजी क्यों करते हो ?"

सुरेश ने तेज हो कर कहा–इसलिए कि मैं घर का स्वामी हूँ।

मंगला–तुम बाहर के स्वामी हो; यहाँ मेरा अधिकार है।

सुरेश–क्यों व्यर्थ की बक-बक करती हो ? मुझे चिढ़ाने से क्या मिलेगा ?

मंगला जरा देर चुपचाप खड़ी रही। वह पति के मनोगत भावों की मीमांसा कर रही थी। फिर बोली–अच्छी बात है। जब इस घर में मेरा कोई अधिकार नहीं, तो न रहूँगी। अब तक भ्रम में थी। आज तुमने वह भ्रम मिटा दिया। मेरा इस

घर पर अधिकार कभी नहीं था। जिस स्त्री का पति के हृदय पर अधिकार नहीं, उसका उसकी सम्पत्ति पर भी कोई अधिकार नहीं हो सकता।

सुरेश ने लज्जित होकर कहा—बात का बतंगड़ क्यों बनाती हो ! मेरा यह मतलब न था। कुछ का कुछ समझ गयी।

मंगला—मन की बात आदमी के मुँह से अनायास ही निकल जाती है। सावधान हो कर हम अपने भावों को छिपा लेते हैं !

सुरेश को अपनी असज्जनता पर दुःख तो हुआ, पर इस भय से कि मैं इसे जितना ही मनाऊँगा, उतना ही यह और जली-कटी सुनायेगी, उसे वहीं छोड़ कर बाहर चले आये।

प्रातःकाल ठंडी हवा चल रही थी। सुरेश खुमारी में पड़े हुए स्वप्न देख रहे थे कि मंगला सामने से चली जा रही है। चौंक पड़े। देखा, द्वार पर सचमुच मंगला खड़ी है। घर की नौकरानियाँ आँचल से आँखें पोंछ रही हैं। कई नौकर आस-पास खड़े हैं। सभी की आँखें सजल और मुख उदास हैं। मानो बहू विदा हो रही है।

सुरेश समझ गये कि मंगला को कल की बात लग गयी। पर उन्होंने उठ कर कुछ पूछने की, मनाने की या समझाने की चेष्टा नहीं की। यह मेरा अपमान कर रही है, मेरा सिर नीचा कर रही है। जहाँ चाहे, जाय। मुझसे कोई मतलब नहीं। यों बिना कुछ पूछे-गाछे चले जाने का अर्थ यह है कि मैं इसका कोई नहीं। फिर मैं इसे रोकनेवाला कौन !

वह यों ही जड़वत् पड़े रहे और मंगला चली गयी। उनकी तरफ मुँह उठा कर भी न ताका।

:: 3 ::

मंगला पाँव-पैदल चली जा रही थी। एक बड़े ताल्लुकेदार की औरत के लिए यह मामूली बात न थी। हर किसी को हिम्मत न पड़ती थी कि उससे कुछ कहे। पुरुष उसकी राह छोड़ कर किनारे खड़े हो जाते थे। नारियाँ द्वार पर खड़ी करुण-कौतूहल से देखती थीं और आँखों से कहती थीं—हा निर्दयी पुरुष ! इतना भी न हो सका कि एक डोला पर तो बैठा देता !

इस गाँव से निकल कर उस गाँव में पहुँची, जहाँ शीतला रहती थी। शीतला सुनते ही द्वार पर आ कर खड़ी हो गयी और मंगला से बोली—बहन, जरा आ कर दम ले लो।

मंगला ने अंदर जा कर देखा तो मकान जगह-जगह से गिरा हुआ था। दालान में एक वृद्धा खाट पर पड़ी थी। चारों ओर दरिद्रता के चिह्न दिखायी देते थे।

शीतला ने पूछा–यह क्या हुआ ?

मंगला–जो भाग्य में लिखा था।

शीतला–कुँवर जी ने कुछ कहा-सुना था ?

मंगला–मुँह से कुछ न कहने पर भी तो मन की बात छिपी नहीं रहती।

शीतला–अरे, तो क्या अब यहाँ तक नौबत आ गयी ?

दुःख की अंतिम दशा संकोचहीन होती है। मंगला ने कहा–चाहती, तो अब भी पड़ी रहती। उसी घर में जीवन कट जाता। पर जहाँ प्रेम नहीं, पूछ नहीं, मान नहीं, वहाँ अब नहीं रह सकती।

शीतला–तुम्हारा मैका कहाँ है ?

मंगला–मैके कौन मुँह ले कर जाऊँगी ?

शीतला–तब कहाँ जाओगी ?

मंगला–ईश्वर के दरबार में। पूछूँगी कि तुमने मुझे सुन्दरता क्यों नहीं दी ? बदसूरत क्यों बनाया ? बहन, स्त्री के लिए इससे अधिक दुर्भाग्य की बात नहीं कि वह रूपहीन हो। शायद पहले जनम की पिशाचिनियाँ ही बदसूरत औरतें होती हैं। रूप से प्रेम मिलता है और प्रेम से दुर्लभ कोई वस्तु नहीं है।

यह कह कर मंगला उठ खड़ी हुई। शीतला ने उसे रोका नहीं। सोचा–इसे क्या खिलाऊँगी। आज तो चूल्हा जलने की भी कोई आशा नहीं।

उसके जाने के बाद वह देर तक बैठी सोचती रही, मैं कैसी अभागिन हूँ। जिस प्रेम को न पा कर यह बेचारी जीवन को त्याग रही है, उसी प्रेम को मैंने पाँव से ठुकरा दिया। इसे जेवर की क्या कमी थी ? क्या ये सारे जड़ाऊ जेवर इसे सुखी रख सके ? इसने उन्हें पाँव से ठुकरा दिया। उन्हीं आभूषणों के लिए मैंने अपना सर्वस्व खो दिया। हा ! न जाने वह (विमलसिंह) कहाँ हैं, किस दशा में हैं !

अपनी लालसा को, तृष्णा को वह कितनी ही बार धिक्कार चुकी थी। मंगला की दशा देख कर आज उसे आभूषणों से घृणा हो गयी।

विमल को घर छोड़े दो साल हो गये थे। शीतला को अब उनके बारे में भाँति-भाँति की शंकाएँ होने लगी थीं। आठों पहर उसके चित्त में ग्लानि और क्षोभ की आग सुलगा करती थी।

देहात के छोटे-मोटे जमींदारों का काम डाँट-डपट, छीन-झपट ही से चला करता है। विमल की खेती बेगार में होती थी। उसके जाने के बाद सारे खेत परती रह गये। कोई जोतनेवाला न मिला। इस खयाल से साझे पर भी किसी ने न जोता कि बीच में कहीं विमलसिंह आ गये, तो साझेदार को अँगूठा दिखा देंगे। असामियों ने लगान न दिया। शीतला ने महाजन से रुपये उधार ले कर काम चलाया। दूसरे वर्ष भी यही कैफियत रही। अबकी महाजन ने रुपये नहीं दिये। शीतला के गहनों के सिर गयी। दूसरा साल समाप्त होते-होते घर की सब लेई-पूँजी निकल गयी। फाके होने लगे। बूढ़ी सास, छोटा देवर, ननद और आप—चार प्राणियों का खर्च था। नात-हित भी आते ही रहते थे। उस पर यह और मुसीबत हुई कि मैके में एक फौजदारी हो गयी। पिता और बड़े भाई उसमें फँस गये। दो छोटे भाई, एक बहन और माता चार प्राणी और सर पर आ डटे। गाड़ी पहले मुश्किल से चलती थी, जब जमीन में धँस गयी।

प्रातःकाल से कलह आरंभ हो जाता। समधिन समधिन से, साले बहनोई से गुथ जाते। कभी तो अन्न के अभाव से भोजन ही न बनता; कभी भोजन बनने पर भी गाली-गलौज के कारण खाने की नौबत न आती। लड़के दूसरों के खेतों में जा कर गन्ने और मटर खाते; बुढ़िया दूसरों के घर जा कर अपना दुखड़ा रोती और ठकुरसोहाती करती, पुरुष की अनुपस्थिति में स्त्री के मैकेवालों का प्रधान्य हो जाता है। इस संग्राम में प्रायः विजय-पताका मैकेवालों ही के हाथ में रहती है। किसी भाँति घर अनाज आ जाता, तो उसे पीसे कौन ? शीतला की माँ कहती, चार दिन के लिए आयी हूँ, तो क्या चक्की चलाऊँ ? सास कहती, खाने की बेर तो बिल्ली की तरह लपकेंगी, पीसते क्यों जान निकलती है ? विवश हो कर शीतला को अकेले पीसना पड़ता। भोजन के समय वह महाभारत मचता कि पड़ोसवाले तंग आ जाते। शीतला कभी माँ के पैरों पड़ती, कभी सास के चरण पकड़ती, लेकिन दोनों ही उसे झिड़क देतीं। माँ कहती, तूने यहाँ बुलाकर हमारा पानी उतार लिया। सास कहती, मेरी छाती पर सौत ला कर बैठा दी, अब बातें बनाती है ? इस घोर विवाद में शीतला अपना विरह-शोक भूल गयी। सारी अमंगल शंकाएँ इस विरोधाग्नि में शांत हो गयीं। बस, अब यही चिंता थी कि इस दशा से छुटकारा कैसे हो ? माँ और सास, दोनों ही का यमराज के सिवा और कोई ठिकाना न था; पर यमराज उनका स्वागत करने के लिए बहुत उत्सुक नहीं जान पड़ते थे। सैकड़ों उपाय सोचती; पर उस पथिक की भाँति, जो दिन भर चल कर भी अपने द्वार ही पर खड़ा हो,

उसकी सोचने की शक्ति निश्चल हो गयी थी। चारों तरफ निगाहें दौड़ाती कि कहीं कोई शरण का स्थान है ? पर कहीं निगाह न जमती।

एक दिन वह इसी नैराश्य की अवस्था में द्वार पर खड़ी थी। मुसीबत में, चित्त की उद्विग्नता में, इंतजार में द्वार से हमें प्रेम हो जाता है। सहसा उसने बाबू सुरेशसिंह को सामने से घोड़े पर जाते देखा। उनकी आँखें उसकी ओर फिरीं। आँखें मिल गयीं। वह झिझक कर पीछे हट गयी। किवाड़ें बंद कर लिये। कुँवर साहब आगे बढ़ गये। शीतला को खेद हुआ कि उन्होंने मुझे देख लिया। मेरे सिर पर साड़ी फटी हुई थी, चारों तरफ उसमें पैबंद लगे हुए थे। वह अपने मन में न जाने क्या कहते होंगे ?

कुँवर साहब को गाँववालों से विमलसिंह के परिवार के कष्टों की खबर मिली थी। वह गुप्त रूप से उनकी कुछ सहायता करना चाहते थे। पर शीतला को देखते ही संकोच ने उन्हें ऐसा दबाया कि द्वार पर एक क्षण भी न रुक सके। मंगला के गृह-त्याग के तीन महीने पीछे आज वह पहली बार घर से निकले थे। मारे शर्म के बाहर बैठना छोड़ दिया था।

इसमें संदेह नहीं कि कुँवर साहब मन में शीतला के रूप-रस का आस्वादन करते थे। मंगला के जाने के बाद उनके हृदय में एक विचित्र दुष्कामना जाग उठी। क्या किसी उपाय से यह सुंदरी मेरी नहीं हो सकती ? विमल का मुद्दत से पता नहीं। बहुत सम्भव है कि वह अब संसार में न हो। किंतु वह इस दुष्कल्पना को विचार से दबाते रहते थे। शीतला की विपत्ति की कथा सुन कर भी वह उसकी सहायता करते हुए डरते थे। कौन जाने, वासना यही वेष धर कर मेरे विचार और विवेक पर कुठाराघात करना चाहती हो। अंत को लालसा की कपट-लीला उन्हें भुलावा दे ही गयी। वह शीतला के घर उसका हालचाल पूछने गये। मन में तर्क किया–यह कितना घोर अन्याय है कि एक अबला ऐसे संकट में हो और मैं उसकी बात भी न पूछूँ ? पर वहाँ से लौटे, तो बुद्धि और विवेक की रस्सियाँ टूट गयी थीं और नौका मोह-वासना के अपार सागर में डुबकियाँ खा रही थी। आह ! यह मनोहर छवि ! यह अनुपम सौंदर्य !

एक क्षण में उन्मत्तों की भाँति बकने लगे–यह प्राण और यह शरीर तेरी भेंट करता हूँ। संसार हँसेगा, हँसे। महापाप है, हो। कोई चिंता नहीं। इस स्वर्गीय आनंद से मैं अपने को वंचित नहीं कर सकता ? वह मुझसे भाग नहीं सकती। इस हृदय को छाती से निकाल कर उसके पैरों पर रख दूँगा। विमल मर गया। नहीं मरा,

तो अब मरेगा, पाप क्या है ? पता नहीं। कमल कितना कोमल, कितना प्रफुल्ल, कितना ललित है ? क्या उसके अधरों–

अकस्मात् वह ठिठक गये जैसे कोई भूली हुई बात याद आ जाय। मनुष्य में बुद्धि के अंतर्गत एक अज्ञात बुद्धि होती है। जैसे रणक्षेत्र में हिम्मत हार कर भागनेवाले सैनिकों को किसी गुप्त स्थान से आनेवाली कुमक सँभाल लेती है, वैसे ही इस अज्ञात बुद्धि ने सुरेश को सचेत कर दिया। वह सँभल गये। ग्लानि से उनकी आँखें भर आयीं। वह कई मिनट तक किसी दंडित कैदी की भाँति क्षुब्ध खड़े सोचते रहे। फिर विजय-ध्वनि से कह उठे–कितना सरल है। इस विकार के हाथी को सिंह से नहीं, चिटी से मारूँगा। शीतला को एक बार 'बहन' कह देने से ही यह सब विकार शांत हो जायगा। शीतला ! बहन ! मैं तेरा भाई हूँ !

उसी क्षण उन्होंने शीतला को पत्र लिखा–बहन, तुमने इतने कष्ट झेले पर मुझे खबर तक न दी ! मैं कोई गैर न था। मुझे इसका दुःख है। खैर, अब ईश्वर ने चाहा, तो तुम्हें कष्ट न होगा। इस पत्र के साथ उन्होंने अनाज और रुपये भेजे।

शीतला ने उत्तर दिया–भैया, क्षमा करो, जब तक जिऊँगी, तुम्हारा यश गाऊँगी। तुमने मेरी डूबती नाव पार लगा दी।

:: 4 ::

कई महीने बीत गये। संध्या का समय था। शीतला अपनी मैना को चारा चुगा रही थी। उसे सुरेश नेपाल से उसी के वास्ते लाये थे। इतने में सुरेश आ कर आँगन में बैठ गये।

शीतला ने पूछा–कहाँ से आते हो भैया ?

सुरेश–गया था ज़रा थाने। कुछ पता नहीं चला। रंगून में पहले कुछ पता मिला था। बाद को मालूम हुआ कि वह कोई और आदमी है। क्या करूँ ? इनाम और बढ़ा दूँ ?

शीतला–तुम्हारे पास रुपये बढ़े हैं; फूँको। उनकी इच्छा होगी, तो आप ही आवेंगे।

सुरेश–एक बात पूछूँ, बताओगी ? किस बात पर तुमसे रूठे थे ?

शीतला–कुछ नहीं, मैंने यही कहा कि मुझे गहने बनवा दो। कहने लगे, मेरे पास है क्या ? मैंने कहा (लजा कर), तो ब्याह क्यों किया ? बस, बातों ही बातों में तकरार हो गयी।

इतने में शीतला की सास आ गयी। सुरेश ने शीतला की माँ और भाइयों को उनके घर पहुँचा दिया था, इसलिए यहाँ अब शांति थी। सास ने बहू की बात सुन ली थी। कर्कश स्वर से बोली–बेटा, तुमसे क्या परदा है। यह महारानी देखने ही को गुलाब की फूल है, अन्दर सब काँटे हैं। यह अपने बनाव-सिंगार के आगे विमल की बात ही न पूछती थी। बेचारा इस पर जान देता था; पर इसका मुँह ही न सीधा होता था। प्रेम तो इसे छू नहीं गया। अन्त को उसे देश से निकाल कर इसने दम लिया।

शीतला ने रुष्ट हो कर कहा–क्या वही अनोखे धन कमाने घर से निकले हैं ? देश-विदेश जाना मरदों का काम ही है।

सुरेश–यूरोप में तो धनभोग के सिवा स्त्री-पुरुष में कोई सम्बन्ध ही नहीं होता। बहन ने यूरोप में जन्म लिया होता; तो हीरे-जवाहिर से जगमगाती होती। शीतला, अब तुम ईश्वर से यही कहना कि सुंदरता देते हो, तो यूरोप में जन्म दो।

शीतला ने व्यथित हो कर कहा–जिनके भाग्य में लिखा है, वे यहीं सोने से लदी हुई हैं। मेरी भाँति सभी के करम थोड़े ही फूट गये हैं !

सुरेशसिंह को ऐसा जान पड़ा कि शीतला की मुखकांति मलिन हो गयी है। पतिवियोग में भी गहनों के लिए इतनी लालायित है ! बोले–अच्छा, मैं तुम्हें गहने बनवा दूँगा।

यह वाक्य कुछ अपमानसूचक स्वर में कहा गया था; पर शीतला की आँखें आनन्द से सजल हो आयीं, कंठ गद्‌गद हो गया। उसके हृदय-नेत्रों के सामने मंगला के रत्न-जटित आभूषणों का चित्र खिंच गया। उसने कृतज्ञतापूर्ण दृष्टि से सुरेश को देखा। मुँह से कुछ न बोली; पर उसका प्रत्येक अंग कह रहा था–मैं तुम्हारी हूँ !

:: 5 ::

कोयल आम की डालियों पर बैठ कर, मछली शीतल निर्मल जल में क्रीड़ा करके और मृग-शावक विस्तृत हरियालियों में छलाँगें भर कर इतने प्रसन्न नहीं होते, जितना मंगला के आभूषणों को पहन कर शीतला प्रसन्न हो रही है। उसके पैर जमीन पर नहीं पड़ते। वह दिन भर आईने के सामने खड़ी रहती है; कभी केशों को सँवारती है, कभी सुरमा लगाती है। कुहरा फट गया है और निर्मल स्वच्छ चाँदनी निकल आयी है। वह घर का एक तिनका भी नहीं उठाती। उसके स्वभाव में एक विचित्र गर्व का संचार हो गया है।

लेकिन शृंगार क्या है ? सोयी हुई काम-वासना को जगाने का घोर नाद, उद्दीपन का मंत्र। शीतला जब नख-शिख से सज कर बैठती है, तो उसे प्रबल इच्छा होती है कि मुझे कोई देखे। वह द्वार पर आ कर खड़ी हो जाती है। गाँव की स्त्रियों की प्रशंसा से उसे संतोष नहीं होता। गाँव के पुरुषों को वह शृंगाररस-विहीन समझती है। इसलिए सुरेशसिंह को बुलाती है। पहले वह दिन में एक बार आ जाते थे, अब शीतला के बहुत अनुनय-विनय करने पर भी नहीं आते।

पहर रात गयी थी। घरों के दीपक बुझ चुके थे। शीतला के घर में दीपक जल रहा था। उसने कुँवर साहब के बगीचे से बेले के फूल मँगवाये थे और बैठी हार गूँथ रही थी—अपने लिए नहीं, सुरेश के लिए। प्रेम के सिवा एहसान का बदला देने के लिए उसके पास और था ही क्या ?

एकाएक कुत्तों के भूँकने की आवाज सुनायी दी, और दम भर में विमलसिंह ने मकान के अंदर कदम रखा। उनके एक हाथ में संदूक था, दूसरे हाथ में एक गठरी। शरीर दुर्बल, कपड़े मैले, दाढ़ी के बाल बढ़े हुए, मुख पीला, जैसे कोई कैदी जेल से निकल कर आया हो। दीपक का प्रकाश देखकर वह शीतला के कमरे की तरफ चले। मैना पिंजरे में तड़फड़ाने लगी। शीतला ने चौंक कर सिर उठाया। घबरा कर बोली, "कौन ?" फिर पहचान गयी। तुरंत फूलों को एक कपड़े से छिपा दिया। उठ खड़ी हुई और सिर झुका कर पूछा—इतनी जल्दी सुध ली ?

विमल ने कुछ जवाब न दिया। विस्मित हो-हो कर कभी शीतला को देखता और कभी घर को, मानो किसी नये संसार में पहुँच गया है। यह वह अध-खिला फूल न था; जिसकी पंखुड़ियाँ अनुकूल जलवायु न पा कर सिमट गयी थीं। यह पूर्ण विकसित कुसुम था—ओस के जल-कणों से जगमगाता और वायु के झोंकों से लहराता हुआ। विमल उसकी सुंदरता पर पहले भी मुग्ध था; पर यह ज्योति वह अग्निज्वाला थी, जिससे हृदय में ताप और आँखों में जलन होती थी। ये आभूषण, ये वस्त्र, यह सजावट ! उसके सिर में एक चक्कर-सा आ गया। जमीन पर बैठ गया। इस सूर्यमुखी के सामने बैठते हुए उसे लज्जा आती थी। शीतला अभी तक स्तंभित खड़ी थी। वह पानी लाने नहीं दौड़ी, उसने पति के चरण नहीं धोये, उसको पंखा तक नहीं झला। हतबुद्धि-सी हो गयी थी। उसने कल्पनाओं की कैसी सुरम्य वाटिका लगाई थी ! उस पर तुषार पड़ गया। वास्तव में इस मलिनवदन, अर्ध-नग्न पुरुष से उसे घृणा हो रही थी। यह घर का जमींदार विमल न था। वह मजदूर

हो गया था। मोटा काम मुखाकृति पर असर डाले बिना नहीं रहता। मजदूर सुंदर वस्त्रों में भी मजदूर ही रहता है।

सहसा विमल की माँ चौंकी। शीतला के कमरे में आयी, तो विमल को देखते ही मातृ-स्नेह से विह्वल हो कर उसे छाती से लगा लिया। विमल ने उसके चरणों पर सिर रखा। उसकी आँखों से आँसुओं की गरम-गरम बूँदें निकल रही थीं। माँ पुलकित हो रही थी। मुख से बात न निकलती थी !

एक क्षण में विमल ने कहा–अम्माँ !

कंठ-ध्वनि ने उसका आशय प्रकट कर दिया।

माँ ने प्रश्न समझ कर कहा–नहीं बेटा, यह बात नहीं है।

विमल–यह देखता क्या हूँ ?

माँ–स्वभाव ही ऐसा है, तो कोई क्या करे ?

विमल–सुरेश ने मेरा हुलिया क्यों लिखाया था ?

माँ–तुम्हारी खोज लेने के लिए। उन्होंने दया न की होती, तो आज घर में किसी को जीता न पाते।

विमल–बहुत अच्छा होता।

शीतला ने ताने से कहा–अपनी ओर से तुमने सबको मार ही डाला था। फूलों की सेज नहीं बिछा गये थे !

विमल–अब तो फूलों की सेज ही बिछी हुई देखता हूँ।

शीतला–तुम किसी के भाग्य के विधाता हो ?

विमलसिंह उठकर क्रोध से काँपता हुआ बोला–अम्माँ, मुझे यहाँ से ले चलो। मैं इस पिशाचिनी का मुँह नहीं देखना चाहता। मेरी आँखों में खून उतरता चला आता है। मैंने इस कुल-कलंकिनी के लिए तीन साल तक जो कठिन तपस्या की है, उससे ईश्वर मिल जाता; पर इसे न पा सका !

यह कह कर वह कमरे से निकल आया और माँ के कमरे में लेट रहा। माँ ने तुरंत उसका मुँह और हाथ-पैर धुलाये। वह चूल्हा जला कर पूरियाँ पकाने लगी। साथ-साथ घर की विपत्ति-कथा भी कहती जाती थी। विमल के हृदय में सुरेश के प्रति जो विरोधाग्नि प्रज्वलित हो रही थी, वह शांत हो गयी; लेकिन हृदय-दाह ने रक्त-दाह का रूप धारण किया। जोर का बुखार चढ़ आया। लंबी यात्रा की थकान और कष्ट तो था ही, बरसों के कठिन श्रम और तप के बाद यह मानसिक संताप और भी दुस्सह हो गया।

सारी रात वह अचेत पड़ा रहा। माँ बैठी पंखा झलती और रोती थी। दूसरे दिन भी वह बेहोश पड़ा रहा। शीतला उसके पास एक क्षण के लिए भी न आयी। इन्होंने मुझे कौन-से सोने के कौर खिला दिये हैं, जो इनकी धौंस सहूँ ? यहाँ तो 'जैसे कंता घर रहे, वैसे रहे विदेश।' किसी की फूटी कौड़ी नहीं जानती। बहुत ताव दिखा कर तो गये थे ? क्या लाद लाये !

संध्या के समय सुरेश को खबर मिली। तुरंत दौड़े हुए आये। आज दो महीने के बाद उन्होंने उस घर में कदम रखा। विमल ने आँखें खोलीं, पहचान गया। आँखों से आँसू बहने लगे। सुरेश के मुखारविन्द पर दया की ज्योति झलक रही थी। विमल ने उसके बारे में जो अनुचित संदेह किया था, उसके लिए वह अपने को धिक्कार रहा था।

शीतला ने ज्यों ही सुना कि सुरेशसिंह आये हैं, तुरंत शीशे के सामने गयी। केश छिटका लिये और बिपत की मूर्ति बनी हुई विमल के कमरे में आयी। कहाँ तो विमल की आँखें बंद थीं, मूर्च्छित-सा पड़ा था, कहाँ शीतला के आते ही आँखें खुल गयीं। अग्निमय नेत्रों से उसकी ओर देख कर बोला—अभी आयी है ? आज के तीसरे दिन आना। कुँवर साहब से उस दिन फिर भेंट हो जायगी।

शीतला उलटे पाँव चली गयी। सुरेश पर घड़ों पानी पड़ गया। मन में सोचा, कितना रूप-लावण्य है; पर कितना विषाक्त ! हृदय की जगह केवल श्रृंगार-लालसा !

आतंक बढ़ता गया। सुरेश ने डाक्टर बुलवाये; पर मृत्यु-देव ने किसी की न मानी। उनका हृदय पाषाण है। किसी भाँति नहीं पसीजता। कोई अपना हृदय निकाल कर रख दे, आँसुओं की नदी बहा दे, पर उन्हें दया नहीं आती। बसे हुए घर को उजाड़ना, लहराती हुई खेती को सुखाना उनका काम है। और उनकी निर्दयता कितनी विनोदमय है ! यह नित्य नये रूप बदलते रहते हैं। कभी दामिनी बन जाते हैं, तो कभी पुण्य-माला। कभी सिंह बन जाते हैं, तो कभी सियार। कभी अग्नि के रूप में दिखायी देते हैं, तो कभी जल के रूप में।

तीसरे दिन, पिछली रात को, विमल की मानसिक पीड़ा और हृदय-ताप का अंत हो गया। चोर दिन को कभी चोरी नहीं करता। यम के दूत प्रायः रात ही को सबकी नजर बचा कर आते हैं और प्राण-रत्न को चुरा ले जाते हैं। आकाश के फूल मुरझाये हुए थे। वृक्षसमूह स्थिर थे; पर शोक में मग्न, सिर झुकाये हुए। रात शोक का बाह्य रूप है। रात मृत्यु का क्रीड़ा-क्षेत्र है। उसी समय विमल के घर से आर्तनाद सुनायी दिया—वह नाद, जिसे सुनने के लिए मृत्यु-देव विकल रहते हैं।

शीतला चौंक पड़ी और घबरायी हुई मरण-शय्या की ओर चली। उसने मृतदेह पर निगाह डाली और भयभीत हो कर एक पग पीछे हट गयी। उसे जान पड़ा, विमलसिंह उसकी ओर अत्यंत तीव्र दृष्टि से देख रहे हैं। बुझे हुए दीपक में उसे भयंकर ज्योति दिखायी पड़ी। वह मारे भय के वहाँ ठहर न सकी। द्वार से निकल ही रही थी कि सुरेशसिंह से भेंट हो गयी। कातर स्वर में बोली—मुझे यहाँ डर लगता है। उसने चाहा कि रोती हुई इनके पैरों पर गिर पड़ूँ, पर वह अलग हट गये।

:: 6 ::

जब किसी पथिक को चलते-चलते ज्ञात होता है कि मैं रास्ता भूल गया हूँ, तो वह सीधे रास्ते पर आने के लिए बड़े वेग से चलता है ! झुँझलाता है कि मैं इतना असावधान क्यों हो गया ? सुरेश भी अब शांति-मार्ग पर आने के लिए विकल हो गये। मंगला की स्नेहमयी सेवाएँ याद आने लगीं। हृदय में वास्तविक सौंदर्योपासना का भाव उदय हुआ। उसमें कितना प्रेम, कितना त्याग, कितनी क्षमा थी ! उसकी अतुल पति-भक्ति को याद करके कभी-कभी वह तड़प जाते। आह ! मैंने घोर अत्याचार किया। ऐसे उज्ज्वल रत्न का आदर न किया। मैं यों ही जड़वत् पड़ा रहा और मेरे सामने ही लक्ष्मी घर से निकल गयी ! मंगला ने चलते-चलते शीतला से जो बातें कहीं, वे उन्हें मालूम थीं; पर उन बातों पर विश्वास न होता था। मंगला शांत प्रकृति की थी। वह इतनी उद्दंडता नहीं कर सकती। उसमें क्षमा थी, वह इतना विद्वेष नहीं कर सकती। उनका मन कहता था कि वह जीती है और कुशल से है। उसके मैकेवालों को कई पत्र लिखे; पर वहाँ व्यंग्य और कटुवाक्यों के सिवा और क्या रखा था ? अंत को उन्होंने लिखा—अब उस रत्न की खोज में स्वयं जाता हूँ। या तो ले कर ही आऊँगा, या कहीं मुँह में कालिख लगा कर डूब मरूँगा।

इस पत्र का उत्तर आया—अच्छी बात है, जाइए, पर यहाँ से होते हुए जाइएगा। यहाँ से भी कोई आपके साथ चला जायगा।

सुरेशसिंह को इन शब्दों में आशा की झलक दिखायी दी। उसी दिन प्रस्थान कर दिया। किसी को साथ नहीं लिया।

ससुराल में किसी ने उनका प्रेममय स्वागत नहीं किया। सभी के मुँह फूले हुए थे। ससुर जी ने तो उन्हें पति-धर्म पर एक लम्बा उपदेश दिया।

रात को जब वह भोजन करके लेटे, तो छोटी साली आ कर बैठ गयी और मुस्करा कर बोली—जीजा जी, कोई सुंदरी अपने रूपहीन पुरुष को छोड़ दे, उसका अपमान करे, तो आप उसे क्या कहेंगे ?

सुरेश–(गंभीर स्वर से) कुटिला !

साली–और ऐसे पुरुष को, जो अपनी रूपहीन स्त्री को त्याग दे ?

सुरेश–पशु !

साली–और जो पुरुष विद्वान् हो ?

सुरेश–पिशाच !

साली–(हँस कर) तो मैं भागती हूँ। मुझे आपसे डर लगता है।

सुरेश–पिशाचों का प्रायश्चित्त भी तो स्वीकार हो जाता है।

साली–शर्त यह है कि प्रायश्चित्त सच्चा हो।

सुरेश–यह तो वह अंतर्यामी ही जान सकते हैं।

साली–सच्चा होगा, तो उसका फल भी अवश्य मिलेगा। मगर दीदी को ले कर इधर ही से लौटिएगा।

सुरेश की आशा-नौका फिर डगमगायी। गिड़गिड़ा कर बोले–प्रभा, ईश्वर के लिए मुझ पर दया करो। मैं बहुत दुःखी हूँ। साल भर से ऐसा कोई दिन नहीं गया कि मैं रो कर न सोया हूँ।

प्रभा ने उठ कर कहा–अपने किये का क्या इलाज ? जाती हूँ, आराम कीजिए।

एक क्षण में मंगला की माता आकर बैठ गयी और बोली–बेटा, तुमने तो बहुत पढ़ा-लिखा है, देश-विदेश घूम आये हो, सुंदर बनने की कोई दवा कहीं नहीं देखी ?

सुरेश ने विनयपूर्वक कहा–माता जी, अब ईश्वर के लिए और लज्जित न कीजिए।

माता–तुमने तो मेरी प्यारी बेटी के प्राण ले लिये ! मैं क्या तुम्हें लज्जित करने से भी गयी ? जी में तो था कि ऐसी-ऐसी सुनाऊँगी कि तुम भी याद करोगे; पर मेहमान हो, क्या जलाऊँ ? आराम करो।

सुरेश आशा और भय की दशा में पड़े करवटें बदल रहे थे कि एकाएक द्वार पर किसी ने धीरे से कहा–जाती क्यों नहीं, जागते तो हैं ? किसी ने जवाब दिया–लाज आती है।

सुरेश ने आवाज पहचानी। प्यासे को पानी मिल गया। एक क्षण में मंगला उनके सम्मुख आयी और सिर झुका कर खड़ी हो गयी। सुरेश को उसके मुख पर एक अनूठी छवि दिखायी दी, जैसे कोई रोगी स्वास्थ्य-लाभ कर चुका हो।

रूप वही था, पर आँखें और थीं।

जुगनू की चमक

पंजाब के सिंह राजा रणजीतसिंह संसार से चल चुके थे और राज्य के वे प्रतिष्ठित पुरुष जिनके द्वारा उनका उत्तम प्रबंध चल रहा था, परस्पर के द्वेष और अनबन के कारण मर मिटे थे। राजा रणजीतसिंह का बनाया हुआ सुंदर किंतु खोखला भवन अब नष्ट हो चुका था। कुँवर दिलीपसिंह अब इंगलैंड में थे और रानी चंद्रकुँवरि चुनार के दुर्ग में। रानी चंद्रकुँवरि ने विनष्ट होते हुए राज्य को बहुत सँभालना चाहा; किंतु शासन-प्रणाली न जानती थी और कूटनीति ईर्ष्या की आग भड़काने के सिवा और क्या करती ?

रात के बारह बज चुके थे। रानी चंद्रकुँवरि अपने निवास-भवन के ऊपर छत पर खड़ी गंगा की ओर देख रही थी और सोचती थी–लहरें क्यों इस प्रकार स्वतंत्र हैं ? उन्होंने कितने गाँव और नगर डुबाये हैं, कितने जीव-जंतु तथा द्रव्य निगल गयी हैं, किंतु फिर भी वे स्वतंत्र हैं। कोई उन्हें बंद नहीं करता। इसीलिए न कि वे बंद नहीं रह सकतीं ? वे गरजेंगी, बल खायेंगी–और बाँध के ऊपर चढ़कर उसे नष्ट कर देंगी, अपने जोर से उसे बहा ले जायेंगी।

यह सोचते-विचारते रानी गाद्दी पर लेट गयी। उसकी आँखों के सामने पूर्वावस्था की स्मृतियाँ मनोहर स्वप्न की भाँति आने लगीं। कभी उसकी भौंह की मरोड़ तलवार से भी अधिक तीव्र थी और उसकी मुस्कराहट वसंत की सुगंधित समीर से भी अधिक प्राण-पोषक; किंतु हाय, अब इनकी शक्ति हीनावस्था को पहुँच गयी। रोये तो अपने को सुनाने के लिए, हँसे तो अपने को बहलाने के लिए। यदि बिगड़े तो किसी का क्या बिगाड़ सकती है और प्रसन्न हो तो किसी का क्या बना सकती है ? रानी और बाँदी में कितना अंतर है ? रानी की आँखों से आँसू की बूँदें झरने लगीं, जो कभी विष से अधिक प्राणनाशक और अमृत से अधिक अनमोल थीं, वह इसी भाँति अकेली,

निराश, कितनी बार रोयी, जब कि आकाश के तारों के सिवा और कोई देखनेवाला न था।

:: 2 ::

इसी प्रकार रोते-रोते रानी की आँखें लग गयीं। उसका प्यारा, कलेजे का टुकड़ा, कुँवर दिलीपसिंह, जिसमें उसके प्राण बसते थे, उदास मुख आ कर खड़ा हो गया। जैसे गाय दिन भर जंगलों में रहने के पश्चात् संध्या को घर आती है और अपने बछड़े को देखते ही प्रेम और उमंग से मतवाली होकर स्तनों में दूध भरे, पूँछ उठाये, दौड़ती है, उसी भाँति चंद्रकुँवरि अपने दोनों हाथ फैलाये अपने प्यारे कुँवर को छाती से लपटाने के लिए दौड़ी। परंतु आँखें खुल गयीं और जीवन की आशाओं की भाँति वह स्वप्न विनष्ट हो गया। रानी ने गंगा की ओर देखा और कहा–मुझे भी अपने साथ लेती चलो। इसके बाद रानी तुरंत छत से उतरी। कमरे में एक लालटेन जल रही थी। उसके उजाले में उसने एक मैली साड़ी पहनी, गहने उतार दिये, रत्नों के एक छोटे-से बक्स को और एक तीव्र कटार को कमर में रखा। जिस समय वह बाहर निकली, नैराश्यपूर्ण साहस की मूर्ति थी। संतरी ने पुकारा–कौन ?

रानी ने उत्तर दिया–मैं हूँ झंगी।

'कहाँ जाती है ?'

'गंगाजल लाऊँगी। सुराही टूट गयी है, रानी जी पानी माँग रही हैं।'

संतरी कुछ समीप आ कर बोला–चल, मैं भी तेरे साथ चलता हूँ, जरा रुक जा।

झंगी बोली–मेरे साथ मत आओ। रानी कोठे पर हैं। देख लेंगी।

संतरी को धोखा दे कर चंद्रकुँवरि गुप्त द्वार से होती हुई अँधेरे में काँटों से उलझती, चट्टानों से टकराती, गंगा के किनारे पर जा पहुँची।

रात आधी से अधिक जा चुकी थी। गंगा जी में संतोषदायिनी शांति विराज रही थी। तरंगें तारों को गोद में लिये सो रही थीं। चारों ओर सन्नाटा था। रानी नदी के किनारे-किनारे चली जाती थी और मुड़-मुड़ कर पीछे देखती थी। एकाएक एक डोंगी खूँटे से बँधी हुई देख पड़ी। रानी ने उसे ध्यान से देखा तो मल्लाह सोया हुआ था। उसे जगाना काल को जगाना था। वह तुरंत रस्सी खोल कर नाव पर सवार हो गयी। नाव धीरे-धीरे धार के सहारे चलने लगी, शोक और अंधकारमय स्वप्न की भाँति जो ध्यान की तरंगों के साथ बहा चला जाता हो। नाव के हिलने से मल्लाह चौंक कर उठ बैठा। आँखें मलते-मलते उसने सामने देखा तो पटरे पर एक स्त्री हाथ में डाँड़ लिये बैठी है। घबरा कर पूछा–तू कौन है रे ? नाव कहाँ

लिये जाती है ? रानी हँस पड़ी। भय के अन्त को साहस कहते हैं। बोली—सच बताऊँ या झूठ ?

मल्लाह कुछ भयभीत-सा हो कर बोला—सच बताया जाय।

रानी बोली—अच्छा तो सुनो। मैं लाहौर की रानी चन्द्रकुँवरि हूँ। इसी किले में कैद थी। आज भागी जाती हूँ। मुझे जल्दी बनारस पहुँचा दे ! तुझे निहाल कर दूँगी और शरारत करेगा तो देख, कटार से सिर काट दूँगी। सबेरा होने से पहले मुझे बनारस पहुँचना चाहिए।

यह धमकी काम कर गयी। मल्लाह ने विनीत भाव से अपना कम्बल बिछा दिया और तेजी से डाँड़ चलाने लगा। किनारे के वृक्ष और ऊपर जगमगाते हुए तारे साथ-साथ दौड़ने लगे।

:: 3 ::

प्रातःकाल चुनार के दुर्ग में प्रत्येक मनुष्य अचम्भित और व्याकुल था। संतरी, चौकीदार और लौंडियाँ सब सिर नीचे किये दुर्ग के स्वामी के सामने उपस्थित थे। अन्वेषण हो रहा था; परन्तु कुछ पता न चलता था।

उधर रानी बनारस पहुँची। परन्तु वहाँ पहले से ही पुलिस और सेना का जाल बिछा हुआ था। नगर के नाके बन्द थे। रानी का पता लगानेवाले के लिए एक बहुमूल्य पारितोषिक की सूचना दी गयी थी।

बन्दीगृह से निकल कर रानी को ज्ञात हो गया कि वह और दृढ़ कारागार में है। दुर्ग में प्रत्येक मनुष्य उसका आज्ञाकारी था। दुर्ग का स्वामी भी उसे सम्मान की दृष्टि से देखता था। किंतु आज स्वतंत्र हो कर भी उसके होंठ बन्द थे। उसे सभी स्थानों में शत्रु देख पड़ते थे। पंखरहित पक्षी को पिंजरे के कोने में ही सुख है।

पुलिस के अफसर प्रत्येक आने-जानेवालों को ध्यान से देखते थे; किंतु उस भिखारिनी की ओर किसी का ध्यान नहीं जाता था, जो एक फटी हुई साड़ी पहने, यात्रियों के पीछे-पीछे, धीरे-धीरे सिर झुकाये गंगा की ओर चली आ रही है। न वह चौंकती है, न हिचकती है, न घबराती है। इस भिखारिनी की नसों में रानी का रक्त है।

यहाँ से भिखारिनी ने अयोध्या की राह ली। वह दिन भर विकट मार्गों में चलती और रात को किसी सुनसान स्थान पर लेट रहती थी। मुख पीला पड़ गया था। पैरों में छाले थे। फूल-सा बदन कुम्हला गया था।

वह प्रायः गाँवों में लाहौर की रानी के चरचे सुनती। कभी-कभी पुलिस के आदमी भी उसे रानी की टोह में दत्तचित्त देख पड़ते। उन्हें देखते ही भिखारिनी के हृदय में सोयी हुई रानी जाग उठती। वह आँखें उठा कर उन्हें घृणा-दृष्टि से देखती और शोक तथा क्रोध से उसकी आँखें जलने लगतीं। एक दिन अयोध्या के समीप पहुँच कर रानी एक वृक्ष के नीचे बैठी हुई थी। उसने कमर से कटार निकाल कर सामने रख दी थी। वह सोच रही थी कि कहाँ जाऊँ ? मेरी यात्रा का अंत कहाँ है ? क्या इस संसार में अब मेरे लिए कहीं ठिकाना नहीं है ? वहाँ से थोड़ी दूर पर आमों का एक बहुत बड़ा बाग था। उसमें बड़े-बड़े डेरे और तम्बू गड़े हुए थे। कई एक संतरी चमकीली वर्दियाँ पहने टहल रहे थे, कई घोड़े बँधे हुए थे। रानी ने इस राजसी ठाट-बाट को शोक की दृष्टि से देखा। एक बार वह भी कश्मीर गयी थी। उसका पड़ाव इससे कहीं बढ़ कर था।

बैठे-बैठे संध्या हो गयी। रानी ने वहीं रात काटने का निश्चय किया ! इतने में एक बूढ़ा मनुष्य टहलता हुआ आया और उसके समीप खड़ा हो गया। ऐंठी हुई दाढ़ी थी, शरीर में सटी हुई चपकन थी, कमर में तलवार लटक रही थी। इस मनुष्य को देखते ही रानी ने तुरन्त कटार उठा कर कमर में खोंस ली। सिपाही ने उसे तीव्र दृष्टि से देख कर पूछा–बेटी कहाँ से आती हो ?

रानी ने कहा–बहुत दूर से।

'कहाँ जाओगी ?'

'यह नहीं कह सकती, बहुत दूर।'

सिपाही ने रानी की ओर फिर ध्यान से देखा और कहा–जरा अपनी कटार दिखाओ। रानी कटार सँभाल कर खड़ी हो गयी और तीव्र स्वर से बोली–मित्र हो या शत्रु ? ठाकुर ने कहा–मित्र। सिपाही के बातचीत करने के ढंग में और चेहरे में कुछ ऐसी विलक्षणता थी जिससे रानी को विवश हो कर विश्वास करना पड़ा।

वह बोली–विश्वासघात न करना। यह देखो।

ठाकुर ने कटार हाथ में ली। उसको उलट-पुलट कर देखा और बड़े नम्र भाव से उसे आँखों से लगाया। तब रानी के आगे विनीत भाव से सिर झुका कर वह बोला–महारानी चन्द्रकुँवरि ?

रानी ने करुण स्वर से कहा–नहीं, अनाथ भिखारिनी। तुम कौन हो ?

सिपाही ने उत्तर दिया–आपका एक सेवक !

रानी ने उसकी ओर निराश दृष्टि से देखा और कहा–दुर्भाग्य के सिवा इस संसार में मेरा कोई नहीं।

सिपाही ने कहा–महारानी जी, ऐसा न कहिए। पंजाब के सिंह की महारानी के वचन पर अब भी सैकड़ों सिर झुक सकते हैं। देश में ऐसे लोग विद्यमान हैं, जिन्होंने आपका नमक खाया है और उसे भूले नहीं हैं।

रानी–अब इसकी इच्छा नहीं। केवल एक शांत-स्थान चाहती हूँ, जहाँ पर एक कुटी के सिवा कुछ न हो।

सिपाही–ऐसा स्थान पहाड़ों में ही मिल सकता है। हिमालय की गोद में चलिए, वहीं आप उपद्रव से बच सकती हैं।

रानी–(आश्चर्य से) शत्रुओं में जाऊँ ? नेपाल कब हमारा मित्र रहा है ?

सिपाही–राणा जंगबहादुर दृढ़प्रतिज्ञ राजपूत हैं।

रानी–किंतु वही जंगबहादुर तो है जो अभी-अभी हमारे विरुद्ध लार्ड डलहौजी को सहायता देने पर उद्यत था ?

सिपाही (कुछ लज्जित-सा हो कर)–तब आप महारानी चंद्रकुँवरि थीं, आज आप भिखारिनी हैं। ऐश्वर्य के द्वेषी और शत्रु चारों ओर होते हैं। लोग जलती हुई आग को पानी से बुझाते हैं, पर राख माथे पर चढ़ायी जाती है। आप जरा भी सोच-विचार न करें, नेपाल में अभी धर्म का लोप नहीं हुआ है। आप भय-त्याग करें और चलें। देखिए, वह आपको किस भाँति सिर और आँखों पर बिठाता है।

रानी ने रात इसी वृक्ष की छाया में काटी। सिपाही भी वहीं सोया। प्रातःकाल वहाँ दो तीव्रगामी घोड़े देख पड़े। एक पर सिपाही सवार था और दूसरे पर एक अत्यंत रूपवान युवक। यह रानी चंद्रकुँवरि थी, जो अपने रक्षास्थान की खोज में नेपाल जाती थी। कुछ देर पीछे रानी ने पूछा–यह पड़ाव किसका है ? सिपाही ने कहा–राणा जंगबहादुर का। वे तीर्थयात्रा करने आये हैं, किन्तु हमसे पहले पहुँच जायेंगे।

रानी–तुमने उनसे मुझे यहीं क्यों न मिला दिया। उनका हार्दिक भाव प्रकट हो जाता।

सिपाही–यहाँ उनसे मिलना असम्भव था। आप जासूसों की दृष्टि से न बच सकतीं।

उस समय यात्रा करना प्राण को अर्पण कर देना था। दोनों यात्रियों को अनेक बार डाकुओं का सामना करना पड़ा। उस समय रानी की वीरता, उसका युद्ध-कौशल तथा फुर्ती देख कर बूढ़ा सिपाही दाँतों तले अँगुली दबाता था। कभी उनकी तरह तलवार काम कर जाती और कभी घोड़े की तेज चाल।

यात्रा बड़ी लम्बी थी। जेठ का महीना मार्ग में ही समाप्त हो गया। वर्षा ऋतु आयी। आकाश में मेघ-माला छाने लगी। सूखी नदियाँ उतरा चलीं। पहाड़ी नाले गरजने लगे। न नदियों में नाव, न नालों पर घाट; किंतु घोड़े सधे हुए थे। स्वयं पानी में उतर जाते और डूबते-उतराते, बहते, भँवर खाते पार पहुँच जाते। एक बार बिच्छू ने कछुए की पीठ पर नदी की यात्रा की थी। यह यात्रा उससे कम भयानक न थी।

कहीं ऊँचे-ऊँचे साखू और महुए के जंगल थे और कहीं हरे-भरे जामुन के वन। उनकी गोद में हाथियों और हिरनों के झुंड किलोलें कर रहे थे। धान की क्यारियाँ पानी से भरी हुई थीं। किसानों की स्त्रियाँ धान रोपती थीं और सुहावने गीत गाती थीं। कहीं उन मनोहारी ध्वनियों के बीच में, खेत की मेड़ों पर छाते की छाया में बैठे हुए जमींदारों के कठोर शब्द सुनायी देते थे।

इसी प्रकार यात्रा के कष्ट सहते, अनेकानेक विचित्र दृश्य देखते दोनों यात्री तराई पार करके नेपाल की भूमि में प्रविष्ट हुए।

:: 4 ::

प्रातःकाल का सुहावना समय था। नेपाल के महाराज सुरेंद्रविक्रमसिंह का दरबार सजा हुआ। राज्य के प्रतिष्ठित मंत्री अपने-अपने स्थान पर बैठे हुए थे। नेपाल ने एक बड़ी लड़ाई के पश्चात् तिब्बत पर विजय पायी थी। इस समय संधि की शर्तों पर विवाद छिड़ा था। कोई युद्ध-व्यय का इच्छुक था, कोई राज्य-विस्तार का। कोई-कोई महाशय वार्षिक कर पर जोर दे रहे थे। केवल राणा जंगबहादुर के आने की देर थी। वे कई महीनों के देशाटन के पश्चात् आज ही रात को लौटे थे और यह प्रसंग, जो उन्हीं के आगमन की प्रतीक्षा कर रहा था, अब मंत्रि-सभा में उपस्थित किया गया था। तिब्बत के यात्री, आशा और भय की दशा में, प्रधानमंत्री के मुख से अंतिम निर्णय सुनने को उत्सुक हो रहे थे। नियत समय पर चोबदार ने राणा के आगमन की सूचना दी। दरबार के लोग उन्हें सम्मान देने के लिए खड़े हो गये। महाराज को प्रणाम करने के पश्चात् वे अपने सुसज्जित आसन पर बैठ गये। महाराज ने कहा–राणा जी, आप संधि के लिए कौन प्रस्ताव करना चाहते थे।

राणा ने नम्र भाव से कहा–मेरी अल्प बुद्धि में तो इस समय कठोरता का व्यवहार करना अनुचित है। शोकाकुल शत्रु के साथ दयालुता का आचरण करना सर्वदा हमारा उद्देश्य रहा है। क्या इस अवसर पर स्वार्थ के मोह में हम अपने बहुमूल्य उद्देश्य को भूल जायेंगे ? हम ऐसी संधि चाहते हैं जो हमारे हृदय को एक कर दे। यदि तिब्बत का दरबार हमें व्यापारिक सुविधाएं प्रदान करने को कटिबद्ध हो, तो हम संधि करने के लिए सर्वथा उद्यत हैं।

मंत्रिमंडल में विवाद आरम्भ हुआ। सबकी सम्मति इस दयालुता के अनुसार न थी; किंतु महाराज ने राणा का समर्थन किया। यद्यपि अधिकांश सदस्यों को शत्रु के साथ ऐसी नरमी पसंद न थी, तथापि महाराज के विपक्ष में बोलने का किसी को साहस न हुआ।

यात्रियों के चले जाने के पश्चात् राणा जंगबहादुर ने खड़े हो कर कहा–सभा में उपस्थित सज्जनो, आज नेपाल के इतिहास में एक नयी घटना होनेवाली है, जिसे मैं आपकी जातीय नीतिमत्ता की परीक्षा समझता हूँ, इसमें सफल होना आपके ही कर्त्तव्य पर निर्भर है। आज राज-सभा में आते समय मुझे यह आवेदनपत्र मिला है, जिसे मैं आप सज्जनों की सेवा में उपस्थित करता हूँ। निवेदक ने तुलसीदास की यह चौपाई लिख दी है–

''आपत-काल परखिये चारी।
धीरज धर्म मित्र अरु नारी॥''

महाराज ने पूछा–यह पत्र किसने भेजा है ?

'एक भिखारिनी ने।'

'भिखारिनी कौन है ?'

'महारानी चंद्रकुँवरि।'

कड़बड़ खत्री ने आश्चर्य से पूछा–जो हमारी मित्र अँग्रेजी सरकार के विरुद्ध हो कर भाग आयी हैं ?

राणा जंगबहादुर ने लज्जित हो कर कहा–जी हाँ। यद्यपि हम इसी विचार को दूसरे शब्दों में प्रकट कर सकते हैं।

कड़बड़ खत्री–अँग्रेजों से हमारी मित्रता है और मित्र के शत्रु की सहायता करना मित्रता की नीति के विरुद्ध है।

जनरल शमशेर बहादुर–ऐसी दशा में इस बात का भय है कि अँग्रेजी सरकार से हमारे सम्बन्ध टूट न जाएँ।

राजकुमार रणवीरसिंह–हम यह मानते हैं कि अतिथि-सत्कार हमारा धर्म है; किंतु उसी समय तक, जब तक कि हमारे मित्रों को हमारी ओर से शंका करने का अवसर न मिले।

इस प्रसंग पर यहाँ तक मतभेद तथा वाद-विवाद हुआ कि एक शोर-सा मच गया और कई प्रधान यह कहते हुए सुनायी दिये कि महारानी का इस समय आना देश के लिए कदापि मंगलकारी नहीं हो सकता।

तब राणा जंगबहादुर उठे। उनका मुख लाल हो गया था। उनका सद्विचार क्रोध पर अधिकार जमाने के लिए व्यर्थ प्रयत्न कर रहा था। वे बोले–भाइयो, यदि इस समय मेरी बातें आप लोगों को अत्यंत कड़ी जान पड़ें तो मुझे क्षमा कीजिएगा, क्योंकि अब मुझमें अधिक श्रवण करने की शक्ति नहीं है। अपनी जातीय साहसहीनता का यह लज्जाजनक दृश्य अब मुझसे नहीं देखा जाता। यदि नेपाल के दरबार में इतना भी साहस नहीं कि वह अतिथि-सत्कार और सहायता की नीति को निभा सके तो मैं इस घटना के सम्बन्ध में सब प्रकार का भार अपने ऊपर लेता हूँ। दरबार अपने को इस विषय में निर्दोष समझे और इसकी सर्वसाधारण में घोषणा कर दे।

कड़बड़ खत्री गर्म हो कर बोले–केवल यह घोषणा देश को भय से रहित नहीं कर सकती।

राणा जंगबहादुर ने क्रोध से होंठ चबा लिया, किंतु सँभल कर कहा–देश का शासन-भार अपने ऊपर लेनेवालों की ऐसी अवस्थाएँ अनिवार्य हैं। हम उन नियमों से, जिन्हें पालन करना हमारा कर्त्तव्य है, मुँह नहीं मोड़ सकते। अपनी शरण में आये हुओं का हाथ पकड़ना–उनकी रक्षा करना राजपूतों का धर्म है। हमारे पूर्व-पुरुष सदा इस नियम पर–धर्म पर प्राण देने को उद्यत रहते थे। अपने माने हुए धर्म को तोड़ना एक स्वतंत्र जाति के लिए लज्जास्पद है। अँग्रेज हमारे मित्र हैं और अत्यन्त हर्ष का विषय है कि बुद्धिशाली मित्र हैं। महारानी चंद्रकुँवरि को अपनी दृष्टि में रखने से उनका उद्देश्य केवल यह था कि उपद्रवी लोगों के गिरोह का कोई केन्द्र शेष न रहे। यदि उनका यह उद्देश्य भंग न हो, तो हमारी ओर से शंका होने का न उन्हें कोई अवसर है और न हमें उनसे लज्जित होने की कोई आवश्यकता।

कड़बड़ खत्री–महारानी चंद्रकुँवरि यहाँ किस प्रयोजन से आयी हैं ?

राणा जंगबहादुर–केवल एक शांति-प्रिय सुख-स्थान की खोज में, जहाँ उन्हें अपनी दुरवस्था की चिन्ता से मुक्त होने का अवसर मिले। वह ऐश्वर्यशाली रानी जो रंगमहलों में सुख-विलास करती थी, जिसे फूलों की सेज पर भी चैन न मिलता था, आज सैकड़ों कोस से अनेक प्रकार के कष्ट सहन करती, नदी-नाले, पहाड़-जंगल छानती यहाँ केवल एक रक्षित स्थान की खोज में आयी हैं। उमड़ी हुई नदियों और उबलते हुए नाले, बरसात के दिन। इन दुखों को आप लोग जानते हैं और यह सब उसी एक रक्षित स्थान के लिए, उसी एक भूमि के टुकड़े की आशा में। किन्तु हम ऐसे स्थानहीन हैं कि उनकी यह अभिलाषा भी पूरी नहीं कर सकते। उचित तो यह था कि उतनी-सी भूमि के बदले हम अपना हृदय फैला देते। सोचिए, कितने

अभिमान की बात है कि एक आपदा में फँसी हुई रानी अपने दुःख के दिनों में जिस देश को याद करती हैं, यह वही पवित्र देश है। महारानी चंद्रकुँवरि को हमारे इस अभयप्रद स्थान पर–हमारी शरणागतों की रक्षा पर पूरा भरोसा था और वही विश्वास उन्हें यहाँ तक लाया है। इसी आशा पर कि पशुपतिनाथ की शरण में मुझे शांति मिलेगी, वह यहाँ तक आयी हैं। आपको अधिकार है, चाहे उनकी आशा पूर्ण करें या धूल में मिला दें। चाहे रक्षणता के–शरणागतों के साथ सदाचरण के–नियमों को निभा कर इतिहास के पृष्ठों पर अपना नाम छोड़ जाएँ, या जातीयता तथा सदाचार-सम्बन्धी नियमों को मिटा कर स्वयं अपने को पतित समझें। मुझे विश्वास नहीं है कि यहाँ एक भी मनुष्य ऐसा निरभिमान है कि जो इस अवसर पर शरणागत-पालन-धर्म को विस्तृत करके अपना सिर ऊँचा कर सके। अब मैं आपके अंतिम निपटारे की प्रतीक्षा करता हूँ। कहिए, आप अपनी जाति और देश का नाम उज्ज्वल करेंगे या सर्वदा के लिए अपने माथे पर अपयश का टीका लगायेंगे ?

राजकुमार ने उमंग से कहा–हम महारानी के चरणों तले आँखें बिछायेंगे।

कप्तान विक्रमसिंह बोले–हम राजपूत हैं और अपने धर्म का निर्वाह करेंगे।

जनरल वनवीरसिंह–हम उनको ऐसी धूम से लायेंगे कि संसार चकित हो जायगा।

राणा जंगबहादुर ने कहा–मैं अपने मित्र कड़बड़ खत्री के मुख से उसका फैसला सुनना चाहता हूँ।

कड़बड़ खत्री एक प्रभावशाली पुरुष थे और मंत्रिमंडल में वे राणा जंगबहादुर के विरुद्ध मंडली के प्रधान थे। वे लज्जा भरे शब्दों में बोले–यद्यपि मैं महारानी के आगमन को भयरहित नहीं समझता, किन्तु इस अवसर पर हमारा धर्म यही है कि हम महारानी को आश्रय दें। धर्म से मुँह मोड़ना किसी जाति के लिए मान का कारण नहीं हो सकता।

कई ध्वनियों ने उमंग-भरे शब्दों में इस प्रसंग का समर्थन किया।

महाराजा सुरेंद्रविक्रमसिंह–इस निपटारे पर बधाई देता हूँ। तुमने जाति का नाम रख लिया। पशुपति इस उत्तम कार्य में तुम्हारी सहायता करें।

सभा विसर्जित हुई। दुर्ग से तोपें छूटने लगीं। नगर भर में खबर गूँज उठी कि पंजाब की रानी चन्द्रकुँवरि का शुभागमन हुआ है। जनरल रणवीरसिंह और जनरल रणधीरसिंह बहादुर 50,000 सेना के साथ महारानी की अगवानी के लिए चले।

अतिथि-भवन की सजावट होने लगी। बाजार अनेक भाँति की उत्तम सामग्रियों

से सज गये।

ऐश्वर्य की प्रतिष्ठा व सम्मान सब कहीं होता है, किंतु किसी ने भिखारिनी का ऐसा सम्मान देखा है ? सेनाएँ बैंड बजाती और पताका फहराती हुई एक उमड़ी नदी की भाँति जाती थीं। सारे नगर में आनन्द ही आनन्द था। दोनों ओर सुंदर वस्त्राभूषणों से सजे दर्शकों का समूह खड़ा था। सेना के कमांडर आगे-आगे घोड़ों पर सवार थे। सबके आगे राणा जंगबहादुर जातीय अभिमान के मद में लीन, अपने सुवर्णखचित हौदे में बैठे हुए थे। यह उदारता का एक पवित्र दृश्य था। धर्मशाला के द्वार पर यह जुलूस रुका। राणा हाथी से उतरे। महारानी चंद्रकुँवरि कोठरी से बाहर निकल आयीं। राणा ने झुक कर वन्दना की। रानी उनकी ओर आश्चर्य से देखने लगीं। यह वही उनका मित्र बूढ़ा सिपाही था।

आँखें भर आयीं। मुस्करायीं। खिले हुए फूल पर से ओस की बूँदें टपकीं। रानी बोलीं–मेरे बूढ़े ठाकुर, मेरी नाव पार लगानेवाले, किस भाँति तुम्हारा गुण गाऊँ ?

राणा ने सिर झुका कर कहा–आपके चरणारविंद से हमारे भाग्य उदय हो गये।

:: 5 ::

नेपाल की राजसभा ने पच्चीस हजार रुपये से महारानी के लिए एक उत्तम भवन बनवा दिया और उनके लिए दस हजार रुपया मासिक नियत कर दिया।

वह भवन आज तक वर्तमान है और नेपाल की शरणागतप्रियता तथा प्रणपालन-तत्परता का स्मारक है। पंजाब की रानी को लोग आज तक याद करते हैं।

यह वह सीढ़ी है जिससे जातियाँ, यश के सुनहले शिखर पर पहुँचती हैं।

ये ही घटनाएँ हैं, जिनसे जातीय इतिहास प्रकाश और महत्त्व को प्राप्त होता है।

पोलिटिकल रेजीडेंट ने गवर्नमेंट को रिपोर्ट की। इस बात की शंका थी कि गवर्नमेंट ऑफ इंडिया और नेपाल के बीच कुछ खिंचाव हो जाय; किंतु गवर्नमेंट को राणा जंगबहादुर पर पूर्ण विश्वास था। और जब नेपाल की राजसभा ने विश्वास और संतोष दिलाया कि महारानी चंद्रकुँवरि को किसी शत्रु भाव का अवसर न दिया जायगा, तो भारत सरकार को संतोष हो गया। इस घटना को भारतीय इतिहास की अँधेरी रात में 'जुगुनू की चमक' कहना चाहिए।

❑❑❑

गृह-दाह

सत्यप्रकाश के जन्मोत्सव में लाला देवप्रकाश ने बहुत रुपये खर्च किये थे। उसका विद्यारम्भ-संस्कार भी खूब धूम-धाम से किया गया। उसके हवा खाने को एक छोटी-सी गाड़ी थी। शाम को नौकर उसे टहलाने ले जाता था। एक नौकर उसे पाठशाला पहुँचाने जाता। दिन भर वहीं बैठा रहता और उसे साथ लेकर घर आता। कितना सुशील, होनहार बालक था ! गोरा मुखड़ा, बड़ी-बड़ी आँखें, ऊँचा मस्तक, पतले-पतले लाल अधर, भरे हुए पाँव। उसे देख कर सहसा मुँह से निकल पड़ता था–भगवान् इसे जिला दें, प्रतापी मनुष्य होगा। उसकी बल-बुद्धि की प्रखरता पर लोगों को आश्चर्य होता था। नित्य उसके मुखचंद्र पर हँसी खेलती रहती थी। किसी ने उसे हठ करते या रोते नहीं देखा।

वर्षा के दिन थे। देवप्रकाश पत्नी को ले कर गंगास्नान करने गये। नदी खूब चढ़ी हुई थी; मानो अनाथ की आँखें हों। उनकी पत्नी निर्मला जल में बैठ कर जल क्रीड़ा करने लगी। कभी आगे जाती, कभी पीछे जाती, कभी डुबकी मारती, कभी अंजुलियों से छींटे उड़ाती। देवप्रकाश ने कहा–अच्छा, अब निकलो, सरदी हो जायगी। निर्मला ने कहा–कहो, मैं छाती तक पानी में चली जाऊँ ?

देवप्रकाश–और जो कहीं पैर फिसल जाय ?

निर्मला–पैर क्या फिसलेगा !

यह कह कर वह छाती तक पानी में चली गयी। पति ने कहा–अच्छा, अब आगे पैर न रखना; किंतु निर्मला के सिर पर मौत खेल रही थी। यह जल क्रीड़ा नहीं, मृत्यु-क्रीड़ा थी। उसने एक पग और आगे बढ़ाया और फिसल गयी। मुँह से एक चीख निकली; दोनों हाथ सहारे के लिए ऊपर उठे और फिर जलमग्न हो गये। एक पल में प्यासी नदी उसे पी गयी। देवप्रकाश खड़े

तौलिया से देह पोंछ रहे थे। तुरंत पानी में कूदे, साथ का कहार भी कूदा। दो मल्लाह भी कूद पड़े। सबने डुबकियाँ मारीं, टटोला, पर निर्मला का पता न चला। तब डोंगी मँगवायी गयी। मल्लाह ने बार-बार गोते मारे पर लाश हाथ न आयी। देवप्रकाश शोक में डूबे हुए घर आये। सत्यप्रकाश किसी उपहार की आशा से दौड़ा। पिता ने गोद में उठा लिया और बड़े यत्न करने पर भी अपनी सिसकी को न रोक सके। सत्यप्रकाश ने पूछा—अम्माँ कहाँ है ?

देव.—बेटा, गंगा ने उन्हें नेवता खाने के लिए रोक लिया।

सत्यप्रकाश ने उनके मुख की ओर जिज्ञासाभाव से देखा और आशय समझ गया। अम्माँ-अम्माँ कह कर रोने लगा।

:: 2 ::

मातृहीन बालक संसार का सबसे करुणाजनक प्राणी है। दीन से दीन प्राणियों को भी ईश्वर का आधार होता है, जो उनके हृदय को सहलाता रहता है। मातृहीन बालक इस आधार से वंचित होता है। माता ही उसके जीवन का एकमात्र आधार होती है। माता के बिना वह पंखहीन पक्षी है।

सत्यप्रकाश का एकांत से प्रेम हो गया। अकेला बैठा रहता। वृक्षों में उसे कुछ-कुछ सहानुभूति का अज्ञात अनुभव होता था, जो घर के प्राणियों से उसे न मिलती थी। माता का प्रेम था, तो सभी प्रेम करते थे, माता का प्रेम उठ गया, तो सभी निष्ठुर हो गये। पिता की आँखों में भी वह प्रेम-ज्योति न रही। दरिद्र को कौन भिक्षा देता है।

छह महीने बीत गये। सहसा एक दिन उसे मालूम हुआ, मेरी नयी माता आनेवाली हैं। दौड़ा पिता के पास गया और पूछा—क्या मेरी नयी माता आयेंगी।

पिता ने कहा—हाँ बेटा, वे आ कर तुम्हें प्यार करेंगी।

सत्य.—क्या मेरी ही माँ स्वर्ग से आ जायेंगी ?

देव.—हाँ, वही माता आ जायगी।

सत्य.—मुझे उसी तरह प्यार करेंगी ?

देवप्रकाश इसका क्या उत्तर देते ? मगर सत्यप्रकाश उस दिन से प्रसन्न-मन रहने लगा। अम्माँ आयेंगी ! मुझे गोद में ले कर प्यार करेंगी ! अब मैं उन्हें कभी दिक न करूँगा, कभी जिद न करूँगा, उन्हें अच्छी कहानियाँ सुनाया करूँगा।

विवाह के दिन आये। घर में तैयारियाँ होने लगीं। सत्यप्रकाश खुशी से फूला न समाता। मेरी नयी अम्माँ आयेंगी। बारात में वह भी गया। नये-नये कपड़े मिले।

पालकी पर बैठा। नानी ने अंदर बुलाया और उसे गोद में ले कर एक अशरफी दी। वहीं उसे नयी माता के दर्शन हुए। नानी ने नयी माता से कहा–बेटी, कैसा सुन्दर बालक है ! इसे प्यार करना।

सत्यप्रकाश ने नयी माता को देखा और मुग्ध हो गया। बच्चे भी रूप के उपासक होते हैं। एक लावण्यमयी मूर्ति आभूषण से लदी सामने खड़ी थी। उसने दोनों हाथों से उसका अंचल पकड़ कर कहा–अम्माँ !

कितना अरुचिकर शब्द था, कितना लज्जायुक्त, कितना अप्रिय ! वह ललना जो 'देवप्रिया' नाम से सम्बोधित होती थी, यह उत्तरदायित्व, त्याग और क्षमा का सम्बोधन न सह सकी। अभी वह प्रेम और विलास का सुख-स्वप्न देख रही थी–यौवनकाल की मदमय वायुतरंगों में आंदोलित हो रही थी। इस शब्द ने उसके स्वप्न को भंग कर दिया। कुछ रुष्ट होकर बोली–मुझे अम्माँ मत कहो।

सत्यप्रकाश ने विस्मित नेत्रों से देखा। उसका बालस्वप्न भी भंग हो गया। आँखें डबडबा गयीं। नानी ने कहा–बेटी, देखो, लड़के का दिल छोटा हो गया। वह क्या जाने, क्या कहना चाहिए। अम्माँ कह दिया तो तुम्हें कौन-सी चोट लग गयी ?

देवप्रिया ने कहा–मुझे अम्माँ न कहे।

सौत का पुत्र विमाता की आँखों में क्यों इतना खटकता है ? इसका निर्णय आज तक किसी मनोभाव के पंडित ने नहीं किया। हम किस गिनती में हैं। देवप्रिया जब तक गर्भिणी न हुई, वह सत्यप्रकाश से कभी-कभी बातें करती, कहानियाँ सुनातीं; किंतु गर्भिणी होते ही उसका व्यवहार कठोर हो गया, और प्रसवकाल ज्यों-ज्यों निकट आता था, उसकी कठोरता बढ़ती ही जाती थी। जिस दिन उसकी गोद में एक चाँद-से बच्चे का आगमन हुआ, सत्यप्रकाश खूब उछला-कूदा और सौरगृह में दौड़ा हुआ बच्चे को देखने लगा। बच्चा देवप्रिया की गोद में सो रहा था। सत्यप्रकाश ने बड़ी उत्सुकता से बच्चे को विमाता की गोद से उठाना चाहा कि सहसा देवप्रिया ने सरोष स्वर में कहा–खबरदार, इसे मत छूना, नहीं तो कान पकड़ कर उखाड़ लूँगी !

बालक उल्टे पाँव लौट आया और कोठे की छत पर जा कर खूब रोया। कितना सुन्दर बच्चा है ! मैं उसे गोद में ले कर बैठता, तो कैसा मजा आता ! मैं उसे गिराता थोड़े ही, फिर इन्होंने क्यों मुझे झिड़क दिया ? भोला बालक क्या जानता था कि इस झिड़की का कारण माता की सावधानी नहीं, कुछ और ही है।

एक दिन शिशु सो रहा था। उसका नाम ज्ञानप्रकाश रखा गया था। देवप्रिया स्नानागार में थी। सत्यप्रकाश चुपके से आया और बच्चे का ओढ़ना हटा कर उसे

अनुरागमय नेत्रों से देखने लगा। उसका जी कितना चाहा कि उसे गोद में ले कर प्यार करूँ; पर डर के मारे उसने उसे उठाया नहीं, केवल उसके कपोलों को चूमने लगा। इतने में देवप्रिया निकल आयी। सत्यप्रकाश, को बच्चे को चूमते देख कर आग हो गयी। दूर ही से डाँटा, हट जा वहाँ से !

सत्यप्रकाश माता को दीननेत्रों से देखता हुआ बाहर निकल आया !

संध्या समय उसके पिता ने पूछा–तुम लल्ला को क्यों रुलाया करते हो ?

सत्य.–मैं तो उसे कभी नहीं रुलाता। अम्माँ खिलाने को नहीं देतीं।

देव.–झूठ बोलते हो। आज तुमने बच्चे को चुटकी काटी।

सत्य.–जी नहीं, मैं तो उसकी मुच्छियाँ ले रहा था।

देव.–झूठ बोलता है !

सत्य.–मैं झूठ नहीं बोलता।

देवप्रकाश को क्रोध आ गया। लड़के को दो-तीन तमाचे लगाये। पहली बार यह ताड़ना मिली, और निरपराध ! इसने उसके जीवन की कायापलट कर दी।

:: 3 ::

उस दिन से सत्यप्रकाश के स्वभाव में एक विचित्र परिवर्तन दिखायी देने लगा। वह घर में बहुत कम आता। पिता आते, तो उनसे मुँह छिपाता फिरता। कोई खाना खाने को बुलाने आता, तो चोरों की भाँति दुबका हुआ जा कर खा लेता; न कुछ माँगता, न कुछ बोलता। पहले अत्यंत कुशाग्रबुद्धि था। उसकी सफाई, सलीके और फुरती पर लोग मुग्ध हो जाते थे। अब वह पढ़ने से जी चुराता, मैले-कुचैले कपड़े पहिने रहता। घर में कोई प्रेम करनेवाला न था। बाजार के लड़कों के साथ गली-गली घूमता, कनकौवे लूटता, गालियाँ बकना भी सीख गया। शरीर भी दुर्बल हो गया। चेहरे की कांति गायब हो गयी। देवप्रकाश को अब आये-दिन उसकी शरारतों के उलाहने मिलने लगे और सत्यप्रकाश नित्य घुड़कियाँ और तमाचे खाने लगा, यहाँ तक कि अगर वह घर में किसी काम से चला जाता, तो सब लोग दुर-दुर करके दौड़ाते। ज्ञानप्रकाश को पढ़ाने के लिए मास्टर आता था। देवप्रकाश उसे रोज सैर कराने साथ ले जाते। हँसमुख लड़का था। देवप्रिया उसे सत्यप्रकाश के साथ से भी बचाती रहती थी। दोनों लड़कों में कितना अंतर था ! एक साफ सुथरा, सुन्दर कपड़े पहिने, शील और विनय का पुतला, सच बोलनेवाला। देखनेवालों के मुँह से अनायास ही दुआ निकल आती थी। दूसरा मैला, नटखट, चोरों की तरह मुँह छिपाये हुए; मुँहफट, बात-बात पर गालियाँ बकनेवाला। एक हरा-भरा पौधा था, प्रेम से प्लावित,

स्नेह से सिंचित, दूसरा सूखा हुआ, टेढ़ा, पल्लवहीन नववृक्ष था, जिसकी जड़ों को एक मुद्दत से पानी नहीं नसीब हुआ। एक को देख कर पिता की छाती ठंडी होती थी; दूसरे को देख कर देह में आग लग जाती थी।

आश्चर्य यह था कि सत्यप्रकाश को अपने छोटे भाई से लेशमात्र भी ईर्ष्या न थी। अगर उसके हृदय में कोई कोमल भाव शेष रह गया था, तो वह अपने भाई के प्रति स्नेह था। उस मरुभूमि में यही एक हरियाली थी। ईर्ष्या साम्यभाव की द्योतक है। सत्यप्रकाश अपने भाई को अपने से कहीं ऊँचा, कहीं भाग्यशाली समझता था। उसमें ईर्ष्या का भाव ही लोप हो गया था।

घृणा से घृणा उत्पन्न होती है। प्रेम से प्रेम। ज्ञान भी बड़े भाई को चाहता था। कभी-कभी उसका पक्ष ले कर अपनी माँ से वाद-विवाद कर कहता, भैया की अचकन फट गयी है, आप नयी अचकन क्यों नहीं बनवा देतीं ? माँ उत्तर देती–उसके लिए वही अचकन अच्छी है। अभी क्या, कभी तो वह नंगा फिरेगा। ज्ञानप्रकाश बहुत चाहता था कि अपने जेब-खर्च से बचा कर कुछ अपने भाई को दे, पर सत्यप्रकाश कभी इसे स्वीकार न करता था। वास्तव में जितनी देर वह छोटे भाई के साथ रहता; उतनी देर उसे एक शांतिमय आनन्द का अनुभव होता। थोड़ी देर के लिए वह सद्भावों के साम्राज्य में विचरने लगता। उसके मुख से कोई भद्दी और अप्रिय बात न निकलती। एक क्षण के लिए उसकी सोयी हुई आत्मा जाग उठती।

एक बार कई दिन तक सत्यप्रकाश मदरसे न गया। पिता ने पूछा–तुम आजकल पढ़ने क्यों नहीं जाते ? क्या सोच रखा है कि मैंने तुम्हारी जिन्दगी भर का ठेका ले रखा है।

सत्य.–मेरे ऊपर जुर्माने और फीस के कई रुपये हो गये हैं। जाता हूँ तो दरजे से निकाल दिया जाता हूँ।

देव.–फीस क्यों बाकी है ? तुम तो महीने-महीने ले लिया करते हो न ?

सत्य.–आये-दिन चन्दे लगा करते हैं, फीस के रुपये चन्दे में दे दिये।

देव.–और जुर्माना क्यों हुआ ?

सत्य.–फीस न देने के कारण।

देव.–तुमने चन्दा क्यों दिया !

सत्य.–ज्ञानू ने चन्दा दिया तो मैंने भी दिया।

देव.–तुम ज्ञानू से जलते हो ?

सत्य.–मैं ज्ञानू से क्यों जलने लगा। यहाँ हम और वह दो हैं, बाहर हम और वह एक समझे जाते हैं। मैं यह नहीं कहना चाहता कि मेरे कुछ नहीं है।

देव.–क्यों, यह कहते शर्म आती है ?

सत्य.–जी हाँ, आपकी बदनामी होगी।

देव.–अच्छा, तो आप मेरी मानरक्षा करते हैं। यह क्यों नहीं कहते कि पढ़ना अब मुझे मंजूर नहीं है। मेरे पास इतना रुपया नहीं कि तुम्हें एक-एक क्लास में तीन-तीन साल पढ़ाऊँ और ऊपर से तुम्हारे खर्च के लिए भी प्रतिमास कुछ दूँ। ज्ञानबाबू तुमसे कितना छोटा है, लेकिन तुमसे एक ही दर्जा नीचे है। तुम इस साल जरूर ही फेल होओगे और वह जरूर ही पास हो कर अगले साल तुम्हारे साथ हो जायगा। तब तो तुम्हारे मुँह में कालिख लगेगी ?

सत्य.–विद्या मेरे भाग्य ही में नहीं है।

देव.–तुम्हारे भाग्य में क्या है ?

सत्य.–भीख माँगना।

देव.–तो फिर भीख माँगो। मेरे घर से निकल जाओ।

देवप्रिया भी आ गयी। बोली–शरमाता तो नहीं, और बातों का जवाब देता है!

सत्य.–जिनके भाग्य में भीख माँगना होता है, वही बचपन में अनाथ हो जाते हैं।

देवप्रिया–ये जली-कटी बातें अब मुझसे न सही जायेंगी। मैं खून का घूँट पी-पी कर रह जाती हूँ।

देवप्रकाश–बेहया है। कल से इसका नाम कटवा दूँगा। भीख माँगनी है तो भीख ही माँगे।

:: 4 ::

दूसरे दिन सत्यप्रकाश ने घर से निकलने की तैयारी कर दी। उसकी उम्र अब सोलह साल की हो गयी थी। इतनी बातें सुनने के बाद अब उसे उस घर में रहना असह्य हो गया। जब हाथ-पाँव न थे, किशोरावस्था की असमर्थता थी, तब तक अवहेलना, निरादर, निष्ठुरता, भर्त्सना सब कुछ सह कर घर में रहता था। अब हाथ-पाँव हो गये थे, उस बंधन में क्यों रहता। आत्माभिमान आशा की भाँति बहुत चिरंजीवी होता है।

गर्मी के दिन थे। दोपहर का समय। घर के सब प्राणी सो रहे थे। सत्यप्रकाश ने अपनी धोती बगल में दबायी; छोटा-सा बेग हाथ में लिया और चाहता था कि चुपके से बैठक से निकल जाए कि ज्ञानू आ गया और उसे कहीं जाने को तैयार देख कर बोला–कहाँ जाते हो भैया ?

सत्य.–जाता हूँ कहीं नौकरी करूँगा।

ज्ञानू.–मैं जा कर अम्माँ से कहे देता हूँ।

सत्य.–तो फिर मैं तुमसे छिपकर चला जाऊँगा।

ज्ञानू.–क्यों चले जाओगे ? तुम्हें मेरी जरा भी मुहब्बत नहीं ?

सत्यप्रकाश ने भाई को गले लगा कर कहा–तुम्हें छोड़ कर जाने को जी तो नहीं चाहता, लेकिन जहाँ कोई पूछने वाला नहीं है, वहाँ पड़े रहना बेहयाई है। कहीं दस-पाँच की नौकरी कर लूँगा और पेट पालता रहूँगा। और किस लायक हूँ ?

ज्ञानू.–तुमसे अम्माँ क्यों इतना चिढ़ती हैं ? मुझे तुमसे मिलने को मना किया करती हैं ?

सत्य.–मेरे नसीब खोटे हैं, और क्या।

ज्ञानू.–तुम लिखने-पढ़ने में जी नहीं लगाते ?

सत्य.–लगता ही नहीं, कैसे लगाऊँ ? जब कोई परवा नहीं करता तो मैं भी सोचता हूँ–उँह, यही न होगा, ठोकर खाऊँगा। बला से !

ज्ञानू.–मुझे भूल तो न जाओगे ? मैं तुम्हारे पास खत लिखा करूँगा, मुझे भी एक बार अपने यहाँ बुलाना।

सत्य.–तुम्हारे स्कूल के पते से चिट्ठी लिखूँगा।

ज्ञानू.–(रोते-रोते) मुझे न जाने क्यों तुम्हारी बड़ी मुहब्बत लगती है !

सत्य.–मैं तुम्हें सदैव याद रखूँगा।

यह कह कर उसने फिर भाई को गले लगाया और घर से निकल पड़ा। पास एक कौड़ी भी न थी और वह कलकत्ते जा रहा था।

:: 5 ::

सत्यप्रकाश कलकत्ते क्योंकर पहुँचा, इसका वृत्तांत लिखना व्यर्थ है। युवकों में दुस्साहस की मात्रा अधिक होती है। वे हवा में किले बना सकते हैं, धरती पर नाव चला सकते हैं। कठिनाइयों की उन्हें कुछ परवा नहीं होती। अपने ऊपर असीम विश्वास होता है। कलकत्ते पहुँचना ऐसा कष्ट-साध्य न था। सत्यप्रकाश चतुर युवक था। पहले ही उसने निश्चय कर लिया था कि कलकत्ते में क्या करूँगा, कहाँ रहूँगा। उसके बैग में लिखने की सामग्री मौजूद थी। बड़े शहर में जीविका का प्रश्न कठिन भी है और सरल भी है। सरल है उनके लिए, जो हाथ से काम कर सकते हैं, कठिन है उनके लिए, जो कलम से काम करते हैं। सत्यप्रकाश मजदूरी करना नीच काम समझता था। उसने एक धर्मशाला में असबाब रखा। बाद में शहर के मुख्य स्थानों

का निरीक्षण करके एक डाकघर के सामने लिखने का सामान लेकर बैठ गया और अनपढ़ मजदूरों की चिट्ठियाँ, मनीआर्डर आदि लिखने का व्यवसाय करने लगा। पहले कई दिन तो उसको इतने पैसे भी न मिले कि भर-पेट भोजन करता; लेकिन धीरे-धीरे आमदनी बढ़ने लगी। वह मजदूरों से इतने विनय के साथ बातें करता और उनके समाचार इतने विस्तार से लिखता कि बस वे पत्र को सुन कर बहुत प्रसन्न होते। अशिक्षित लोग एक ही बात को दो-दो तीन-तीन बार लिखाते हैं। उनकी दशा ठीक रोगियों की-सी होती है, जो वैद्य से अपनी व्यथा और वेदना का वृत्तांत कहते नहीं थकते। सत्यप्रकाश सूत्र को व्याख्या का रूप दे कर मजदूरों को मुग्ध कर देता था। एक संतुष्ट हो कर जाता, तो अपने कई अन्य भाइयों को खोज लाता। एक ही महीने में उसे 1 रु. रोज मिलने लगा। उसने धर्मशाला से निकल कर शहर से बाहर 5 रु. महीने पर एक छोटी-सी कोठरी ले ली। एक जून खाता। बर्तन अपने हाथों से धोता। जमीन पर सोता। उसे अपने निर्वासन पर जरा भी खेद और दुःख न था। घर के लोगों की कभी याद न आती। वह अपनी दशा पर संतुष्ट था। केवल ज्ञानप्रकाश की प्रेमयुक्त बातें न भूलतीं। अंधकार में यही एक प्रकाश था। विदाई का अंतिम दृश्य आँखों के सामने फिरा करता। जीविका से निश्चिंत हो कर उसने ज्ञानप्रकाश को एक पत्र लिखा। उत्तर आया तो उसके आनंद की सीमा न रही। ज्ञानू मुझे याद करके रोता है, मेरे पास आना चाहता है, स्वास्थ्य भी अच्छा नहीं है। प्यासे को पानी से जो तृप्ति होती है वही तृप्ति इस पत्र से सत्यप्रकाश को हुई। मैं अकेला नहीं हूँ, कोई मुझे भी चाहता है—मुझे भी याद करता है।

उसी दिन से सत्यप्रकाश को यह चिंता हुई कि ज्ञान के लिए कोई उपहार भेजूँ। युवकों को मित्र बहुत जल्द मिल जाते हैं। सत्यप्रकाश को भी कई युवकों से मित्रता हो गयी थी। उनके साथ कई बार सिनेमा देखने गया। कई बार बूटी-भंग, शराब-कबाब की भी ठहरी। आईना, तेल, कंघी का शौक भी पैदा हुआ, जो कुछ पाता, उड़ा देता। बड़े वेग से नैतिक पतन और शारीरिक विनाश की ओर दौड़ा चला जाता था। इस प्रेम-पत्र ने उसके पैर पकड़ लिये। उपहार के प्रयास ने इन दुर्व्यसनों को तिरोहित करना शुरू किया। सिनेमा का चसका छूटा, मित्रों को हीले-हवाले करके टालने लगा। भोजन भी रूखा-सूखा करने लगा। धन-संचय की चिंता ने सारी इच्छाओं को परास्त कर दिया। उसने निश्चय किया कि अच्छी-सी घड़ी भेजूँ। उसका दाम कम से कम 40 रु. होगा। अगर तीन महीने तक एक कौड़ी का भी अपव्यय न करूँ, तो घड़ी मिल सकती है। ज्ञानू घड़ी देख कर कैसा खुश होगा ! अम्माँ और

बाबू जी भी देखेंगे। उन्हें मालूम हो जायगा कि मैं भूखों नहीं मर रहा हूँ। किफायत की धुन में वह बहुधा दिया-बत्ती भी न करता। बड़े सबेरे काम करने चला जाता और सारे दिन दो-चार पैसे की मिठाई खा कर काम करता रहता। उसके ग्राहकों की संख्या दिन-दूनी होती जाती थी। चिट्ठी-पत्री के अतिरिक्त अब उसने तार लिखने का भी अभ्यास कर लिया था। दो ही महीने में उसके पास 50 रु. एकत्र हो गये और जब घड़ी के साथ सुनहरी चेन का पारसल बना कर ज्ञानू के नाम भेज दिया, तो उसका चित्त इतना उत्साहित था मानो किसी निस्संतान पुरुष के बालक हुआ हो।

:: 6 ::

'घर' कितनी कोमल, पवित्र, मनोहर स्मृतियों को जागृत कर देता है ! यह प्रेम का निवास-स्थान है। प्रेम ने बहुत तपस्या करके यह वरदान पाया है।

किशोरावस्था में 'घर' माता-पिता, भाई-बहन, सखी-सहेली के प्रेम की याद दिलाता है, प्रौढ़ावस्था में गृहिणी और बाल-बच्चों के प्रेम की। यही वह लहर है, जो मानव-जीवन मात्र को स्थिर रखता है, उसे समुद्र की वेगवती लहरों में बहने और चट्टानों से टकराने से बचाता है। यही वह मंडप है, जो जीवन को समस्त विघ्न-बाधाओं से सुरक्षित रखता है।

सत्यप्रकाश का 'घर' कहाँ था ? वह कौन-सी शक्ति थी, जो कलकत्ते के विराट प्रलोभनों से उसकी रक्षा करती थी ? —माता का प्रेम, पिता का स्नेह, बाल-बच्चों की चिंता ? —नहीं, उनका रक्षक, उद्धारक, उसका पारितोषिक केवल ज्ञानप्रकाश का स्नेह था। उसी के निमित्त वह एक-एक पैसे की किफायत करता था, उसी के लिए वह कठिन परिश्रम करता था और धनोपार्जन के नये-नये उपाय सोचता था। उसे ज्ञानप्रकाश के पत्रों से मालूम हुआ था कि इन दिनों देवप्रकाश की आर्थिक स्थिति अच्छी नहीं है। वे एक घर बनवा रहे हैं, जिसमें व्यय अनुमान से अधिक हो जाने के कारण ऋण लेना पड़ा है, इसलिए अब ज्ञानप्रकाश को पढ़ाने के लिए घर पर मास्टर नहीं आता। तब से सत्यप्रकाश प्रतिमाह ज्ञानू के पास कुछ न कुछ अवश्य भेज देता था। वह अब केवल पत्रलेखक न था, लिखने के सामान की एक छोटी-दूकान भी उसने खोल ली थी। इससे अच्छी आमदनी हो जाती थी। इस तरह पाँच वर्ष बीत गये। रसिक मित्रों ने जब देखा कि अब यह हत्थे नहीं चढ़ता, तो उसके पास आना-जाना छोड़ दिया।

संध्या का समय था। देवप्रकाश अपने मकान में बैठे देवप्रिया से ज्ञानप्रकाश के विवाह के सम्बन्ध में बातें कर रहे थे। ज्ञानू अब 17 वर्ष का सुंदर युवक था। बालविवाह के विरोधी होने पर भी देवप्रकाश अब इस शुभमुहूर्त को न टाल सकते थे। विशेषतः जब कोई महाशय पचास हजार रुपये दहेज देने को प्रस्तुत हों।

देवप्रकाश–मैं तो तैयार हूँ, लेकिन तुम्हारा लड़का भी तो तैयार हो !

देवप्रिया–तुम बातचीत पक्की कर लो, वह तैयार हो ही जायगा। सभी लड़के पहले 'नहीं' करते हैं।

देव.–ज्ञानू का इनकार केवल संकोच का इनकार नहीं है, वह सिद्धांत का इनकार है। वह साफ-साफ कह रहा है कि जब तक भैया का विवाह न होगा, मैं अपना विवाह करने पर राजी नहीं हूँ।

देवप्रिया–उसकी कौन चलावे, वहाँ कोई रखैली रख ली होगी, विवाह क्यों करेगा ? वहाँ कोई देखने जाता है ?

देव.–(झुँझला कर) रखैली रख ली होती तो तुम्हारे लड़के को चालीस रुपये महीने न भेजता और न वे चीजें ही देता, जो पहले महीने से अब तक बराबर देता चला आता है। न जाने क्यों तुम्हारा मन उसकी ओर से इतना मैला हो गया है! चाहे वह जान निकाल कर भी दे दे, लेकिन तुम न पसीजोगी। देवप्रिया नाराज हो कर चली गयी। देवप्रकाश उससे यही कहलाना चाहते थे कि पहले सत्यप्रकाश का विवाह करना उचित है, किंतु वह कभी इस प्रसंग को आने ही न देती थी। स्वयं देवप्रकाश की यह हार्दिक इच्छा थी कि पहले बड़े लड़के का विवाह करें, पर उन्होंने भी आज तक सत्यप्रकाश को कोई पत्र न लिखा था। देवप्रिया के चले जाने के बाद उन्होंने आज पहली बार सत्प्रपकाश को पत्र लिखा। पहले इतने दिनों तक चुपचाप रहने के लिए क्षमा माँगी, तब उसे एक बार घर आने का प्रेमाग्रह किया। लिखा, अब मैं कुछ ही दिनों का मेहमान हूँ। मेरी अभिलाषा है कि तुम्हारा और तुम्हारे छोटे भाई का विवाह देख लूँ। मुझे बहुत दुःख होगा, यदि तुम मेरी विनय स्वीकार न करोगे। ज्ञानप्रकाश के असमंजस की बात भी लिखी, अंत में इस बात पर जोर दिया कि किसी और विचार से नहीं, तो ज्ञानू के प्रेम के नाते ही तुम्हें इस बंधन में पड़ना होगा।

सत्यप्रकाश को यह पत्र मिला, तो उसे बहुत खेद हुआ। मेरे भ्रातृस्नेह का यह परिणाम होगा, मुझे न मालूम था। इसके साथ ही उसे यह ईर्ष्यामय आनंद हुआ कि अम्माँ और दादा को अब तो कुछ मानसिक पीड़ा होगी। मेरी उन्हें क्या चिंता थी ? मैं तो मर भी जाऊँ तो भी उनकी आँखों में आँसू न आयें। सात वर्ष हो

गये, कभी भूल कर भी पत्र न लिखा कि मरा है या जीता है। अब कुछ चेतावनी मिलेगी। ज्ञानप्रकाश अंत में विवाह करने पर राजी तो हो जायगा, लेकिन सहज में नहीं। कुछ न हो तो मुझे तो एक बार अपने इनकार के कारण लिखने का अवसर मिला। ज्ञानू को मुझसे प्रेम है, लेकिन उसके कारण मैं पारिवारिक अन्याय का दोषी न बनूँगा। हमारा पारिवारिक जीवन सम्पूर्णतः अन्यायमय है। यह कुमति और वैमनस्य, क्रूरता और नृशंसता का बीजारोपण करता है। इसी माया में फँस कर मनुष्य अपनी संतान का शत्रु हो जाता है। न, मैं आँखों देख कर यह मक्खी न निगलूँगा। मैं ज्ञानू को समझाऊँगा अवश्य। मेरे पास जो कुछ जमा है; वह सब उसके विवाह के निमित्त अर्पण भी कर दूँगा। बस, इससे ज्यादा मैं और कुछ नहीं कर सकता। अगर ज्ञानू भी अविवाहित रहे, तो संसार कौन सूना हो जायगा ? ऐसे पिता का पुत्र क्या वंशपरम्परा का पालन न करेगा ? क्या उसके जीवन में फिर वही अभिनय न दुहराया जायगा, जिसने मेरा सर्वनाश कर दिया ?

दूसरे दिन सत्यप्रकाश ने पांच सौ रुपये पिता के पास भेजे और पत्र का उत्तर लिखा कि मेरा अहोभाग्य जो आपने मुझे याद किया। ज्ञानू का विवाह निश्चित हो गया, इसकी बधाई ! इन रुपयों से नववधू के लिए कोई आभूषण बनवा दीजिएगा। रही मेरे विवाह की बात। मैंने अपनी आँखों से जो कुछ देखा है और मेरे सिर पर जो कुछ बीता है, उस पर ध्यान देते हुए यदि मैं कुटुम्बपाश में फँसू तो मुझसे बड़ा उल्लू संसार में न होगा। मुझे आशा है, आप मुझे क्षमा करेंगे। विवाह की चर्चा ही से मेरे हृदय को आघात पहुँचता है।

दूसरा पत्र ज्ञानप्रकाश को लिखा कि माता-पिता की आज्ञा को शिरोधार्य करो। मैं अपढ़, मूर्ख, बुद्धिहीन आदमी हूँ; मुझे विवाह करने का कोई अधिकार नहीं है। मैं तुम्हारे विवाह के शुभोत्सव में सम्मिलित न हो सकूँगा, लेकिन मेरे लिए इससे बढ़ कर आनंद और संतोष का कोई विषय नहीं हो सकता।

:: 7 ::

देवप्रकाश यह पढ़ कर अवाक् रह गये। फिर आग्रह करने का साहस न हुआ। देवप्रिया ने नाक सिकोड़ कर कहा—यह लौंडा देखने को सीधा है, है जहर का बुझाया हुआ ! कैसा सौ कोस से बैठा हुआ बरछियों से छेद रहा है।

किंतु ज्ञानप्रकाश ने यह पत्र पढ़ा, तो उसे मर्माघात पहुँचा। दादा और अम्माँ के अन्याय ने ही उन्हें यह भीषण व्रत धारण करने पर बाध्य किया है। इन्हीं ने उन्हें निर्वासित किया है, और शायद सदा के लिए। न जाने अम्माँ को उनसे क्यों

इतनी जलन हुई। मुझे तो अब याद आता है कि किशोरावस्था ही से वे बड़े आज्ञाकारी, विनयशील और गम्भीर थे। अम्माँ की बातों का उन्हें जवाब देते नहीं सुना। मैं अच्छे से अच्छा खाता था, फिर भी उनके तेवर मैले न हुए, हालाँकि उन्हें जलना चाहिए था। ऐसी दशा में अगर उन्हें गृहस्थ-जीवन से घृणा हो गयी, तो आश्चर्य ही क्या ? फिर मैं ही क्यों इस विपत्ति में फसूँ ? कौन जाने मुझे भी ऐसी ही परिस्थिति का सामना करना पड़े। भैया ने बहुत सोच-समझ कर यह धारणा की है।

संध्या समय जब उसके माता-पिता बैठे हुए इसी समस्या पर विचार कर रहे थे, ज्ञानप्रकाश ने आ कर कहा–मैं कल भैया से मिलने जाऊँगा।

देवप्रिया–क्या कलकत्ते जाओगे ?

ज्ञान.–जी हाँ।

देवप्रिया–उन्हीं को क्यों नहीं बुलाते ?

ज्ञान.–उन्हें कौन मुँह ले कर बुलाऊँ ? आप लोगों ने पहले ही मेरे मुँह में कालिख लगा दी है। ऐसा देव-पुरुष आप लोगों के कारण विदेश में ठोकर खा रहा है और मैं इतना निर्लज्ज हो जाऊँ कि...

देवप्रिया–अच्छा चुप रह, नहीं ब्याह करना है, न कर, जले पर नोन मत छिड़क ! माता-पिता का धर्म है, इसलिए कहती हूँ, नहीं तो यहाँ ठेंगे की परवा नहीं है। तू चाहे ब्याह कर, चाहे क्वाँरा रह, पर मेरी आँखों से दूर हो जा।

ज्ञान.–क्या मेरी सूरत से भी घृणा हो गयी ?

देवप्रिया–जब तू हमारे कहने ही में नहीं, तो जहाँ चाहे, रह। हम भी समझ लेंगे कि भगवान् ने लड़का ही नहीं दिया।

देव.–क्यों व्यर्थ में ऐसे कटुवचन बोलती हो ?

ज्ञान.–अगर आप लोगों की यही इच्छा है, तो यही होगा। देवप्रकाश ने देखा कि बात का बतंगड़ हुआ जाता है, ज्ञानप्रकाश को इशारे से टाल दिया और पत्नी के क्रोध को शांत करने की चेष्टा करने लगे। मगर देवप्रिया फूट-फूट कर रो रही थी और बार-बार कहती थी, मैं इसकी सूरत नहीं देखूँगी। अंत में देवप्रकाश ने चिढ़ कर कहा–तो तुम्हीं ने तो कटुवचन कह कर उसे उत्तेजित कर दिया।

देवप्रिया–यह सब विष उसी चांडाल ने बोया है, जो यहाँ से सात समुद्र पार बैठा मुझे मिट्टी में मिलाने का उपाय कर रहा है। मेरे बेटे को मुझसे छीनने के लिए उसने यह प्रेम का स्वाँग भरा है। मैं उसकी नस-नस पहिचानती हूँ। उसका यह मंत्र मेरी जान ले कर छोड़ेगा; नहीं तो मेरा ज्ञानू, जिसने कभी मेरी बात का जवाब नहीं दिया, यों मुझे न जलाता !

देव.–अरे, तो क्या वह विवाह ही न करेगा ! अभी गुस्से में अनाप- शनाप बक गया है। जरा शांत हो जायगा तो मैं समझा कर राजी कर दूँगा।

देवप्रिया–मेरे हाथ से निकल गया।

देवप्रिया की आशंका सत्य निकली। देवप्रकाश ने बेटे को बहुत समझाया। कहा–तुम्हारी माता इस शोक से मर जायगी, किंतु कुछ असर न हुआ। उसने एक बार 'नहीं' करके 'हाँ' न की। निदान पिता भी निराश हो कर बैठ रहे।

तीन साल तक प्रतिवर्ष विवाह के दिनों में यह प्रश्न उठता रहा, पर ज्ञानप्रकाश अपनी प्रतिज्ञा पर अटल रहा। माता का रोना-धोना निष्फल हुआ। हाँ, उसने माता की एक बात मान ली–वह भाई से मिलने कलकत्ता न गया।

तीन साल में घर में बड़ा परिवर्तन हो गया। देवप्रिया की तीनों कन्याओं का विवाह हो गया। अब घर में उसके सिवा कोई स्त्री न थी। सूना घर उसे फाड़े खाता था। जब वह नैराश्य और क्रोध से पागल हो जाती, तो सत्यप्रकाश को खूब जी भर कर कोसती ! मगर दोनों भाइयों में प्रेम-पत्रव्यवहार बराबर होता रहता था।

देवप्रकाश के स्वभाव में एक विचित्र उदासीनता प्रकट होने लगी। उन्होंने पेंशन ले ली थी और प्रायः धर्मग्रंथों का अध्ययन किया करते थे। ज्ञानप्रकाश ने भी 'आचार्य' की उपाधि प्राप्त कर ली थी और एक विद्यालय में अध्यापक हो गये थे। देवप्रिया अब संसार में अकेली थी।

देवप्रिया अपने पुत्र को गृहस्थी की ओर खींचने के लिए नित्य टोने-टोटके किया करती। बिरादरी में कौन-सी कन्या सुन्दरी है, गुणवती है, सुशिक्षिता है–उसका बखान किया करती, पर ज्ञानप्रकाश को इन बातों के सुनने की भी फुरसत न थी।

मोहल्ले के और घरों में नित्य ही विवाह होते रहते थे। बहुएँ आती थीं, उनकी गोद में बच्चे खेलने लगते थे, घर गुलजार हो जाता था। कहीं बिदाई होती थी, कहीं बधाइयाँ आती थीं, कहीं गाना-बजाना होता था, कहीं बाजे बजते थे। यह चहल-पहल देख कर देवप्रिया का चित्त चंचल हो जाता। उसे मालूम होता, मैं ही संसार में सबसे अभागिनी हूँ। मेरे ही भाग्य में यह सुख भोगना नहीं बदा है। भगवान्, ऐसा भी कोई दिन आयेगा कि मैं अपनी बहू का मुखचंद्र देखूँगी, उसके बालकों को गोद में खिलाऊँगी। वह भी कोई दिन होगा कि मेरे घर में भी आनन्दोत्सव के मधुर गान की तानें उठेंगी ! रात-दिन ये ही बातें सोचते-सोचते देवप्रिया की दशा उन्मादिनी की-सी हो गयी। आप ही आप सत्यप्रकाश को कोसने लगती। वही मेरे प्राणों का घातक है। तल्लीनता उन्माद का प्रधान गुण है। तल्लीनता अत्यंत

रचनाशील होती है। वह आकाश में देवताओं के विमान उड़ाने लगती है। अगर भोजन में नमक तेज हो गया, तो यह शत्रु ने कोई रोड़ा रख दिया होगा। देवप्रिया को अब कभी-कभी धोखा हो जाता कि सत्यप्रकाश घर में गया है, वह मुझे मारना चाहता है, ज्ञानप्रकाश को विष खिलाये देता है। एक दिन उसने सत्यप्रकाश के नाम एक पत्र लिखा और उसे जितना कोसते बना, उतना कोसा। तू मेरे प्राणों का वैरी है, मेरे कुल का घातक है, हत्यारा है। वह कौन दिन आयेगा कि तेरी मिट्टी उठेगी। तूने मेरे लड़के पर वशीकरण-मंत्र चला दिया है। दूसरे दिन फिर ऐसा ही एक पत्र लिखा। यहाँ तक कि यह उसका नित्य का कर्म हो गया। जब तक एक चिट्ठी में सत्यप्रकाश को गालियाँ न दे लेती, उसे चैन ही न आता था। इन पत्रों को वह कहारिन के हाथ डाकघर भिजवा दिया करती थी।

:: 8 ::

ज्ञानप्रकाश का अध्यापक होना सत्यप्रकाश के लिए घातक हो गया। परदेश में उसे यही संतोष था कि मैं संसार में निराधार नहीं हूँ। अब यह अवलम्ब भी जाता रहा। ज्ञानप्रकाश ने जोर दे कर लिखा, अब आप मेरे हेतु कोई कष्ट न उठायें। मुझे अपनी गुजर करने के लिए काफी से ज्यादा मिलने लगा है।

यद्यपि सत्यप्रकाश की दुकान खूब चलती थी, लेकिन कलकत्ते-जैसे शहर में एक छोटे-से दुकानदार का जीवन बहुत सुखी नहीं होता। 660-70 रु. की मासिक आमदनी होती ही क्या है ? अब तक जो कुछ बचाता था, वह वास्तव में बचत न थी, बल्कि त्याग था। एक वक्त रूखा-सूखा खा कर, एक तंग आर्द्र कोठरी में रह कर 25-30 रु. बच रहते थे। अब दोनों वक्त भोजन करने लगा। कपड़े भी जरा साफ पहिनने लगा। मगर थोड़े ही दिनों में उसके खर्च में औषधियों की एक मद बढ़ गयी और फिर वही पहले की-सी दशा हो गयी। बरसों तक शुद्ध वायु, प्रकाश और पुष्टिकर भोजन से वंचित रह कर अच्छे से अच्छा स्वास्थ्य भी नष्ट हो सकता है। सत्यप्रकाश को भी अरुचि, मंदाग्नि आदि रोगों ने आ घेरा। कभी-कभी ज्वर भी आ जाता। युवावस्था में आत्मविश्वास होता है, किसी अवलम्ब की परवा नहीं होती। वयोवृद्धि दूसरों का मुँह ताकती है, आश्रय ढूँढ़ती है। सत्यप्रकाश पहिले सोता, तो एक ही करवट में सबेरा हो जाता। कभी बाजार से पूरियाँ ले कर खा लेता, कभी मिठाइयों पर टाल देता। पर अब रात को अच्छी तरह नींद न आती, बाजारी भोजन से घृणा होती, रात को घर आता तो थक कर चूर-चूर हो जाता था। उस वक्त चूल्हा जलाना, भोजन पकाना बहुत अखरता। कभी-कभी वह अपने

अकेलेपन पर रोता। रात को जब किसी तरह नींद न आती, तो उसका मन किसी से बातें करने को लालायित होने लगता। पर वहाँ निशांधकार के सिवा और कौन था ? दीवालों के कान चाहे हों, मुँह नहीं होता। इधर ज्ञानप्रकाश के पत्र भी अब कम आते थे और वे भी रूखे। उनमें अब हृदय के सरल उद्‌गारों का लेश भी न होता। सत्यप्रकाश अब भी वैसे ही भावमय पत्र लिखता था; पर एक अध्यापक के लिए भावुकता कब शोभा देती है। शनैः-शनैः सत्यप्रकाश को भ्रम होने लगा कि ज्ञानप्रकाश भी मुझसे निष्ठुरता करने लगा, नहीं तो क्या मेरे पास दो-चार दिन के लिए आना असम्भव था ? मेरे लिए तो घर का द्वार बंद है, पर उसे कौन-सी बाधा है ? उस गरीब को क्या मालूम कि यहाँ ज्ञानप्रकाश ने माता से कलकत्ते न जाने की कसम खा ली है। इस भ्रम ने उसे और भी हताश कर दिया।

शहरों में मनुष्य बहुत होते हैं, पर मनुष्यता बिरले ही में होती है। सत्यप्रकाश उस बहुसंख्यक स्थान में भी अकेला था। उसके मन में अब एक नयी आकांक्षा अंकुरित हुई। क्यों न घर लौट चलूँ ? किसी संगिनी के प्रेम में क्यों न शरण लूँ ? वह सुख और शांति और कहाँ मिल सकती है। मेरे जीवन के निराशांधकार को और कौन ज्योति आलोकित कर सकती है ? वह इस आवेश को अपनी सम्पूर्ण विचारशक्ति से रोकता, जिस भाँति किसी बालक को घर में रखी हुई मिठाइयों की याद बार-बार खेल से घर खींच लाती है, उसी तरह उसका चित्त भी बार-बार उन्हीं मधुर चिंताओं में मग्न हो जाता था। वह सोचता—मुझे विधाता ने सब सुख से वंचित कर दिया है, नहीं तो मेरी दशा ऐसी हीन क्यों होती ? मुझे ईश्वर ने बुद्धि न दी थी क्या ? क्या मैं श्रम से जी चुराता था ? अगर बालपन में ही मेरे उत्साह और अभिरुचि पर तुषार न पड़ गया होता, मेरी बुद्धि-शक्तियों का गला न घोंट दिया गया होता, तो मैं आज आदमी होता। पेट पालने के लिए इस विदेश में न पड़ा रहता। नहीं, मैं अपने ऊपर यह अत्याचार न करूँगा।

:: 9 ::

महीनों तक सत्यप्रकाश के मन और बुद्धि में यह संग्राम होता रहा। एक दिन वह दुकान से आ कर चूल्हा जलाने जा रहा था कि डाकिये ने पुकारा। ज्ञानप्रकाश के सिवा उसके पास और किसी के पत्र न आते थे। आज ही उसका पत्र आ चुका था। यह दूसरा पत्र क्यों ? किसी अनिष्ट की आशंका हुई। पत्र ले कर पढ़ने लगा। एक क्षण में पत्र उसके हाथ से छूट कर गिर पड़ा और वह सिर थाम कर बैठ गया कि जमीन पर न गिर पड़े। यह देवप्रिया की विषयुक्त लेखनी से निकला

हुआ जहर का प्याला था, जिसने एक पल में संज्ञाहीन कर दिया। उसकी सारी मर्मांतक व्यथा–क्रोध, नैराश्य, कृतघ्नता, ग्लानि–केवल एक ठंडी साँस में समाप्त हो गयी।

वह जा कर चारपाई पर लेटा रहा। मानसिक व्यथा आग से पानी हो गयी। हा ! सारा जीवन नष्ट हो गया ! मैं ज्ञानप्रकाश का शत्रु हूँ। मैं इतने दिनों से केवल उसके जीवन को मिट्टी में मिलाने के लिए ही प्रेम का स्वाँग भर रहा हूँ। भगवान् ! इसके तुम्हीं साक्षी हो !

दूसरे दिन फिर देवप्रिया का पत्र पहुँचा। सत्यप्रकाश ने उसे ले कर फाड़ डाला, पढ़ने की हिम्मत न पड़ी।

एक ही दिन पीछे तीसरा पत्र पहुँचा। उसका भी वही अंत हुआ। फिर वह एक नित्य का कर्म हो गया। पत्र आता और फाड़ दिया जाता। किंतु देवप्रिया का अभिप्राय बिना पढ़े ही पूरा हो जाता था–सत्यप्रकाश के मर्मस्थान पर एक चोट और पड़ जाती थी।

एक महीने की भीषण हार्दिक वेदना के बाद सत्यप्रकाश को जीवन से घृणा हो गयी। उसने दुकान बंद कर दी, बाहर आना-जाना छोड़ दिया। सारे दिन खाट पर पड़ा रहता। वे दिन याद आते जब माता पुचकार कर गोद में बिठा लेती और कहती, 'बेटा !' पिता भी संध्या समय दफ्तर से आकर गोद में उठा लेते और कहते 'भैया !' माता की सजीव मूर्ति उसके सामने आ खड़ी होती; ठीक वैसी ही जब वह गंगा-स्नान करने गयी थी। उसकी प्यार-भरी बातें कानों में आने लगतीं। फिर वह दृश्य सामने आ जाता, जब उसने नववधू माता को 'अम्माँ' कहकर पुकारा था। तब उसके कठोर शब्द याद आ जाते, उसके क्रोध से भरे हुए विकराल नेत्र आँखों के सामने आ जाते। उसे अब अपना सिसक-सिसक कर रोना याद आ जाता। फिर सौरगृह का दृश्य सामने आता। उसने कितने प्रेम से बच्चे को गोद में लेना चाहा था ! तब माता के वज्र के-से शब्द कानों में गूँजने लगते। हाय ! उसी वज्र ने मेरा सर्वनाश कर दिया ! फिर ऐसी कितनी ही घटनाएँ याद आतीं। अब बिना किसी अपराध के माँ डाँट बताती। पिता का निर्दय, निष्ठुर व्यवहार याद आने लगता। उनका बात-बात पर त्यौरियाँ बदलना, माता के मिथ्यापवादों पर विश्वास करना–हाय ! मेरा सारा जीवन नष्ट हो गया ! तब वह करवट बदल लेता और फिर वही दृश्य आँखों में फिरने लगते। फिर करवट बदलता और चिल्ला कर कहता–इस जीवन का अन्त क्यों नहीं हो जाता।

इस भाँति पड़े-पड़े उसे कई दिन हो गये। संध्या हो गयी थी कि सहसा उसे द्वार पर किसी के पुकारने की आवाज सुनायी पड़ी। उसने कान लगाकर सुना और चौंक पड़ा। किसी परिचित मनुष्य की आवाज थी। दौड़ा द्वार पर आया, तो देखा ज्ञानप्रकाश खड़ा है। कितना रूपवान पुरुष था ! वह उसके गले से लिपट गया। ज्ञानप्रकाश ने उसके पैरों को स्पर्श किया। दोनों भाई घर में आये। अंधकार छाया हुआ था। घर की यह दशा देख कर ज्ञानप्रकाश, जो अब तक अपने कंठ के आवेग को रोके हुए था, रो पड़ा। सत्यप्रकाश ने लालटेन जलायी। घर क्या था, भूत का डेरा था। सत्यप्रकाश ने जल्दी से एक कुरता गले में डाल लिया। ज्ञानप्रकाश भाई का जर्जर शरीर, पीला मुख, बुझी हुई आँखें देखता था और रोता था।

सत्यप्रकाश ने कहा—मैं आजकल बीमार हूँ।

ज्ञानप्रकाश—वह तो देख ही रहा हूँ।

सत्य.—तुमने अपने आने की सूचना भी न दी, मकान का पता कैसे चला ?

ज्ञान.—सूचना तो दी थी, आपको पत्र न मिला होगा।

सत्य.—अच्छा, हाँ दी होगी, पत्र दुकान में डाल गया होगा। मैं इधर कई दिनों से दुकान नहीं गया। घर पर सब कुशल है ?

ज्ञान.—माता जी का देहांत हो गया।

सत्य.—अरे ! क्या बीमार थीं ?

ज्ञान.—जी नहीं। मालूम नहीं, क्या खा लिया। इधर उन्हें उन्माद-सा हो गया था; पिता जी ने कुछ कटुवचन कहे थे, शायद इसी पर कुछ खा लिया।

सत्य.—पिता जी तो कुशल से हैं ?

ज्ञान.—हाँ, अभी मरे नहीं हैं।

सत्य.—अरे ! क्या बहुत बीमार हैं ?

ज्ञान.—माता ने विष खा लिया, तो वे उनका मुँह खोल कर दवा पिला रहे थे। माता जी ने जोर से उनकी दो उँगलियाँ काट लीं। वही विष उनके शरीर में पहुँच गया। तब से सारा शरीर सूज आया है। अस्पताल में पड़े हुए हैं किसी को देखते हैं तो काटने दौड़ते हैं। बचने की आशा नहीं है।

सत्य.—तब तो घर ही चौपट हो गया।

ज्ञान.—ऐसे घर को अबसे बहुत पहले चौपट हो जाना चाहिए था।

*　　　*　　　*

तीसरे दिन दोनों भाई प्रातःकाल कलकत्ते से विदा हो कर चल दिये।

अधिकार-चिन्ता

टामी यों देखने में तो बहुत तगड़ा था। भूँकता तो सुननेवाले के कानों के परदे फट जाते। डील-डौल भी ऐसा कि अँधेरी रात में उस पर गधे का भ्रम हो जाता। लेकिन उसकी श्वानोचित वीरता किसी संग्रामक्षेत्र में प्रमाणित न होती थी। दो-चार दफे जब बाजार के लेडियों ने उसे चुनौती दी, तो वह उनका गर्व-मर्दन करने के लिए मैदान में आया; और देखनेवालों का कहना है कि जब तक लड़ा, जीवट से लड़ा, नखों और दाँतों से ज्यादा चोटें उसकी दुम ने की। निश्चित रूप से नहीं कहा जा सकता कि मैदान किसके हाथ रहा, किंतु जब उस दल को कुमक मँगानी पड़ी, तो रण-शास्त्र के नियमों के अनुसार विजय का श्रेय टामी ही को देना उचित न्यायानुकूल जान पड़ता है। टामी ने उस अवसर पर कौशल से काम लिया और दाँत निकाल दिये; जो संधि की याचना थी। किंतु तब से उसने ऐसे सन्नीति-विहीन प्रतिद्वंद्वियों के मुँह लगना उचित न समझा।

इतना शांतिप्रिय होने पर भी टामी के शत्रुओं की संख्या दिनोंदिन बढ़ती जाती थी। उसके बराबरवाले उससे इसलिए जलते कि वह इतना मोटा-ताजा हो कर इतना भीरु क्यों है। बाजारी दल इसलिए जलता कि टामी के मारे घूरों पर की हड्डियाँ भी न बचने पाती थीं। वह घड़ी-रात रहे उठता और हलवाइयों की दूकानों के सामने के दोने और पत्तल, कसाईखाने के सामने की हड्डियाँ और छीछड़े चबा डालता। अतएव इतने शत्रुओं के बीच में रह कर टामी का जीवन संकटमय होता जाता था। महीनों बीत जाते और पेट भर भोजन न मिलता। दो-तीन बार उसे मनमाने भोजन करने की ऐसी प्रबल उत्कंठा हुई कि उसने संदिग्ध साधनों द्वारा उसको पूरा करने की चेष्टा की; पर जब परिणाम आशा के प्रतिकूल हुआ और स्वादिष्ट पदार्थों के बदले अरुचिकर दुर्ग्राह्य वस्तुएँ

भरपेट खाने को मिलीं–जिससे पेट के बदले कई दिन तक पीठ में विषम वेदना होती रही–तो उसने विवश हो कर फिर सन्मार्ग का आश्रय लिया। पर डंडों से पेट चाहे भर गया हो, वह उत्कंठा शांत न हुई। वह किसी ऐसी जगह जाना चाहता था, जहाँ खूब शिकार मिले; खरगोश, हिरन, भेड़ों के बच्चे मैदानों में विचर रहे हों और उनका कोई मालिक न हो, जहाँ किसी प्रतिद्वंद्वी की गंध तक न हो; आराम करने को सघन वृक्षों की छाया हो, पीने को नदी का पवित्र जल। वहाँ मनमाना शिकार करूँ, खाऊँ और मीठी नींद सोऊँ। वहाँ चारों ओर मेरी धाक बैठ जाय; सब पर ऐसा रोब छा जाए कि मुझी को अपना राजा समझने लगें और धीरे-धीरे मेरा ऐसा सिक्का बैठ जाए कि किसी द्वेषी को वहाँ पैर रखने का साहस ही न हो।

संयोगवश एक दिन वह इन्हीं कल्पनाओं के सुख स्वप्न देखता हुआ सिर झुकाये सड़क छोड़ कर गलियों से चला जा रहा था कि सहसा एक सज्जन से उसकी मुठभेड़ हो गयी। टामी ने चाहा कि बच कर निकल जाऊँ, पर वह दुष्ट इतना शांतिप्रिय न था। उसने तुरंत झपट कर टामी का टेटुआ पकड़ लिया। टामी ने बहुत अनुनय-विनय की, गिड़गिड़ा कर कहा–ईश्वर के लिए मुझे यहाँ से चले जाने दो; कसम ले लो, जो इधर पैर रखूँ। मेरी शामत आयी थी कि तुम्हारे अधिकार क्षेत्र में चला आया। पर उस मदांध और निर्दयी प्राणी ने जरा भी रिआयत न की। अंत में हार कर टामी ने गर्दभ स्वर में फरियाद करनी शुरू की। यह कोलाहल सुन कर मोहल्ले के दो-चार नेता लोग एकत्र हो गये; पर उन्होंने भी दीन पर दया करने के बदले उलटे उसी पर दंत-प्रहार करना शुरू किया। इस अन्यायपूर्ण व्यवहार ने टामी का दिल तोड़ दिया। वह जान छुड़ा कर भागा। उन अत्याचारी पशुओं ने बहुत दूर तक उसका पीछा किया, यहाँ तक कि मार्ग में एक नदी पड़ गयी और टामी ने उसमें कूद कर अपनी जान बचायी।

कहते हैं, एक दिन सबके दिन फिरते हैं। टामी के दिन भी नदी में कूदते ही फिर गये। कूदा था जान बचाने के लिए, हाथ लग गये मोती। तैरता हुआ उस पार पहुँचा, तो वहाँ उसकी चिर-संचित अभिलाषाएँ मूर्तिमती हो रही थीं।

:: 2 ::

यह एक विस्तृत मैदान था। जहाँ तक निगाह जाती थी, हरियाली की छटा दिखायी देती थी। कहीं नालों का मधुर कलरव था, कहीं झरनों का मंद गान; कहीं वृक्षों के सुखद पुंज थे, कहीं रेत के सपाट मैदान। बड़ा सुरम्य मनोहर दृश्य था।

यहाँ बड़े तेज नखोंवाले पशु थे, जिनकी सूरत देख कर टामी का कलेजा दहल उठता था, पर उन्होंने टामी की कुछ परवा न की। वे आपस में नित्य लड़ा करते थे; नित्य खून की नदी बहा करती थी। टामी ने देखा, यहाँ इन भयंकर जंतुओं से पेश न पा सकूँगा। उसने कौशल से काम लेना शुरू किया। जब दो लड़नेवाले पशुओं में एक घायल और मुर्दा होकर गिर पड़ता, तो टामी लपक कर मांस का कोई टुकड़ा ले भागता और एकांत में बैठ कर खाता। विजयी पशु विजय के उन्माद में उसे तुच्छ समझ कर कुछ न बोलता।

अब क्या था, टामी के पौ-बारह हो गये। सदा दीवाली रहने लगी। न गुड़ की कमी थी, न गेहूँ की। नित्य नये पदार्थ उड़ाता और वृक्षों के नीचे आनंद से सोता। उसने ऐसे सुख स्वर्ग की कल्पना भी न की थी। वह मर कर नहीं, जीते जी स्वर्ग पा गया।

थोड़े ही दिनों में पौष्टिक पदार्थों के सेवन से टामी की चेष्टा ही कुछ और हो गयी। उसका शरीर तेजस्वी और सुगठित हो गया। अब वह छोटे-मोटे जीवों पर स्वयं हाथ साफ करने लगा। जंगल के जंतु अब चौंके और उसे वहाँ से भगा देने का यत्न करने लगे। टामी ने एक नयी चाल चली। वह कभी किसी पशु से कहता, तुम्हारा फलाँ शत्रु तुम्हें मार डालने की तैयारी कर रहा है, किसी से कहता, फलाँ तुमको गाली देता था। जंगल के जंतु उसके चकमे में आ कर आपस में लड़ जाते और टामी की चाँदी हो जाती। अंत में यहाँ तक नौबत पहुँची कि बड़े-बड़े जंतुओं का नाश हो गया। छोटे-मोटे पशुओं का उससे मुकाबला करने का साहस न होता था। उसकी उन्नति और शक्ति देख कर उन्हें ऐसा प्रतीत होने लगा, मानो यह विचित्र जीव आकाश से हमारे ऊपर शासन करने के लिए भेजा गया है। टामी भी अब अपनी शिकारबाजी के जौहर दिखा कर उनकी इस भ्रांति को पुष्ट किया करता था। बड़े गर्व से कहता—"परमात्मा ने मुझे तुम्हारे ऊपर राज्य करने के लिए भेजा है। यह ईश्वर की इच्छा है। तुम आराम से अपने घर में पड़े रहो। मैं तुमसे कुछ न बोलूँगा, केवल तुम्हारी सेवा करने के पुरस्कारस्वरूप तुममें से एकाध का शिकार कर लिया करूँगा। आखिर मेरे भी तो पेट है, बिना आहार के कैसे जीवित रहूँगा और कैसे तुम्हारी रक्षा करूँगा।" वह अब बड़ी शान से जंगल में चारों ओर गौरवान्वित दृष्टि से ताकता हुआ विचरा करता।

टामी को अब कोई चिंता थी तो यह कि इस देश में मेरा कोई मुद्दई न उठ खड़ा हो। वह सजग और सशस्त्र रहने लगा। ज्यों-ज्यों दिन गुजरते थे और सुख-भोग

का चसका बढ़ता जाता था, त्यों-त्यों उसकी चिंता भी बढ़ती जाती थी। बस अब बहुधा रात को चौंक पड़ता और किसी अज्ञात शत्रु के पीछे दौड़ता। अक्सर 'अंधा कूकुर बात से भूँके' वाली लोकोक्ति को चरितार्थ करता। वन के पशुओं से कहता--"ईश्वर न करे कि तुम किसी दूसरे शासक के पंजे में फँस जाओ। वह तुम्हें पीस डालेगा। मैं तुम्हारा हितैषी हूँ; सदैव तुम्हारी शुभ-कामना में मग्न रहता हूँ। किसी दूसरे से यह आशा मत रखो।" पशु एक स्वर में कहते, जब तक हम जियेंगे, आप ही के अधीन रहेंगे।"

आखिरकार यह हुआ कि टामी को क्षण भर भी शांति से बैठना दुर्लभ हो गया। वह रात-दिन दिन-दिन भर नदी के किनारे इधर से उधर चक्कर लगाया करता। दौड़ते-दौड़ते हाँफने लगता, बेदम हो जाता, मगर चित्त को शांति न मिलती। कहीं कोई शत्रु न घुस आये।

लेकिन क्वार का महीना आया तो टामी का चित्त एक बार फिर अपने पुराने सहचरी से मिलने के लिए लालायित होने लगा। वह अपने मन को किसी भाँति रोक न सका। वह दिन याद आया जब वह दो-चार मित्रों के साथ किसी प्रेमिका के पीछे गली-गली और कूचे-कूचे में चक्कर लगाता था। दो-चार दिन तो उसने सब्र किया, पर अन्त में आवेग इतना प्रबल हुआ कि वह तकदीर ठोंक कर खड़ा हुआ। उसे अब अपने तेज और बल पर अभिमान भी था। दो-चार को तो वही मजा चखा सकता था।

किन्तु नदी के इस पार आते ही उसका आत्मविश्वास प्रातःकाल के तम के समान फटने लगा। उसकी चाल मन्द पड़ गयी, आप ही आप सिर झुक गया, दुम सिकुड़ गयी। मगर एक प्रेमिका को आते देख कर वह विह्वल हो उठा, उसके पीछे हो लिया। प्रेमिका को उसकी वह कुचेष्टा अप्रिय लगी। उसने तीव्र स्वर से उसकी अवहेलना की। उसकी आवाज सुनते ही उसके कई प्रेमी आ पहुँचे और टामी को वहाँ देखते ही जामे से बाहर हो गये। टामी सिटपिटा गया। अभी निश्चय न कर सका था कि क्या करूँ कि चारों ओर से उस पर दाँतों और नखों की वर्षा होने लगी। भागते भी न बन पड़ा। देह लहूलुहान हो गयी। भागा भी, तो शैतानों का एक दल पीछे था।

उस दिन से उसके दिल में शंका-सी समा गयी। हर घड़ी यह भय लगा रहता कि आक्रमणकारियों का दल मेरे सुख और शांति में बाधा डालने के लिए, मेरे स्वर्ग

को विध्वंस करने के लिए आ रहा है। यह शंका पहले भी कम न थी, अब और भी बढ़ गयी।

एक दिन उसका चित्त भय से इतना व्याकुल हुआ कि उसे जान पड़ा, शत्रु-दल आ पहुँचा। वह बड़े वेग से नदी के किनारे आया और इधर से उधर दौड़ने लगा।

दिन बीत गया, रात बीत गयी, पर उसने विश्राम न लिया। दूसरा दिन आया और गया, पर टामी निराहार, निर्जल नदी के किनारे चक्कर लगाता रहा।

इस तरह पाँच दिन बीत गये। टामी के पैर लड़खड़ाने लगे, आँखों-तले अँधेरा छाने लगा। क्षुधा से व्याकुल हो कर गिर पड़ता, पर वह शंका किसी भाँति शांत न हुई।

अन्त में सातवें दिन अभागा टामी अधिकार-चिन्ता से ग्रस्त, जर्जर और शिथिल हो कर परलोक सिधारा। वन का कोई पशु उसके निकट न गया। किसी ने उसकी चर्चा तक न की, किसी ने उसकी लाश पर आँसू तक न बहाये। कई दिनों तक उस पर गिद्ध और कौए मँडराते रहे; अन्त में अस्थिपंजरों के सिवा और कुछ न रह गया।

मनुष्य जिस काम को दय से बुरा नहीं समझता उसके कुपरिणाम का भय एक गौरवपूर्ण ौर्य की ारण लिया करता है।

प्रेमचंद

आत्म-संगीत

आधी रात थी। नदी का किनारा था। आकाश के तारे स्थिर थे और नदी में उनका प्रतिबिम्ब लहरों के साथ चंचल। एक स्वर्गीय संगीत की मनोहर और जीवनदायिनी, प्राणपोषिणी ध्वनियाँ इस निस्तब्ध और तमोमय दृश्य पर इस प्रकार छा रही थीं, जैसे हृदय पर आशाएँ छायी रहती हैं, या मुखमंडल पर शोक।

रानी मनोरमा ने आज गुरु-दीक्षा ली थी। दिन भर दान और व्रत में व्यस्त रहने के बाद मीठी नींद की गोद में सो रही थी। अकस्मात् उसकी आँखें खुलीं और ये मनोहर ध्वनियाँ कानों में पहुँचीं। वह व्याकुल हो गयी–जैसे दीपक को देख कर पतंगा; वह अधीर हो उठी, जैसे खाँड की गंध पा कर चींटी। वह उठी और द्वारपालों एवं चौकीदारों की दृष्टियाँ बचाती हुई राजमहल से बाहर निकल आयी–जैसे वेदनापूर्ण क्रन्दन सुन कर आँखों से आँसू निकल आते हैं।

सरिता-तट पर कँटीली झाड़ियाँ थीं। ऊँचे कगारे थे। भयानक जंतु थे और उनकी डरावनी आवाजें। शव थे और उनसे भी अधिक भयंकर उनकी कल्पना। मनोरमा कोमलता और सुकुमारता की मूर्ति थी। परंतु उस मधुर संगीत का आकर्षण उसे तन्मयता की अवस्था में खींचे लिये जाता था। उसे आपदाओं का ध्यान न था।

वह घंटों चलती रही, यहाँ तक कि मार्ग में नदी ने उसका गतिरोध किया।

:: 2 ::

मनोरमा ने विवश हो कर इधर-उधर दृष्टि दौड़ायी। किनारे पर एक नौका दिखाई दी। निकट जा कर बोली–माँझी, मैं उस पार जाऊँगी, इस मनोहर राग ने मुझे व्याकुल कर दिया है।

माँझी–रात को नाव नहीं खोल सकता। हवा तेज है और लहरें डरावनी। जान-जोखिम है।

मनोरमा–मैं रानी मनोरमा हूँ। नाव खोल दे, मुँह माँगी मजदूरी दूँगी।

माँझी–तब तो नाव किसी तरह नहीं खोल सकता। रानियों का इस नदी में निबाह नहीं।

मनोरमा–चौधरी, तेरे पाँव पड़ती हूँ। शीघ्र नाव खोल दे। मेरे प्राण उस ओर खिंचे चले जाते हैं।

माँझी–क्या इनाम मिलेगा ?

मनोरमा–जो तू माँगे।

माँझी–आप ही कह दें, मैं गँवार क्या जानूँ, कि रानियों से क्या चीज माँगनी चाहिए। कहीं कोई ऐसी चीज न माँग बैठूँ, जो आपकी प्रतिष्ठा के विरुद्ध हो।

मनोरमा–मेरा यह हार अत्यन्त मूल्यवान् है। मैं इसे खेवे में देती हूँ। मनोरमा ने गले से हार निकाला, उसकी चमक से माँझी का मुखमंडल प्रकाशित हो गया–वह कठोर, और काला मुख, जिस पर झुर्रियाँ पड़ी हुई थीं।

अचानक मनोरमा को ऐसा प्रतीत हुआ, मानो संगीत की ध्वनि और निकट हो गयी हो। कदाचित् कोई पूर्ण ज्ञानी पुरुष आत्मानंद के आवेश में उस सरिता-तट पर बैठा हुआ उस निस्तब्ध निशा को संगीतपूर्ण कर रहा है। रानी का हृदय उछलने लगा। आह ! कितना मनोमुग्धकर राग था ! उसने अधीर हो कर कहा–माँझी, अब देर न कर, नाव खोल, मैं एक क्षण भी धीरज नहीं रख सकती।

माँझी–इस हार को ले कर मैं क्या करूँगा ?

मनोरमा–सच्चे मोती हैं।

माँझी–यह और भी विपत्ति है। माँझिन गले में पहन कर पड़ोसियों को दिखायेगी, वह सब डाह से जलेंगी, उसे गालियाँ देंगी। कोई चोर देखेगा, तो उसकी छाती पर साँप लोटने लगेगा। मेरी सुनसान झोंपड़ी पर दिनदहाड़े डाका पड़ जायगा। लोग चोरी का अपराध लगायेंगे। नहीं, मुझे यह हार न चाहिए।

मनोरमा–तो जो कुछ तू माँग, वहीं दूंगी। लेकिन देर न कर। मुझे अब धैर्य नहीं है। प्रतीक्षा करने की तनिक भी शक्ति नहीं है। इस राग की एक-एक तान मेरी आत्मा को तड़पा देती है।

माँझी–इससे भी अच्छी कोई चीज दीजिए।

मनोरमा–अरे निर्दयी ! तू मुझे बातों में लगाये रखना चाहता है। मैं जो देती हूँ, वह लेता नहीं, स्वयं कुछ माँगता नहीं। तुझे क्या मालूम मेरे हृदय की इस समय क्या दशा हो रही है। मैं इस आत्मिक पदार्थ पर अपना सर्वस्व न्योछावर कर सकती हूँ।

माँझी–और क्या दीजिएगा ?

मनोरमा–मेरे पास इससे बहुमूल्य और कोई वस्तु नहीं है, लेकिन तू अभी नाव खोल दे, तो प्रतिज्ञा करती हूँ कि तुझे अपना महल दे दूँगी, जिसे देखने के लिए कदाचित् तू भी कभी गया हो। विशुद्ध श्वेत पत्थर से बना है, भारत में इसकी तुलना नहीं।

माँझी–(हँस कर) उस महल में रह कर मुझे क्या आनंद मिलेगा ? उलटे मेरे भाई-बंधु शत्रु हो जाएँगे। इस नौका पर अँधेरी रात में भी मुझे भय नहीं लगता। आँधी चलती रहती है, और मैं इस पर पड़ा रहता हूँ। किंतु वह महल तो दिन ही में फाड़ खायगा। मेरे घर के आदमी तो उसके एक कोने में समा जाएँगे। और आदमी कहाँ से लाऊँगा; मेरे नौकर-चाकर कहाँ ? इतना माल-असबाब कहाँ ? उसकी सफाई और मरम्मत कहाँ से कराऊँगा ? उसकी फुलवारियाँ सूख जाएँगी, उसकी क्यारियों में गीदड़ बोलेंगे और अटारियों पर कबूतर और अबाबीलें घोंसले बनायेंगी।

मनोरमा अचानक एक तन्मय अवस्था में उछल पड़ी। उसे प्रतीत हुआ कि संगीत निकटतर आ गया है। उसकी सुन्दरता और आनंद अधिक प्रखर हो गया था–जैसे बत्ती उकसा देने से दीपक अधिक प्रकाशमान हो जाता है। पहले चित्ताकर्षक था, तो अब आवेशजनक हो गया था। मनोरमा ने व्याकुल होकर कहा–आह ! तू फिर अपने मुँह से क्यों कुछ नहीं माँगता ? आह ! कितना विरागजनक राग है, कितना विस्वल करने वाला ! मैं अब तनिक धीरज नहीं धर सकती। पानी उतार में जाने के लिए जितना व्याकुल होता है, श्वास हवा के लिए जितनी विकल होती है, गंध उड़ जाने के लिए जितनी उतावली होती है, मैं उस स्वर्गीय संगीत के लिए उतनी व्याकुल हूँ। उस संगीत में कोयल की-सी मस्ती है, पपीहे की-सी वेदना है, श्यामा की-सी विह्वलता है, इसमें झरनों का-सा जोर है, आँधी का-सा बल ! इसमें वह सब कुछ है, जिससे विवेकाग्नि प्रज्वलित होती है, जिससे आत्मा समाहित होती है, और अंतःकरण पवित्र होता है। माँझी, अब एक क्षण का भी विलम्ब मेरे लिए मृत्यु की यंत्रणा है। शीघ्र नौका खोल। जिस सुमन

की यह सुगंध है, जिस दीपक की यह दीप्ति है, उस तक मुझे पहुँचा दे। मैं देख नहीं सकती इस संगीत का रचयिता कहीं निकट ही बैठा हुआ है, बहुत निकट।

माँझी–आपका महल मेरे काम का नहीं है, मेरी झोंपड़ी उससे कहीं सुहावनी है।

मनोरमा–हाय ! तो अब तुझे क्या दूँ ? यह संगीत नहीं है, यह इस सुविशाल क्षेत्र की पवित्रता है, यह समस्त सुमन-समूह का सौरभ है, समस्त मधुरताओं की माधुरी है, समस्त अवस्थाओं का सार है। नौका खोल। मैं जब तक जीऊँगी, तेरी सेवा करूँगी, तेरे लिए पानी भरूँगी, तेरी झोंपड़ी बहारूँगी। हाँ, मैं तेरे मार्ग के कंकड़ चुनूँगी, तेरे झोंपड़े को फूलों से सजाऊँगी, तेरी माँझिन के पैर मलूँगी। प्यारे माँझी, यदि मेरे पास सौ जानें होतीं, तो मैं इस संगीत के लिए अर्पण करती। ईश्वर के लिए मुझे निराश न कर। मेरे धैर्य का अंतिम बिंदु शुष्क हो गया। अब इस चाह में दाह है, अब यह सिर तेरे चरणों में है।

यह कहते-कहते मनोरमा एक विक्षिप्त की अवस्था में माँझी के निकट जा कर उसके पैरों पर गिर पड़ी। उसे ऐसा प्रतीत हुआ, मानो वह संगीत आत्मा पर किसी प्रज्वलित प्रदीप की तरह ज्योति बरसाता हुआ मेरी ओर आ रहा है। उसे रोमांच हो आया। वह मस्त हो कर झूमने लगी। ऐसा ज्ञात हुआ कि मैं हवा में उड़ी जाती हूँ। उसे अपने पार्श्व-देश में तारे झिलमिलाते हुए दिखायी देते थे। उस पर एक आत्मविस्मृति का भावावेश छा गया और अब वही मस्ताना संगीत, वही मनोहर राग उसके मुँह से निकलने लगा। वही अमृत की बूँदें, उसके अधरों से टपकने लगीं। वह स्वयं इस संगीत की स्रोत थी। नदी के पार से आने वाली ध्वनियाँ, प्राणपोषिणी ध्वनियाँ उसी के मुँह से निकल रही थीं।

मनोरमा का मुख-मंडल चंद्रमा की तरह प्रकाशमान हो गया था, और आँखों से प्रेम की किरणें निकल रही थीं।

❑❑❑

होली का उपहार

मैकूलाल अमरकांत के घर शतरंज खेलने आए, तो देखा, वह कहीं बाहर जाने की तैयारी कर रहे हैं। पूछा–कहीं बाहर की तैयारी कर रहे हो क्या भाई? फुर्सत हो, तो आओ, आज दो-चार बाजियाँ हो जाए।

अमरकांत ने संदूक में आईना-कंघी रखते हुए कहा–नहीं भाई, आज तो बिल्कुल फुर्सत नहीं है। कल जरा ससुराल जा रहा हूँ। सामान-आमान ठीक कर रहा हूँ।

मैकू–तो आज ही से क्या तैयारी करने लगे। चार कदम तो है। शायद पहली ही बार जा रहे हो?

अमर–हाँ यार, अभी एक बार भी नहीं गया। मेरी इच्छा तो अभी जाने को न थी; पर ससुरजी आग्रह कर रहे हैं।

मैकू–तो कल शाम को उठना और चल देना। आध घंटे में तो पहुँच जाओगे।

अमर–मेरे हृदय में तो अभी से न जाने कैसी धड़कन हो रही है। अभी तक तो कल्पना में पत्नी-मिलन का आनंद लेता था। अब वह कल्पना प्रत्यक्ष हुई जाती है। कल्पना सुंदर होती है, प्रत्यक्ष क्या होगा, कौन जाने।

मैकू–तो कोई सौगात ले ली है? खाली हाथ न जाना, नहीं मुँह ही सीधा न होगा।

अमरकांत ने कोई सौगात न लिया था। इस कला में अभी अभ्यस्त न हुए थे।

मैकू बोला–तो अब ले लो भले आदमी! पहली बार जा रहे हो, भला वह दिल में क्या कहेंगी?

अमर—तो क्या चीज ले जाऊँ? मुझे तो इसका ख्याल ही नहीं आया। कोई ऐसी चीज बताओ, जो कम खर्च और बालानशीन हो; क्योंकि घर भी रुपये भेजने हैं, दादा ने रुपये मांगे हैं।

मैकू मां-बाप से अलग रहता था। व्यंग्य करके बोला—जब दादा ने रुपये मांगे हैं, तो भला कैसे टाल सकते हो! दादा का रुपये मांगना कोई मामूली बात तो है नहीं।

अमरकांत ने व्यंग्य न समझकर कहा—हाँ, इसी वजह से तो मैंने होली के लिए कपड़े भी नहीं बनवाए। मगर जब कोई सौगात ले जाना भी जरूरी है, तो कुछ-न-कुछ तो लेना ही पड़ेगा। हल्के दामों की कोई चीज बतलाओ।

दोनों मित्रों में विचार-विनिमय होने लगा। विषय बड़े ही महत्त्व का था। उसी आधार पर भावी दांपत्य-जीवन पर स्थायी प्रभाव डाल सकता है, तो पहलाउपहार क्या कम महत्त्व का विषय है? देर तक बहस होती रही; पर कोई निश्चय न हो सका।

उसी वक्त एक पारसी महिला एक नए फैशन की साड़ी पहने हुए मोटर पर निकल गई। मैकूलाल ने कहा—अगर ऐसी एक साड़ी ले लो, तो वह जरूर खुश हो जाएँ। कितना सूफियाना रंग है और वजा कितनी निराली! मेरी आँखों में तो जैसे बस गई। हाशिम की दुकान से ले लो। पच्चीस रुपये में आ जाएगी।

अमरकांत भी उस साड़ी पर मुग्ध हो रहा था। वधू यह साड़ी देखकर कितनी प्रसन्न होगी और उसके गोरे रंग पर यह कितना खिलेगी, वह इसी कल्पना में मग्न था। बोला—हाँ, यार, पसंद तो मुझे भी है; लेकिन हाशिम की दुकान पर तो पिकेटिंग हो रही है।

"तो होने दो। खरीदने वाले खरीदते ही हैं। अपनी इच्छा है, जो चीज चाहते हैं, खरीदते हैं, किसी के बाबा का साझा है?"

अमरकांत ने क्षमा-प्रार्थना के भाव से कहा—यह तो सत्य है; लेकिन मेरे लिए स्वयंसेवकों के बीच से दुकान में जाना संभव नहीं है। फिर तमाशाइयों की हरदम भीड़ भी तो लगी रहती है।

मैकू ने मानो उसकी कायरता पर दया करके कहा—तो पीछे के द्वार से चले जाना। वहाँ पिकेटिंग नहीं होती।

"किसी देशी दुकान पर न मिल जाएगी?"

"हाशिम की दुकान के सिवा और कहीं न मिलेगी।"

:: 2 ::

संध्या हो गई थी। अमीनाबाद में आकर्षण का उदय हो गया था। सूर्य की प्रतिभा विद्युत-प्रकाश के बुलबुलों में अपनी स्मृति छोड़ गई थी।

अमरकांत दबे पांव हाशिम की दुकान के सामने पहुँचा। स्वयंसेवकों का धरना भी था और तमाशाइयों की भीड़ भी। उसने दो-तीन बार अंदर जाने के लिए कलेजा मजबूत किया; पर फुटपाथ तक जाते-जाते हिम्मत ने जवाब दे दिया।

मगर साड़ी लेना जरूरी था। वह उसकी आँखों में खुब गई थी। वह उसके लिए पागल हो रहा था।

आखिर उसने पिछवाड़े के द्वार से जाने का निश्चय किया। जाकर देखा, अभी तक वहाँ कोई वालंटियर न था। जल्दी से एक सपाटे में भीतर चला गया और बीस-पच्चीस मिनट में उसी नमूने की एक साड़ी लेकर फिर उसी द्वार पर आया; पर इतनी ही देर में परिस्थिति बदल चुकी थी। तीन स्वयंसेवक आ पहुँचे थे। अमरकांत एक मिनट तक द्वार पर दुविधे में खड़ा रहा। फिर तीर की तरह निकल भागा और अंधाधुंध भागता चला गया। दुर्भाग्य की बात! एक बुढ़िया लाठी टेकती हुई चली आ रही थी। अमरकांत उससे टकरा गया। बुढ़िया गिर पड़ी और लगी गालियाँ देने—आँखों में चर्बी छा गई है क्या? देखकर नहीं चलते? यह जवानी ढै जाएगी एक दिन।

अमरकांत के पाँव आगे न जा सके। बुढ़िया को उठाया और उससे क्षमा मांग रहे थे कि तीनों स्वयंसेवकों ने पीछे से आकर उन्हें घेर लिया। एक स्वयंसेवक ने साड़ी के पैकेट पर हाथ रखते हुए कहा—बिल्लाती कपड़ा ले जाए का हुक्म नहीं न। बुलाइत है, तो सुनत नाहीं हौ।

दूसरा बोला—आप तो ऐसे भागे, जैसे कोई चोर भागे।

तीसरा—हज्जारन मनई पकर-पकरके जेहल में भरा जात अहैं; देश मां आग लगी है, और इनका मन बिल्लाती माल से नहीं भरा।

अमरकांत ने पैकेट को दोनों हाथों से मजबूत पकड़कर कहा–तुम लोग मुझे जाने दोगे या नहीं?

पहले स्वयंसेवक ने पैकेट पर हाथ बढ़ाते हुए कहा–तुम मुझे हर्गिज नहीं रोक सकते! बड़ी मुश्किल में फँसे। जिस विपत्ति से बचना चाहते थे, वह जबरदस्ती गले में पड़ गई। एक मिनट में बीसों आदमी जमा हो गए। चारों तरफ से उन पर टिप्पणियां होने लगीं।

''कोई जंटुलमैन मालूम होते हैं।''

''यह लोग अपने को शिक्षित कहते हैं। छिः! इस दुकान पर से रोज दस-पांच आदमी गिरफ्तार होते हैं, पर आपको इसकी क्या परवाह!''

''कपड़ा छीन लो और कह जो जाकर पुलिस में रपट करें।''

बेचारे बेड़ियाँ-सी पहने खड़े थे। कैसे गला छूटे, इसका कोई उपाय न सूझता था। मैकूलाल पर क्रोध आ रहा था कि उसी ने यह रोग उनके सिर मढ़ा। उन्हें तो किसी सौगात की फिक्र न थी। आए वहाँ से कि कोई सौगात ले जाएँ।

कुछ देर तक लोग टिप्पणियां ही करते रहे, फिर छीन-झपट शुरू हुई। किसी ने सिर से टोपी उड़ा दी। कुछ उसकी तरफ लपके, तो एक ने साड़ी का पैकेट 'हाथ से छीन लिया। फिर वह हाथों-हाथ गायब हो गई।

अमरकांत ने बिगड़कर कहा–मैं जाकर पुलिस में रिपोर्ट करता हूँ।

एक आदमी ने कहा–हाँ-हाँ, जरूर जाओ और हम सभी को फांसी चढ़वा दो।

सहसा एक युवती खद्दर की साड़ी पहने, एक थैला लिए आ निकली। यहाँ यह हुड़दंग देखकर बोली–क्या मुआमला है? तुम लोग क्यों एक भले आदमी को दिक कर रहे हो?

अमरकांत की जान में जान आई। उसके पास जाकर फरियाद करने लगे–ये लोग मेरे कपड़े छीनकर भाग गए हैं और उन्हें गायब कर दिया। मैं इसे डाका कहता हूँ। यह चोरी है। इसे मैं न सत्याग्रह कहता हूँ, न देश-प्रेम।

युवती ने दिलासा दिया–घबराइए नहीं। आपके कपड़े मिल जाएंगे। होंगे तो इन्हीं लोगों के पास। कैसे कपड़े थे?

एक स्वयंसेवक बोला–बहनजी, इन्होंने हाशिम की दुकान से कपड़े लिए हैं।

युवती–किसी की दुकान से लिए हों, तुम्हें उनके हाथ से कपड़ा छीनने का कोई अधिकार नहीं है। इनके कपड़े वापस ला दो। किसके पास हैं?

एक क्षण में अमरकांत की साड़ी जैसे हाथोंहाथ गई थी, वैसे ही हाथोंहाथ वापस आ गई। जरा देर में भीड़ भी गायब हो गई। स्वयंसेवक भी चले गये। अमरकांत ने युवती को धन्यवाद देते हुए कहा–आप इस समय न आई होतीं तो इन लोगों ने धोती तो गायब कर ही दी थी, शायद मेरी खबर भी लेते।

युवती ने सरल भर्त्सना के भाव से कहा–जन सम्पत्ति का लिहाज सभी को करना पड़ता है; मगर आपने इस दुकान से कपड़े लिए ही क्यों? जब देख रहे है कि वहाँ हमारे ऊपर कितना अत्याचार हो रहा है, फिर भी आप न माने। जो लोग समझकर भी नहीं समझते, उन्हें कैसे कोई समझाये!

अमरकांत इस समय लज्जित हो गए और अपने मित्रों में बैठकर वे जो स्वेच्छा के राग अलापा करते थे, वह भूल गए। बोले–मैंने अपने लिए नहीं खरीदे हैं, एक महिला की फरमाइश थी, इसलिए मजबूर था।

"उन महिला को आपने समझाया नहीं?"

"आप समझातीं, तो शायद समझ पातीं, मेरे समझाने से तो न समझीं।"

"कभी अवसर मिला, तो जरूर समझाने की चेष्टा करूंगी। पुरुषों की नकेल महिलाओं के हाथ में है? आप किस मुहल्ले में रहते हैं?"

"सआदतगंज में।"

"शुभ नाम?"

"अमरकांत।"

युवती ने तुरंत जरा-सा घूंघट खींच लिया और सिर झुकाकर संकोच और स्नेह से सने स्वर में बोली–आपकी पत्नी तो आपके घर में नहीं है, उसने फरमाइश कैसे की?

अमरकांत ने चकित होकर पूछा–आप किस मुहल्ले में रहती हैं?

"घसियारी मंडी।"

"आपका नाम सुखदादेवी तो नहीं है?"

"हो सकता है, इस नाम की कई स्त्रियाँ हैं।"

"आपके पिता का नाम ज्वालादत्तजी है?"

"उस नाम के भी कई आदमी हो सकते हैं।"

अमरकांत ने जेब से दियासलाई निकाली और वहीं सुखदा के सामने उस साड़ी को जला दिया।

सुखदा ने कहा–आप कल आएंगे।

अमरकांत ने अवरूद्ध कंठ से कहा—नहीं सुखदा, अब जक तक इसका प्रायश्चित न कर लूंगा, न आऊँगा।

सुखदा कुछ और कहने जा रही थी कि अमरकांत तेजी से कदम बढ़ाकर दूसरी तरफ चले गए। आज होली है; मगर आजादी के मतवालों के लिए न होली है, न बसंत। हाशिम की दुकान पर आज भी पिकेटिंग हो रही है और तमाशाई आज भी जमा हैं। आज से स्वयंसेवकों में अमरकांत भी खड़े पिकेटिंग कर रहे हैं। उनकी देह पर खद्दर का कुरता है और खद्दर की धोती। हाथ में तिरंगा झंडा लिए हैं।

एक स्वयंसेवक ने कहा—पानीदारों को यों बात लगती है। कल तुम क्या थे, आज क्या हो। सुखदादेवी न आ जातीं, तो बड़ी मुश्किल होती।

अमर ने कहा—मैं उसके लिए तुम लोगों को धन्यवाद देता हूँ, नहीं मैं आज यहाँ न होता।

"आज तुम्हें न आना चाहिए था। सुखदा बहन तो कहती थीं; मैं आज उन्हें न जाने दूंगी।"

"कल के अपमान के बाद अब मैं उन्हें मुँह दिखाने योग्य नहीं हूँ। जब वह रमणी होकर इतना कर सकती हैं, तो हम तो हर तरह के कष्ट उठाने के लिए बने ही हैं। खासकर जब बाल-बच्चों का भार सिर पर नहीं है।"

उसी वक्त पुलिस की लारी आई; एक सब-इंस्पेक्टर उतरा और स्वयंसेवकों के पास आकर बोला—मैं तुम लोगों को गिरफ्तार करता हूँ।

'वंदेमातरम्' की ध्वनि हुई। तमाशाइयों में कुछ हलचल हुई। लोग दो-दो कदम और आगे बढ़ आए। स्वयंसेवकों ने दर्शकों को प्रणाम किया और मुस्कुराते हुए लारी में जा बैठे। अमरकांत सबसे आगे थे। लारी चलना ही चाहती थी कि सुखदा किसी तरफ से दौड़ी हुई आ गई। उसके हाथ में एक पुष्पमाला थी, लारी का द्वार खुला था। उसने ऊपर चढ़कर वह अमरकांत के गले में डाल दी। आँखों से स्नेह और गर्व की दो बूँदें टपक पड़ीं। लारी चली गई। यही होली थी, यही होली का आनन्द-मिलन था।

उसी वक्त सुखदा दुकान पर खड़ी होकर बोली—विलायती कपड़े खरीदना और पहनना देश-द्रोह है!

❑❑❑

शोक का पुरस्कार

आज तीन दिन गुजर गये। शाम का वक्त था। मैं यूनिवर्सिटी हॉल से खुश-खुश चला आ रहा था। मेरे सैकड़ों दोस्त मुझे बधाईयाँ दे रहे थे। मारे खुशी के मेरी बाछें खिल जाती थीं। मेरी जिंदगी की सबसे प्यारी आरजू कि मैं एम. ए. पास हो जाऊँ, पूरी हो गई थी और ऐसी खूबी से जिसकी मुझे तनिक भी आशा न थी। मेरा नंबर अव्वल था। वाइस चांसलर साहब ने खुद मुझसे हाथ मिलाया था और मुस्कुराकर कहा था कि भगवान् तुम्हें और भी बड़ें कामों की शक्ति दे। मेरी खुशी की कोई सीमा न थी। मैं नौजवान था, सुंदर था, स्वस्थ था, रुपये-पैसे की न मुझे इच्छा थी और न कुछ कमी, मां-बाप बहुत कुछ छोड़ गए थे। दुनिया में सच्ची खुशी पाने के लिए जिन चीजों की जरूरत है वह सब मुझे प्राप्त थीं। और सबसे बढ़कर पहलू में एक हौसलामंद दिल था जो ख्याति प्राप्त करने के लिए अधीर हो रहा था।

घर आया, दोस्तों ने यहाँ भी पीछा न छोड़ा, दावत की ठहरी। दोस्तों की खातिर-तवाजो में बारह बज गए, लेटा तो बरबस ख्याल मिस लीलावती की तरफ जा पहुँचा जो मेरे पड़ोस में रहती थी और जिसने मेरे साथ बी. ए. का डिप्लोमा हासिल किया था। भाग्यशाली होगा वह व्यक्ति जो मिस लीला को ब्याहेगा, कैसी सुंदर है! कितना मीठा गला है! कैसा हंसमुख स्वभाव! मैं कभी-कभी उसके यहां प्रोफेसर साहब से दर्शनशास्त्र में सहायता लेने के लिए जाया करता था। वह दिन शुभ होता था जब प्रोफेसर साहब घर पर न मिलते थे। मिस लीला मेरे साथ बड़े तपाक से पेश आती और मुझे ऐसा मालूम होता था कि मैं ईसा मसीह की शरण में आ जाऊँ तो उसे मुझे अपना पति बना लेने में आपत्ति न होगी। वह शेली। बायरन और कीट्स की प्रेमी थी और मेरी रुचि भी बिल्कुल उसी के समान थी। मगर अफसोस, मैं अपना

मालिक न था। मेरी शादी एक ऊँचे घराने में कर दी गई थी और अगरचे मैं अब तक अपनी बीवी की सूरत भी न देखी थी मगर मुझे पूरा-पूरा विश्वास था कि मुझे उसकी संगत में वह आनंद नहीं मिल सकता जो मिस लीला की संगत में संभव है। शादी हुए दो साल हो चुके थे मगर उसने मेरे पास एक खत भी न लिखा था। मैंने दो-तीन खत लिखे भी, मगर किसी का जवाब न मिला। इससे मुझे शक हो गया था कि उसकी तालीम भी यों ही-सी है।

आह! क्या मैं इसी लड़की के साथ जिंदगी बसर करने पर मजबूर हूँगा?. ...इस सवाल ने मेरे उन तमाम किलों को ढहा दिया जो मैंने अभी-अभी बनाए थे। क्या मैं मिस लीला से हमेशा के लिए हाथ धो लूँ? नामुमकिन है। मैं कुमुदिनी को छोड़ दूंगा, मैं अपने घर वालों से नाता तोड़ लूंगा, मैं बदनाम हूँगा, मगर मिस लीला को जरूर अपना बनाऊँगा।

इन्हीं खयालों के असर में मैंने अपनी डायरी लिखी और उसे मेज पर खुला छोड़कर बिस्तर पर लेट रहा और सोचते-सोचते सो गया।

सबेरें उठकर देखता हूँ तो बाबू निरंजनदास मेरे सामने कुर्सी पर बैठे हैं। उनके हाथ में डायरी थी जिसे वह ध्यानपूर्वक पढ़ रहे थे। उन्हें देखते ही मैं बड़े चाव से लिपट गया। अफसोस, अब उस देवोपन स्वभाव वाले नौजवान की सूरत देखनी न नसीब होगी। अचानक मौत ने उसे हमेशा के लिए हमसे अलग कर दिया। कुमुदिनी के सगे भाई थे, बहुत स्वस्थ, सुंदर और हंसमुख, उम्र मुझसे दो ही चार साल ज्यादा थी, ऊँचे पद पर नियुक्त थे, कुछ दिनों से इसी शहर में तबदील होकर आ गए थे। मेरी और उनकी गाढ़ी दोस्ती हो गई थी। मैंने पूछा—क्या तुमने डायरी पढ़ ली?

निरंजन—हाँ।

मैं—मगर कुमुदिनी से कुछ न कहना।

निरंजन—बहुत अच्छा, न कहूँगा।

मैं—इस वक्त किसी सोच में हूँ। मेरा डिप्लोमा देखा?

निरंजन—घर से खत आया है, पिताजी बीमार हैं, दो-तीन दिन में जाने वाला हूँ।

मैं—शोक से जाइए, ईश्वर उन्हें जल्द स्वस्थ करे।

निरंजन—तुम भी चलोगे? न मालूम कैसा पड़े, कैसा न पड़े।

मैं—मुझे तो इस वक्त माफ कर दो।

निरंजनदास यह कहकर चले गए। मैंने हजामत बनाई, कपड़े बदले और मिस लीलावती से मिलने का चाव मन में लेकर चला। वहाँ जाकर देखा तो ताला पड़ा हुआ है। मालूम हुआ कि मिस साहिबा की तबीयत दो-तीन दिन से खराब थी। आबोहवा बदलने के लिए नैनीताल चली गई हैं। अफसोस, मैं हाथ मलकर रह गया। क्या लीला मुझसे नाराज थी? उसने मुझे क्यों खबर नहीं दी। लीला, क्या तू बेवफा है, तुमसे बेवफाई की उम्मीद न थी। फौरन पक्का इरादा कर लिया कि आज की डाक से नैनीताल चल दूँ। मगर घर आया तो लीला का खत मिला। कांपते हुए हाथों से खोला, लिखा था—मैं बीमार हूँ, मेरे जीने की कोई उम्मीद नहीं है, डॉक्टर कहते हैं कि 'प्लेग' है। जब तक तुम आओगे, शायद मेरा किस्सा तमाम हो जाएगा। आखिरी वक्त तुमसे न मिलने का सख्त सदमा है। मेरी याद दिल में कायम रखना। मुझे सख्त अफसोस है कि तुमसे मिलकर नहीं आई। मेरा कुसूर माफ करना और अपनी अभागिनी लीला को भुला मत देना। खत मेरे हाथ से छूटकर गिर पड़ा। दुनिया आँखों में अंधेरी हो गई, मुँह से एक ठंडी आह निकली। बिना एक क्षण गंवाये मैंने बिस्तर बांधा और नैनीताल चलने के लिए तैयार हो गया। घर से निकला ही था कि प्रोफेसर बोस से मुलाकात हो गई। कॉलेज से चले जा रहे थे, चेहरे पर शोक लिखा हुआ था। मुझे देखते ही उन्होंने जेब से एक तार निकालकर मेरे सामने फेंक दिया। मेरा कलेजा धक् से हो गया। आँखों में अंधेरा छा गया, तार कौन उठाता है, हाय मारकर बैठ गया। लीला, तू इतनी जल्द मुझसे जुदा हो गई।

:: 2 ::

मैं रोता हुआ घर आया और चारपाई पर मुँह ढांपकर खूब रोया। नैनीताल जाने का इरादा खत्म हो गया। दस-बारह दिन तक मैं उन्माद की-सी दशा में इधर-उधर घूमता रहा। दोस्तों की सलाह हुई कि कुछ रोज के लिए कहीं घूमने चले जाओ। मेरे दिल में भी यह बात जम गई। निकल खड़ा हुआ और दो महीने तक विंध्याचल, पारसनाथ वगैरह पहाड़ियों में आवारा फिरता रहा। ज्यों-त्यों करके नई-नई जगहों और दृश्यों की सैर से तबीयत को जरा तस्कीन हुई। मैं आबू में था जब मेरे नाम तार पहुँचा कि मैं कॉलेज की असिस्टेंट प्रोफेसरी क लिए चुना गया हूँ। जी तो न चाहता था कि फिर इस शहर में आऊँ, मगर प्रिंसिपल के खत ने मजबूर कर

दिया। लाचार, लौटा और अपने काम में लग गया। जिंदादिली नाम को न बाकी रही थी। दोस्तों की संगत से भागता और हंसी-मजाक से चिढ़ मालूम होती।

एक रोज शाम के वक्त मैं अपने अंधेरे कमरे में लेटा हुआ कल्पनालोक की सैर कर रहा था कि सामने वाले मकान से गाने की आवाज आई। आाह, क्या आवाज थी, तीर की तरह दिल में चुभी जाती थी, स्वर कितना करुण था! इस वक्त मुझे अंदाजा हुआ कि गाने में क्या असर होता है। तमाम रोंगटे खड़े हो गए, कलेजा मसोसने लगा और दिल पर एक अजीब वेदना-सी छा गई। आँखों से आँसू बहने लगे। हाय, यह लीला का प्यारा गीत था–

पिया मिलन है कठिन बावरी।

मुझसे जब्त न हो सका, मैं एक उन्माद की-सी दशा में उठा और जाकर सामने वाले मकान का दरवाजा खटखटाया। मुझे उस वक्त यह चेतना न रही कि एक अजनबी आदमी के मकान पर आकर खड़े हो जाना और उसके एकांत में विघ्न डालना परले दर्जे की असभ्यता है।

:: 3 ::

एक बुढ़िया ने दरवाजा खोल दिया और मुझे खड़े देखकर लपकी हुई अंदर गई। मैं भी उसके साथ चला गया। देहलीज तय करते ही एक बड़े कमरे में पहुँचा। उस पर एक सफेद फर्श बिछा हुआ था। गावतकिए भी रखे थे। दीवारों पर खूबसूरत तस्वीरें लटक रही थीं और एक सोलह-सत्रह साल का सुंदर नौजवान जिसकी अभी मसें भीग रही थीं, मसनद के करीब बैठा हुआ हारमोनियम पर गा रहा था। मैं कसम खा सकता हूँ कि ऐसा सुंदर स्वस्थ नौजवान मेरी नजर से कभी नहीं गुजरा। चाल-ढाल से सिख मालूम होता था। मुझे देखते ही चौंक पड़ा और हारमोनियम छोड़कर खड़ा हो गया। शर्म से सिर झुका लिया और कुछ घबराया हुआ-सा नजर आने लगा। मैंने कहा–माफ कीजिएगा, मैंने आपको बड़ी तकलीफ दी। आप इस फन के उस्ताद मालूम होते हैं। खासकर जो चीज अभी आप गा रहे थे, वह मुझे पसंद है।

नौजवान ने अपनी बड़ी-बड़ी आँखों से मेरी तरफ देखा और सर नीचा कर लिया और होंठों ही में कुछ अपने नौसिखियेपन की बात कही। मैंने फिर पूछा–आप यहाँ कब से हैं?

नौजवान—तीन महीने के करीब होता है।

मैं—आपका शुभ नाम?

नौजवान—मुझे मेहरसिंह कहते हैं।

मैं बैठ गया और बहुत गुस्ताखाना बेतकल्लुफी से मेहरसिंह का हाथ पकड़कर बिठा दिया और फिर माफी मांगी। उस वक्त की बातचीत से मालूम हुआ कि वह पंजाब का रहने वाला है और यहाँ पढ़ने के लिए आया हुआ है। शायद डॉक्टरों ने सलाह दी थी कि पंजाब की आबोहवा उसके लिए ठीक नहीं है। मैं दिल में तो झेंपा कि एक स्कूल के लड़के के साथ बैठकर ऐसी बेतकल्लुफी बातें कर रहा हूँ, मगर संगीत के प्रेम ने इस खयाल को रहने न दिया। रस्मी परिचय के बाद मैंने फिर प्रार्थना की कि वही चीज छेड़िए। मेहरसिंह ने आँखें नीची करके जवाब दिया कि मैं अभी बिल्कुल नौसिखिया हूँ।

मैं—यह तो आप अपनी जबान से कहिए।

मेहरसिंह—(झेंपकर)आप कुछ फरमाएं, हारमोनियम हाजिर है।

मैं—इस फन में बिल्कुल कोरा हूँ वर्ना आपकी फरमाइश जरूरी पूरी करता।

इसके बाद मैंने बहुत आग्रह किया मगर मेहरसिंह झेंपता ही रहा। मुझे स्वभावतः शिष्टाचार से घृणा है। हालंकि इस वक्त मुझे रूखा होने का कोई हक न था मगर जब मैंने देखा कि यह किसी तरह न मानेगा तो जरा रुखाई से बोला—खैर जाने दीजिए। मुझे अफसोस है कि मैंने आपका बहुत वक्त बर्बाद किया। माफ कीजिए। यह कहकर उठ खड़ा हुआ। मेरी रोनी सूरत देखकर शायद मेहरसिंह को उस वक्त तरस आ गया, उसने झेंपते हुए मेरा हाथ पकड़ लिया और बोला—आप तो नाराज हुए जाते हैं।

मैं—मुझे आपसे नाराज होने का हक हासिल नहीं।

मेहरसिंह—अच्छा बैठ जाइए, मैं आपकी फरमाइश पूरी करूंगा। मगर मैं अभी बिल्कुल अनाड़ी हूँ।

मैं बैठ गया और मेहसिंह ने हारमोनियम पर वही गीत अलापना शुरू किया—

पिया मिलन है कठिन बावरी।

कैसी सुरीली तान थी, कैसी मीठी आवाज, कैसा बेचैन करने वाला भाव! उसके गले में वह रस था जिसका बयान नहीं हो सकता। मैंने देखा कि गाते-गाते खुद उसकी आंखों में आंसू भर आए। मुझ पर इस वक्त एक मोहक सपने की-सी

दशा छाई हुई थी। एक बहुत मीठा, नाजुक, दर्दनाक असर दिल पर हो रहा था जिसे बयान नहीं किया जा सकता। एक हरे-भरे मैदान का नक्शा आंखों के सामने खिंच गया और लीला, प्यारी लीला उस मैदान पर बैठी हुई मेरी तरफ हसरतनाक आंखों से ताक रही थी। मैंने एक लंबी आह भरी और बिना कुछ कहे उठ खड़ा हुआ। इस वक्त मेहसिंह ने मेरी तरफ ताका, उसकी आंखों में मोती के कतरे डबडबाए हुए थे और बोला–कभी-कभी तशरीफ लाया कीजिएगा।

मैंने सिर्फ इतना जवाब दिया– मैं आपका बहुत कृतज्ञ हूँ।

:: 4 ::

धीरे-धीरे मेरी यह हालत हो गई कि जब तक मेहरसिंह के यहां जाकर दो-चार गाने न सुन लूँ जी को चैन न आता। शाम हुई और मैं जा पहुँचा। कुछ देर तक गानों की बहार लूटता और तब उसे पढ़ाता। ऐसे जहीन और समझदार लड़के को पढ़ाने में मुझे खास मजा आता था। मालूम होता था कि मेरी एक-एक बात उसके दिल पर नक्श हो रही है। जब तक मैं पढ़ाता वह पूरे जी-जान से कान लगाए बैठा रहता। जब उसे देखता, पढ़ने-लिखने में डूबा हुआ पाता। साल भर में अपने भगवान् के दिए हुए जेहन की बदौलत उसने अंग्रेजी में अच्छी योग्यता प्राप्त कर ली। मामूली चिट्ठियाँ लिखने लगा और दूसरा साल गुजरते-गुजरते वह अपने स्कूल के कुल छात्रों से बाजी ले गया। जितने मुदरिंस थे, सब उसकी अक्ल पर हैरत करते और सीधा, नेकचलन ऐसा कि कभी झूठ-मूठ भी किसी ने उसकी शिकायत नहीं की। वह अपने सारे स्कूल की उम्मीद और रौनक था लेकिन बावजूद सिख होने के उसे खेल-कूद में रुचि न थी। मैंने उसे कभी क्रिकेट में नहीं देखा। शाम होते ही सीधे घर चला आता और लिखने-पढ़ने में लग जाता।

मैं धीरे-धीरे उससे इतना हिल-मिल गया कि बजाए शिष्य के उसको अपना दोस्त समझने लगा। उम्र के लिहाज से उसकी समझ आश्चर्यजनक थी। देखने में सोलह-सत्रह साल से ज्यादा न मालूम होता मगर जब कभी मैं रवानी में आकर दुर्बोध कवि-कल्पनाओं और कोमल भावों की उसके सामने व्याख्या करता तो मुझे उसकी भंगिमा से ऐसा मालूम होता कि एक-एक बारीकी को समझ रहा है। एक दिन मैंने उससे पूछा–मेहरसिंह, तुम्हारी शादी हो गई?

मेहरसिंह ने शरमाकर जवाब दिया–अभी नहीं।

मैं–तुम्हें कैसी औरत पसंद है?

मेहरसिंह–मैं शादी करूंगा ही नहीं।

मैं–क्यों?

मेहरसिंह–मुझ जैसे जाहिल गंवार के साथ शादी करना कोई औरत पसंद न करेगी।

मैं–बहुत कम ऐसे नौजवान होंगे जो तुमसे ज्यादा लायक हों या तुमसे ज्यादा समझ रखते हों।

मेहरसिंह ने मेरी तरफ अचंभे से देखा कहा–आप दिल्लगी करते हैं।

मैं–दिल्लगी नहीं, मैं सच कहता हूँ। मुझे खुद आश्चर्य होता है कि इतने दिनों में तुमने इतनी योग्यता क्योंकर पैदा कर ली। अभी तुम्हें अंग्रेजी शुरू किए तीन बरस से ज्यादा नहीं हुए।

मेहरसिंह–क्या मैं किसी पढ़ी-लिखी लेडी को खुश रख सकूँगा?

मैं–(जोश से) बेशक!

:: 5 ::

गर्मी का मौसम था। मैं हवा खाने शिमले गया हुआ था। मेहरसिंह भी मेरे साथ था। वहाँ मैं बीमार पड़ा। चेचक निकल आई। तमाम जिस्म में फफोले पड़ गए। पीठ के बल चारपाई पर पड़ा रहता। उस वक्त मेहरसिंह ने मेरे साथ जो-जो एहसान किए वह मुझे हमेशा याद रहेंगे। डॉक्टरों की सख्त मनाही थी कि वह मेरे कमरे में न आवे। मगर मेहरसिंह आठों पहर मेरे ही पास बैठा रहता। मुझे खिलाता-पिलाता, उठाता-बिठाता। रात-रात भर चारपाई के करीब बैठकर जागते रहना मेहरसिंह ही का काम था। सगा भाई भी इससे ज्यादा सेवा नहीं कर सकता था। एक महीना गुजर गया। मेरी हालत रोज-ब-रोज बिगड़ती जाती थी। एक रोज मैं डॉक्टर को मेहरसिंह से कहते हुए सुना कि इनकी हालत नाजुक है। मुझे यकीन हो गया कि अब न बचूँगा, मगर मेहरसिंह कुछ ऐसी दृढ़ता से मेरी सेवा-शुश्रूषा में लगा हुआ था कि जैसे वह मुझे जबर्दस्ती मौत के मुँह से बचा लेगा। एक रोज शाम के वक्त मैं कमरे में लेटा हुआ था कि किसी के सिसकी लेने की आवाज आई। वहाँ मेहरसिंह को छोड़कर और कोई न था। मैंने पूछा–मेहरसिंह, मेहरसिंह, तुम रोते हो!

मेहरसिंह ने जब्त करके कहा—नहीं, रोऊँ क्यों? और मेरी तरफ बड़ी दर्द-भरी आंखों से देखा।

मैं—तुम्हारे सिसकने की आवाज आई।

मेहरसिंह—वह कुछ बात न थी। घर की याद आ गई थी।

मैं—सच बोलो।

मेहरसिंह की आंखे फिर डबडबा आईं। उसने मेज पर से आईना उठाकर मेरे सामने रख दिया। हे नारायण! मैं खुद अपने को पहचान न सका। चेहरा इतना ज्यादा बदल गया था। रंगत बजाय सुर्ख के सियाह हो रही थी और चेचक के बदनुमा दागों ने सूरत बिगाड़ दी थी। अपनी यह बुरी हालत देखकर मुझसे भी जब्त न हो सका और आँखें डबडबा गईं। वह सौंदर्य, जिस पर मुझे इतना गर्व था, बिल्कुल विदा हो गया था।

:: 6 ::

मैं शिमले से वापस आने की तैयारी कर रहा था। मेहरसिंह उसी रोज मुझसे विदा होकर अपने घर चला गया था। मेरी तबीयत उचाट हो रही थी। असबाब सब बंध चुका था कि एक गाड़ी मेरे दरवाजे पर आकर रुकी और उसमें से कौन उतरा? मिस लीला! मेरी आँखों को विश्वास न हो रहा था, चकित होकर ताकने लगा। मिस लीलावती ने आगे बढ़कर मुझे सलाम किया और हाथ मिलाने को बढ़ाया। मैंने भी बौखलाहट में हाथ तो बढ़ा दिया पर अभी तक यह यकीन नहीं हुआ था कि मैं सपना देख रहा हूँ या हकीकत है। लीला के गालों पर वह लाली न थी, न वह चुलबुलापन बल्कि वह बहुत गंभीर और पीली-पीली-सी हो रही थी। आखिर मेरी हैरत कम न होते देखकर उसने मुस्कराने की कोशिश करते हुए कहा—तुम कैसे जेंटिलमैन हो कि एक शरीफ लेडी को बैठने के लिए कुर्सी भी नहीं देते!

मैंने अंदर से कुर्सी लाकर उसके लिए रख दी, मगर अभी तक यही समझ रहा था कि सपना देख रहा हूँ।

लीलावती ने कहा—शायद तुम मुझे भूल गए।

मैं—भूल तो उम्र भर नहीं सकता मगर आँखों को एतबार नहीं आता।

लीला—तुम तो बिल्कुल पहचाने नहीं जाते।

मैं—तुम भी तो वह नहीं रही। मगर आखिर यह भेद क्या है, क्या तुम स्वर्ग से लौट आई?

लीला—मैं तो नैनीताल में अपने मामा के यहाँ थी।

मैं—और वह चिट्ठी मुझे किसने लिखी थी और तार किसने दिया था?

लीला—मैंने ही।

मैं—क्यों? तुमने मुझे यह धोखा क्यों दिया? शायद तुम अंदाजा नहीं कर सकतीं कि मैंने तुम्हारे शोक में कितनी पीड़ा सही है।

मुझे उस वक्त एक अनोखा गुस्सा आया—यह फिर मेरे सामने क्यों आ गई! मर गई थी तो मरी ही रहती!

लीला—इसमें एक गुर था, मगर यह बातें तो फिर होती रहेंगी। आओ, इस वक्त तुम्हें अपनी एक लेड़ी फ्रेंड से इंट्रोड्यूस कराऊँ, वह तुमसे मिलने की बहुत इच्छुक है।

मैंने अचरज से पूछा—मुझसे मिलने की! मगर लीलावती ने इसका कुछ जवाब न दिया और मेरा हाथ पकड़कर गाड़ी के सामने ले गई। उसमें एक युवती हिंदुस्तानी कपड़े पहने बैठी हुई थी। मुझे देखते ही उठ खड़ी हुई और हाथ बढ़ा दिया। मैंने लीला की तरफ सवाल करती हुई आंखों से देखा।

लीला—क्या तुमने नहीं पहचाना?

मैं—मुझे अफसोस है कि मैंने आपको पहले कभी नहीं देखा और अगर देखा भी हो तो घूंघट की आड़ से क्योंकर पहचान सकता हूँ।

लीला—यह तुम्हारी बीवी कुमुदिनी है!

मैंने आश्चर्य के स्वर में कहा—कुमुदिनी यहाँ!

लीला—कुमुदिनी, मुंह खोल दो और अपने प्यारे पति का स्वागत करो।

कुमुदिनी ने काँपते हुए हाथों से जरा-सा घूंघट उठाया। लीला ने सारा मुँह खोल दिया और ऐसा मालूम हुआ कि जैसे बादल से चाँद निकल आया। मुझे ख्याल आया, मैंने वह चेहरा कहीं देखा है। कहाँ? आह, उसकी नाक पर भी तो वही तिल है, उंगली में वही अंगूठी भी है।

लीला—क्या सोचते हो, अब पहचाना?

मैं—मेरी अक्ल कुछ काम नहीं करती। हू-ब-हू यही हुलिया मेरे एक प्यारे दोस्त मेहरसिंह का है।

लीला—(मुस्कराकर) तुम तो हमेशा निगाह के तेज बनते थे, इतना भी नहीं पहचान सकते!

मैं खुशी से फूल उठा—कुमुदिनी मेहरसिंह के भेस में! मैंने उसी वक्त उसे गले से लगा लिया और खूब दिल खोलकर प्यार किया। इन कुछ क्षणों में मुझे जो खुशी हासिल हुई उसके मुकाबले में जिंदगी भर की खुशियाँ हेच हैं। हम दोनों आलिंगन-पाश में बंधे हुए थे। कुमुदिनी, प्यारी कुमुदिनी के मुंह से आवाज न निकलती थी। हाँ, आँखों से आँसू जारी थे।

मिस लीला बाहर खड़ी कोमल आंखों से यह दृश्य देख रही थी। मैंने उसके हाथों को चूमकर कहा—प्यारी लीला, तुम सच्ची देवी हो, जब तक जिएंगे तुम्हारे कृतज्ञ रहेंगे।

लीला के चेहरे पर एक हल्की-सी मुस्कराहट दिखाई दी। बोली—अब तो शायद तुम्हें मेरे शोक का काफी पुरस्कार मिल गया।

जीवन के अनुभवों ने उन्हें बतला दिया था कि सिद्धान्तों की अपेक्षा मनुष्य अधिक आदरणीय वस्तु है।

—प्रेमचंद